U0097385

古典詩歌研究彙刊

第二輯

龔鵬程 主編

第 1 冊

古典詩詞時空設計之研究

仇小屏 著

國家圖書館出版品預行編目資料

古典詩詞時空設計之研究／仇小屏 著 -- 初版 -- 台北縣永和
市：花木蘭文化出版社，2007〔民 96〕

序 2+ 目 6+328 面：17×24 公分
（古典詩歌研究彙刊 第二輯；第 1 冊）
ISBN-13：978-986-6831-24-9（全套：精裝）
ISBN-13：978-986-6831-25-6（精裝）
1. 詩評　2. 詞論
821.88　　　　　　　　　　　　　　　96016182

ISBN - 978-986-6831-25-6

9 789866 831256

古典詩歌研究彙刊
第二輯　第 一 冊　　　　　ISBN：978-986-6831-25-6

古典詩詞時空設計之研究

作　　者　仇小屏
主　　編　龔鵬程
出　　版　花木蘭文化出版社
發 行 所　花木蘭文化出版社
發 行 人　高小娟
聯絡地址　台北縣永和市中正路五九五號七樓之三
　　　　　電話：02-2923-1455／傳眞：02-2923-1452
電子信箱　sut81518@ms59.hinet.net
初　　版　2007 年 9 月
定　　價　第二輯 20 冊（精裝）新台幣 28,000 元

《古典詩歌研究彙刊》 第二輯書目

龔鵬程　主編

《古典詩歌研究彙刊》序

龔鵬程

　　中國人喜歡自稱是詩的民族，把詩的地位推崇得極高，說是：「靈祇待之以致饗，幽微藉之以昭告；感天地，動鬼神，莫近於詩」（《詩品》序）。這不是其他任何文類所能比擬的。

　　以文類說，詩因早先與歌之關聯較深，《尚書‧堯典》所謂：「詩言志，歌永言」，詩歌往往合在一塊兒說，故「詩」歷來均指韻文，可以依永和聲者才叫做詩，以與不入韻之「文」相對。但有時我們也會把詩當成是整體文學的代稱。例如說詩言志，此「詩」固然指與歌頗有關係的詩歌，卻也不妨用來描述整個文學創作之性質，謂文學皆當言志。在文學批評史上討論詩言志抑或詩緣情時，大家都是這麼用的，其他文類當然也無此地位。

　　正因為如此，故每個時代文學之盛衰、評騭之指標，主要也是詩。詩，是每一時代文學之代表。一位文學家，若只能寫其他文類、文體，而不能作詩，其作家身分，有時就不免令人存疑。倒是詩人除了詩以外，若不嫻熟其他，亦無所謂；事實上詩人大抵也不擅其他文體，詩歌本身就足以讓他屹立於文壇了。凡此等等，皆足以說明詩歌地位之優越。

　　文學研究，當然反映著文學現實。詩之地位特殊，最受重視，研究者自然遠多於其他文類。研究者多，成果豐碩，自然又使得這個領域無論在思考深刻、視域廣袤、論次謹嚴等各方面，都勝於在其他文

類上的表現。也就是說，無論質或量，詩歌研究都較佳，亦最足以顯示我們文學研究的水準。

關於台灣地區的中國古典文學研究，我曾主編過一冊《五十年來台灣地區的中國古典文學研究》（2000，學生書局）概述其經緯。勾畫盛衰，以觀大勢。如今更覺得這項工作值得繼續且深入地做。但除此之外，輯編歷年優秀論著，令人足以參見其持論之是非、觀玩其間風氣之趨移，恐怕更為必要。而要這麼做的話，詩歌研究，當然就是首應介紹的項目。這就是編輯整理這套《古典詩歌研究彙刊》的基本原因。

詩歌研究，主力在各大學之中文系所，故輯刊首以各校博碩士論文為主。近代學院教育在學術規範之建立、學術話語之形成，以及學術生產上的操控，其作用已不用再解釋，想來人人均已知之。博碩士論文，理論上僅是學子獲取學術社群入門憑證的敲門磚，也是晉身於此社群的練習之作；但撰述時年富力強、精思銳志而為，往往新意疊現，令人俊眼乍明。有許多成名學者，其實平生主要著述，即是他的博碩士論文，原因亦在於此。是以歷來均將這批論文視為整體學界學術成果之主要區塊。本編首輯選刊這些論文，便是著眼於此。

所輯內容，為廣義之詩歌，包含詩辭歌賦。這也是歷代論詩之通義。今人所見或有不同，有的把詩和賦分開，有的讓詩與歌劃界，別有勝義，亦能自成倫類，然未必合乎古。故今不用其分，仍以「詩歌」標目。初輯十六種二十冊，其餘賡續編之。總一代之翰藻，詮歷世之芳菲，發緣情述志之妙，次依聲和永之緒，其足以供學界參考，無庸贅敘焉！

丙戌歲末序於燕京

《古典詩歌研究彙刊》第二輯　序

趙敏俐

　　今年 6 月份，經友人盧仁龍先生推介，我趁赴臺灣參加學術研討會之機，有幸拜會了花木蘭文化出版社的總編輯杜潔祥先生。早在去年，盧仁龍先生就告訴我，花木蘭文化出版社正在組織出版一套大型學術叢書——《古典詩歌研究彙刊》，計劃出版 200 種左右，主要以臺灣地區的博士、碩士論文爲主，由龔鵬程先生主編，第一輯馬上就要出版，正在組織第二輯的編印。我聽到這個消息非常高興，並對杜潔祥先生頓生敬意。這些年來，兩岸的中國古典文學方面的學術交流雖然逐漸深入，但是互相間的學術瞭解還是遠遠不夠。在大陸方面，很少能夠看到臺灣學者的學術著作。同樣，大陸學者的學術著作被介紹到臺灣出版發行的也只是少部分。特別是兩岸古典文學研究方面的博士碩士論文，彼此都很難見到。上個世紀九十年代，臺灣文津出版社出版了大陸地區文史哲博士文庫，收入大陸博士論文 100 種，這件事在大陸的學術界曾經產生過很大影響。如今，花木蘭文化出版社再一次隆重推出以臺灣近年畢業的博士、碩士論文爲主的《古典詩歌研究彙刊》，這無疑是造福兩岸學術界的一件大好事。

　　中國古典詩歌是中華文化中的瑰寶，它既是中華民族往古歷史的特殊記錄，更是中華民族文化心靈的展示。在綿延五千年之久的中華文化傳承的過程中，詩歌起到了重要的作用。《毛詩序》說得好：「詩者，志之所之也。在心爲志，發言爲詩。情動于中而形於言。言之不

足故嗟歎之，嗟歎之不足故永歌之，永歌之不足，不知手之舞之足之蹈之也。」這是說人的情感最直接的表現形式就是詩歌，中國人幾千年的喜怒哀樂都表現在詩裏。《毛詩序》又說：「情發於聲，聲成文謂之音。治世之音安以樂，其政和。亂世之音怨以怒，其政乖。亡國之音哀以思，其民困。故正得失，動天地，感鬼神，莫近於詩。先王以是經夫婦、成孝敬、厚人倫、美教化、移風俗。」這是說人的喜怒哀樂雖然發自於內心，但是觸動其感發的卻是外在的社會變化。詩是通過情感抒發的方式來記錄歷史、來表達中華民族對於善惡的判斷、來寄託自己的人生理想與社會理想的，所以它才有感天動地、移風易俗的力量。同時，詩又有別於人類的其他語言，它是用審美的形式（所謂「聲成文」）來達到抒寫懷抱記載歷史之目的的，從而形成了中國詩歌特殊的審美形式及基本的美學原則，即從《詩經》時代就已經奠定的「風雅精神」與「比興傳統」。於是，歷朝歷代的文人學子，不但讀詩、寫詩、還不斷地研究詩，正是在這種讀與寫、創作與研究融為一體的歷史實踐中，中國詩歌傳統如滔滔不絕的長江大河，不僅成為中國文學的主流，也成為中華民族展示其文化心靈的主要載體。在中華民族走向現代化的過程中，中國古典詩歌仍然起著陶冶精神情操、塑造民族之魂的重要作用。因而，對中國古典詩歌的研究，自然也成為當代古典文學研究的主要內容。

在當下中國古典文學的研究隊伍中，兩岸的博士碩士是一支重要的力量。他們帶著青春和朝氣走入這個研究隊伍中來，發揮自己的聰明才智，寫出了一篇篇具有創新精神的研究論文。這一點，龔鵬程先生在本叢刊第一輯序言中已經有了精要的概括，郭英德先生同時對第一輯中的諸篇論文的主要內容和學術取向也有精彩的點評。第二輯亦如是，對此已無須我贅言。另外我的感受是，通過這兩輯三十三種論文，可以看出最近一二十年來臺灣博士碩士論文的研究特點，他們基本上不做純粹的考證式研究，也不做空洞的理論闡釋，而是抓住一個個具體的問題或者詩歌史上的現象，把理論分

析與事實考證兩者很好地結合在一起，進行細緻入微的闡發。作者大都有很好的文獻功底，同時又都具有很強的理論意識，見解深刻，文風樸實，代表著當下臺灣古典詩歌研究的方向。我相信，這些著作的學術價值會逐漸得到彰顯並傳名後世。

　　這套《古典詩歌研究彙刊》的出版，是臺灣一代學術新人古典詩歌研究成果的集中展示。由此我想，如果這其中也包括大陸地區古典詩歌研究的博士論文的話，豈不更爲完滿。大陸現有 30 多所高校招收中國古典文學博士研究生，按每所學校每年畢業 5 人來算，每年撰寫完成的古典文學的博士學位論文至少要有 150 篇以上，這其中至少有一半是關於中國古典詩歌研究方面的，每年精選出版 20 種甚至 40 種都是完全可能的，我希望杜潔祥先生能做這樣的工作，那將是嘉惠兩岸學林的又一次壯舉。在本叢刊第二輯即將出版之際，杜潔祥先生囑我作序，遂不揣淺陋，略抒己見，以爲紀念。

丁亥年八月初五于北京常青園寓所

一波縐起萬波動

《古典詩歌研究彙刊》第二輯　序

林淑貞

　　詩歌之美，搖蕩人心。登臨天高地迥的詩歌王國，落霞孤鶩的美感雖歷千載，仍向我們召喚。雖然歷史不斷湮滅前塵，漁樵春月不知更迭凡幾，但是，我們還是感動於詩人的招魂，江水滔滔、芳草萋萋、垂柳依依，歷史如流，而詩人清風朗月的形象，仍然在召喚著異時代的文學心靈，展翅飛集於此，而且不斷地在我們心中醱酵著思古悠情，這份綿長曠世的詩情畫意，未曾因此而斷隔，反而因為典籍中的銘刻，喚起悠悠歲月中的記憶，前世今生，與我們照眼而過的是行吟澤畔的三閭大夫、是飄流天地的杜陵布衣、是散髮扁舟的青蓮居士，他們的身影是我們最熟稔的身姿與我們映照輝煌亮燦的詩國之旅。行走在文學的江山河嶽中，歲月的遞嬗僅是場景、人物、舞台的嬗衍，詩人們的身影永是文化母親河流溫暖的哺育，也呼應著文化母親可親可貴的名字，山崗巖巒、江海河湖、花草蒿蘿、煙嵐晴曛，刻鏤著詩人的靈心銳感，也是我們眼下心中最熟悉的呼喚；所以，閱讀文學心靈，是一種文化積澱的反哺，重新溫一壺今夕何夕的月光酒，不必問我們，是否酩酊於歷史長流中，我們自有不盡詩歌長河可飲；不必問我們，是否醉心於文人的倜儻，我們原即有一盅飲不盡的文學湖海，

吞吐於胸襟；一懷明月相照，納不盡日月光華、花朝月夕，因爲有詩歌爲歷史點燈，歷史更奇麗華美，在翻騰奔躍的文學波濤中，也因爲有我們，古典詩歌的研究可以更煌輝亮燦。

刊印《古典詩歌研究彙刊》的目的是將台灣地區學位論文研究成果推向世界的舞台，因爲學位論文是每一位研究者孜孜矻矻勤奮努力的成果，若湮沒不聞，殊爲可惜，所以這一套選輯擬將優良的學位論文以彙刊的方式推薦出版，讓這些珍貴的研究成果，可以讓學術界廣爲取用，不致於消沈不見。我們在第一輯的《古典詩歌研究彙刊》當中，選了十五種碩博士論文，選輯的內容包含廣義之詩歌，含詩、詞、辭賦等，頗獲學界好評，據此，我們努力再選編第二輯，期能將更多優良的古典詩歌研究成果豐碩地推薦給讀者，增進學界研究的能量，避免資源浪費。

在第二輯當中，選收十七種學位論文，我們可從幾個面向來考察，一、從歷時性而言，內容包含六朝、唐、宋、元、明、清之詩文辭賦之研究，是個時代跨度非常大的選輯；二、從研究議題觀之，內容多元豐富，有宏觀古典詩歌時空設計之研究，有批評典範之建樹，有專題之飲酒詩及樂園意識研究，最可貴者有畫論詩化之研究，將面向跨向其他媒材；而在體製形式上的研究則有用典之研究。三、從專家詩研究觀之，有單一詩家之研究，亦有詩人比較研究，展現豐富多元的樣貌；四、從詩歌流派觀之，有性靈派、明七子復古派之研究，而全眞道士詞之研究亦開啓一個新的研究場域。整體而言，從第二輯《古典詩歌研究彙刊》這個縱軸可窺探台灣詩學研究之廣度、博度與深度，是一套值得推薦的選輯。

詩歌的時間與空間設計，一直是研究詩歌重要的課題，仇小屏《古典詩詞時空設計之研究》乞靈於黃永武及陳清俊，繼續發皇，從詩與詞二種文體著手，論述古典詩詞時空結合的設計，有主、客之時空交錯、融合及並置三種設計，呈示多元之美，並揭示中國古典詩詞時空設計的美感效果，有延展與截斷、秩序與變化、對比與

調合及所傳達的張力諸項之交錯融合，使中國詩歌因時空之多元設計而展示幽深情意。

形式研究，除時空設計之外，用典之研究亦是詩歌不可或缺的一環，用典有其正面意義，可表現作者才學，提高藝術感染力與美感作用，若運用不當則成掉書袋，或晦澀不易解讀，形成阻隔文意的現象。**高莉芬《元嘉詩人用典研究》**取材自元嘉詩人當中的顏延之、謝靈運、鮑照三家詩歌開展用典研究，採用語言學、修辭學之視角探賾南朝詩歌元嘉時期之顏延之、謝靈運、鮑照三家詩歌用典的特徵，揭示元嘉詩人用典之成就，在成辭之剪裁、古人古事之運用、語言之鍛鍊有具體貢獻，使中國詩歌走向意象密集、語言精煉之發展過程。

中國藝術演變的規律大抵有詩歌化的傾向，最典型詩化現象的媒材以畫論爲顯著。中國畫論在北宋之前畫論不脫寫實，北宋以後詩歌之創作觀及審美經驗進入繪畫理論系統中，迄晚明董其昌才確立畫論詩化體系，**林素玟《晚明畫論詩化之研究》**即在考察宋元以來詩畫同源之意識及畫論南北分宗以追溯晚明畫論詩化之理論基礎；並從分宗說背後立場、繪畫演變規律、言意象之辨討論來反思畫論詩化之歷史困境。

詩家之研究，有典範研究、比較研究、個別詩人之研究。典範研究有**廖啟宏《李杜論題批評典範之研究》**主要揭示李白杜甫二人在古典詩藝上的成就是一組重要的「典範」，並從「人格風格詮釋典範」、「語言風格詮釋典範」二個範疇映顯不同的批評思維，再從「李杜論題」之「優劣論」、「學習論」二個趨向來論述，冀能從李杜典範提出「比較研究」的操作示例。

比較研究有**朱雅琪《大小謝詩之比較》**從家族興衰觀點配合謝靈運、謝朓之生平、性情來審視二謝詩歌中的情思，再從詩歌內容之同異、詩歌之用典、聲律、對偶等特殊技巧，彰顯二人之詩歌特色，揭示二人在山水詩之成就。

專家研究有**施寬文《孟郊奇險詩風研究》**由孟郊之人格風格與語

言風格分析韓愈對孟郊詩歌之推尊，再論孟郊形成奇險詩風的大時代背景，繼論孟郊仕隱矛盾及何以走向奇險詩風的緣由，並比較孟郊與其他奇險詩人之異同，以確立孟郊在奇險詩風中的地位與意義。**劉曼麗《東坡詞的風格與技巧研究》**從蘇軾之文學理論、詞境內容、寫作技巧分析蘇軾詞之成就與貢獻，主要可用「改革與創新」一語概括之，在擴大詞的內容、提高詞格、創新技巧等表現上皆開前代所未有，在中國詞壇上具有不可磨滅之地位。學者多關注蘇軾之文、詩、詞等文類，對於蘇軾之辭賦，研究者較少，**廖志超《蘇軾辭賦理論及其創作之研究》**能另闢谿徑，開啓新風，以蘇軾之辭賦為研究對象，殊為可貴，該論文以綜理東坡辭賦理論，分析其作品內容與形式，闡發其特色與價值影響為主，揭示蘇軾辭賦理論及創作之成果與價值。

北宋曾鞏名列唐宋八大家之一，後人對其評價，至明清二代有越來越高之**趨勢**，然而著手於曾鞏之研究偏少，**魏王妙櫻《曾鞏文學與北宋詩文革新運動》**有其研究之特殊意義，分從曾鞏題材特色與寫作藝術特點論述，並指出曾鞏對北宋詩文革新運動之主張，提出：提倡正統儒家文學觀、聖人之道為評文標準、重經術而不排斥辭章、道不可變而行文之法可變四點重要的文學理論。

張耒為蘇門四學士之一，**林美君《張耒及其詩文研究》**旨在論述張耒之生平、作品傳本、詩文造詣，並梳理其詩文集傳本之流傳情形，再就詩文論其特色與成就，最後歸結其文學地位與價值。晚清大儒王闓運，號湘綺，吳明德有《王闓運及其詩研究》之研究，旨在探論其人及其詩二大重點，揭示其生平交遊與所處時代背景環境，以知其創作源由，並嘗試將作品繫年，進而論述其詩論及詩歌創作的風格特色，最後歸結王闓運為晚清詩壇之大家，不容忽視。

以主題為研究範疇者有李正治《六朝詠懷組詩研究》，主要探論六朝時期詠懷之組詩為主，有別於專家、文學類型、形式研究為主之研究方向，並將六朝詠懷類型分為：雜詩、詠懷、詠史、遊仙、擬古五類，深究六朝於綺靡文風之外，能獨出機杼產生豐富詠懷詩之原

因，進而探論其涵蘊的心靈世界，及表現方式與藝術風格，以助深層了解詠懷組詩之影響及評價。林淑桂《唐代飲酒詩研究》以探討唐代飲酒詩在內涵與形式上所呈現的特色為主，內涵部份揭示唐代飲酒詩七種類型，再從官能感受、寫作技巧論其特色，最後歸結唐代飲酒詩之特徵。

歐麗娟《唐詩中的樂園意識》內容以闡釋唐詩中所開展的樂園追求為宗旨，論述樂園意識之內涵及其變化，抉發出唐代詩史中樂園意識轉變之關鍵乃大唐由盛而衰之階段的杜甫，肯定安史之亂促使唐人樂園意識發生質變之時代因素。

以群體研究或流派為主者有陳宏銘《金元全真道士詞研究》全文以金元時期全真教道士詞家二十七人，詞作 2723 首為研究素材，分從形式與內容論述全真道士詞作之特色與價值。明代文壇有復古與創新之分，復古以七子派為主流，龔顯宗《明七子派詩文及其論評之研究》揭示復古派始於李、何、徐、邊諸人，倡「秦漢」、「盛唐」之說，聳人耳目，影響及清代格調說，可謂源遠流長，進而探究七子派詩文理論之產生背景、溯其淵源、較其異同，最後評論其詩文與理論之優劣。與復古派相反對立的是性靈派，王頌梅《明代性靈說研究》以文學專題史之概念對明代性靈說背景、成因、沿革、消長及得失作整體論述，分從「背景篇」論性靈派為反對格調派而生之理論背景；「理論篇」從時代、作者、性質等面向探討性靈派由簡而繁的發展軌跡，在哲學思想與文學理論之間比較王學與性靈、程朱與格調聲氣相通、合拍現象，以建構明代性靈派之理論核心與議題。藉由相反相成的復古派與性靈派的研究，可窺見二派理論之異同。

在中國豐富的文學花園當中，詩歌一直是奇花異葩綻放的繁華盛景，而詩學研究之重要性不言而喻，在台灣地區，古典詩歌豐碩的研究成果值得向讀者推薦，第二輯彙刊所選之論文，整體研究面向，不僅觸及時空結構之美感設計，形式用典審美經驗的考察，同時對於歷代詩家之關注，不遺餘力，而議題之開發，亦是學界最重要的研究成

果，樂園意識、飲酒詩、畫論詩化、詠懷組詩、批評典範之建樹等等，繁盛而多元，再加上流派之研究補足文學史上疏略少論的課題，亦是值得肯定與嘉許的。

　　站在詩歌的脈流中，我們欣見古典詩歌研究之精純可貴、豐富多姿，每一個可貴的研究者與詩人對話時，其靈心慧感，便是中國文化可以源遠流長，不會斷流的緣故之一。我們很樂意將這些研究成果推薦給讀者，希望後繼的研究者，可以站在巨人的肩膀上，開拓更高、更深、更廣的視野，提昇研究的能力與潛力，同時也可以在歷史流變中，留下我們的印記，不負歷史賦予的時代使命。

古典詩詞時空設計之研究

仇小屏 著

作者簡介

仇小屏，生於花蓮玉里，曾任教於國、高中及師院，現為國立成功大學中文系副教授。專長為章法學、修辭學、文法學、意象學、國語文教學，有《文章章法論》、《篇章結構類型論》、《古典詩詞時空設計美學》、《篇章意象論》等專著十餘種，合著三種，並在兩岸發表學報論文、專書論文、研討會論文數十篇。

提　　要

　　本論文探究凝結著創作者情意的「時空現象」，是如何呈現出不同於物理時空的面貌，並且在文學作品中被組織起來。因為文學作品中所呈現的「心理時空」，不同於「物理時空」，因此先設專章探究時空設計的心理基礎。其次，分別針對「空間設計」、「時間設計」、「時空結合的設計」來加以探討，而且因為創作者改造物理時空，主要從以下幾個方向著手：改變物理時空之四維性；從偏於客觀、偏於主觀的角度來描摹；騁其神思，幻化出不曾實際存在的「虛」時空，因此就從這幾個面向來探究，而這些設計技巧，使得古典詩詞中的時空意象繁複精緻，從而巧妙傳神地表現出創作者的情意。最後探究的是這些時空設計的美感類型，而因為這些時空意象的呈現與組織可歸納為三大型態：「延展與截斷」、「秩序與變化」、「對比與調和」，並因此發展出偏於陽剛或偏於陰柔的美感類型，最終可藉此探索出「時空現象的張力」是如何造成的。

　　本論文希望能藉由對時空設計的探索，深入剖析創作者創作此時空意象的匠心，並挖掘出深藏在其中的幽微深永的情意。

目

錄

自　序

　　人處在物理時空中，終其一生，與天地萬物相摩相接，必然會感受種種時空現象，再經過創作者的匠心處理，而「形象化」地反映在文學作品中。因此文學作品中，針對時空所作的種種精心設計，繁複精妙，增添了作品的美感，極態盡妍，美不勝收。

　　前此在撰寫《篇章結構類型論》（上、下）時，即對此深有所感；書中所闡述的今昔法、久暫法、遠近法……等等，即是分析了文學作品中的時空現象後，所總結出的規律。與此同時，也深切地體認到：由章法的觀點出發來進行解析，確實能很清楚地剖析出個別作品的時空結構，並進而掌握到不在時空結構範圍之內的時空現象。於是將這點發現以小論文的方式呈現，題為〈談古典詩歌中時空的虛實設計〉，發表於國立台灣師範大學國文學系第六屆研究生學術論文研討會，受到頗多師友的鼓勵，更對這一主題產生濃厚的興趣，在與指導老師商討後，就決定以〈古典詩詞時空設計之研究〉，作為博士論文的題目。

　　在撰寫博士論文的過程中，常有窒礙難通之時，幸賴指導老師陳滿銘先生一路提攜、指點，並在關鍵處予以點撥，使得本論文得以順利完成，在此謹向陳老師致上最高的謝意。此外也承蒙傅武光老師、蔡宗陽老師、亓婷婷老師，以及其他老師的愛護指導，這種溫暖的感覺，點點滴滴、長在心頭。還有要特別向彼岸的南京大學

王希杰教授、福建師範大學鄭頤壽教授致謝。因爲自從在第一屆中國修辭學學術研討會上發表論文，受到王希杰教授肯定後，王教授即多予鼓勵；而在參加第二屆中國修辭學學術研討會時，也受到鄭頤壽教授的嘉勉。兩位教授隔岸捎來的關懷，令人倍感溫馨。

　　這本論文能夠完成，需要感謝的人實在太多了，心中充滿喜悅與溫馨之餘，深切地期許自己能夠不要懈怠，在廣大的文學園圃中，擷取更多奇花異卉。

第一章　緒　論

第一節　寫作動機

　　人處在四維時空中，一切所思、所感、所作、所爲，都不能脫離時空而獨存；也因爲如此，文學作品的創作必然融合了時空要素。正如陸機〈文賦〉所言：「觀古今於須臾，撫四海於一瞬。」劉勰《文心雕龍・神思》也說道：「寂然凝慮，思接千載；悄焉動容，視通萬里。」因此黃永武《中國詩學——設計篇》中說：「人與自然時空是那樣奇妙地融合無間，情感與哲理，不喜歡脫離時空現象，去作純粹的摹情說理，每每透過時空實象的交互映射予以形象化。因此可以說：時空設計，是中國詩裡最重要的環節。」〔註1〕基於這樣的觀點，文學作品中對空間與時間的處理，是絕對值得觀察的。

　　文學創作中的意象形成，主要運用的是「形象思維」〔註2〕。形象思維從具體的材料出發，在從感性認識到理性認識的過程中，始終不脫離具體感性的形象材料，而最後仍體現在具體的、活生生

〔註1〕見黃永武《中國詩學——設計篇》頁43。
〔註2〕人類最基本的思維方式有兩種，一種是抽象思維（又叫邏輯思維、理論思維、科學思維），一種是形象思維（又叫藝術思維、文學思維）；不過在文學創作中，主要運用的是形象思維。參見侯健《文學通論》頁153、157。

的藝術形象之中〔註3〕。但是,藝術形象和生活原型是不同的,在形象思維的過程中,概括化和具體化總是同時進行的〔註4〕。作家所進行的形象思維是以感性的形象作爲運動的形式,它通過形象的取捨、改造、誇張、生發、虛構、連綴等構成思維運動;在整個形象思維過程中,作家沉浸在創作性的想像的世界裡,始終在「處理」著活生生的形象。通過想像的「處理」,形象在不斷地變化、推移,向鮮明、豐滿、深刻和獨特的方向變化、推移〔註5〕。

而且這樣的推移與變化並非隨意而爲的,而是在「情意」的導引下完成的,因此可以說形象思維是以感情作爲思維運動的推動力〔註6〕;並且形象思維並非感覺思維,它絕不是停留在感性階段的思維活動,而是有一個從感性認識到理性認識的深化的過程〔註7〕。因此形象思維是感性與理性融合的一種思維活動〔註8〕。

所以,我們自然會推想到:時空現象在形象化的過程中,必然也經過「處理」,而且是創作者匠心獨運的「處理」。因此,若能將此經過處理的時空現象加以剖析,分析出其設計的技巧,則不僅可以觀察到因此而產生的美感,更能對深入作品的內蘊有莫大的幫助。所以,對文學作品中時空設計的研究,就成了一個非常值得關心的課題。而且,因爲古典詩詞中對時空的處理相當精采〔註9〕,所以本書就鎖定古典詩詞爲範圍,意欲一窺古典詩詞中時空設計之奧秘。

〔註3〕參見吳中杰《文藝學導論》頁166。
〔註4〕參見吳中杰《文藝學導論》頁168～170。
〔註5〕參見鍾子翱、梁仲華、童慶炳《文學概論》頁392。
〔註6〕參見鍾子翱、梁仲華、童慶炳《文學概論》頁398。
〔註7〕參見吳中杰《文藝學導論》頁164。
〔註8〕王向峰在《文藝美學辭典》中,針對「形象思維」這一條目說道:「在形象思維過程中,思維主體始終伴隨著強烈的情感活動,這種活動又是被理性活動制約著的。沒有情感就不能構成形象的思維;而沒有理性,文藝作品就會成爲無意義的材料的堆砌,無限制的感情的宣洩,也不能成爲眞正的藝術品。」頁220。
〔註9〕參見李元洛《詩美學》:「文學作品是有時間性和空間性的,詩歌作品尤其如此。」頁31。

第二節　寫作方法

　　本書所要著力討論的，就是凝結著創作者的「情意」的時空現象，是如何呈現出不同於物理時空的面貌，並在文學作品中被組織起來。張紅雨《寫作美學》中說道：「所謂美的形象的表達形式並沒有固定的格式。但概略地說，應該包括順應情感波動的軌道和美的典型形象的活動規律，並與之相應的組織構造，以及傳達美感的語言符號、體裁等表現手段。」〔註10〕在這段話中，首先要注意的是「美的形象的表達形式並沒有固定的格式」，這表示形式的設計是變化多端的；其次是「與之相應的組織構造」，這顯示了順應情感波動下，文學作品中的時空現象是會形成一定的組織構造的；而這兩個重點配合起來解讀，就是：創作者對時空現象的巧妙設計，會使它呈現出多變的組織與構造；而這正是我們在本書中關注的焦點。至於其他的「語言符號」、「體裁」等，則不擬在本論文中討論。

　　因此，本書將從「章法」的角度出發，嘗試分析出時空現象的「結構」，以探尋出其組織的規律。至於什麼叫「章法」呢？陳滿銘在《章法學新裁》中說：「所謂的章法，是指文章構成的型態而言，也就是將句子組合成節段，由節段組合成整篇的一種方式。」〔註11〕另外，陳滿銘《章法學綜論》說：「章法處理的是篇章中內容材料的邏輯關係。」〔註12〕而拙作《篇章意象論》遂將章法定義為「章法處理的是篇章中意象組織的邏輯關係」〔註13〕，善加利用章法、組織成完善的結構，可以使篇章合乎秩序、富於變化、形成聯絡，最終達致統一和諧的美的最高境界。談到這裡，必須進一步地釐清「章法」與「結構」一而二、二而一的關係。陳滿銘《文章結構分析》中說：「『結構』與『章法』兩者，是屬於一實一虛的關係，如通指所有文章，虛就其方

〔註10〕見張紅雨《寫作美學》頁185。
〔註11〕見陳滿銘《章法學新裁》頁21。
〔註12〕見陳滿銘《章法與綜論》頁17。
〔註13〕見拙作《篇章意象論》頁282。

法來說，是『章法』，如單指一篇文章，實就其組織型態而言，則為『結構』。」〔註14〕因此我們可以瞭解：落實到一篇篇的作品時，其篇章的組織型態就是「結構」；但若將具有同一特性的組織型態的組織方法歸納出來，則這方法就是「章法」。

從章法（結構）的角度來剖析時空現象，是能將時空現象解析得清楚明晰；但正如陳滿銘〈如何進行課文結構分析〉一文中所談及的：「一篇文章的結構型態，會因切入角度的不同，而得出不同的結果，也就是說它沒有絕對的是非可言，只有相對的好壞而已。但總要多方嘗試，以儘量凸顯其內容與形式之特色。」〔註15〕因此章法（結構）分析容或有見仁見智之處，但是合理的章法（結構）分析，總是有理可說、有理可循的，我們也應如是來看待個別作品的章法（結構）分析。

不過，章法（結構）分析到底具有什麼優點呢？要回答這個問題，就必須先瞭解「形式」或「形式美」對一篇文學作品的重要性。

陳望道《美學概論》中說道：「從形式和內容上看，又可分作形式美和內容美。」〔註16〕而且這兩者缺一不可，即如杜書瀛《文藝創作美學綱要》中所言：「世界上不可能有無形式的內容，也不可能有無內容的形式。」〔註17〕並且這兩者之間的關係又是緊密異常的，王熙梅、張惠辛《藝術文化導論》道：「形式其實只是內容的表象與概括。它一方面是內容的存在方式（里普斯），另一方面又是一種結合關係的表述，即是內容的規律與框架的揭示。」〔註18〕不過，雖然形式與內容之間存在著「剪不斷」的關係，但畢竟彼此之間是各有其不同的側重點的。就以形式來說，夏放《美學：苦惱的追求》中闡述道：

〔註14〕見陳師滿銘《文章結構分析》頁 336。並可參見拙作《篇章結構類型論》頁 2～3。
〔註15〕見《國文科教學研究專輯（五）》，頁 54。
〔註16〕見陳望道《美學概論》頁 6。
〔註17〕見杜書瀛《文藝創作美學綱要》頁 65。
〔註18〕見王熙梅、張惠辛《藝術文化導論》頁 95。

「形式美是指構成事物外形物質的自然屬性（色、形、聲）以及它們的組合規律（如整齊、比例、均衡、對稱、反復、節奏、多樣的統一等）所呈現出來的審美特性。恩格斯指出，『自然界中的普遍性的形式就是規律』。因而狹義的形式美是一種抽象的具有一般意義的審美屬性。通常所說的形式美……即抽象的形式美。」〔註19〕而杜書瀛《文藝創作美學綱要》則針對文學作品說道：「文學內容向文學形式轉化的過程，是文學內容自身的各內在因素的組合結構和排列方式得到確定的過程，是文學創作的因內而符外的表現過程。」〔註20〕而申家仁〈試論形式情緒〉一文中引用克萊夫‧貝爾的名著《藝術》中的說法，《藝術》一書中把藝術的形式稱之為「有意味的形式」；當有人問到「有意味」這三字作何指的時候，克萊夫‧貝爾回答說，這是由於形式能喚起一種特殊的審美情緒，按照某種不為人知的神秘規律排列和組合的形式，會以某種特殊的方式感動我們〔註21〕。所以杜書瀛《文藝創作美學綱要》強調道：「可能與人們的常識相反：形式比內容更具體、更深刻、更豐富、更高級。形式階段是文學創作的更高的階段。」〔註22〕總而言之，「形式」會引起感動，會產生美。

而且形式美特別具有共通性。《美學百題》中說：「因為人們感受外物刺激和形成主觀反應的生理器官、機制是基本相同的，從而人們的心理結構和心理活動的規律，也就會有或多或少的共同之處。……作為特殊而又複雜的心理現象的美感，在正常的、不同的審美主體身上，也就會體現出某些共同性。這一點，尤其突出地反映在對形式美的欣賞方面。」〔註23〕李澤厚〈審美與形式感〉一文中，則是這樣解釋形式美的產生：「不僅是物質材料（聲、色、形等等）與視聽感官的聯繫，而更重要的是它們與人的運動感官的聯繫。對象（客）與感

〔註19〕見夏放《美學：苦惱的追求》頁 100。
〔註20〕見杜書瀛《文藝創作美學綱要》頁 66。
〔註21〕參見陸一帆、劉偉林等著《文藝心理探勝》，頁 92～93。
〔註22〕見杜書瀛《文藝創作美學綱要》頁 66。
〔註23〕見《美學百題》頁 100。

受（主），物質世界和心靈世界實際都處在不斷的運動過程中，即使看來是靜的東西，其實也有動的因素，美和審美亦復如此。其中就有一種形式結構上巧妙對應關係和感染作用。在審美感知中，你經常隨對象的曲直、大小、高低、肥瘦、快慢……等形式、結構、運動而自覺不自覺地作出模擬反應。……朱先生（註：朱光潛）用『內模仿』（美學中移情說的一種）來解釋美感愉快。格式塔心理學家則把這種現象歸結為外在世界的力（物理）與內在世界的力（心理）在形式結構上的『同形同構』，或者說『異質同構』。……而這也就是藝術家們所非常熟悉、所經常追求、在美學中佔有重要地位的『形式感』。」〔註24〕由此可見不管從人們的生理面或心理面來探討，都證明「形式」確會產生美感。

也就是因為如此，創作者在進行創作時，都會自覺或不自覺地追求「有意味的形式」。杜書瀛《文藝創作美學綱要》中談到：「作家的心靈隨著對外在對象的審美把握而有規律、有節奏的律動，這種心靈的律動及其節奏，必然體現於一定的形式之中，即必然要求有它的形式的表現。……這就需要作家的創造。」「文學創作要表現作家自己的內心經驗和體驗，這種經驗和體驗也沒有現成的形式，也要求建構它的形式。作家應該具有將內心經驗和體驗的感性因素，加以形式化的理性趨向和能力。」〔註25〕都在在說明了這一點。

不過，什麼樣的形式才是「有意味的形式」呢？申家仁〈試論形式情緒〉中特別提到：「形式情緒能幫助主體維繫作品的整體構思與形成獨特的風格。文藝家在創作中的社會性情緒是多方面的……這種種情緒的宣洩、表現，要服從整體藝術構思，講究一定的法度變化。」〔註26〕其中提到的「法度變化」是相當重要的。夏放《美學：苦惱的追求》即說道：「構成形式美的物質材料，必須按照一定

〔註24〕見《李澤厚哲學美學文選》，頁 503～504。
〔註25〕見杜書瀛《文藝創作美學綱要》頁 67。
〔註26〕見陸一帆、劉偉林等著《文藝心理探勝》，頁 101。

的組合規律組織起來，才會具有一定的審美屬性。事物完全雜亂無序，一般說來是醜的。」〔註27〕而「章法」（結構）就是一種「有意味的形式」、一種「法度變化」。陳滿銘《章法學新裁》在解釋「章法」形成的原因時說道：「文章構成的型態，雖然不免隨著作者設計經營手段的不同，而呈現多樣的變化……不過，每個作家在謀篇佈局之際，無疑地都會不知不覺地受到人類共通理則的支配，以致寫成的作品，在各式各樣的枝葉底下，都無可例外地藏著有一些基本的、共通的幹身。」〔註28〕而這「幹身」可以用「秩序」、「變化」、「聯絡」、「統一」四大原則加以統攝〔註29〕；也就是說，若我們分析出某文學作品的結構，則此作品的秩序美、變化美、聯絡美、統一美就都呼之欲出了〔註30〕。

　　談到這裡，我們就大致可以瞭解為什麼要從章法（結構）的角度切入，來解析時空現象了，因為如此最能將時空現象的組合規律分析出來。而且不僅能解釋各部分之間的組合關係，還能進一步探求總體組合關係〔註31〕，這對憑藉現象進而探索情意的鑑賞要求來說，是具有相當大的意義的。而且，很大一部份的時空現象是可以用章法（結構）分析出來的；當然，還有一部份的時空現象，並不能納入章法（結構）的範疇中，但是，因為從章法（結構）的概念切入可以對篇章作全盤的掌握，因此可以有助於掌握這些時空現象。

〔註27〕　見夏放《美學：苦惱的追求》頁106。

〔註28〕　見陳滿銘《章法學新裁》頁21。

〔註29〕　陳滿銘在《章法學新裁》中，提出「秩序」、「聯貫」、「統一」三大原則（頁21）。而後在指導筆者寫作碩士論文〈中國辭章章法析論〉（後更名為《文章章法論》出版）時，將「變化」自「秩序」中抽離出來，遂成立此四大原則。

〔註30〕　此四大原則所產生的美感，可詳見拙作《篇章結構類型論》頁4～9。

〔註31〕　夏放《美學：苦惱的追求》：「物質材料的組合規律，又可分為各部分之間的組合關係及總體組合關係兩個方面。屬於各部分之間的組合規律的主要是整齊一律與比例，對稱與均衡，反復與節奏；屬於總體組合規律的主要是和諧──多樣性的統一，它包括調和與對比兩種類型，此外還有不和諧的和諧、不統一的統一。」頁106。

因此，在其後的章節中，將首先探求古典詩詞中時空設計的心理基礎。因為文學作品中的心理時空與物理時空畢竟是不同的，也就是因為這個不同，所以能對物理時空進行改造，造成心理時空的多向度發展，以及客觀與主觀的不同處理態度，還在實的時空之外，另外造出虛的時空。

接著將針對文學作品中的空間設計作一探討，這部分的內容可分作三大部分──「實空間的設計」、「虛空間的設計」、「虛實結合的空間設計」。而且因為實空間的設計是最大宗的，因此我們還會將此大別為「客觀空間的設計」、「主觀空間的設計」、「主客觀並呈的空間設計」，並對「形體空間」和「層次空間」都進行討論，而且區分出許多不同的型態來，如形體空間有「視點不變者」和「視點轉換者」；層次空間有「遠與近」、「內與外」、「前與後」、「左與右」、「高與低」、「大與小」、「立體空間」、「視角變換」、「自然與人事」等。其次，在討論虛空間的設計時，則是將此空間分作三類：「設想」、「仙冥」、「夢境」，一一地來探討。而虛實結合的空間設計的部分，則是分析出兩大類來：「虛實結合之一」、「虛實結合之二」，前者會出現許多不同的結構型態，後者則是一種「同時分地」的情形。

其次，時間設計的部分，也同樣區分作三大部分──「實時間的設計」、「虛時間的設計」、「虛實結合的時間設計」。實時間的設計，也是可以分作「客觀」、「主觀」、「主客觀並呈」等不同的態度。而且在客觀的時間設計中，又分別討論了「順序時間：今與昔」和「量化時間：久與暫」，以及「順序時間和量化時間並呈的設計」；其次主觀的時間設計，則有「時值的變造」、「時域的壓縮」、「今昔的疊映」等手法；而主客觀並呈的時間設計，則呈現「時值的並置」、「時差的設置」等情形。虛時間的設計中，則出現了「預見」、「願望」、「幻想」等不同的類別。虛實結合的時間設計，則是可以區分為「可形成時空結構者」和「不可形成時空結構者」。

再其次，時空結合的設計，可以先分作兩大部分──「時空交錯

的設計」和「時空溶合的設計」。前者可從「實的時空交錯的設計」、「虛的時空交錯的設計」、「虛實結合的時空交錯的設計」等方面來探討；後者則可分作「時間的空間化」、「空間的時間化」、「時空完全溶合者」三類，來進行分析討論。

最後、也是最重要的工作，就是對時空設計的美感效果進行探討。我們將從「時空現象的延展與截斷」、「時空現象的秩序與變化」、「時空現象的對比與調和」三個方面來進行，最終探索出「時空現象的張力」是如何造成的。如此一來，對古典詩詞中時空設計的探討，方可說是畢其全功。

第二章　古典詩詞時空設計的心理基礎

　　任何文學作品的產生，都脫離不了物理世界中特定的時空，所以創作者對時空的感知，自然而然地會反映在文學作品中，因此創作者如何處理時空，以及時空在文學作品中是被處理成什麼面貌，是文學現象中很重要的一個部分，相當值得注意。

　　人創造美的心理活動是以一定的審美心理結構為中介、載體和基礎的，一切客觀存在的美只有經過同人的審美心理結構的相互作用，才能被人所感知和進行能動創造[註1]，文學作品就在這樣的情況下產生了。所以對此心理結構的運作稍作瞭解，對於從事文學現象的探討，當然是大有裨益的。

　　因此，基於上述的理由，我們在此章中，試圖尋繹出物理時空投射在創作者的心靈版圖上，再轉化為文學作品中的時空設計的心理基礎；而且因為在其運作過程中，處理態度的不同，文學作品中的時空出現「多向度」、「主觀」與「客觀」、「實」與「虛」的不同面貌，都具有豐富的涵義，因此也需要作較為細密的討論。

第一節　物理時空與心理時空

　　魯樞元〈用心理學的眼光看文學〉一文中，談到人類生活中存

[註1] 參見邱明正《審美心理學》頁21。

在著兩個顯著不同的世界：物理世界和心理世界。對於人來說，物理世界是一個客觀的物質存在，心理世界則是一種主觀的精神狀態；物理世界是事物本質的單一抽象，心理世界是人的個性的多種表現。若我們從心理世界的那一面來看心理世界和物理世界的關係，會發現心理世界終究是物理世界的反映，客觀存在的物質世界是一切主觀的心理活動賴以產生的基礎；但在這同時，我們也知道，在複雜的心理活動中，外界的物理刺激與內在的心理反映決不是一種機械決定的因果關係，也不是單一的同步對應關係〔註2〕。人類的心理世界與物理世界中，確乎存在著如此的相應關係；而我們若將心理世界的範圍，鎖定在文學作品中所反映的創造者的心理世界，當然也是合乎前面的敘述的。這樣的道理早在劉勰《文心雕龍》中就已經注意到了，他在〈物色〉中所提出的「既隨物以宛轉」、「亦與心而徘徊」是極有見地的，童慶炳《中國古代心理詩學與美學》解析道：「其旨義是詩人在創作中要從對外在世界物貌的隨順體察，到對內心世界情感印象步步深入的開掘，正是體現了由物理境深入心理場的心理活動規律。」〔註3〕

　　要較為仔細地解釋這種現象，可以從作為中介的人類的審美心理結構來著眼。邱明正《審美心理學》中說道：「審美也不是大腦對客觀事物的機械反射、摹寫，而是經過了大腦的過濾、加工，經過了審美心理結構的中介作用。審美心理結構具有感知對象、定向選擇、能動創造、情感轉移、制導行為和調節生理運動以及自控、自調心理運動本身等等的功能，一切外在事物的審美特性只有經過審美心理結構的中介，同審美心理結構相互作用，才能被人所感知和接納，也只有發揮審美心理結構的調節、加工、創造的機能，人才會能動地改造對象、創造美。」〔註4〕文學作品當然是在創作者

〔註2〕參見《我的文學觀》頁2～3。
〔註3〕見童慶炳《中國古代心理詩學與美學》頁5。
〔註4〕見邱明正《審美心理學》頁23。

審美心理結構運作之下而產生的，所以其中展現的心理世界和物理世界的審美關係，是經由創作者的審美心理結構這個中介而確立的〔註5〕；也因此，我們就可以瞭解心理世界和物理世界為何會存在著這種「若即若離」的關係了。

　　物理世界是由時與空建構起來的，霍金把宇宙描述成一個四維的球，在球中時與空攪在一塊兒，彼此難以區分；而人自出生即存在於時空的舞台，和天地萬物相摩相接，以至終老。文學作品自然會反映著這種現象，自然就以時空為其構成要素〔註6〕。不過，就像心理世界和物理世界不同一般，文學作品中的心理時空與物理時空畢竟也是不同的。李元洛《詩美學》中稱：「藝術時空是經過藝術家審美觀照和審美處理之後的時空，是客觀再現與主觀表現對立統一的審美時空，簡而言之就是一種美學的時空。」「這種心理時空，雖然必然要受到客觀時空規律的制約，但它卻更是一種藝術想像的產物，它表面上不大符合生活中如實存在的時空真實，但它卻創造了一個忠實於審美感情的時空情境，比生活真實更富於美的色彩。」〔註7〕這樣的心理時空，與物理時空比較起來，到底具有什麼特性呢？

　　王長俊的《詩歌釋義學》〔註8〕和潘其添〈咫尺之圖，千里之景

〔註5〕錢谷融、魯樞元主編的《文學心理學》：「人的感知不是對客體的直接反映或複寫。感知的內容和特性，不是單純地由外界刺激所決定的，它還取決於感官的狀態、整個機體的狀態，以及既往的經驗等主體因素。也就是說，外界刺激不是直接地、機械地規定它所引起的知覺的，它必須經過主體許多內部條件的中介，才能決定知覺的內容。」頁141。劉雨《寫作心理學》亦說：「由於情感的作用，觀察者必然要在視覺空間中尋找與自己情感相接近的觀察對象，而對那些與情感不相接近的事物，雖然可能近在咫尺，但在觀察者的心理上卻可能如隔天涯。」頁146。所以我們不能輕忽客體（物理世界）的重要，但是畢竟需要承認主體的領導地位。

〔註6〕參考李清筠《時空情境中的自我影像》頁2、4～5。

〔註7〕見李元洛《詩美學》頁373、377。

〔註8〕王長俊《詩歌釋義學》：「第一，現實時空的恆常性，詩化時空的變幻性。……第二，現實時空的確定性，詩化時空的模糊性。……第三，現實時空的單向度，詩化時空的多向度。」頁74～78。

——藝術時間和藝術空間〉〔註9〕都曾探討過這個問題。總的起來說，因為創作者具有對物理時空的能動的再創造力，因此就可改變物理時空的恆常性，大幅度地突顯出心理時空的變幻性，正如劉雨《寫作心理學》中所說的：「當作者按著已有的主觀意圖，去重新審視和排列某些記憶表象之時，實際上是在想像中建立起一個新的時空秩序。」〔註10〕而這種變幻性主要表現在心理時空的多向度上，也就是說物理空間是三維的，但是心理空間卻可以是一維、二維、三維的，同樣地，物理時間是單向、不可逆的，但是心理時間卻是不可逆、可逆並存的。另外，變幻性還表現在心理時空的「模糊」上，這種「模糊」其實就是誇張，也就是創作者依其需求，可自由地變造時空，使時空出現種種現實中不可能發生的變形。還有，心理時空可不受拘束，盡情往「虛」處發展，因此心理空間中有虛空間、心理時間中有虛時間（未來）等，這也是一種「變幻性」的展現。而創作者這樣盡情地發展心理時空的「變幻性」，其目的就是要達成「藝術趣味性」，也就是造成「美」；或者說，經過這樣的處理之後，就如楊春時《系統美學》中所言：「審美時空消除了自然時空和現實時空的外在性，成為自由的精神生活本身的形式。」〔註11〕這種自由的美感，真是太吸引人了。

經過這樣的探討後，可以得出如下的結論：創造者的再創造力是心理時空出現的起點，「美」則是所欲達成的終點；而在起點與終點中搭起橋樑的，就是種種的設計時空的技巧，這種種技巧可以往三個方向發展：時空的多向度、時空的模糊性、虛的時空；這些時空設計的技巧運用在文學作品的創造上，使文學作品中的時空設計出現多采

〔註9〕 潘其添〈咫尺之圖，千里之景——藝術時間和藝術空間〉，《藝術與哲學》：「藝術時間、空間具有再創造性，打上了人化的烙印。……第二，藝術時間、空間具有靈活性和多樣性的特點。……第三，藝術時間、空間也是有限與無限的辯證統一，但它具有藝術趣味性。」頁32～35。

〔註10〕 見劉雨《寫作心理學》頁275。

〔註11〕 見楊春時《系統美學》頁90。

多姿的樣貌，也就是我們前面所強調的「變幻性」，這是美感得以產生的主要根源。

第二節　心理時空的多向度

我們都有空間知覺和時間知覺，以幫助我們掌握物理時空〔註12〕，這些知覺反覆體驗、積累凝聚、經驗化以後，便形成了空間意識（觀念）和時間意識（觀念），再表現在文學作品中〔註13〕。這個空、時間意識（觀念）對於我們將物理時空轉化爲文學作品中的心理時空，起了非常重要的作用。

因此，物理時空的一些客觀規律性，在文學作品所展現的心理時空中都保存著；但畢竟心理時空是一種藝術想像的產物，所以在物理時空的現實基礎上，它也發展、創造出物理時空所沒有的型態，以便更合乎審美的需求。這些繁多的型態，是造成心理時空「變幻性」的一個重要因素。所以文學作品的心理時空中，哪些型態是比較符合物理時空的？哪些型態又是對物理時空的改造較多的？便成爲一個相當值得探討的課題。

在討論空間時，我們發現物理空間最爲人所注意的特性，當推空間的三維架構和它的廣延性了〔註14〕。而文學作品中所呈現出來的心理空間，可區分爲「形體空間」和「層次空間」。因爲形體空間是針對所選取的「視點」作描繪，所以描述的重心在此視點的「外形」，比較牽涉不到空間的三維架構和它的廣延性，因此也就看不太出來形體空間有多向度的變化。但是層次空間就不然了，它的構成就是以三維架構和廣延性爲基礎，再於其中求變化，因此它的多向度的變幻性

〔註12〕 邱明正《審美心理學》：「空間知覺是對事物存在廣延性空間特性及其變化的知覺，包括形狀知覺、體積知覺、立體知覺、方位知覺以及對它們的變化所發生的動勢知覺等。」「時間知覺是人對事物運動的延續、順序、速度及其變化的知覺。」頁206～207、207。
〔註13〕 參見邱明正《審美心理學》頁207。
〔註14〕 參見李元洛《詩美學》頁363～364。

是很可觀的，所以以下的探討，就鎖定在層次空間上。

　　檢視文學作品中展現的層次空間，發現最為符合物理空間的型態，當推「立體空間」，因為長、寬、高三維都在這種空間中展現出來，這是比較符合我們的日常生活經驗的。另外，由近而遠、由內而外、由小而大……的空間結構，也都可以展現空間的廣延性，尤其是當它們的空間拓展到無限時，最能夠體現出這一點。

　　不過，在文學作品中，空間被改造的情形更多，這種情形在層次空間中表現得非常明顯。就以空間應有的三維來講，在層次空間中，常常只針對其中的一維或二維來作描述；因此我們可以看到根據「長」的那一維，有「遠與近」、「內與外」、「前與後」等不同的空間型態，根據「寬」的那一維，有「左與右」的空間結構，根據「高」的那一維，就有「高與低」的空間產生，而結合「長」與「寬」二維，就會出現「大與小」的空間。若是長、寬、高三維隨意組合，那就會形成「視角變換」的空間組織。這些變態不窮的組合，可以充分發揮創作者的匠心，營造出最適合於個人情志的空間。此外，空間的廣延性也被打破了，空間不僅不向外拓展延伸，反而向內凝聚，譬如由遠而近、由外而內、由大而小的空間就是如此；而且再引而申之，則廣延與凝聚的的結合，就會出現「遠近遠」、「近遠近」、「內外內」、「外內外」……等等無窮的變化組合，真是多采多姿，充分滿足了「文人尚奇」的求新求美心理。而這些都會在下一章中再作討論。

　　以時間而言，物理時間所具有的特性，歸納起來，正如錢谷融、魯樞元《文學心理學》中所說的：「（時間）具有不間斷性、瞬逝性、不可逆性。」這三種特性在文學作品中都有所反映。根據時間的不間斷性和不可逆性，我們在檢索文學作品時，會發現由過去敘述到現在（即順敘）的情況非常多；根據時間的瞬逝性，所以會出現對「瞬時」的描述（表現出來的型態是「暫」）。這些都是心理時間對物理時間很明顯的繼承。

　　不過，如果我們將焦點放在「改造」的部分，會發現更多變、更

繁複的型態。譬如，與時間的不間斷性相對的，我們會發現創作者常將時間切割成一截一截地，再依據需要來安排穿插，完全打破時間的順序性，因此會出現「今昔今」、「昔今昔」……等等不同的時間組織方式。與時間的瞬逝性相對的，我們發現作品中有時會出現囊括長時、甚至包涵千古的悠久時間，這是「久」的型態；當然，創作者也可以將短時與長時組合在一篇作品中，形成「由久而暫」、「由暫而久」的結構。還有，與時間的不可逆性相對的，便是逆敘法了，這種敘述手法的重點就是將時間的順序顛倒過來，形成「由今而昔」的結構。這些種種不同的設計時間的手法，在文學作品中都有著傑出的實踐，帶來豐富的美感，我們將會在第四章作詳細的討論。

　　而且在物理時空中，時與空是攪在一起的，像一個四維的球；所以空間的三維架構、廣延性，以及時間的不間斷性、瞬逝性、不可逆性，都在其中展現。至於文學作品中的心理時空，當然也可以體現這樣的情形，通常有兩種表現方式：即「時空交錯」和「時空溶合」二者。前者是以時間、空間交錯出現的方式，來關顧時間與空間；後者則是以時空完全溶合的方式，來涵蓋時與空，此時心理時空與物理時空的溶合無跡，可說是已經到了化境了。

　　不過，文學作品中心理時空固然可以涵蓋時與空，有時卻難免有偏空間或偏時間的情況，因此會出現空間化的時間或時間化的空間；所以此時的時間與空間是經過較為技巧的改造之後，才融合為文學作品中的心理時空的。

　　由前面所討論的情形歸納起來，可以發現：心理時空承繼物理時空的部分是很容易瞭解的，這就是我們前面所說的「隨物宛轉」（《文心雕龍・物色》語）；但心理時空改造物理時空，形成多變向度的部分，就比較值得探討了，因為這就是「與心徘徊」（《文心雕龍・物色》語），創作者的審美心理結構在此時發揮了較明顯的作用。

　　而且，在多向度的心理時空中，它所包含的內容仍是出自物理時空的，只不過是挑選其中對創作者較有意義的部分，用不同的方式加

以組合，以形成一種「有意味的形式」。審美知覺是有選擇性的，因此必要經過「挑選」的過程是無須置疑的；但是在這裡，我們更需要探討的是：它是如何組合而成的？談到這裡，就必須提及「聯想」的重要性。戚廷貴主編的《美學原理》對聯想的定義是：「聯想，是回憶的一種表現形式。凡是由當前的一個事物回憶或聯繫到另外有關事物的思維活動，都稱之爲聯想。……客觀事物總是相互聯繫著的，具有各種聯繫的事物，反映在人的頭腦中，便形成了各種聯想的基礎。」〔註15〕因此對「回憶」的多樣組接，就是聯想了。而且聯想可分作許多的形式，各自起著作用。不過，在這裡產生較明顯作用的，當推「接近聯想」和「對比聯想」了。所謂的接近聯想，就是「一個事物與另一個事物在時間上或空間上的接近，因而產生的由這個事物在時間或空間上的情景，想到另一個事物在時間或空間上的情景。」〔註16〕而對比聯想是：「具有相反特徵的事物或相互排斥的事物之間所形成的聯想。」〔註17〕前者容易造成連續性的空間與時間，譬如由近而遠……、由昔而今（順敘）……等等；而後者則容易造成對照性的空間與時間，譬如遠近對比……、今昔對比……等等。

　　邱明正《審美心理學》進一步地討論到聯想在審美心理結構中所產生的作用：「審美聯想是把蕪雜、渙散的審美對象、對象特性加以篩選、編排、撮合，粘結爲合規律的審美整體的過濾器和粘合劑，不僅深化了對事物審美特性的感知、理解，而且豐富和鞏固了審美記憶。」〔註18〕這可以回應我們前面所說的審美的「選擇性」的問題。其次，「審美聯想可以突破當前有限對象固有時空、型態、內容的限制，自由擴展到與之聯繫的廣袤世界，填補對象的空白，拓展對象表象的外延和意蘊的容量。」〔註19〕「突破」與「自由」正是多向度的

〔註15〕見戚廷貴主編《美學原理》頁211。
〔註16〕見戚廷貴主編《美學原理》頁212。
〔註17〕見戚廷貴主編《美學原理》頁214。
〔註18〕見邱明正《審美心理學》頁188。
〔註19〕見邱明正《審美心理學》頁189。

變化時空的兩大特點，而美感也就是由此產生的。邱明正還提及：「審美聯想是將對象同自己聯結起來，喚起理智、情感活動，深化審美感受、強化情感體驗的手段之一。」〔註20〕因此創作者運用種種技巧所設計出來的多變時空，其實是濡染了個人色彩的、個別的小小世界，非常迷人而雋永。

第三節　心理時空的客觀與主觀

此處所探討的「客觀」與「主觀」，和我們平常所說的「客觀」的物理世界、「主觀」的心理世界，其涵義是不同的。因為心理時空是不可能純客觀的，如吳中杰《文藝學導論》即說：「生活真實是現實生活中的真實情況，是純客觀的，是藝術描寫的對象；藝術真實是經過作家藝術家主體意識滲透的真實形象，是主客觀的統一。」〔註21〕那麼，我們在此討論「客觀」與「主觀」，又是為什麼呢？

此處的「客觀」和「主觀」是就創作者處理時空的不同態度相對而言的。邱明正《審美心理學》提及審美知覺是有選擇性的〔註22〕，既有選擇，那就不是純客觀的。但是他還說了：「由於審美知覺具有選擇性，人可以從不同的角度去省察、知覺對象，因此當對同一對象知覺選擇的角度、方面轉換以後，常使知覺的內容也發生變化，所以審美知覺既有確定性、又有可變性、不確定性、多義性，乃至模糊性。尤其當它融入主體的經驗、回憶、聯想、想像和情感以後，還常發生知覺變形，使知覺的內容發生質和量的變異。」〔註23〕如果處理時空的時候，對「確定」的部分著墨多，那與著重「知覺變形」者，當然

〔註20〕見邱明正《審美心理學》頁191。
〔註21〕見吳中杰《文藝學導論》頁118。
〔註22〕參見邱明正《審美心理學》：「當人面對眾多對象或對象多種審美性質時，並不是對他們一視同仁⋯⋯而是自覺或不自覺地有所選擇，而且這種選擇比一般的知覺更有具象特徵，更受審美需要制約，恆常性也更為集中。」頁154。
〔註23〕見邱明正《審美心理學》頁156～157。

會在呈現出來的面貌上表現出很大的差異，這種差異，我們姑且就以
「客觀」與「主觀」之別來指稱。

《文藝學專題研究》一書，對此有過論述：「文藝中的客觀性是
文藝對客觀物質世界的反映，文藝的主觀性就是作家主觀的思想、情
感、審美意識等等在反映客觀世界時打上的印記。」〔註24〕當然，客
觀地處理物質世界，並不就是說其中沒有創作者的個人情志蘊涵著，
而是說他在描述時會盡量地貼近真實的物質世界。由此衍生，對文藝
本質的見解，就有「再現」和「表現」的不同，吳中杰《文藝學導論》
說：「再現論認為文藝是客觀現實的再現，表現論認為文藝是作家心
靈的表現。」〔註25〕前者容易表現出「客觀」的態度，後者則容易表
現出「主觀」的態度，中西文藝家對此歷來討論不休〔註26〕；但是，
不管如何，文學中有如此的現象存在，是不爭的事實，而且是相當具
有意義的。

同時，還可想到另一組頗有關聯的範疇：「形似」與「神似」，這
在傳統畫論和文論中都是注目的焦點之一。黃廣華〈關於「形似」與
「神似」〉一文中，說道：「（形似）是指藝術形象與被它所反映的客
觀事物形狀的相似而言，它是對客觀事物的正確反映，反映出了客觀
事物的主要特徵——這一事物區別於另一事物的特殊性。」「『神似』，
有兩個基本含義：一是指所反映的事物的基本神態，也就是他的本
質；二是指人的本質在物的形象中的顯現。」〔註27〕「形似」毫無疑
問地，偏於「客觀」的處理態度，而「神似」中的第二種，則極易展
現出「主觀」的態度來。

〔註24〕見《文藝學專題研究》編寫組編著，《文藝學專題研究》頁205。
〔註25〕見吳中杰《文藝學導論》頁15。
〔註26〕參考《文藝學專題研究》編寫組編著，《文藝學專題研究》頁199～
204，以及吳中杰《文藝學導論》頁15～25。
〔註27〕見《古代文學理論研究》叢刊、第十六輯，頁160、165。亦可參考
臧克家〈真相與真魂〉，《詩文鑑賞方法二十講》頁17～22，以及韓
林德《境生象外：華夏審美與藝術特徵考察》頁33～36。

　　而且，客觀的態度是冷靜的、主觀的態度是熱烈的，這其中的區分，可以用萩原朔太郎《詩的原理》中的一段話來作說明：「所謂自我，實係一種溫熱之感；而所謂非我，則爲不伴隨著溫熱的一種冷淡疏遠之感。所以凡是伴隨著溫熱之感的，在我們的語言上，便稱爲『主觀底』。而且溫感之所在，他自身即是感情（含著意志）；所以凡所謂主觀底態度，必然是意味著感情的態度。相反的，缺乏人情味，充滿知底要素的，因爲它是冷感，所以便稱爲客觀底態度。」〔註28〕在這裡，「客觀」的態度相近於富於理智、知性的態度，「主觀」的態度相近於充滿感情、感性的態度。

　　從前面的這一段話，更可以想到心理世界脫不開「自我」，但「自我」扮演的角色不同，呈現出來的文學現象就不一樣。從這一點來說，王國維《人間詞話》：「有我之境，以我觀物，故物皆著我之色彩；無我之境，以物觀物，故不知何者爲我，何者爲物」的說法是很值得探討的；童慶炳《中國古代心理詩學與美學》就有精闢的分析：「實際上『無我之境』也是『與心徘徊』的產物，也是作爲心理場而存在，其中必然也『有我』。只不過在『有我之境』中是『明我』，『我』的感情是顯露出來的；而在『無我之境』中是『暗我』，『我』的感情是隱藏起來的。前者屬投入型的『我』，後者屬靜觀型的『我』。」〔註29〕「靜觀型」的「暗我」，是客觀的態度；「投入型」的「明我」，是主觀的態度。

　　從前面的各個不同角度的探討、比較中，可以更加瞭解心理世界中「客觀」與「主觀」的處理態度的差異。底下就針對著「客觀」和「主觀」，分別來作論述。

　　客觀的處理態度並非機械地反映物理世界中的一切，吳功正《中國文學美學》中說道：「（機械反映論）對於一般體認系統，尚有一定意義和價值，但對於審美知覺，就顯得無能爲力。」他並引用符號學

〔註28〕見萩原朔太郎《詩的原理》，譯者徐復觀，頁 8。
〔註29〕見童慶炳《中國古代心理詩學與美學》頁 11。

家卡西爾的話說：「我們的審美知覺比起我們的普通感官知覺來更爲多樣化，並且屬於一個更爲複雜的層次。在感官知覺中，我們總是滿足於我們周圍事物的一些共同不變的特徵。審美經驗則是無可比擬地豐富：它孕育著在普通感覺經驗中永遠不可能實現的無限的可能性。」〔註30〕因此，客觀的處理態度並不死板，仍是在創作者審美心理結構的中介下，能動地創造文學作品中的心理世界；只不過在處理物理世界的一切時，根據的是古典的時空觀念。夏之放《文學意象論》中談到：古典力學大師牛頓的絕對時間和絕對空間的觀點，是古典時空觀念的典型代表；在這種觀點下，事物、現象間的聯繫也就僅限於歷時性縱向因果關係和共時性的橫向並列關係了。按照這種古典的時空觀念，當我們要紀錄和描繪某些事件時，只要按照歷時性、共時性來處理時序關係和地點的轉換，也就足夠了〔註31〕。因此，呈現出來的文學現象，會合乎物理世界的客觀規律性，盡量地貼近我們所經歷的現實生活。

這樣做當然是有好處的，因爲「如實」地記述，其實是最易令人瞭解、最容易接受的方式，所以「形似」應該是人們對藝術品最早和最基本的審美要求；而且也能使我們看到自然景物的本來面目和生活的眞正樣子；還可以展示出創作者觀察現實和模仿自然的高超技巧〔註32〕。此外，此時運用的語言具有情緒相對穩定的語言色彩，張紅雨《寫作美學》中說：「這種相對穩定的情緒是說，這種情緒波動的幅度很小，震頻很低，不易被人們發現，不強烈地顯現於聲色罷了。……這種情緒波動不僅有著相對的穩定性，而且還有著循序漸進和速度均衡的特性。」「其運用的語言也是平緩、明朗和顯明的。」〔註33〕這樣的語言不帶壓迫性，是容易讓人產生優美感受

〔註30〕見吳功正《中國文學美學》頁273。
〔註31〕參見夏之放《文學意象論》頁233。
〔註32〕參考黃廣華〈關於「形似」與「神似」〉，《古代文學理論研究》叢刊、第十六輯，頁164。
〔註33〕見張紅雨《寫作美學》頁261、263。

的。而且情感的平緩並不代表沒有情感或情感淡漠，關於這點，我們可以參考童慶炳《中國古代心理詩學與美學》對「無我之境」的看法：「從某種意義上看，『暗我』、靜觀型的『我』比『明我』、投入型的『我』更爲深刻、透徹，更具有『我』的內在本質，更是『我』的本質力量的對象化，因爲在『與心而徘徊』中，『我』與景物已跡化爲一體，『我』即景物，景物即『我』。……是烈火鍛鍊後的清冷。」〔註34〕此時，我們能不說這種客觀的處理態度，透露出的是一種更爲悠然的美感嗎？

　　主觀的處理態度是更爲強烈的，最明顯的表現就是「變形」〔註35〕。邱明正《審美心理學》中談到「審美想像」時，認爲其中有一種是：「將事物表象、形象、內質、功能加以變形、強調、誇張，擴大或縮小，創造新的形象、意象。」〔註36〕錢谷融、魯樞元主編的《文學心理學》也提及「想像變形能力」〔註37〕。想像力的高度發揮之下，不願受現實形象的拘束，就會發生「變形」，所以李元洛《詩美學》中談及了許多「時空變形」的型態〔註38〕；楊匡漢《詩學心裁》中說道：「（藝術的變形）對人、景、物、象所作的非如實、非常軌的『破格』描寫，既允許與實際相悖，又在深度層次上與情理相通。」〔註39〕所以它所要求的是「神似」，因此它會呈現出「不似之似」〔註40〕、「反常合道」〔註

〔註34〕　見童慶炳《中國古代心理詩學與美學》頁11～12。

〔註35〕　參見李元洛《詩美學》：「變形……它使藝術形象與所依據發生的自然型態常常呈現出很大的不同，而且具有更強烈的主觀色彩。」頁401。

〔註36〕　見邱明正《審美心理學》頁197。

〔註37〕　見錢谷融、魯樞元主編的《文學心理學》頁109。

〔註38〕　參見李元洛《詩美學》頁400～409。

〔註39〕　見楊匡漢《詩學心裁》頁260。

〔註40〕　參考陳德禮〈「不似似之」與藝術美的創造〉，《古代文學理論研究》叢刊、第十六輯：「『不似似之』的『不似』，就客觀物象而言，是指藝術形象不能也不必與之完全相同，而是以表現客觀物象在藝術家心中所引起的思想情感爲目的……這種外在形是和客觀現實的某些方面不盡相符，但通過變通性的藝術處理方式，在情理上相通，並獲得了情感的真實性，於是就在更高的境界上達到了更似的審美效

41〕……等型態。而且審美變形是「有所爲而爲」的，吳功正《中國文學美學》說：「審美變形，在本質上體現了主體對於客體的超越、馴化、征服和高層次的藝術佔有。」〔註42〕楊匡漢《詩學心裁》也說道：「任何優秀的詩人都決不僅僅爲了描摹而使客體變形，總是使這種變形最大限度地顯現主體審美意識。」〔註43〕主體意識在其中佔了非常強大的主導地位，因此在這種變形中，情感是強烈的，呈現出的是「有我之境」，吳功正《中國文學美學》中提到的「時空意識的感覺化」〔註44〕，說的就是這樣的情形。

這種主觀的處理態度，其優點是很明顯的，因爲主體的情志可以得到最大的強調，這種強烈的情感色彩，很容易使讀者感染、感動；例如繪畫中就有這樣的情形：「變形所造成之動勢」，劉思量《藝術心理學》中說：「扭曲或變形，會產生視覺的張力，視覺彷彿有要求變形『跳回』正常圖形的樣子，這是視覺的『橡皮筋效果』。」〔註45〕王秀雄《審美心理學》也說道：「具象繪畫中，某形之變形效果，當觀者在過去之視覺經驗中知悉其正確之形時，則此變形所帶來之動勢更加尖銳。」〔註46〕繪畫的原理印證於文學的現象，也是若合符節的。而駱小所在《藝術語言學》中，從語言學的觀點出發說道：「藝術語言的變形，是指人們在使用修辭的過程中，對客觀事物或社會現象的固有型態作出的無意或有意的改變。……語言的變形與表情性質有關。」〔註47〕張紅雨《寫作美學》談到「情緒波動的語言色彩」時，

果。」頁 194。

〔註41〕見童慶炳《中國古代心理詩學與美學》：「『反常』是指情景的反常、超常組合……『合道』是指這種反常超常的藝術組合，卻出人意料合乎了感知和情感的邏輯。」頁 116。

〔註42〕見吳功正《中國文學美學》頁 275。

〔註43〕見楊匡漢《詩學心裁》頁 261。

〔註44〕見吳功正《中國文學美學》頁 396。

〔註45〕見劉思量《藝術心理學》頁 155。

〔註46〕見王秀雄《美術心理學》頁 307、310。

〔註47〕見駱小所《藝術語言學》頁 19～20。

也引用《醫宗金鑑・四診心法要訣》之語，來說明情緒變化對語言產生的影響，而且將這種情緒波動輸入載體，便形成了文章中較具情緒波動的語言〔註48〕。這種情緒波動較大的語言，對作者來說，是「出語驚人」，對讀者來說，是「好奇心理」〔註49〕，都是具有吸引力的。不過，這種變形的目的並不在本身，而在於達成整體的和諧。劉勰《文心雕龍・夸飾》針對「誇飾」格所說的：「壯詞可得喻其真」，其實說的就是這種道理；吳功正《中國文學美學》中也說：「審美變形的最終目的是達到完形。」〔註50〕張法《中西美學與文化精神》分析道：「中國文化的和諧首先強調整體的和諧，由整體的和諧來規定個體（部分），個體（部分）應該以一種什麼方式，有一個什麼樣的位置都是由整體性決定的。」〔註51〕由這個角度來看待主觀的時空處理方式，是更能發掘出其中的美感的。

　　不過，還有一點是值得特別注意的：那就是在同一篇作品中，客觀與主觀的處理態度並不是「勢不兩立」、無法共存的；事實上，他們往往可以各自形成對照，並進而交流。此時，文學作品是既客觀又主觀；有時是再現的、有時是表現的；既可形似、又能神似；時而冷靜理智、時而溫暖感性；還可出入無我、有我之間；經由這樣的相互交流、相互補充，使文學作品增添許多靈動的姿態，而且可以臻至更大更高的美感——和諧。

第四節　心理時空的實與虛

　　虛實理論在中國源遠流長、蘊含著豐沛的思想。先秦《老子》、《莊子》、漢代《淮南子》中展現的有無思想，可說是虛實理論的源

〔註48〕參見張紅雨《寫作美學》頁265。
〔註49〕參見沈謙《文心雕龍與現代修辭學》中對「誇飾之產生」的說明（頁262）。
〔註50〕見吳功正《中國文學美學》頁275。
〔註51〕見張法《中西美學與文化精神》頁78。

頭〔註52〕，後代一再地發展，虛實理論更是橫跨了繪畫、書法、文學、園林建築……等。就算劃定文學為範圍，虛實理論仍是蘊義豐富、解釋多方，現當代的文藝理論家，整理、發展虛實理論，就得出了許多不同的見解，像曹冕《修辭學》就認為議論為「虛」、敘事為「實」〔註53〕；劉錫慶、齊大衛《寫作》一書中認為文章有「線索的虛實」、「場面的虛實」、「形象的虛實」〔註54〕；李元洛《歌鼓湘靈》將「情景」、「今昔」、「時空」、「有無」四組範疇歸入「虛實」之中〔註55〕；王凱符、張會恩主編的《中國古代寫作學》將「虛實」分為四類，即「事理」、「情景」、「真假」、「詳略」〔註56〕……，其他類似的、不同的說法尚多，無法一一列舉〔註57〕。

不過，若將範圍再縮小，圈定在文學作品中所表現出來的心理時空，那麼，因為虛實理論的源頭畢竟是「有」與「無」，所以「時空」的「有」與「無」，就如陳滿銘《章法學新裁》中所說的：「虛實就空間來說，凡窮盡目力，寫眼前所見的，是實；而透過設想，寫遠處情況的，是虛。」「虛實就時間來說，凡是敘事、寫景或抒情，只限於過去或當前的，是『實』；透過想像，伸向未來的，則為『虛』。」〔註58〕這樣「時空」中的「虛實」就被清理出來了，顯得十分明晰。

文學作品中所描繪的「實」的時空，因為是身之所歷、眼之所視，所以是很容易為我們所瞭解以及接受的。彭聃齡主編的《普通心理學》

〔註52〕 參見廖文麗《古典小說虛實論研究──以《三國演義》為例》頁1。
〔註53〕 參見曹冕《修辭學》頁95～96。
〔註54〕 參見劉錫慶、齊大衛《寫作》頁95～96。
〔註55〕 見李元洛《歌鼓湘靈》頁246。
〔註56〕 參見王凱符、張會恩主編的《中國古代寫作學》頁285～287。
〔註57〕 參見拙著《中國辭章章法析論》頁246～259。
〔註58〕 見陳滿銘《章法學新裁》頁105、107～108。唯需辨明清楚的是：此處所說之虛、實空間，乃是針對視覺而言，但是人的其他知覺（聽覺、嗅覺、觸覺……等等）也會帶出虛、實空間。但是因為視覺所帶出的虛、實空間，佔了絕大部分，所以為了討論方便起見，本論文只鎖定視覺虛實空間為範圍，至於其他的聽覺虛實空間、嗅覺虛實空間、觸覺虛實空間……，則留待日後另文加以探討。

提及人有空間知覺：「是人對客觀世界物體的空間關係的反映。它包括形狀知覺、大小知覺、深度與距離知覺、方位知覺和空間定向等。」〔註59〕以及時間知覺：「即客觀事物和事件的連續性和順序性在人腦中的反映。」〔註60〕因為有這些知覺的幫助，所以人們可以辨識、掌握實的時空，並進而將他們反映在文學作品中。

　　但是，對於「虛」的時空，就沒有那麼方便了。虛的時空眼未曾視、身未曾歷，那麼，創作者是如何創造、把握這種時空的呢？曾霄容《時空論》中提到：「精神現象可分為機能與內容的兩個側面。精神機能依附於腦髓活動。腦髓是高等動物所具備的高級物質，其存在與活動均具有時空性。因此，依附於腦髓的精神機能亦則要受制於時空。精神內容乃是精神機能所形成的觀念形態。呈現於精神內容的時空屬於觀念的存在。……精神又可能自由自在的描繪多種多樣的空間形象……其所構想的空間還要超過物質的空間。」〔註61〕空間如此，時間亦復如是。可見得人類憑藉其精神力，絕對可以超過物理時空的制約。

　　從中可以注意到的是：陳滿銘在討論這個問題時，一再提及「想像」、「設想」在虛實時空中的作用；毫無疑問的，「想像力」在此時確實佔了很大的、關鍵性的地位，尤其是面對「虛」的創造的問題時，更是如此，王熙梅、張惠辛《藝術文化導論》即引喬治‧桑之語，說：「虛構作為一種藝術特質始終受到人們的重視。它『憑藉了想像，來把孤立的事實加以聯繫，加以補充，加以美化。』」〔註62〕而「想像」又是什麼呢？戚廷貴主編的《美學原理》中說道：「想像是人腦在改造記憶表象的基礎上創見新形象的心理過程。人們在社會實踐中，不僅能感知當時作用於主體的事物，回憶起過去曾經經歷過的事物，而

〔註59〕見彭聃齡主編《普通心理學》頁255。
〔註60〕見彭聃齡主編《普通心理學》頁278。
〔註61〕見曾霄容《時空論》頁408。
〔註62〕見王熙梅、張惠辛《藝術文化導論》頁98。

且還能在主體已有的知識經驗的基礎上，在頭腦中創造出沒有直接感知的新的形象、新的事物。」〔註63〕邱明正《審美心理學》則針對「審美想像」，歸納出幾個特徵：「首先，審美想像是種創造性的思維活動，是創造思維的集中表現。……再次，審美想像比一般想像（如科學想像等）更自由、更廣闊，更具理想性、幻想性。……最後，審美想像是種形象思維活動，是依憑著、伴隨著形象所展開的高級神經活動，是將理智、情感融入於形象並依憑著想像而展開的思維活動，而這又正是形象思維的基本特徵。」〔註64〕這對於我們從事「虛」以及「由實入虛」的討論，都是相當有幫助的。

　　針對空間來討論時，可以將空間區分出「虛」與「實」來。虛空間的出現，其實是人類心理的投射，王熙梅、張惠辛《藝術文化導論》中談及「人的欲求與藝術的虛構」時，說道：「詩的世界其實就是一個疏離於現實的幻想世界。歌德也從這個角度意識到幻想與虛構的價值：『每一種藝術的最高任務即在於通過幻覺產生一個更高的真實的假象。』……在弗洛伊德看來，藝術不是對於現實的『反映』，而是對於現實的『虛構』。」〔註65〕虛空間的出現，恰可以反應出人類心理的這一個面來；而且依據對現實悖離的距離，虛空間還分不同的種類，剛好在不同的程度上投射出人類對「虛構」的渴求。首先，虛空間有「設想」一類，即是根據現實空間，想像出一個不在眼前或不曾存在的空間，這個空間與現實很像、卻又與現實不像；很像的部分，是因為這是依據現實為材料所創造出來的，不像的部分，那就是作者個人所添加的了，至於為什麼要添加這樣的內容，就是最耐人尋味的地方了。其次，虛空間還包括仙界和冥界，黃永武《詩與美》中提及，由於神話在文學作品中的大量運用，所以存在著大量對仙界的描寫〔註66〕，

〔註63〕見戚廷貴主編《美學原理》頁216。
〔註64〕見邱明正《審美心理學》頁205。
〔註65〕見王熙梅、張惠辛《藝術文化導論》頁101。
〔註66〕見黃永武《詩與美》頁215～216。

李亦園爲《神話的智慧》一書所作的序言說：「神話其實並不是神仙的故事，而是人類自己的故事。人類各民族在神話中所表達的眞正主題，並不在於神仙世界的秩序與感情，而是人類自身的處境、以及他們對自然世界以至於宇宙存在的看法。」〔註67〕而陳天水《中國古代神話》也說道：「神話是原始人民集體創作的。它植根在現實的土壤上，以幻想的形式，反映人與自然和社會生活的關係。」〔註68〕這個幻想爲後代所承繼，而且開出更繁盛的花朵；至於冥界的部分，我們也可以瞭解，由於對死亡的懼怕與執迷，對身後的世界，儘管不可捉摸，還是忍不住探索的慾望，這種渴望自然地從對冥界的描寫中透露出來〔註69〕。第三，對夢境的描寫，也是數量甚夥，而且蘊含深意的，尤其在精神分析學派的大師弗洛伊德、榮格等人的努力下，夢儼然成爲人類潛意識的窗口，透過夢，我們可以諦視人類心靈最幽深的一面，張紅雨《寫作美學》談到寫作主體的「美感騰飛反映」時，即說：「非自控型的美感騰飛在人們的睡夢中更爲自由而酣暢，不受主觀意識的任何限制，也可以說是意識的一種失控現象，是意識的自由流動。」〔註70〕除了這一點外，許翠雲《唐代閨怨詩研究》還說了：「女子在與外界隔絕的深閨之中，如何擺脫此一空間限制。唯賴想像或夢境。」〔註71〕也因爲「夢境」有這麼一個方便的地方，所以文學作品中大量地出現著對夢境的描寫。

　　如以時間而言，時間具有過去、現在、未來三相，因此錢谷融、魯樞元主編的《文學心理學》即說：「藝術創作的材料，來自三種時間：當時的印象，早年的回憶，未來的憧憬。」〔註72〕過去和現在是

〔註67〕見李亦園〈時空變遷中的神話〉，收於 JOSEPH.CAMPBELL 著《神話的智慧》，李子寧譯，頁 5。

〔註68〕見陳天水《中國古代神話》前言頁 1。

〔註69〕在弗雷澤（J.G.Frazer）著《金枝——巫術與宗教之研究》中，即有許多對死亡禁忌的描述。

〔註70〕見張紅雨《寫作美學》頁 133。

〔註71〕見許翠雲《唐代閨怨詩研究》頁 163。

〔註72〕見錢谷融、魯樞元主編《文學心理學》頁 123。

實際經歷過的時間，所以是「實」的〔註73〕；未來則尚未發生、不是實際的存在，所以是「虛」的；當然，在從事文學創作時，並不會受到限制而只在「實」處打轉，反而「虛」處的發揮空間是非常大的。這樣的情況與人的心理有關，彭聃齡主編的《普通心理學》談到「人類心理的自覺能動性」時，曾舉出一個「預見性」，他說：「人們可以總結過去的經驗和教訓，也可以計劃未來的活動，預料事物變化發展的可能性。……有預見性是人的心理的特徵。動物既不懂得累積、總結過去的經驗，更不可能計劃和預見未來的活動。」〔註74〕因此，在從事創作時，當然不會撇開「未來」而不加以著墨了。而且在創作的過程中，由於人的種種心理機制，因此將虛時間納入創作的內容中，是相當自然的；劉雨《寫作心理學》中即稱：「在構思過程中，我們把由一個事物想到另一個事物的由此即彼的心理過程叫聯想。……因為回憶只限於對過去經驗的召回和重視，而聯想則可以不受這個時間和空間的限制，它既可以再現過去的經驗，又可以由過去聯想到未來，在心目中設想出未來的圖景。」〔註75〕張紅雨在《寫作美學》中也認為順應美感情緒的放縱時，在表達形式上就會突破時間的限制〔註76〕。而且這樣的處理所造成的效果是相當好的，王秀雄《美術心理學》即談到繪畫上一件良好構造物的某部分，若有未完成之形時，則我們視覺就會產生趨於完成之緊張，動勢因而就興起〔註77〕；這樣的情況當也可見於文學中的虛時間。所以文學作品中出現實時間與虛時間相雜相揉的情形，是理所當然的。

　　經過這樣的探討之後，對於虛、實的時、空應該都有更深的瞭解

〔註73〕若將「過去」與「現在」作個比較，則「過去」存在於已逝的、不可掌握的時間中，但「現在」則是目前所正在經歷、能夠掌握的時間；因此兩者雖都屬於「實」時間，但「過去」顯然又帶了一點「虛」的性質，所以也可視作「實中虛」。此說本自陳滿銘。

〔註74〕見彭聃齡主編《普通心理學》頁105。

〔註75〕見劉雨《寫作心理學》頁245。

〔註76〕參考張紅雨《寫作美學》頁195。

〔註77〕參見王秀雄《美術心理學》頁311。

了。而且和主、客觀態度一樣，虛、實時空並不是只能從對照的角度
來比較，事實上，他們常出現在同一篇作品中，而且起著互相呼應的
作用。中國自古以來即有的「化實爲虛」、「化虛爲實」、「虛實相生」
的說法，就闡明了這一點。曾祖蔭《中國古代文藝美學範疇》中談到
「化實爲虛」時，說道：「藝術之所以不同於機械攝影和科學掛圖，
在於它通過藝術家頭腦的能動作用，運用想像和虛構，對現實生活進
行了加工、改造，體現了藝術家的美學理想。藝術形象來源於現實生
活，卻又與普通的實際生活有本質的不同，呈現出不即不離、是相非
相的特徵。」〔註78〕落實到「時空」上來說，儘管所描繪的是虛時空，
但其素材仍是來自現實生活的〔註79〕，因此它是在實時空的基礎上，
加以鍛鍊、提昇的結果，這樣的過程，可以說就是「化實爲虛」。至
於「化虛爲實」，則是指對虛時空的所作的描寫，其目的在與實時空
形成對照，並進而凸顯出實時空所含蘊的特徵或思想情意；劉坡公《學
詩百法》中列有一法：「反託題意法」，它的定義是：「詩有題之正面
難寫者，不得不於反面求之，蓋從反面託出，較之正面，意味倍深也。」
〔註80〕虛的時間、空間，與實的時間、空間比較起來，自然是「反面」
了，但是它的存在，又是爲了要託出「正面」（即實時空），這就會造
成「化虛爲實」的效果〔註81〕。而「虛實相生」，依據曾祖蔭的說法，
就是「虛和實二者相互聯繫，相互滲透，相互轉化，使藝術形象生生
不窮，從而具有很高的審美價值。」〔註82〕這「聯繫、滲透、轉化」
和「生生不窮」是很重要的，前者代表的是過程，也就是局部性的交
流，並因而形成靈動的美感；後者代表的是結果，也就是調和到了極
致，達致整體的和諧美。這樣由過程而結果、由局部而整體，正符合

〔註78〕見曾祖蔭《中國古代文藝美學範疇》頁167。
〔註79〕參見戚廷貴主編《美學：審美理論》：「想像則是在頭腦裡改造記憶
　　　　中的表象從而創造新形象的過程。」頁208。
〔註80〕見劉坡公《學詩百法》頁56。
〔註81〕「化虛爲實」之說法本之於陳滿銘。
〔註82〕見曾祖蔭《中國古代文藝美學範疇》頁177。

陳滿銘的「螺旋理論」〔註83〕。

　　「心理基礎」的探討，對於解析任何一種文學現象來說，都是非常重要的。因爲要瞭解創作者的內在心理機制之後，我們才可以較好地去把握呈顯於外的文學現象；更進一步來說，所謂「人同此心、心同此理」，不僅創作者有這樣的心理機制，鑑賞者也有，就是因爲人類心理都有這麼一個「共通性」，所以創作者和鑑賞者才可以藉著文學作品互相交流、溝通。如果能對這心理上的共通性稍有瞭解、稍加掌握，那麼對文學現象的分析，不管在涵蓋面和精準性上，都有極大的裨益。

〔註83〕　參見陳滿銘〈談儒家思想體系中的螺旋結構〉，《國文學報》第二十九期：「大體說來，對思想體系之形成，關涉得最密切的，莫過於『本末』問題。就以儒家思想中的『仁』與『智』、『明明德』與『親民』、『天』與『人』的主張而言，即有本有末。它們無論是『由本而末』或『由末而本』，均可形成單向的本末結構。而一般學者也都習慣以此來看待它們，卻往往忽略了它們所形成之互動、循環而提昇的螺旋結構。所謂『螺旋』，本用於教育課程之理論上……所謂『圓周』、『逐步擴大和加深』，指的正是『循環、往復、螺旋或提高』，換句話說，就是『互動、循環而提昇』的意思。」頁2。王希杰〈從《周易》說修辭學〉，《王希杰修辭學論集》，提及「二元對立、互補和轉換原則」（頁102）亦可與此參看。

第三章　古典詩詞的空間設計

　　與時間比較起來，空間似乎較為具體而易於把握。空間是所有事物、現象存在的場所，它是廣大空虛，而又無所不包的；而且在空間是同時而共存的秩序，其間一切事物，無不森然羅列、同時並立；此外，空間在本質上是靜止的、不變的，如果抽離了時間因素，空間中的一切，即完全凝固靜止〔註1〕。

　　人都有空間知覺，以協助人在空間中活動。彭聃齡主編的《普通心理學》中說：「空間知覺是人對客觀世界物體的空間關係的反映。它包括形狀知覺、大小知覺、深度與距離知覺、方位知覺與空間定向等。空間知覺在人與周圍環境的相互作用中有重要作用。如果人們不能認識物體的形狀、大小、距離、方位等空間特性，就不能正常地生存。」〔註2〕人不能脫離空間而存在，而且，必然對所處空間有所知覺，而此知覺自然而然地會反映在文學作品中。

　　人們透過空間知覺去感知空間，然後在文學作品中描繪出來，但此時的空間已經不是純粹的物理空間了，因為這其中必然融入創作者個人的特質。正如李清筠《時空情境中的自我影像》中引用人本主義地理學所言：「存在空間是人本主義地理學最基本的觀念。就小範圍而言，

〔註1〕　參見陳清俊《盛唐詩歌時空意識研究》頁16～17。
〔註2〕　見彭聃齡主編《普通心理學》頁255。

存在空間是人類關懷和參與的一個非幾何空間，即自我中心空間（egocentric space）。……在這樣的認知下，距離是非尺度的，係用來衡量情感的聯結性，距離的空間聯結就是意義的聯結。」又說：「在廣大空虛而無所不包的空間中，一切存有物都有意義，人們可依其主體意願，含容、參與且直接關懷……這個空間的形成是由主體人為中心點向外擴展，而在擴展中，賦予自我價值觀的投射和造型。」〔註3〕所以錢谷融、魯樞元主編的《文學心理學》即提出「心理空間」的說法，他認為：「心理空間是對物理空間的主觀感知。」〔註4〕因此，創作者其實是依其內在的需要去處理空間。藝術理論家康丁斯基（Kandinsky）從繪畫的觀點出發，在《藝術的精神性》中說道：「形的和諧必須建立在心靈的需要上。此即，內在需要的原則。」〔註5〕而文學作品也是一樣的。所以，創作者處理空間的方式，在不覺中，就會透露出其個人的意念、情感。

也就是因為文學作品中的空間設計是以創作者的心靈需要為依歸，所以不會為物理空間所限。吳功正《中國文學美學》中說道：「空間感張力在中國詩歌裡常常通過對詩人感覺變移和幻化來實現。因為天地之大，非目力所到處，只得憑藉心力。」〔註6〕於是，就有「虛空間」的出現，而且書中還特別提到「夢境」也屬於其中。而錢谷融、魯樞元主編的《文學心理學》也說道：「文學作品中還有一種心理空間，是對作家幻覺空間的模寫。作品中的夢境、仙境、陰曹地府等等都是幻覺空間。」〔註7〕陳滿銘在《章法學新裁》中，將此統整起來，作了區別：「虛實就空間來說，凡窮盡目力，寫眼前所見的，是實；而透過設想，寫遠處情況的，則是虛。」〔註8〕不

〔註3〕 見李清筠《時空情境中的自我影像》頁6，和頁82。
〔註4〕 見錢谷融、魯樞元主編《文學心理學》頁199。
〔註5〕 見康丁斯基（Kandinsky）《藝術的精神性》頁52。
〔註6〕 見吳功正《中國文學美學》頁392。
〔註7〕 見錢谷融、魯樞元主編《文學心理學》頁199。
〔註8〕 見陳滿銘《章法學新裁》頁105。

過，擴大來說，藉由聽覺、嗅覺、觸覺、味覺所感知到的空間，也是實空間；所以，我們可以說：文學作品中所呈現出來的空間，可大別爲「實空間」和「虛空間」，前者指的是知覺所感知到的實景，後者則是寫設想所得的虛景，而仙界、冥界、夢境，也都包括在虛空間中。

在實空間中還可區分出客觀的和主觀的處理態度，有些設計手法所呈現出來的心理空間，與物理空間的悖離程度較小；但有時候則會依據心理空間，而大幅度地改造物理空間，以表情達意。前者就是客觀的空間設計，後者就是主觀的空間設計。

再落實一點來說，因爲審美知覺是有選擇性的〔註9〕；所以，創作者採用何種「視點」〔註10〕、運用何種「視角」〔註11〕來架構空間，都是一種有意的選擇，都會透露出創作者心靈的訊息。也因此，我們可以依據視點的選取和視角的運用，將文學作品中呈現出來的空間，分爲「形體空間」和「層次空間」兩大類。所謂的「形體空間」，就是創作者本於空間知覺中的「形狀知覺」和「大小知覺」〔註12〕，而選取某一視點，對它做不同角度的掌握與描繪，也就是將這被選擇的對象的不同的面，呈現在讀者面前，形成一種「形體空間」。至於另

〔註 9〕 參見戚廷貴主編《美學：審美理論》頁 192。

〔註10〕 見李清筠《時空情境中的自我影像》：「視點是視覺感知有意投射的聚焦。從視覺感知的過程來看，那些在對照中強度較高的對象和較新奇的對象，往往是視覺的優先選擇。」頁 261。

〔註11〕 見李清筠《時空情境中的自我影像》：「除了視點，審美角度的定位性和流動性如何結合，也會影響美感經驗的呈現。所謂定位性，是說我們在欣賞景觀時，必須找到一個準確的視角，以掌握景觀的客觀典型特性。……至於『流動性』，則是採取『視點飄動』的觀景方式，以對景觀作一種連續性的把握。這種方式，是根源於景觀整體組合的基本特質。從一個最佳的位置來欣賞景觀，固然能比較準確把握山水景觀的局部特徵和典型特點，但終究不能取代景觀組合變幻的整體美。」頁 262～264。

〔註12〕 見彭聃齡主編《普通心理學》：「形狀知覺。形狀是物體所有屬性中最重要的屬性。『大千世界，色形而已』。我們要認識世界，就必須分辨物體的形狀。」頁 255。而「大小知覺」參見頁 261～264。

一種「層次空間」，此名稱乃陳滿銘所提出，因爲人的空間知覺中包括了「深度知覺和距離知覺」和「方位定向」（註13），所以創作者可在作品中架構出遠近往復、高低轉換、大小的包孕與輻射……等等的變幻不窮的空間，而這些空間景觀的呈現，都是可以分析出層次的，因此稱之爲「層次空間」。

　　所以，在以下對空間設計的探討中，將先就「實空間」作探討，來分析客觀的設計手法裡，形體空間和層次空間的呈現；接著再觀察主觀的設計手法裡，形體空間和層次空間，又是呈現出如何的樣貌。然後，再針對更富於創造性的「虛空間」，來剖析其中出現的形體空間和層次空間。

　　而且，「實空間」和「虛空間」並不是一刀兩斷般地截然劃分的，結合在一起的情況也相當常見。戚廷貴主編的《美學：審美理論》談到「想像」時說道：「想像是人腦在改造記憶表象的基礎上創見新形象的心理過程。人們在社會實踐中，不僅能感知當時作用於主體的事物，回憶起過去曾經經歷過的事物，而且還能在主體已有的知識經驗的基礎上，在頭腦中創造出沒有直接感知的新的形象、新的事物。」（註14）可見得「虛空間」是在「實空間」的基礎上創造出來的，既是如此，兩者結合、交融的情況，自然是可能的了；所以，對虛實結合的空間設計的探討，當然也就是必要的了。

　　而且邱明正《審美心理學》也提及一個心理學上的重要事實：人類都有空間知覺，而且藉由各種分析器的協同活動而獲得經驗，這些知覺的反覆體驗、積累凝聚、經驗化以後，便形成了空間意識或空間觀念；因爲人的感官只能對立體的運動的事物產生空間知

〔註13〕見彭聃齡主編《普通心理學》：「深度知覺和距離知覺。……深度知覺涉及三維空間的知覺，即不僅能夠知覺物體的高和寬，而且能夠知覺物體的距離、深度、凹凸等。」頁264。又說：「方位定向。方位定向是指對物體的空間關係、位置和對機體自身所在空間位置的知覺。」頁273。

〔註14〕見戚廷貴主編《美學：審美理論》頁207。

覺、空間意識，所以面對平面的、靜止的事物，便只能憑藉經驗、透過想像，從平面、錯亂、變化的事物中判斷其有序的、客觀存在的空間關係；而文學作品中所出現的空間，當然也是如此才能被認識〔註15〕。瞭解這一點，對我們掌握作品中的心理空間，是相當有幫助的。

第一節　實空間的設計

　　空間是由長、寬、高三維所架構起來的，萬物存身於此，必佔有一定的空間、展現出一定的形體，因此針對此形體作描繪的，就是「形體空間」。

　　至於空間本身的變化，則可根據空間三維，區分出下列數種：「長」的一維的變化會在詩歌中形成遠近、內外、前後的不同；「寬」的一維的變化則會造成空間向左、右的移動；至於高度的改變，則會形成高低不同的空間。不只如此，平面可以放大到極致、也可以縮小到成為一點，這是空間大與小的變化。還有，長、寬、高三維可一起架構出一個「立體空間」，這是最貼近我們日常生活經驗的空間。更有甚者，隨著視角的變換，長、寬、高三維可以任意互相搭配，營造出更多變的空間。除此之外，萬事萬物可大別為「自然」與「人文」兩類，著眼於此所建構出來的空間，就是「自然與人文」的空間。

　　除了前面兩種空間之外，還發現一種介於虛實之間的「倒影空間」，相當特殊，值得特別提出加以討論。

　　此外，依據創作者對物理時空的變造程度的不同，我們可將實空間的設計，又區分為「客觀」的、「主觀」的，以及「主客觀並呈」的三種，都各自展現出多姿的風貌，其下將一一地作探討。

〔註15〕參見邱明正《審美心理學》頁 206～207。

壹、客觀的空間設計

人們遊息寢處於大塊之上，不可能脫離空間而存在；而且人們都有空間知覺，幫助人們感知空間、辨識空間；所以依據個人對空間的體認，在文學作品中重現所經歷的空間，是非常自然的。而且，文學作品中的空間除了可以大別為「形體空間」和「層次空間」外，還有一種介於虛實之間的「倒影空間」，相當特殊，以下即針對此三種空間進行探討。

一、形體空間

因為審美知覺具有選擇性〔註16〕，所以創作者有時會選取一些對象作為描寫的焦點，這焦點稱之為「視點」〔註17〕；而且人們對物體都有形狀知覺和大小知覺〔註18〕、色彩知覺〔註19〕……等等，因此對這「視點」進行描寫時，必然會從它的形狀、大小、色彩……等著力描繪，以期對此對象的外形作最好的掌握；這樣，就會形成作品中的「形體空間」〔註20〕。

可是，若更進一步探究，會發現不同的文學作品，對「視點」的處理也是不同的；最明顯的差異在於：有些作品中的「視點」是不變的，有些卻有轉換的情形。因此，可將「形體空間」分為兩大類：「視點不變者」和「視點轉換者」。不過，需要注意的是，所謂視點的轉換與否，必須由作品中的主人翁（如果主人翁不明顯，即是作者）的

〔註16〕劉雨《寫作心理學》：「由於情感的作用，觀察者必然要在視覺空間中尋找與自己情感相接近的觀察對象，而對那些與情感不相接近的事物，雖然可能近在咫尺，但在觀察者的心理上卻可能如隔天涯。」頁146。
〔註17〕參見李清筠《時空情境中的自我影像》頁261。
〔註18〕參見彭聃齡《普通心理學》頁255、261。
〔註19〕劉雨《寫作心理學》：「嚴格說來，一切視覺現象都是物體的色彩和形狀的反映。……在觀察活動中，觀察者對對象的感知，必須通過形狀和色彩的知覺去實現。」頁159。
〔註20〕夏放《美學：苦惱的追求》中說：「形體是事物可見的和可以觸摸到的外部空間物象。」頁103。

角度來判別，這樣才不會造成混淆。

（一）視點不變者

　　創作者慧眼獨具地辨識出可觀的視點，並予以別出心裁的描繪，常會創造出令人難忘的意象。這就是「視點不變」一類作品，最難能可貴的地方。

　　因爲所聚焦的對象的性質會有不同之處，因此可根據這不同之處最有意義的一面，將此分做三類：「靜態視點」和「動態視點」，以及「動靜結合的視點」。陳望道《美學概論》中說美可分作「動美」和「靜美」〔註21〕，張紅雨《寫作美學》也說對事物形態的摹擬可大略分爲靜態的摹擬和動態的摹擬〔註22〕，當然，也有的時候，事物有靜態的表現，也有動態的表現，這就可能出現動靜結合的美了〔註23〕。

（1）靜態視點

　　空間中凝定的存在，讓人投以恆久的注視。王國瓔《中國山水詩研究》說：「靜態意象給予我們具體感，而這些意象之所以能直接訴諸我們的感官，不但是因爲展示了具體的物體本身，更由於呈現了物體所含蘊的抽象物性。所謂物性，就是根據詩人和讀者的感官感覺，而能體會出來的一種素質（quality）。」〔註24〕創作者若能經營出一個良好的形體空間，便能表現出這種「素質」。

　　蘇軾的〈題西林壁〉一詩，等於是對靜態的「形體空間」的最好詮釋：

　　　　橫看成嶺側成峰，遠近高低各不同。不識廬山眞面目，只

〔註21〕參見陳望道《美學概論》：「從動和靜上來說，又可分爲靜美和動美。靜美就是靜止狀態的美。象自然方面無風時的花卉草木，藝術方面的繪畫雕刻，都屬於靜美。動美和靜美相反，是活動狀態的美。象自然方面的波濤風雨等，藝術方面的音樂戲劇等，都屬此種。」頁5。

〔註22〕參見張紅雨《寫作美學》頁312。

〔註23〕參見陳望道《美學概論》：「還有同一種事物，有時是靜美，有時是動美的：譬如海棠靜定時是靜美，迎風搖曳時又就是動美了。」頁5。

〔註24〕見王國瓔《中國山水詩研究》頁309～310。

　　緣身在此山中。

其結構分析表如下：

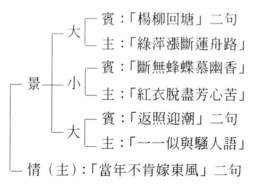

```
     ┌ 景 ┌ 具：「橫看成嶺側成峰」
     │    └ 泛：「遠近高低各不同」
     │
     └ 論 ┌ 果：「不識廬山眞面目」
          └ 因：「只緣身在此山中」
```

　　這首詩的「視點」，毫無疑問的是廬山；而首二句就是以廬山爲對象，針對其外形作一概括的描寫。末二句就根據前面的描寫，發出頗有禪意的議論來。

　　賀鑄的〈踏莎行〉也是一個很好的例子：

　　楊柳回塘，鴛鴦別浦，綠萍漲斷蓮舟路。斷無蜂蝶慕幽香，紅衣脫盡芳心苦。　　返照迎潮，行雲帶雨，依依似與騷人語。當年不肯嫁東風，無端卻被秋風誤。

其結構分析表如下：

```
              ┌ 大 ┌ 賓：「楊柳回塘」二句
              │    └ 主：「綠萍漲斷蓮舟路」
              │
     ┌ 景 ─── 小 ┌ 賓：「斷無蜂蝶慕幽香」
     │        │   └ 主：「紅衣脫盡芳心苦」
     │        │
     │        └ 大 ┌ 賓：「返照迎潮」二句
     │             └ 主：「一一似與騷人語」
     │
     └ 情（主）：「當年不肯嫁東風」二句
```

　　此詞所描寫的對象只有一個——蓮，因此作者環繞著「蓮」來作多面的描寫；並運用賓主法，用了三個「賓」，更襯出「主」（蓮）的姿態。最後的抒情的部分，自然也是環繞著「蓮」來作結的。

　　張紅雨《寫作美學》中說：事物之所以可以成爲激情物，是因爲它觸動人們的美感情緒，而使美感情緒產生波動，所以我們對事物形態的摹擬，實際上是對美感情緒波動狀態的摹擬，是雕琢美感情緒的必要手段。因此，所謂靜態的摹擬，也並不是對無生命的事

物純粹作外形的摹狀，而是要挖掘出它更本質、更形象的內容，來寄託和流洩美感的波動〔註 25〕。以這樣的觀點來審視靜態的視點所呈現的形體空間，應當是比較有意義的。

（２）動態視點

針對動態視點作描繪，最重要的是傳達出動態景物的力的連續性，和生命的律動〔註 26〕，這會令人深深地被感動。

梅堯臣〈雜詩絕句十七首〉（選一）即針對一隻小小的紅蜻蜓，做了精細可愛描寫：

> 度水紅蜻蜓，傍人飛款款。但知隨船輕，不知船已遠。

其結構分析表如下：

```
┌─ 小：「度水紅蜻蜓」二句
└─ 大：「但知隨船輕」二句
```

作者先從小處來描寫近傍人身而飛的紅蜻蜓，隨即將空間拉開，從一個較大的場景中，我們可以看到蜻蜓隨舟越行越遠的形影。縱使所描繪的空間由小而大，此詩的焦點始終是落在紅蜻蜓上，將小小的紅蜻蜓寫得真是稚氣憨憨、逗人喜愛。

蘇軾的〈卜算子〉（黃州定惠院寓居作）也是一首這樣的作品：

> 缺月掛疏桐，漏斷人初靜。誰見幽人獨往來，縹緲孤鴻影。
>
> 驚起卻回頭，有恨無人省。揀盡寒枝不肯棲，寂寞沙洲冷。

其結構分析表如下〔註 27〕：

```
┌─ 時：「缺月」二句
│        ┌─ 鴻之孤影：「誰見」二句
└─ 空 ┤─ 鴻之驚恨：「驚起」二句
         └─ 鴻之寂寞：「揀盡」二句
```

這闋詞用時空分設的手法，先交代出時間背景來，而我們此處所

〔註 25〕 參見張紅雨《寫作美學》頁 311～312。
〔註 26〕 參考王國瓔《中國山水詩研究》頁 339、353。
〔註 27〕 參見陳滿銘《詞林散步》頁 184。

　　要注意的，是後面出現的空間的部分。我們可以很清楚的看出，這闋詞的視點是孤鴻，孤鴻是動態的，作者捕捉鴻之孤影、鴻之驚恨、鴻之寂寞，孤鴻實即作者的化身，彼此生命的律動是息息相通的；而動態的視點描寫能到這樣的地步，當然是很成功的。

　　張紅雨《寫作美學》中談到「動態的摹擬」，認為這同樣也是審美主體美感情緒的反映；而且這種摹擬也不是停留在事物動的表面現象上，而是更深入一層地深入挖掘其內蘊，從而展現出一種新的境界〔註28〕。與前面所舉的例子作一印證，當可發現此言非虛。

（3）動靜結合的視點

　　陳望道《美學概論》中就曾說過：「同一事物，有時是靜美，有時是動美的。」〔註29〕因此，反映這種現象，就會出現動靜結合的視點。

　　潘閬〈落葉〉就是從落葉動、靜的兩種不同姿態來加以描繪，從而寄託作者的深意：

　　　　片片落復落，園林漸向空。幾番經夜雨，一半是秋風。靜擁莎階下，閒堆蘚徑中。谷松與巖檜，寧共此時同？

其結構分析表如下：

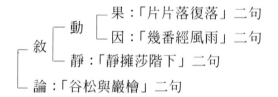

　　　　　　　　　　果：「片片落復落」二句
　　　　　　動
　　　　　　　　　　因：「幾番經風雨」二句
　　敘
　　　　　　靜：「靜擁莎階下」二句
　　　　論：「谷松與巖檜」二句

　　這首詩的結構是「先敘後論」，敘的部分的重心當然就在「落葉」上。作者先寫落葉在風中飄墜的動景，其次再描寫落葉滿階的靜景；最後拿來與谷松和巖檜做比較，發出作者的議論來。

　　蘇轍〈中秋夜八絕〉（選一）中所描寫的明月，也是動靜結合的：

〔註28〕參見張紅雨《寫作美學》頁313～314。
〔註29〕見陳望道《美學概論》頁5。

　　　　長空開積雨，清夜流明月。看盡上樓人，油然就西沒。

其結構分析表如下：

```
        ┌ 大：「長空開積雨」
   ┌ 靜 ┤
   │    └ 小：「清夜流明月」
───┤
   │    ┌ 因：「看盡上樓人」
   └ 動 ┤
        └ 果：「油然就西沒」
```

　　此詩先就明月高懸天宇的靜景作描繪，並以整個天幕來托出一丸明月，這是「以大襯小」的手法；其次將明月擬人化，因此明月就有了動作，形成動景。作者運用這樣的描寫技巧，分別描繪了明月高懸和西落的姿態。

　　周密〈聞鵲喜〉（吳山觀濤）針對海面來描寫，一直沒有移動過視點，其中就出現了動靜結合的情形：

　　　　天水碧，染就一江秋色。鰲戴雪山龍起蟄，快風吹海立。

　　　　數點煙鬟青滴，一杼霞綃紅濕。白鳥明邊帆影直，隔江聞
　　　　夜笛。

其結構分析表如下〔註30〕：

```
           ┌ 遠：「天水碧」二句
 ┌ 潮來（動）┤
 │         └ 近：「鰲戴」二句
─┤
 │         ┌ 遠：「數點」二句
 └ 潮來（靜）┤
           └ 近：「白鳥」二句
```

　　陳滿銘《詞林散步》針對下半闋賞析時說：「作者就這樣以平和的靜景，和上片所寫潮來時壯觀的動景，形成強烈對比，產生了映襯的最佳效果。」〔註31〕動靜結合的優點，就是如此。

　　寫作主體在寫作過程中，美感情緒的湧現和波動是多樣的，所以靜態與動態的摹擬並不截然分開〔註32〕；忠實於此來作描繪，是最能

〔註30〕此表參見陳滿銘《詞林散步》頁368。
〔註31〕見陳滿銘《詞林散步》頁367。
〔註32〕參見張紅雨《寫作美學》頁314。

反映美感情緒，也是最能傳達美感的。

　　黃永武《中國詩學——設計篇》中談到「空間的簡化」時，說道：「詩人為了使意象趨於具體鮮活，不至變成氾濫無歸的散漫描寫，常常在空闊虛泛的空間中，擇取一二景物，蹠實地去描繪，使場景趨於單純化、固定化，如此，一個簡淨澄明的小空間，即能被具體地勾畫出來。」〔註33〕因此，一首作品中，出現的視點只有一個的時候，這個視點便聚集了所有的注意力，也負起很大的傳情達意的責任。所以，李清筠《時空情境中的自我影像》也特別對視點選取的心理過程進行了探討，她說：「作為真正有所發現的審美者，就不能只滿足於那些眾所矚目的焦點，而要能慧眼獨具，發現獨特的景觀。」「欲發現獨特的景觀，尋找新視點，除了要能開放感官，全面的、敏銳的去搜訪外，豐沛的閱讀經驗、生命經歷、乃至於特出的心靈境界，都是很重要的源頭活水。」〔註34〕可見得若能對作者所選取的視點作最好的掌握，那麼對深入作者的心靈、作品的內蘊，將會有莫大的裨益。

　　談到這裡，王林《美術形態學》曾提及的一種「知識性畫法」，便能予我們很大的啟示，他說：「把人們的日常知覺情況下通過幾次視角轉換才能獲得的整體形象（例如人的側面、正面、背面）組合在平面上，一次性地表現出來。如古埃及墓室壁畫中的貴族人物。」〔註35〕王秀雄《美術心理學》則乾脆稱之為「埃及表現法」，這種方法是「從各個角度去看物體最有特徵的一面，把它組織成一體。」〔註36〕繪畫是平面的，所以要用這種變通的方法；同樣的情況表現在文學作品中，自然就會形成「形體空間」，作者可用一句乃至多句的篇幅，盡情地對靜態的、動態的、動靜結合的視點，其中最有特

〔註33〕見黃永武《中國詩學——設計篇》頁 66。
〔註34〕見李清筠《時空情境中的自我影像》頁 261、262。
〔註35〕見王林《美術形態學》頁 23。
〔註36〕見王秀雄《美術心理學》頁 384。

徵的一面乃至多面，作盡致的描繪；這對視點的掌握與表達，當然是非常有利的。

（二）視點轉換者

大千世界、萬物紛繁，能引起人們審美感受的事物太多了，往往都能成爲聚焦的焦點；因此創作者在進行選擇時，常常會選取兩種乃至多種，成爲作品中的視點，這就構成了作品中「視點的轉換」。雖然視點的數量變多了，但是每一個視點都是很重要、能夠傳達許多訊息的，因此都需要好好地掌握。

需要注意的是，因爲每個視點都是佔有空間的，所以視點與視點之間的連結，常常要靠空間的移轉，這就與我們其後所要討論的「層次空間」有重疊之處。但是我們可以這樣說：層次空間可以將不同的形體空間連結起來；而在層次空間的框架下，也必須有形體加以充實。所以這兩者之間的關係是相輔相成、密切相關的。不過我們在這個單元中，只鎖定「形體空間」，也就是「視點」加以探討，至於它們是如何連結、形成怎樣的「層次空間」，那就留待下一部份來討論了。

當然，有的時候形體空間的連結，靠的並不是空間的關係，而是時間的關聯，或是情感（事理）的邏輯；此時我們處理的原則和前面一樣，那就是鎖定在視點上來討論，至於所牽涉到的時間、情感（事理）邏輯，則應該放在別的地方來探討。

依據作品中所出現視點的多寡，我們可將之分成幾類來探討：「出現兩個視點者」、「出現三個視點者」、「出現四個或四個以上視點者」。

（1）出現兩個視點者

蘇舜欽〈淮中晚泊犢頭〉就出現了視點的移動：

> 春陰垂野草青青，時有幽花一樹明。晚泊孤舟古祠下，滿
> 川風雨看潮生。

其結構分析表如下：

```
┌ 先（自然）┌ 底：「春陰垂野草青青」
│           └ 圖：「時有幽花一樹明」
└ 後（人文）┌ 點：「晚泊孤舟古祠下」
            └ 染：「滿川風雨看潮生」
```

　　作者配合著時間的推移，依次描繪兩個不同的視點：首先是春天明麗的原野，其次是傍晚時獨立觀潮的景象。全詩寫景，幽遠韻味在篇外悠悠透出。

　　汪藻的〈點絳唇〉中也出現了兩個視點：

　　　新月娟娟，夜寒江靜山銜斗。起來搔首。梅影橫窗瘦。　　好
　　　個霜天，閒卻傳杯手。君知否？亂鴉啼後。歸興濃如酒。

其結構分析表如下：

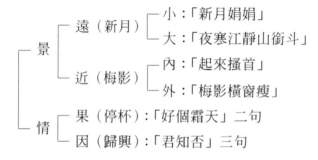

```
    ┌ 景 ┌ 遠（新月）┌ 小：「新月娟娟」
    │    │           └ 大：「夜寒江靜山銜斗」
    │    └ 近（梅影）┌ 內：「起來搔首」
    │                └ 外：「梅影橫窗瘦」
    └ 情 ┌ 果（停杯）：「好個霜天」二句
         └ 因（歸興）：「君知否」三句
```

　　這闋詞採用的結構是「先景後情」，我們要注意的是「景」的部分。此部分描寫了「新月」和「梅影」兩個景觀，也就是出現兩個視點，並用「由遠而近」的空間架構將之連結成一體，成爲一幅渾成的畫面。

（2）出現三個視點者

　　像寇準的〈微涼〉就出現了三個視點：

　　　高桐深密間幽篁，乳燕聲希夏日長。獨坐水亭風滿袖，世
　　　間清景是微涼。

其結構分析表如下：

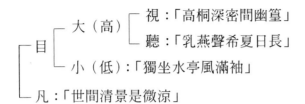

作者描繪出三個微涼夏景的典型畫面：高桐幽篁、乳燕聲希、風滿水亭，令人感到長夏裡的那麼一點微涼，所以自然而然地帶出最後一句：「世間清景是微涼」，令人心神俱清〔註37〕。

林逋〈長相思〉中出現的視點，也是三個：

> 吳山青，越山青，兩岸青山相送迎。誰知離別情。　　君淚盈，妾淚盈，羅帶同心結未成，江頭潮已平。

其結構分析表如下：

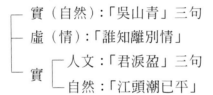

這首作品形成「實虛實」的結構。第一個實（自然景）的部分出現了一個視點──兩岸青山；除了這個視點之外，第二個實的部分，又出現一個人文景（男女別離）和一個自然景（江頭潮平），所以總共有三個視點，一起烘托出離別之情來。

（3）出現四個或四個以上視點者

歐陽修的〈田家〉，為了能盡致地描寫田家生活，因此出現了較多的視點：

> 綠桑高下映平川，賽罷田神笑語喧。林外鳴鳩春雨歇，屋頭初日杏花繁。

其結構分析表如下：

〔註37〕參考金性堯選注《宋詩三百首》頁9。

```
┌─ 自然（視）：「綠川高下映平川」
├─ 人文（聽）：「賽罷田神笑語喧」
│         ┌─ 聽：「林外鳴鳩春雨歇」
└─ 自然 ──┤
          └─ 視：「屋頭初日杏花繁」
```

這首詩都是由自然景與人文景組織而成的，我們可以從結構表中很清楚地看見，作者動用了視、聽知覺，捕捉了自然與人文的四個畫面，生動鮮活地描寫出田家之樂，所以金性堯選注《宋詩三百首》就說：「還令人聯想到〈醉翁亭記〉中寫的『太守歸而賓客從也』那種輕快心情。」〔註38〕

歐陽修的〈踏莎行〉中則是出現了六個視點：

候館梅殘，溪橋柳細。草薰風暖搖征轡。離愁漸遠漸無窮，迢迢不斷如春水。　　寸寸柔腸，盈盈粉淚。樓高莫近危欄倚。平蕪盡處是春山，行人更在春山外。

其結構分析表如下〔註39〕：

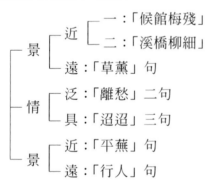

```
      ┌          ┌─ 近 ┌─ 一：「候館梅殘」
      ├─ 景 ─────┤     └─ 二：「溪橋柳細」
      │          └─ 遠：「草薰」句
      │          ┌─ 泛：「離愁」二句
      ├─ 情 ─────┤
      │          └─ 具：「迢迢」三句
      │          ┌─ 近：「平蕪」句
      └─ 景 ─────┤
                 └─ 遠：「行人」句
```

這首詞形成「景情景」的結構。在前後兩個「景」中，分別出現了五個視點：候館梅、溪橋柳、平原匹馬、春山、行人，是用空間的關係由近而遠連結起來的。不過中間用抒情的句子插入，提開緊接的「景」；而且在抒情的部份中，運用「取景設喻」的手法，將春水（此

〔註38〕見金性堯選注《宋詩三百首》頁60～61。
〔註39〕此表參見陳滿銘《詞林散步》頁124。

爲遠水，前面的「溪橋」是近水）帶入作品中，也形成了一個視點。因此，經過精密地分析之後，發現這闋詞總共出現了六個視點，作者經營的匠心在此表露無遺。

　　有時，篇章中出現的視點會非常繁多，尤其是在篇幅較長的作品中更是如此，這樣的現象是理所當然的。劉勰《文心雕龍・物色》中就說道：「詩人感物，聯類不窮。留連萬象之際，沉吟視聽之區，寫氣圖貌，既隨物以宛轉，屬采附聲，亦與心而徘徊。」可見得主體與客體之間的互動關係；張紅雨《寫作美學》中亦說道：「人們之所以有了美感，是因爲情緒產生了波動。這種波動與事物的形態常常是統一起來的，美感總是附著在一定的事物上。」〔註40〕所以對客體大量的、仔細的描繪是絕對必要的，這就形成了作品中的多視點的情形；也因此，檢索視點，就等於檢索美感的情緒波動。

　　更何況，錢谷融、魯樞元主編的《文學心理學》也提及：日常生活經驗和心理學實驗都證明，一個人長時間接受不變的或單調重複的刺激，神經系統就會降低對刺激的感覺敏度，直到對它完全失去反應〔註41〕。所以從這個角度來看：文學作品中的視點不斷的轉換，是相當有道理的，可避免新鮮感的失去，也免得讀者厭煩。

二、層次空間

　　因爲創作者採用的「視角」不同，所以層次空間可以分爲「遠與近」、「內與外」、「左與右」、「前與後」、「高與低」、「大與小」、「立體空間」、「視角變換」、「自然與人文」等幾類，而且各類之中又可區分出許多不同的結構形態，相當的豐富。

　　人們之所以可以感受到距離的變化，靠的是人的感官知覺，劉雨《寫作心理學》中說：「一般說來，遠距離感覺有視覺和聽覺；近距離感覺有嗅覺、味覺、觸覺。其中嗅覺位於遠感覺和近感覺之間，也

〔註40〕見張紅雨《寫作美學》頁311。
〔註41〕參見錢谷融、魯樞元主編《文學心理學》頁139。

稱爲近旁感覺。在這些感覺中，最發達的是視覺，其次是聽覺。」〔註42〕不過，這些感覺並不是各自獨立、互不關涉的，反而會呈現出一種整體性，所以劉雨《寫作心理學》又說：「在具體觀察活動中，主體的注意力集中指向觀察對象，這種外部注意活動，是以主體視覺爲主，在其他感覺的配合下進行的。這種感覺之間的滲透和配合，在視覺和聽覺之間最爲常見，這是因爲二者都是屬於遠距離感覺的原因。」〔註43〕這些說法揭示了文學作品中，層次空間構成的心理基礎。

（一）遠與近

在各種不同的空間設計中，著眼於遠近距離者最爲常見。翟德爾（Herbert Zettl）《映像藝術》中提到：「在電視與電影上……當銀幕寬度（X軸）與高度（Y軸）有一定的空間限制時，深度（Z軸）卻等於是無限一樣。」〔註44〕同樣的情況也在日常生活中發生：當我們要往上下、左右看時，不免需要轉動頭頸，但是往前看時卻最爲簡易，只需視線的移動即可。因此出現在文學作品中的，自然就以遠近距離的轉換最爲普遍了。

而且，「遠與近」的不同的空間結構，有時是要強調出「遠」，有時卻又是要強調出「近」，有時卻又是使「遠」與「近」交互迭現。我們可根據其架構空間的不同的軌跡，將它們分爲三類：「由近而遠」、「由遠而近」、「遠與近交互呈現」，以進行觀察。

（1）由近而遠

「由近而遠」的空間設計，事實上是比「由遠而近」者來得常見得多，這也許與我們日常生活經驗有關吧！因爲我們的行蹤自然是由近及遠的，而且我們也常將視線投向遠方，所以文學作品中就會反映這樣的現象。

張祜〈題金陵渡〉中的空間設計即是「由近而遠」的：

〔註42〕見劉雨《寫作心理學》頁114。
〔註43〕見劉雨《寫作心理學》頁115。
〔註44〕見翟德爾（Herbert Zettl ）著，廖祥雄譯，《映像藝術》頁228。

　　金陵津渡小山樓，一宿行人自可愁。潮落夜江斜月裡，兩
　　三星火是瓜洲。

其結構分析表如下：

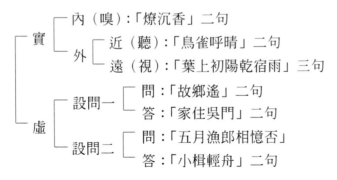

　　首二句從渡口小樓中的行人寫起，是最近；第三句是下望江中；第四句是遠望隔岸。整首詩由近而遠依次敘來，長江夜景，幾爲道盡〔註45〕。

　　周邦彥〈蘇幕遮〉中也出現了「由近而遠」的空間設計：

　　燎沉香，消溽暑。鳥雀呼晴，侵曉窺簷語。葉上初陽乾宿
　　雨，水面清圓，一一風荷舉。　　故鄉遙，何日去？家住
　　吳門，久作長安旅。五月漁郎相憶否？小楫輕舟，夢入芙
　　蓉浦。

其結構分析表如下〔註46〕：

```
      ┌ 內（嗅）：「燎沉香」二句
  ┌ 實 ┤         ┌ 近（聽）：「鳥雀呼晴」二句
  │   └ 外 ┤
  │         └ 遠（視）：「葉上初陽乾宿雨」三句
──┤         ┌ 問：「故鄉遙」二句
  │   ┌ 設問一┤
  │   │     └ 答：「家住吳門」二句
  └ 虛 ┤     ┌ 問：「五月漁郎相憶否」
      └ 設問二┤
            └ 答：「小楫輕舟」二句
```

　　前面的「實」是夏日晨景，後面的「虛」是故鄉歸夢。作者描寫夏日晨景時，是由室內寫到室外；在室外的部分，又是由近而遠地帶

〔註45〕參見喻守眞《唐詩三百首詳析》頁307。
〔註46〕此表參見陳滿銘《文章結構分析》頁255。

出不同的景物。基本上,其空間架構是依據「長」的一維來作變化的。

前面這兩首作品,都是由近而遠地拓開空間的距離;而這種手法發揮到極致,就會在作品中形成「無限」的空間,包孕非常豐富的情意。

譬如李白〈黃鶴樓送孟浩然之廣陵〉就是如此:

> 故人西辭黃鶴樓,煙花三月下揚州。孤帆遠影碧空盡,惟見長江天際流。

其結構分析表如下〔註47〕:

敘事 ┬ 送別之地:「故人西辭黃鶴樓」
　　 └ 所往之鄉:「煙花三月下揚州」

寫景 ┬ 近(帆影):「孤帆遠影碧空盡」
　　 └ 遠(江流):「惟見長江天際流」

邱燮友《新譯唐詩三百首》中曾分析此詩的做法:「這是一首送別的詩。李白在黃鶴樓上送孟浩然東下到揚州去。首句點出送別的地點和被送的人,切『黃鶴樓送孟浩然』,次句點出送別的時節,以及友人所道的地點,切『之廣陵』。三四句寫送朋友走後的心情,自己站在黃鶴樓上,注視著朋友的船消失在碧空下,然後才發現朋友走遠了,眼前只見長江滔滔東流。」〔註48〕而陳清俊《盛唐詩時空意識研究》中,則針對末二句說道:「孤帆、長江原是近景,帆影隨著江流逐漸遠去,在視覺中亦愈來愈小,最後變成一個模糊的點而消逝在視野盡頭,唯繼之而起的卻是長江不停流入天際的開闊景象。」〔註49〕而綿綿的離愁就瀰散在這無垠的天地裡了。

李璟〈攤破浣溪沙〉的空間設計也是如此:

> 手捲珍珠上玉鉤,依前春恨鎖重樓。風裡落花誰是主?思悠悠。

〔註47〕 此表參見陳滿銘《文章結構分析》頁10。
〔註48〕 見邱燮友《新譯唐詩三百首》頁359。
〔註49〕 見陳清俊《盛唐詩時空意識研究》頁364~365。

青鳥不傳雲外信，丁香空結雨中愁。回首綠波三楚暮，接
天流。

其結構分析表如下〔註50〕：

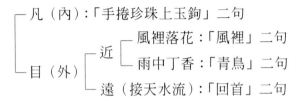

陳滿銘《詞林散步》分析這首詞說：「以『凡』的部分來說……
明白拈出『春恨』二字以貫穿全詞。以『目』的部分來說……首先
是『風裡』二句，藉風裡不由自主的落花來具寫春恨；其次是『青
鳥』二句，藉雨中的丁香來具寫春恨；末了是『回首』二句，藉晚
春黃昏時接天的水流來具寫春恨。就這樣由『凡』而『目』、由『近』
而『遠』地寫出春恨，使作品自首至尾都充盈著悠悠長恨，令人玩
味不盡。」〔註51〕最後的「接天水流」顯然將春恨醞釀得最為深濃。

　　「由近而遠」的空間設計中，空間向遠處綿延，很符合繪畫中的
「透視畫法」，也就是畫面中的物體前後交錯掩映，形象按距離呈現，
以襯出遠近〔註52〕。所以在例證中可以看到，距離由近而遠地拉開，
附著於空間的景物也漸次地呈現在讀者眼前，形成一種「漸層」〔註53〕
的效果，使得空間的深度加深了；中國傳統園林藝術中，有一種「曲」
（也就是「藏」）的做法，就是基於同樣的原理〔註54〕。而且正如童慶

〔註50〕　參見陳滿銘《詞林散步》頁65。
〔註51〕　見陳滿銘《詞林散步》頁64。
〔註52〕　參見宗白華〈中西畫法所表現的空間意識〉，《美學與意境》，頁4～
　　　　　129，及岩上〈論詩的繪畫性〉，《詩的存在：現代詩評論集》頁98。
〔註53〕　參見劉思量《藝術心理學》：「空間的深度亦可以經由漸層的作用而
　　　　　達成。……愈遠之事物愈模糊，而與近物之清晰形成對比而產生漸
　　　　　層。」頁182～183。
〔註54〕　參見劉天華〈古典園林藝術形式美初探〉，《美學與藝術評論》第三
　　　　　集：「曲的另一層涵義是使風景曲而藏之……曲直對比是增大景深的
　　　　　有效方法。」頁161。

炳《中國古代心理詩學與美學》中所說的：「空間距離也具有美化事物的作用。」〔註55〕因此就算是純粹距離的展延，也是加強了美感。而且它還可能有映襯的效果，陳清俊《盛唐詩時空意識研究》針對這一點說道：「詩人間或以遠近的對比呈現出空間的縱深。」〔註56〕在這種情況下，寫「近」是爲了強調出「遠」。而且「近」與「遠」相互搭配的空間配置，還有一種重要的作用，那就是景物的羅列，王國瓔《中國山水詩研究》即說道：「我們在山水對句中亦常見遠、近景物的對比，以強調二者的空間距離，進而概括山水風景的全貌。」〔註57〕

此外「由近及遠」的連續空間中，常常會出現「虛靈的無限空間」〔註58〕，此時空間向無垠的遠方無窮地延伸，成爲一種眼力所難盡的空間，而且空間的延展已延伸到畫面以外，給予人更多的想像〔註59〕；面對這種情況，人們心中常會升起一股崇高感。陳望道《美學概論》中說：「凡是有崇高情趣的，其對象必有某種程度的強大。……起初我們得與那強大對立，與那強大同感。隨後伴了靜觀的進行，終至把它我的對立融入他我合一渾融的狀態裡。等到感有崇高的情趣之間，我們就已經蟬蛻了弱小卑微的現在的我，在我自身感有一種崇高偉大的情趣。於是小我就因著崇高成了我以上的大我，而嚐到了崇高美極致的情味。」而且這種崇高感「也有是沉鬱淒涼的，也有是健全幸福的。」〔註60〕因此空間的延展正配合著作品的情境，使得其中醞釀的情感得到最大的加強作用。

（2）由遠而近

「由遠而近」的作品要少得多了。這是因爲「由遠而近」的構篇方式，與人們由近走到遠、視線向遠投射的習慣是相反的。

〔註55〕見童慶炳《中國古代心理詩學與美學》頁160。
〔註56〕見陳清俊《盛唐詩時空意識研究》頁360。
〔註57〕見王國瓔《中國山水詩研究》頁368。
〔註58〕見陳清俊《盛唐詩時空意識研究》頁364。
〔註59〕參見簡政珍《電影閱讀美學》頁116～117。
〔註60〕見陳望道《美學概論》頁116～117。

王維〈鹿柴〉的空間設計就是「由遠而近」的：

　　空山不見人，但聞人語響。返景入深林，復照青苔上。

其結構分析表如下：

```
        ┌ 敲：「空山不見人」
┌ 遠（動）┤
│        └ 擊：「但聞人語響」
│
│        ┌ 底：「返景入深林」
└ 近（靜）┤
         └ 圖：「復照青苔上」
```

邱燮友《新譯唐詩三百首》說道：「這是一首寫景的詩。……全詩寫幽靜，前兩句用動態烘托靜景，後兩句用日光襯托寧靜的幽境。」〔註61〕前者的視線及於較遠處，後者的視線就落在眼前的青苔上。

辛棄疾的〈西江月〉的空間設計也是如此：

　　明月別枝驚鵲，清風半夜鳴蟬。稻花香裡說豐年，聽取蛙聲一片。　七八個星天外，兩三點雨山前。舊時茆店社林邊，路轉溪橋忽見。

其結構分析表如下〔註62〕：

```
     ┌ 小：「明月別枝」句
┌ 聽 ┤ 中：「清風半夜」句
│    └ 大：「稻花香裡」二句
│
│    ┌ 遠：「七八個星」句
└ 視 ┤ 中：「二三點雨」句
     └ 近：「舊時茆店」二句
```

我們可以在結構表中很清楚地看出：下片的空間設計由遠而近；作者在夜行黃沙道中的時候，忽然看到熟悉的舊時茆店，此時的心情是相當喜悅的〔註63〕。

〔註61〕見邱燮友《新譯唐詩三百首》頁323。
〔註62〕此表參見陳滿銘《文章結構分析》頁91。
〔註63〕參見陳滿銘《文章結構分析》頁93。

　　有些作品的空間呈現雖然也是「由遠而近」的，但是空間的連續性卻不明顯，而是別有其他的作用，譬如《詩經・將仲子》：

　　　　將仲子兮，無踰我里，無折我樹杞。豈敢愛之？畏我父母。
　　　　仲可懷也：父母之言，亦可畏也。
　　　　將仲子兮，無踰我牆，無折我樹桑。豈敢愛之？畏我諸兄。
　　　　仲可懷也：諸兄之言，亦可畏也。
　　　　將仲子兮，無踰我園。無折我樹檀。豈敢愛之？畏人之多
　　　　言。仲可懷也：人之多言，亦可畏也。

其結構分析表如下：

　　┌ 遠：「將仲子兮，無踰我里」八句
　　├ 中：「將仲子兮，無踰我牆」八句
　　└ 近：「將仲子兮，無踰我園」八句

　　余培林《詩經正詁》（上）說道：「又踰里、踰牆、踰園，此由遠而近。」〔註64〕但此時的「由遠而近」並非著重其空間的連續性，而是要用「遠」來襯出「近」，使得「近」顯得更近，情勢的急迫才表現得出來。

　　「由遠而近」的空間安排比起「由近而遠」來，是反常的；但這反常自有其特殊的意義。因為「由近而遠」會有延伸的效果，但「由遠而近」則相反地會有將景物拉近的作用，因而可以突出一個焦點來，凝聚讀者的注意力。康丁斯基（Kandinsky）的《點線面》中談到直線時，說到直線是運動產生的結果，呈現出的形式有兩個特點：「張力」和「方向」〔註65〕，而視線或行跡「由遠而近」地運動而形成直線時，因為方向的特異，而使張力增強，是相當有力的一種表現方式。

　　而且，這也可以從「重疊」的角度來看。王秀雄《美術心理學》中說：「由重疊而產生的關係，並不是平等的。前方的一形，完全干

〔註64〕見余培林《詩經正詁》（上）頁219。
〔註65〕參見康丁斯基（Kandinsky）著，吳瑪俐譯，《點線面》頁47。

擾了後方圖形的存在，中斷了它的輪廓，可是它卻毫不受到損傷。因此畫面上有兩形重疊時，則這兩形的價值完全不相等，重疊者竟成支配階級，而被重疊者就淪於服從與附屬階級了。」〔註66〕果眞如此，則「近」的空間會得到最大的注意，就是理所當然的了。

此外，遠、近搭配的空間配置，和「由近而遠」中所談到的一樣，同樣有羅列景物和形成映襯的作用。

（3）遠與近交互呈現者

「由近而遠」或「由遠而近」的空間設計，比較起來，都算是相當有秩序的方式；但是，空間的配置也可以是充滿變化的，我們就略舉數例來看：

有時候會形成「近遠近」的空間結構，例如謝翱的〈效孟郊體〉：

閒庭生柏影，藻荇交行路。忽忽如有人，起視不見處。牽牛秋正中，海白疑夜曙。野風吹空巢，波濤在孤樹。

其結構分析表如下：

```
┌ 近：「閒庭生柏影」四句
├ 遠：「牽牛秋正中」二句
└ 近：「野風吹空巢」二句
```

陳滿銘在《國文教學論叢續編》中說：「它的首、次兩聯寫庭中所見之柏影、藻荇和人；三聯循著視線之開拓，寫遠方的天和水；末聯則又將視線拉回到庭中的樹上。」〔註67〕這樣的空間安排並不多見，作者應是依自己的需求，對近處的景物給予較多的描繪。

「遠近遠」的空間設計，比起「由遠而近」和「近遠近」都要常見得多，是相當好用的一種空間安排方式。例如李白〈菩薩蠻〉就是如此：

平林漠漠煙如織，寒山一帶傷心碧，暝色入高樓，有人樓上愁。
玉階空佇立，宿鳥歸飛急。何處是歸程，長亭連短亭。

〔註66〕見王秀雄《美術心理學》頁374～375。
〔註67〕見陳滿銘《國文教學論叢》頁96。

其結構分析表如下〔註68〕：

```
┌ 遠：「平林」二句
│      ┌ 接樺：「暝色」句
├ 近 ─┼ 泛寫：「有人」句
│      └ 具寫：「玉階」句
│      ┌ 次遠：「宿鳥」句
└ 遠 ─┴ 最遠：「何處」二句
```

　　陳滿銘《詞林散步》中說：首以起二句，就遠，寫「平林」、「寒山」的淒涼景象。次以「暝色入高樓」三句，就近，寫人佇立樓上遠望的情景，拈出「愁」字，喚醒全篇。最後以結三句，將空間藉由歸鳥急飛的動景，向無窮的遠方推擴出去，寫「長亭連短亭」的漫漫歸程，以襯出不見歸人的無限愁思〔註69〕。這段賞析可說是切中了這闋詞的特點。

　　「近遠近遠」的空間設計變化更多、更需要費心安排。蘇軾〈新城道中〉之一就是這樣寫成的：

　　　　東風知我欲山行，吹斷簷間積雨聲。嶺上晴雲披絮帽，樹頭初日掛銅鉦。野桃含笑竹籬短，溪柳自搖河水清。西崦人家應最樂，煮葵燒筍餉春耕。

其結構分析表如下：

```
┌ 先 ┌ 近（聽）：「東風知我」二句
│    └ 遠（視）：「嶺上晴雲」二句
└ 後 ┌ 近（視）：「野桃含笑」二句
     └ 遠（視）：「西崦人家」二句
```

　　此詩題為「新城道中」，作者就從家裡出發開始寫起（近），然後描寫雨後嶺樹之景（遠），第五、六句將視線拉回到身畔的野樹和流

〔註68〕此表見陳滿銘《詞林散步》頁8。
〔註69〕參見陳滿銘《詞林散步》頁8。

水，末二句寫稍遠處農家準備春耕的情景。這樣近遠間雜地將道中所見描繪出來，相當切題。

此外，有時也會出現「遠近遠近」的空間設計，例如蘇軾的〈六月二十七日望湖樓醉書五絕〉之一：

黑雲翻墨未遮山，白雨跳珠亂入船。卷地風來忽吹散，望湖樓下水如天。

其結構分析表如下：

先
　遠（山）：「黑雲翻墨未遮山」
　近（水）：「白雨跳珠亂入船」
後
　遠（空）：「卷地風來忽吹散」
　近（水）：「望湖樓下水如天」

首句寫雨意甚濃而尚未下，所以還可見到山嶺；次句寫驟雨從空而降，雨珠落在船上；第三句寫捲地風來，頃刻之間雨過天青；末句寫水面澄明之景〔註70〕。因此而形成了「遠近遠近」的空間。

此外，還有「近遠」迭用三次、「遠近」迭用三次等等不同的空間安排〔註71〕，都是爲了作品的需要而費心設計的。至於爲什麼要在作品中配置這樣多變的空間呢？這固然與審美心理愛好變化新奇有關，但也可以從生理層面加以解釋，陳望道《美學概論》中說：「當我們看一條線時，我們的眼珠都是沿著那條線自此至彼地運動的。如果所看的是直線，那眼珠的筋肉就得刻刻用著同一方向的努力，刻刻繼續同一種類的緊張。故所看的直線萬一較長時，眼裡就要有疲勞厭倦之感。」〔註72〕所以在此時尋求變化以爲調劑，是相當自然的。而且宗白華在〈中國詩畫中所表現的空間意識〉一文中，說：「我們的空間意識底象徵……是瀠洄委屈，綢繆往復，遙望一個目標的行程（道）！」〔註73〕

〔註70〕參考金性堯選注《宋詩三百首》頁149。
〔註71〕詳見拙著《篇章結構類型論》頁63～67。
〔註72〕見陳望道《美學概論》頁44。
〔註73〕見《美學與意境》，頁105。

張法《中西美學與文化精神》在談到「中西審美的具體方式」時,也說:「在觀照方式上,中國採取仰觀俯察、遠近往還的散點遊目。」﹝註74﹞就更說明了為什麼文學作品中的遠近空間,常常是變化多端的。

更何況空間一遠一近地交迭映現,還可依次收納不同的景物,使篇章內容更加豐富;而且近遠間雜時,基於「空氣遠近法」﹝註75﹞的原理,近處的景物精密而清晰,遠處的景物疏闊而模糊,交互映現的結果,使空間的層次感非常的豐富。

最後還有一點值得一提,那就是遠近空間中的「遠」,在許多情況下,距離並不是拉到極遠,而且類似的現象也出現在電影中。林年同《中國電影美學》即針對此種現象說道:「這種『不太遠、不太近的遠景』是中國電影在空間觀念表達上的一個特點。……這種空間較寬較大的景別,是有民族文化的傳統的。中國古代繪畫的空間、雕塑的空間、園林建築的空間、戲劇的空間便是這種空間理論合理化的根據。」「中國電影的選景,既然是以『中景的鏡頭系統』為主,那末立體形象的空間定位,很自然地就會在第三向度中間層的位置出現。……以第三向度中間層為支點結構的空間,可以說是一個『上下相望,左右相近,四隅相報,大小相副,長短闊狹,臨時變通』的一個範圍較寬的可留可步的空間。」﹝註76﹞這是中國電影對中國傳統美學的體現,而在文學作品中,類似的例子也是屢見不鮮的。

(二)內與外

此處的內、外指的是建築物的內、外。參酌中國古代的建築藝術,

﹝註74﹞ 見張法《中西美學與文化精神》頁 321。

﹝註75﹞ 見王秀雄《美術心理學》:「遠物,看起來不但形態微小,並且空氣中含有微塵及水蒸氣等,愈到遠方,其明度及彩度就漸層性的發生變化了。中國及日本的山水畫裡,把遠景畫淡,近景清楚且濃,就是符合空氣遠近法的表現方法。」頁 364。

﹝註76﹞ 見林年同《中國電影美學》頁 77、78-79。此外,此中景並非只在遠近空間中展現,前後空間、左右空間、高低空間也是如此(頁 79),不過只在此稍作討論。

當能了解這種「內外」空間的普遍性及重要性。余東升《中西建築美學比較研究》中說：「中國古典建築藝術在空間處理上，門和窗佔據著十分突出的重要作用。」「以門、廊、窗等形式作爲庭院空間之間的聯繫手段，使得各個庭院空間既有相對獨立性，同時又是整體當中一個不可或缺的組成部分，所以，整個建築群雖然表現爲一個閉合空間，但其中的每一個庭院空間則是既閉又開的，由此構成了組合性的空間。」〔註77〕而且，在文學作品中，常將人物的視線或足跡在建築物內外的移動，與其特殊的精神活動結合起來，所以在描繪內外空間時，並非只是單純敘述不同空間的景物而已，也因此它具有不同於遠近空間的特色，而且這樣的篇章爲數不少，所以值得將它自遠近空間中獨立出來加以討論。

　　內外的空間變化可區分爲「秩序的處理方式」和「變化的處理方式」兩種。

（1）秩序的處理方式

　　秩序的處理方式裡，包括兩種空間型態：「由內而外」和「由外而內」。在文學作品中，都有很精采的表現。

　　先談「由內而外」者。運用這種空間設計的作品不少，譬如劉方平的〈春怨〉：

　　　　紗窗日落漸黃昏，金屋無人見淚痕。寂寞空庭春欲晚，梨
　　　　花滿地不開門。

其結構分析表如下：

　　　　　　　┌　底：「紗窗日落漸黃昏」
　　　┌　內　┤
　　　│　　　└　圖：「金屋無人見淚痕」
　　　┤
　　　│　　　┌　底：「寂寞空庭春欲晚」
　　　└　外　┤
　　　　　　　└　圖：「梨花滿地不開門」

喻守眞《唐詩三百首詳析》分析道：「首句點時，次句點人。……

────────────

〔註77〕見余東升《中西建築美學比較研究》頁96、93。

無人來，故『空庭寂寞』；無人來，故『不開門』。『春晚』故『梨花滿地』，色衰則容姿憔悴，無人過問，以落花比喻，怨情自見。」〔註78〕所以空間向外展延時，能引入與詩情相符的景色，起了烘托的效果。

　　辛棄疾的〈鷓鴣天〉「鵝湖歸，病起作。」的空間設計也是「由內而外」的：

> 枕簟溪堂冷欲秋，斷雲依水晚來收。紅蓮相倚渾如醉，白鳥無言定自愁。　　書咄咄，且休休，一丘一壑也風流。不知筋力衰多少，但覺新來懶上樓！

其結構分析表如下〔註79〕：

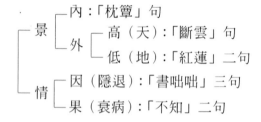

　　陳滿銘《詞林散步》中說：「上片由內寫到外，寫的是溪堂內外的寂寥夏景。」〔註80〕這種寂寥的夏景，正好襯托出作者晚年落寞的情懷。因此，由內而外地收納同質的景色，起了以景襯情的最佳作用。

　　此外，「由外而內」的例子有王維的〈酬郭給事〉：

> 洞門高閣靄餘輝，桃李陰陰柳絮飛。禁裡疏鐘官舍晚，省中啼鳥吏人稀。晨搖玉珮趨金殿，夕奉天書拜瑣闈。強欲從君無那老，將因臥病解朝衣。

其結構分析表如下：

〔註78〕見喻守真《唐詩三百首詳析》頁301。
〔註79〕此表參見陳滿銘《詞林散步》頁308。
〔註80〕見陳滿銘《詞林散步》頁307。

```
      ┌ 景 ┌ 外（視）：「洞門高閣靄餘暉」二句
      │    └ 內（聽）：「禁裡疏鐘官舍晚」二句
      │    ┌ 人：「晨搖玉珮趨金殿」二句
      └ 事 └ 己：「強欲從君無那老」二句
```

　　喻守眞《唐詩三百首詳析》中說道：「第一二兩句是寫所見宮殿
以外的春景。頷聯是寫所聞館閣之內的情景。……頸聯是寫郭給事入
朝退朝的情事，是稱頌給事的主眷優渥。末聯即寫所感，感慨自己老
病，不能從給事而進退，行將解職而致仕。」〔註81〕他的分析是相當
精當的。

　　歐陽修的〈木蘭花〉的空間結構也是由外寫到內：

　　別後不知君遠近，觸目淒涼多少悶。漸行漸遠漸無書，水
　　闊魚沉何處問。　　夜深風竹敲秋韻，萬葉千聲皆是恨。
　　故敧單枕夢中尋，夢又不成燈又燼。

其結構分析表如下〔註82〕：

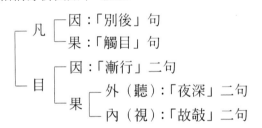

```
      ┌ 凡 ┌ 因：「別後」句
      │    └ 果：「觸目」句
      │    ┌ 因：「漸行」二句
      └ 目 │    ┌ 外（聽）：「夜深」二句
           └ 果 └ 內（視）：「故敧」二句
```

　　陳滿銘在《詞林散步》中對這首詞有相當精釆的賞析：「起二句
爲『凡』的部分，作者在此，直接將一篇的綱領提出，而這個綱領共
含有兩層意思；一層是離別後不知『君』在何處，爲『因』；一層是
週遭冷落，湧生了無限的哀愁──『多少悶』，爲『果』。提出了這一
因一果的綱領，接著就先由『因』的一層，帶出『漸行漸遠漸無書』
兩句，以寫離別後，由於無書，致不知對方一絲訊息的事實，這是『目

〔註81〕見喻守眞《唐詩三百首詳析》頁218。
〔註82〕此表參見陳滿銘《詞林散步》頁128。

一』的部分。然後由『果』的一層，帶出下片四句，以『夜深風竹敲秋韻』兩句，寫夜風敲竹（觸目淒涼之一）所攪起的一番離恨（多少悶之一），以『故敧單枕夢中尋』兩句，寫夢中難尋，獨對燈昏（觸目淒涼之二）的另一番離恨（多少悶之二），這是『目二』的部分。」〔註83〕因爲有最末四句由外而內的景物敘寫，這首詞所欲抒發的淒涼怨悶，就具象化而不至於空泛。

前面的詩例中的內、外空間，所收納的都是同質性的景物，因此，就算是視線移轉或足跡移動的痕跡並不明顯，但是我們仍會自然而然地把它們想成是一連續性的空間。不過，內、外空間的改變，並不一定都是如此，有時它強調的是以建築物（最常見的是牆或門）分隔出內外兩個空間，並將這兩個不同的空間所容納的事物，作對照的敘述，由此產生相映成趣的效果。

劉禹錫的〈題壽安甘棠館〉一詩，就是一個明顯的例子：

　　　門前洛陽道，門裡桃花路。塵土與煙霞，其間十餘步！

其結構分析表如下：

```
    ┌ 敘 ┬ 外：「門前洛陽道」
    │    └ 內：「門裡桃花路」
────┤
    │    ┌ 點：「塵土與煙霞」
    └ 論 ┴ 染：「其間十餘步」
```

黃永武《中國詩學——設計篇》分析道：「這甘棠館的大門正面臨著通往洛陽的大道，車馬交馳，紅塵滾滾；甘棠館的大門內，則是桃花成簇，清幽絕俗，門裡門外，只有十來步，就分明割截成兩個雅俗懸絕的世界。」〔註84〕外與內，此時是相映的。

宗白華〈論文藝的空靈與充實〉中特別談到依靠外界物質條件所造成的「隔」，他認爲美感的養成在於能空，對物象造成距離，使自己不沾不滯，物象得以孤立絕緣，自成境界。並且認爲中國畫堂的簾

〔註83〕見陳滿銘《詞林散步》頁127～128。
〔註84〕見黃永武《中國詩學——設計篇》頁66。

幕是造成深靜的詞境的重要因素，所以詞中常愛提到〔註85〕。他的看法是很有啓發性的。揆諸前例，造成「隔」的還有窗、門等等，甚至根本不需指出，只要內、外空間有了轉變，讀者便能意會。

至於爲什麼有「隔」的空間，會產生比較深靜的效果呢？那是因爲「漸層」的關係。我們曾提及「遠與近」的空間會造成漸層，使空間的深度加深，關於這一點，「內與外」的空間可說是有過之而無不及。黃永武在《中國詩學──設計篇》中說：「利用動態景物作一內一外的移動，這種律動感，有助於詩中空間深度感覺的形成。」〔註86〕他所說的「動態景物」，實則是指因視線或足跡的移動，而造成的景物的改變；在「內與外」的空間中，因爲要通過建築物的阻隔，才能達成空間的改變，因此漸層的效果更強，而且還特別有一種曲折幽深的感覺。因爲這種空間設計的特色是如此，所以它大量地被運用在抒寫哀怨淒涼之情的作品中。

至於形成相映的內、外空間者，則是運用了「對照」的原理，也就是將兩種差異性極大、甚至可說是相反的事物並列在一起；而人性之所以會喜歡「對照的刺激」，根據虞君質《藝術概論》中的說法，那是因爲「必須從對照中才能發現彼此美的精魂。」〔註87〕相映的趣味就是從中產生的。

（2）變化的處理方式

將空間的內、外作變化的處理的，也形成了很多不同的空間形態，相當有意思。

李清照〈春殘〉寫暮春情事，其空間的設計就是由內而外、又由外而內：

> 春殘何事苦思鄉，病裡梳頭恨最長。梁燕語多終日在，薔薇風細一簾香。

〔註85〕參見宗白華〈論文藝的空靈與充實〉，《美學與意境》，頁54～55。
〔註86〕見黃永武《中國詩學──設計篇》頁62。
〔註87〕見虞君質《藝術概論》頁63。

其結構分析表如下：

```
        ┌─ 因：「春殘何事苦思鄉」
┌─ 內（視）┤
│        └─ 果：「病裡梳頭恨最長」
├─ 外（聽）：「梁燕語多終日在」
└─ 內（嗅）：「薔薇風細一簾香」
```

　　此詩的空間就在室內、室外咫尺之間轉折著，無限的春愁也迴繞在這小小的天地中，真是「怎一個愁字了得」啊！

　　李商隱的〈吳宮〉是一個精采的例子：

　　　龍檻沉沉水殿清，禁門深掩斷人聲。吳王宴罷滿宮醉，日暮水漂花出城！

其結構分析表如下：

```
        ┌─ 視：「龍檻沉沉水殿清」
┌─ 外（人文）┤
│         └─ 聽：「禁門深掩斷人聲」
├─ 內（人文）：「吳王宴罷滿宮醉」
└─ 外（自然）：「日暮水漂花出城」
```

　　黃永武《中國詩學——設計篇》中說：「龍檻水殿，禁門深掩，將吳宮寫得莊嚴肅穆。但宮牆裡吳王君臣的生活，卻縱欲糜爛，這種人物輕浮與環境莊嚴不相稱的矛盾，形成了可笑的對照。全詩要寫的意思，到第三句已全部呈露，第四句……『日暮水漂花出城』好像和上面連接不起來，其實這水面『漂搖』的落花，與滿宮歪歪倒倒醉人『漂搖』的世界是類似的，『落花』與『亡國』之間，也有類似的悲哀命運。」〔註88〕所以我們可以看到：「人文」景的部分，城內與城外形成鮮明的對比，意旨已十分凸顯；可是作者的妙筆不只於此，最後一句的「自然」景，空間是屬於城外的，卻與城內的淪落景象，起了微妙的呼應。因此這首詩善用內外空間的對比與呼應，造成豐富的

〔註88〕見黃永武《中國詩學——設計篇》頁28。

美感。

李清照〈浣溪沙〉形成的也是「外內外」的空間架構：

　　淡蕩春光寒食天，玉爐沉水裊殘煙，夢回山枕隱花鈿。

　　海燕未來人鬥草，江梅已過柳生綿。黃昏疏雨濕秋千。

其結構分析表如下：

```
┌─ 外：「淡蕩春光寒食天」
├─ 內：「玉爐沉水裊殘煙」二句
│        ┌─ 人文：「海燕未來人鬥草」
└─ 外 ─┤
         └─ 自然：「江梅已過柳生綿」二句
```

　　這闋詞的空間由外而內、再折出戶外，因此將淡蕩春光、幽細香閨統統收納在作品中，景觀雖多有轉換，但是都相當地調和。

　　吳功正的《中國文學美學》中，特別提出一種「窗牖取景」法，他說：「中國傳統園林藝術有鑿窗借景法，以一窗而借得奇山異石、茂林修竹。……取景上的聚點法和整個創作意識上的『萬取一收』、『籠天地於形內』是一致的。」(註89)因為有個「取景框」(即窗)，所以會括出一個更純粹、更能適合作品情意的景象，這是窗牖取景的妙處；而且，不只「窗」有這樣的功能，門、簾、走廊……都可造成類似的效果。特別值得注意的是，這樣的「取景」並非只能單向地向外，事實上，若形成交流的情況時，更是別具美感。曾祖蔭《中國古代文藝美學範疇》引宗白華之語，並加以發揮道：「宗白華先生在《美學散步》中說：『古希臘人對於廟宇四周的自然風景似乎還沒有發現。他們多半把建築本身孤立起來欣賞。古代中國人就不同。他們總要通過建築物，通過門窗，接觸外面的大自然。』……我國古代的建築，無論是樓、臺、亭、閣，它的走廊、門、窗等的設計，不僅是為了採光的需要，空氣流通的需要，而且也考慮到通過走廊、門、窗與廣闊的大自然這個無限的空間相互交流，從而豐

─────────────

〔註89〕見吳功正《中國文學美學》頁389。

富和擴大人們的空間美的感受，這就是交流性的空間美。」〔註90〕
因為有建築物在「隔」，所以特別會感受到自然與人事之間的區別；
但因為有窗（門、簾……）在溝通，所以自然與人文之間又可以相
互交流，特別可以感受到大自然與己身同一脈動，正如陳滿銘所說：
藉由局部的交流可以達到整體的和諧。而這樣的美感，用變化的內
外空間來傳達，是最便利的。

（三）前與後

　　空間中「長」的一維的移動變化，可能有「遠近」、「內外」的不
同，但是除此之外，還有「前後」一類。我們都知道：創作者觀察的
角度有仰觀、俯察、前瞻、後顧、遠視、近觀、左顧、右盼八種；其
中「前瞻、後顧」這兩種，就是我們現在所要談的「前與後」。

　　「前後」與「遠近」、「內外」雖然都是屬於長度的變化，但是最
大的不同在於：「遠近」、「內外」所呈現的是作品中的觀察者眼前的
空間，而且這個觀察者所面向的空間是固定的、沒有轉向；但是「前
後」的空間變化就不是了，雖然它也是呈現觀察者眼前的空間，但是
會藉著回頭的動作，帶出相反方向的空間；或是藉著聽覺、嗅覺，帶
出背後的空間。

　　王安石的〈南浦〉就是一首形成「前後」空間的作品：
　　　南浦隨花去，迴舟路已迷。暗香無覓處，日落畫橋西。
其結構分析表如下：

```
┌ 前：「南浦隨花去」
│      ┌ 因：「迴舟路已迷」
└ 後 ┤      ┌ 嗅：「暗香無覓處」
        └ 果 ┤
               └ 視：「日落畫橋西」
```

　　這首詩之所以能被判定出「前後」的空間，「迴舟」二字是最明
顯的線索。所以迴舟之前，是「前」空間；迴舟之後，是「後」空間。

〔註90〕見曾祖蔭《中國古代文藝美學範疇》頁 191～192。

經過這樣的分析之後，我們就可領略到王安石當日乘舟路迷的景況了；而這樣的景況，是用遠近空間所無法表達的。

晁補之〈憶少年〉（別歷下）中也出現了「前後」空間：

> 無窮官柳，無情畫舸，無根行客。南山尚相送，只高城人隔。　　罨畫林溪紺碧，算重來、盡成陳跡。劉郎鬢如此，況桃花顏色。

其結構分析表如下：

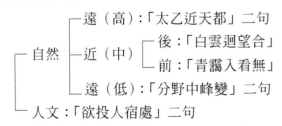

這闋詞的上片寫別歷下的景況，下片寫懸想未來重歸歷下的情景。趙乃增《宋詞三百首譯析》分析上片道：「官柳、畫舸、行客三層蟬聯，描述了行人離歷下官署踏上官柳大道，來至郊外津渡，而順水行舟的動態性空間轉移過程。……『南山』兩句寫詞人回望歷城，青翠的歷山似回眸遙送，只有高城將那人阻隔。」〔註91〕因此一前一後，恰恰描畫出作者前瞻後顧時的所聞所見。

王維的名篇〈終南山〉描寫山景的部分，是值得好好注意的：

> 太乙近天都，連山到海隅。白雲迴望合，青靄入看無。分野中峰變，陰晴眾壑殊。欲投人宿處，隔水問樵夫。

其結構分析表如下：

```
         ┌ 遠（高）：「太乙近天都」二句
    ┌ 自然 ┤ 近（中）┌ 後：「白雲迴望合」
    │     │         └ 前：「青靄入看無」
    ┤     └ 遠（低）：「分野中峰變」二句
    └ 人文：「欲投人宿處」二句
```

〔註91〕見趙乃增《宋詞三百首譯析》頁161。

　　李浩在〈論唐詩中的時空觀念〉中說:「首聯兩句是仰視所見終南遠景,作者由山外向山中行來,在極遠處看到綿延不斷伸向遠方的山脈,所以採取提神太虛、整體呈示的方法,把巍峨壯觀的終南全景攝入畫面。頷聯兩句是平視所見的終南近景。其中『白雲迴望合』一句是向後看,『青靄入看無』一句則是向前看。⋯⋯頸聯兩句是在山上俯視到的遠景,千岩萬壑的千形萬態盡收眼底。」〔註92〕當然,我們在此處所要注意的是第二聯,也就是形成「後、前」空間結構的部分,很明顯的,此詩就是藉由回首的動作,帶出這樣的空間轉換,痕跡是很清晰的。

　　宋代畫家郭熙《林泉高致・山川訓》曾提出所謂的「三遠法」,即「山有三遠;自山下而仰山嶺,謂之高遠;自山前而窺山後,謂之深遠;自近山而望遠山,謂之平遠。」其中「高遠」就是仰觀所得,可歸入「高與低」的空間;而「平遠」則是平望所得,可歸入「遠與近」的空間;不過,我們在此所要注意的是「深遠」,因為自山前要窺山後,顯然必須回頭,所面向的空間自然跟著轉變,那就會形成「前後」的空間。

　　繪畫理論是如此,證之以我們日常的生活經驗,更可以確切地體認到確實有前後空間的存在,曾霄容《時空論》中即說:「前後的方向是連關於身體的移動方向而且依存於身體的前面與背面。」〔註93〕有這樣的事實,在適當的時候,自然會反映在文學作品中。而且「前」空間還可能包含在「遠近」、「內外」空間中,「後」空間則是絕無僅有了,只有用「前後」空間結構才能分析得出來,這是它無可取代的地方。因此我們若能作精密的辨別,當然對於抉發出作品的空間結構的美感,是大有助益的。

(四)左與右

　　空間中「長」的那一維的變化,可區分出「遠與近」、「內與外」、

〔註92〕見《唐代文學研究》第四輯,頁23～24。
〔註93〕見曾霄容《時空論》頁412。

「前與後」，而「寬」的那一維，自然便有「左與右」的移動了。劉熙載《藝概・賦概》中有云：「〈離騷〉東一句、西一句」、「列者一左一右，豎義也」〔註94〕，講的就是這樣的情形。

此外，有時候兩點之間雖然可以連成一線，但是卻無法區分出遠近、內外，那麼，雖然不見得呈現明顯水平橫向的變化，也應該歸入「左與右」空間中。

因此，可將「左與右」的空間變化，大別爲「左右確定者」和「左右不確定者」兩類。

（1）左右確定者

爲什麼可以確定左、右呢？最明顯的情況，當然是在作品中明明白白地標出方位〔註95〕，譬如郁永河的〈台灣竹枝詞〉：

　　台灣西向俯汪洋，東望層巒千里長。一片平沙皆沃土，誰爲長慮教耕桑？

其結構分析表如下：

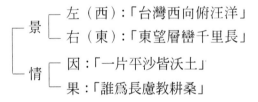

作者的視線先往西眺向台灣海峽的一片汪洋，再往東看到縱貫於台灣島上的山脈，此時空間往左、右大力拓開，使讀者眼前呈現出一幅遼闊的景象，同時也寫出了台灣的地形特色。而面對如此廣大肥沃的土地，作者不禁發出了由衷的讚嘆。

〔註94〕見劉熙載《藝概・賦概》（三）頁2、8。

〔註95〕王國瓔《中國山水詩研究》在「空間意識」曾談及「四角方向對比」，他說：「有的山水詩往往以東西南北四角方向的對比來概括遊覽觀賞的範圍，並表現空間的遼闊感。」並舉了許多例證，見頁359～360。另李清筠《時空情境中的自我影像》亦言：「亦可利用方位詞的鑲嵌，展開空間，呈現生命的流行。」也舉了許多例證，見頁268。均可與此參看。

　　辛棄疾的〈菩薩蠻〉（書江西造口壁）一詞中，也標出了景觀的方位：

　　　　鬱孤台上清江水，中間多少行人淚。西北望長安，可憐無
　　　　數山。　　　青山遮不住，畢竟東流去，江晚正愁予，山深
　　　　聞鷓鴣。

其結構分析表如下：

```
┌ 近（視）：「鬱孤台上清江水」二句
│          ┌ 西北：「西北望長安」二句
├ 遠（視）┤
│          └ 東：「青山遮不住」二句
└ 近（聽）：「江晚正愁予」二句
```

　　這闋詞以「近遠近」的方式架構出整個空間；但在「遠」的部分，又藉由方位詞「西北」、「東」，來將空間向左右拓開，使得空間更富於變化。

　　不過，就算沒有標示出方位，但依據作品中出現的自然物或人造物，我們依舊可以定出它的方位來。例如王之渙著名的〈登鸛雀樓〉就是如此：

　　　　白日依山盡，黃河入海流。欲窮千里目，更上一層樓。

其結構分析表如下：

```
    ┌ 景 ┌ 左（西、日）：「白日依山盡」
    │    └ 右（東、海）：「黃河入海流」
    │
    └ 論 ┌ 因：「欲窮千里目」
         └ 果：「更上一層樓」
```

　　陳清俊《盛唐詩時空意識研究》針對第一、二句說：「這一聯主要在呈現黃昏時分登樓遠眺的闊大空間場景：日下西山、河入東海，在左顧右盼之際，廣袤的空間鋪陳在眼前。」〔註96〕這二句真是寫得雄壯極了，完全托得起其後所發出的深刻議論。

〔註96〕見陳清俊《盛唐詩時空意識研究》頁410。

　　「左與右」的空間設計，所造成的空間趣味是別具一格的，尤其是典型的空間向左右水平擴張的那一類。形式美的主要法則中有一條是「對稱」，楊辛、甘霖合著的《美學原理》中，對「對稱」的解釋是：「『對稱』指以一條線總爲中軸，左右（或上下）兩側均等。」〔註97〕但上下對稱絕少見到，所講的對稱大抵都是指左右對稱〔註98〕，人體、自然物乃至建築物，相當多地體現了左右對稱的原則，自然地，文學作品對空間的處理上亦復如此。不過對稱要求左右全然同形，這在文學作品中是難以做到的，但是可以放寬爲「均衡」，陳望道《美學概論》中說：「均衡是左右的形體不必相同，而左右形體的份量卻是相等的一種形式。」〔註99〕它有對稱的平衡感，卻不會流於呆板。像前面所舉的兩個例子，郁永河〈台灣竹枝詞〉中的空間，左邊是海，右邊是山；而王之渙的〈登鸛雀樓〉左邊是日，右邊是海，都是恰可形成均衡。而且均衡之美還可帶來鎮定沉靜的感覺〔註100〕，揆諸實例，這也是符合的。

　　而且，這種空間設計還有一個更重要的特色，那就是特別容易造成空間的遼闊感。陳望道《美學概論》以一個簡單的實驗，說明眼球左右運動比上下運動容易〔註101〕，既然運動容易，那麼就適合作水平的延展，因此要將空間向左右拓開並不困難；而且《美學基本原理》中又提到水平線表示著安寧與靜穆〔註102〕，配合前面所說的均衡而帶來的鎮定沉靜之感，說此種水平空間是一種最穩定的空間，應該是不爲過的。

　　前面只談了這種空間的特色與美感，事實上它還有另外一個很便利的地方，那就是運用這種空間，很容易凸顯出在左、右造成均衡的物（或人）。王秀雄《美術心理學》中談到：「形之重度是以離開畫面

〔註97〕見楊辛、甘霖合著《美學原理》頁 168。
〔註98〕參見陳望道《美學概論》頁 66。
〔註99〕見陳望道《美學概論》頁 68。
〔註100〕參見陳望道《美學概論》頁 112。
〔註101〕參見陳望道《美學概論》頁 42～43。
〔註102〕參見《美學基本原理》頁 73。

中心距離如何而決定；換言之，靠近中心者其重度愈輕，遠離中心者其重度愈重。」〔註103〕這提醒了我們：在左與右的空間中，事物自然是分布在離中心有段距離的左方及右方，因為這樣空間才拓得開；但也就是因為它們遠離中心，所以依照前面的原理，那麼它們就會擁有較重的「重度」，也就是容易受到重視、被凸顯。這點不管在創作或鑑賞中，都是有意義的。此外，王秀雄也提到在繪畫上，左邊之東西比右邊之東西重要；而且有動作之事物之重度較重，因此與它形成均衡的另一靜止事物就必須量大而多〔註104〕，這些也都可以提供一些思考的空間。

（2）左右不確定者

有時作品中所出現的人、物的空間關係成線狀，可是不能歸入遠近（內外），但也不能定出它的方位，就應該將它歸入於這一類中。或者是篇中雖明明白白地定出方位，但卻不是呈現水平式的延展，也是屬於這一類。

張孝祥〈浣溪沙〉（荊州約馬舉先登城樓觀塞）很值得一看：

霜日明霄水蘸空，鳴鏑聲裡繡旗紅，澹煙衰草有無中。

萬里中原烽火北，一尊酹酒戍樓東，酒闌揮淚向悲風。

其結構分析表如下：

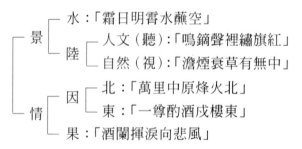

此詞的下片用了「先因後果」的方式來抒寫情感；而在「因」的部分，作者由北而東地寫起，收納起具有代表性的情景，因而順當地

〔註103〕見王秀雄《美術心理學》頁210。
〔註104〕參見王秀雄《美術心理學》頁218、226。

帶出最後一句酒闌揮淚的哀情來。

　　而曹唐的〈遊仙詩〉之六九呈現的空間關係就是屬於不確定的線性聯繫：

　　　　笑擎雲液紫瑤觥，共請雲和碧玉笙。花下偶然吹一曲，人
　　　　間因識董雙成。

其結構分析表如下：

　　　┌─ 此：「笑擎雲液紫瑤觥」二句
　　　└─ 彼：「花下偶然吹一曲」二句

　　顏進雄《唐代遊仙詩研究》分析道：「在王母的宴會中，焦點先是放在坐中佳賓，展現出歡會的熱絡氣氛，然而在作者的刻意安排下，忽將鏡頭轉向花下仙子，並結合音樂演奏與繁花似錦的雙重意象，營構出較前一場景更為美好的視覺焦點。」〔註105〕所以此詩中出現了兩個焦點：先是坐中佳賓，然後是花下仙子，而兩者都得到了適當的表現。

　　邵雍的〈天津感事二十六首〉中的一首，空間的移轉也頗值得推敲：

　　　　煙樹盡歸秋色裡，人家常在水聲中。數行旅雁斜飛去，一
　　　　簇樓臺峭倚空。

其結構分析表如下：

　　　　　　　　　┌─ 此：「煙樹盡歸秋色裡」
　　　　　┌─ 低 ─┤
　　　　　│　　　 └─ 彼：「人家常在水聲中」
　　　　─┤
　　　　　│　　　 ┌─ 此：「數行旅雁斜飛去」
　　　　　└─ 高 ─┤
　　　　　　　　　 └─ 彼：「一簇樓臺峭倚空」

　　前二句是平望，後二句是仰望，因此高低之感是很明顯的。但是煙樹與人家、旅雁與樓臺之間，很難說他們之間有遠、近之分，但是它們之間卻又有一定的空間關係，所以歸在這一類裡，是最適合的了。

───────────────

〔註105〕見顏進雄《唐代遊仙詩研究》頁484。

　　「左與右不確定者」的空間設計，多少也具有前者的特色，不過，它也有它的特別之處。顏進雄《唐代遊仙詩研究》認為焦距在調整過程中並無劇烈的大小之變或遠近之易，而是將鏡頭作左右游移，這樣可以兼顧兩位（或兩邊）相同地位的人物，使同一畫面中呈現出雙重焦點〔註 106〕，所以此種空間設計是有其優點的。而且此時空間並不是明顯的水平延展，但也非垂直的線條延伸，所以它的線條特性是比較模糊的；劉思量《藝術心理學》談到地平線時，稱之為「冷型」，而垂直線為「暖型」，但若是自由直線時，冷暖之傾向就沒有一定了，要根據它與水平和垂直相距的程度來決定〔註 107〕。這一點是相當有啟發性的，由此可以想到：在這種「左右不確定」的空間中，空間本身的特性比較模糊，但換個方向來想，它也是最具有可塑性的，不過它的特性要靠作品中其他的特質來賦予（例如情思、事物的特色……等），這也未嘗不是此種空間設計的優勢所在。

（五）高與低

　　空間三維中「高」的變化，就是現在所要談的「高與低」。「仰視俯察」是中國自古以來所習用的、掌握天地的觀照方式〔註 108〕，因此可以看到大量的形成「高與低」的空間架構的文學作品。

　　依據它們的特性，可分成三類來探討：即「由低而高」、「由高而低」、「高與低交互呈現者」。

（1）由低而高

　　空間由下往上拉開，有時候會形成一個很明顯的、連續性的空間，那麼會造成非常高峻的效果。例如黃景仁的〈新安灘〉就是一個最好的例子：

　　　　一灘復一灘，一灘高十丈。三百六十灘，新安在天上。

〔註 106〕參見顏進雄《唐代遊仙詩研究》頁 484。
〔註 107〕參見劉思量《藝術心理學》頁 72～73。
〔註 108〕參見宗白華〈中國詩畫中所表現的空間意識〉，《美學與意境》，頁103～104。以及張法《中西美學與文化精神》頁 321。

其結構分析表如下：

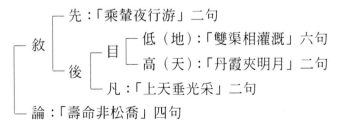

因為沿新安灘往上溯，一路淺灘棋布，所以首句先交代了這種情形，營造出層次感，而第二句「一灘高十丈」又將這層次感大大加強，所以「三百六十灘」就是往上推高三百六十層，結果自然是「新安在天上」了〔註109〕。

不過，最常見的情形是：這種連續感並不非常明顯，創作者之所以由低而高地來配置空間，還有一個很重要的功用，那就是羅列景物；王熙元〈詞的對比技巧初探〉中談到的「高下的對比」〔註110〕，以及王國瓔《中國山水詩研究》中談及的「地勢起伏對比」、「景物高下對比」、「俯仰對比」〔註111〕，都是著眼於此來探討。

曹丕〈芙蓉池作〉就是這樣來架構空間的：

> 乘輦夜行游，逍遙步西園。雙渠相灌溉，嘉木繞通川。卑枝拂羽蓋，修條摩蒼天。驚風拂輪轂，飛鳥翔我前。丹霞夾明月，華星出雲間。上天垂光采，五色一何鮮。壽命非松喬，誰能得神仙？遨遊快心意，保己終百年。

其結構分析表如下：

```
     ┌ 先：「乘輦夜行游」二句
     │        ┌ 目 ┌ 低（地）：「雙渠相灌溉」六句
  敘 ┤        │    └ 高（天）：「丹霞夾明月」二句
     │ 後 ┤
     └        └ 凡：「上天垂光采」二句
  論：「壽命非松喬」四句
```

〔註109〕參見黃永武《中國詩學——設計篇》頁57。
〔註110〕見《古典文學》第二集，頁254～257。
〔註111〕見王國瓔《中國山水詩研究》頁364～368。

　　這首詩大部分的篇幅是花在中間描寫芙蓉池的部分。而作者描寫的方式是先從地面上的景物寫起，再描寫高高的天空中出現的月和星，然後用「上天垂光采」二句作收。所以，此時「由低而高」的空間安排，只是要方便敘述園中的景致而已。

　　蘇軾〈浣溪沙〉寫景的部分，也用到了「由低而高」的空間結構法：

> 山下蘭芽短浸溪，松間沙路淨無泥。蕭蕭暮雨子規啼。
> 誰道人生無再少，門前流水尚能西。休將白髮唱黃雞。

其結構分析表如下〔註112〕：

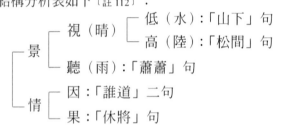

　　此為即景抒情之作。上片採客觀的寫景法，寫徜徉於蘭溪旁所見到的景物；先分別從視、聽知覺出發來敘寫晴、雨時不同的景致，並在「視（晴）」的部分，分別就低和高作較為詳細的敘寫。於是，到了下片，就很自然地由景生情，以結束此詞〔註113〕。

　　「由低至高」的空間結構是由點連結成線，而且這條線是具有方向性的。直線有兩個特點：張力和方向〔註114〕；若已知此線的方向是往上的，那麼，它的張力的表現又是如何呢？曾霄容《時空論》中提到：「上下的方向是連關於身體軸的解剖學的構造，而由於重力所規定的。」〔註115〕可見物理時空對心理時空所造成的影響。康丁斯基（Kandinsky）在《點線面》中即說：「上」給人一種輕鬆、自由的

〔註112〕此表參見陳滿銘《詞林散步》頁179。
〔註113〕參見陳滿銘《詞林散步》頁178。
〔註114〕參見康丁斯基（Kandinsky）著，吳瑪俐譯，《點線面》頁47。
〔註115〕見曾霄容《時空論》頁411。

想像力，他並且說「輕鬆」使每一個形在基面上部，會顯得特別具有份量，「自由」給人一種輕易的運動印象，張力比較容易展現，上升或降落也增強，障礙也減至最低程度〔註116〕。之所以會有這樣的效果，可能和這種往上的方向，予人擺脫重力的感受有關。依照這樣的說法，則空間中的「高」處，不宜安置太多的景物，以免有頭重腳輕之感；而且因為「由下往上」的運動是較為自由的，所以是相當自然的一種配置景物的方式。

此外，還可以作更細密的探討，正如陳清俊在《盛唐詩時空意識研究》中提到「高低」的空間時，曾針對此區分為細部與大範圍兩類〔註117〕，而在所舉的例子中，可以發現蘇軾的〈浣溪沙〉屬於前者，而其他都是屬於較大範圍的，當然，由地（或水）往上拉開至天，是最大範圍的。這種區分的意義在於：前者的空間感較小，反而是佈置景物的功能較大；後者也可敘寫景物，但除此之外，它也很能表現出空間的高低的距離感。

關於這種距離美感，是相當引人注目的，所以王秀雄《美術心理學》曾提及：有些民族會在繪畫中發展出「上下關係法」，以造出遙遠的空間感〔註118〕；尤其是現在所討論的「由低而高」的空間架構，更能發揮這種優勢，李清筠《時空情境中的自我影像》就說：「如果是想要突顯景物的高聳，則自然是以仰視的角度才能逼出它的氣勢來。」〔註119〕翟德爾（Hebert Zettl）《映像藝術》一書中則指出：「當我們用攝影機看上，物體與事物看起來要比直視或甚至於看低來得更為重要，更為有力，更為有權威。」〔註120〕而且，由此可以想到：美的情趣中有「崇高」一類，可以藉由形象的高大，而使審美主體由

〔註116〕參見康丁斯基（Kandinsky）著，吳瑪俐譯，《點線面》頁105。
〔註117〕參見陳清俊《盛唐詩時空意識研究》頁362～363。
〔註118〕參見王秀雄《美術心理學》頁360。
〔註119〕見李清筠《時空情境中的自我影像》頁263。
〔註120〕見翟德爾（Hebert Zettl）著，廖祥雄譯，《映像藝術》頁288。

靜觀而融合，終於達致崇高的情境〔註 121〕，這點對賞鑑呈現「由低而高」空間的作品時，是很有意義的。

（2）由高而低

將空間由高寫起，再往低處發展，也是常見的結構方式，而且有特別的況味。王維的〈使至塞上〉中就出現如此的空間設計：

> 單車欲問邊，屬國過居延。征蓬出漢塞，歸雁入胡天。大漠孤煙直，長河落日圓。蕭關逢候騎，都護在燕然。

其結構分析表如下：

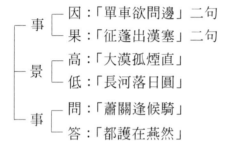

這首詩用「事景事」的方式來謀篇的，寫景的二句是王國維所說的「千古壯觀」的名句。第五句中「大漠」的「大」字寫出了邊疆沙漠的浩瀚無邊，「孤」字寫出了景物的單調，而緊接一個「直」字，卻又表現了它的勁拔、堅毅之美；而第六句用「長」字來刻畫流貫其間的黃河，又用一個「圓」字來寫落日，予人溫暖而又蒼茫的感受〔註 122〕。而這傳誦不絕的兩句就是以「由高而低」的方式來組成的，這樣的空間設計，對詩中沉鬱蒼涼氣氛的塑造，起了很大的效果。

另外李煜的〈相見歡〉也是如此：

> 無言獨上西樓，月如鉤。寂寞梧桐深院鎖清秋。　　剪不斷，理還亂，是離愁。別是一翻滋味在心頭。

〔註 121〕參見陳望道《美學概論》頁 116～117。
〔註 122〕參考《唐詩新賞》（第三輯）頁 100～101。

其結構分析表如下〔註123〕：

$$
\begin{array}{l}
景 \left\{\begin{array}{l} 高（仰）：「無言」二句 \\ 低（俯）：「寂寞」句 \end{array}\right. \\
情 \left\{\begin{array}{l} 離別之苦：「剪不斷」三句 \\ 家國之哀：「別是」句 \end{array}\right.
\end{array}
$$

　　這首詞寫秋愁，是採用即景抒情的方式寫成，而關於寫景的部分，陳滿銘《詞林散步》分析道：「他先寫主人翁默默無語地獨上西樓的愁容；再寫他仰首所見，藉鉤月作正面之映襯，以強化愁緒；然後寫他低頭所見，藉梧葉稀疏而深院的空地整個被落葉圍著的冷落景象，以推深他寂寞之情（愁）。」〔註124〕藉由視線的由高而低，自然地帶出空間的變化。

　　「由高而低」的置景法，其線條是由上往下的，康丁斯基（Kandinsky）在《點線面》中，也談到了這樣的線條所具有的特色：「『下』則完全相反：密集、沉重、束縛。愈靠基面下邊，氣氛愈凝重，每一塊小平面愈來愈靠攏，因此愈可輕易地撐住大而重的形。……『上升』愈來愈困難——形好像是以暴力拉扯出來的，拉扯的聲音好像都聽得見。它不斷地往上爬，而阻礙的力量卻不斷往下降。運動的自由不斷地被限制，阻礙力達到最高點。」〔註125〕由上往下的方向，似乎暗示物體被重力緊緊地牽引著，予人沉重之感。從中可以得到兩點啟示：其一，因為形在下面時，重量減輕，所以必須要更大更重的形，才可以撐得住，以保持畫面的均衡穩定，所以放置在「低」空間的景物，往往比在「高」空間者來得範圍大、數量多；其二，因為要對抗上升的力（即運動的自由），所以這樣方向的線條，其力量是很驚人的；而觀察前面所舉的例證，我們發現，

〔註123〕此表參見陳滿銘《詞林散步》頁79。
〔註124〕見陳滿銘《詞林散步》頁78。
〔註125〕見康丁斯基（Kandinsky）著，吳瑪俐譯，《點線面》頁105。

這種特別的空間設計，眞的能對作者所欲表達的情意，起了非常大的推深作用。

此外，由高而低的空間常常是由俯視的角度帶出，李清筠《時空情境中的自我影像》即談到：「俯視，特別是登高臨視，往往使觀覽者的視野拉開，產生空間聯結的聯想，因而常會與思慕的情懷牽繫。」〔註126〕翟德爾（Hbert Zettl）《映像藝術》中則說：「當我們用攝影機看下，物體通常失去一些意義，它變成比它們直視或從下望上看來得少有力量，少有重要性。」〔註127〕這些也能提供不同的賞析觀點。

（3）高與低交互呈現者

高與低交互呈現，會出現許多種不同的空間設計，相當有意思。在文學作品中有時會出現「低高低」的空間架構，譬如歐陽炯的〈江城子〉就是一個很好的例子：

> 晚日金陵岸草平，落霞明，水無情。六代繁華，暗逐逝波聲。空有姑蘇台上月，如西子鏡照江城。

其結構分析表如下：

```
      ┌─ 視：「晚日金陵岸草平」三句
  ┌ 低 ┤
  │   └─ 聽：「六代繁華」二句
──┤  高：「空有姑蘇台上月」
  └  低：「如西子鏡照江城」
```

由低處的江城寫起，再寫到高處的明月，藉由月光下照，空間又回到地面的江城上。空間的轉換，靈活而有層次。

《梁鼓角橫吹曲・捉搦歌》中，即出現「高低高」的空間設計：

> 華陰山頭百丈井，下有流水徹骨冷。可憐女子能照影，不見其餘見斜領。

其結構分析表如下：

〔註126〕見李清筠《時空情境中的自我影像》頁264。
〔註127〕見翟德爾（Hbert Zettl）著，廖祥雄譯，《映像藝術》頁288。

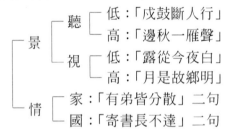

自然景 ┬ 高：「華陰山頭百丈井」
　　　 └ 低：「下有流水徹骨冷」
人事景（高）┬ 泛：「可憐女子能照影」
　　　　　　└ 具：「不見其餘見斜領」

這首民歌以質樸的語言，描繪出一幅天然好圖畫；而自然景與人事景能夠天衣無縫地結合起來，空間的轉換聯結是最重要的。

杜甫的名篇〈月夜憶舍弟〉則是形成了「低高低高」的空間：

戍鼓斷人行，邊秋一雁聲。露從今夜白，月是故鄉明。有弟皆分散，無家問死生。寄書長不達，況乃未休兵。

其結構分析表如下：

景 ┬ 聽 ┬ 低：「戍鼓斷人行」
　 │ 　 └ 高：「邊秋一雁聲」
　 └ 視 ┬ 低：「露從今夜白」
　 　 　 └ 高：「月是故鄉明」
情 ┬ 家：「有弟皆分散」二句
　 └ 國：「寄書長不達」二句

這首詩分別由視、聽兩種知覺出發，各自描寫了低處、高處的景物，同時又能渾融為一體，順利地帶出其後的深沉慨嘆。

「高低交互呈現」者，還有多種不同的空間設計，甚至高低之間的轉換可多達五、六次；此時所表現出的是一種靈活調度的空間，它可以上上下下地收納高處低處的景物，原作者所欲表達的情思，起著很好的烘托作用。

（六）大與小

此節中所要談的，是空間三維中「長」與「寬」兩維配合起來構成「面」，而「面」放大、縮小的空間設計（「面」縮小到極處會形成一個「點」）。而它的種種變化，可以歸為三大類：「由大而小」、「由小而大」、「大與小交互呈現者」。

（1）由大而小

　　陳滿銘《章法學新裁》提出「由大而小」的空間設計方式〔註128〕，這也稱作「包孕式」空間，就是指空間由大而小的變化；黃永武《中國詩學——設計篇》稱為「空間的凝聚」〔註129〕，指的都是同一種情形。

　　茲以楊萬里〈小池〉為例來說明「包孕式」的空間設計：

　　　泉眼無聲惜細流，樹陰照水愛晴柔。小荷才露尖尖角，早有蜻蜓立上頭。

其結構分析表如下：

```
     ┌ 大 ┬ 靜：「泉眼無聲惜細流」
     │    └ 動：「樹陰照水愛晴柔」
─────┤
     │    ┌ 底：「小荷才露尖尖角」
     └ 小 ┴ 圖：「早有蜻蜓立上頭」
```

　　此詩先從較大範圍的池塘開始寫起，而且選取小池的動景和靜景分別作一描寫；隨後兩句的空間就凝聚在池中的一株小荷上，描繪出這麼一幅蜻蜓點荷、充滿逸趣的生動圖景。

　　辛棄疾〈踏莎行〉也是形成這樣的空間結構：

　　　夜月樓台，秋香院宇，笑吟吟地人來去。是誰秋到便淒涼？當年宋玉悲如許。　　隨分杯盤，等閒歌舞，問他有甚堪悲處？思量卻也有悲時：重陽節近多風雨。

其結構分析表如下：

```
     ┌ 景 ┬ 大：「夜月樓台」二句
     │    └ 小：「笑吟吟」句
─────┤
     │    ┌ 正：「是誰秋到」二句
     └ 情 ┼ 反：「隨分杯盤」三句
          └ 正：「思量」二句
```

　　這闋詞是以「先景後情」的結構寫成的，我們所要注意的是上半

〔註128〕見陳滿銘《章法學新裁》頁22。
〔註129〕見黃永武《中國詩學——設計篇》頁58。

闋寫景的部分。陳滿銘《國文教學論叢》針對這部分分析道：「作者在這裡，先寫明月下的閣樓，再寫樓閣中的院宇……範圍由大而小，層層遞進，讀起來極感明快。」〔註130〕可說是將此詞空間的構成，抉發得極為明晰。

　　空間大小的變化，需要長與寬二維的配合，展現的是平面美，所以它涵蓋的範圍比遠近、內外、左右等的空間變化來得大；因此可以看到：空間的大小範圍若有變化，則其遠近、內外、左右必然也跟著起變化，但這種變化若只從遠近、內外、左右等的角度來分析，又是不夠精準的。因此，這也就是「大小」空間無可取代的地方。

　　而且，由大而小的包孕式的空間設計，用大空間襯托小空間，最後會將焦點凝聚在小小的一點上，而「點」的特質又是相當迷人的，康丁斯基（Kandinsky）《點線面》即做了這樣的分析：「它的張力總是密集的……點是一個小世界──各個方向幾乎等距離地和它的周圍分開。」〔註131〕所以點有最強大的集中效果，可以將所欲強調的景物做最有力的強調，其美感是驚人的。

（2）由小而大

　　陳滿銘《章法學新裁》中所說的「由小而大」〔註132〕，又稱作「輻射式」的空間變化，就是平面「由小而大」的設計方式，這也就是黃永武《中國詩學──設計篇》中所談及的「空間的擴張」〔註133〕。

　　顏延年〈應詔觀北湖田收〉就是形成如此的空間架構：
　　　周御窮轍跡，夏載歷山川。蓄軫豈明懋，善游皆聖仙。帝輝膺順動，清蹕巡廣廛。樓觀眺豐穎，金駕映松山。飛奔互流綴，緹轂代回環。神行埒浮景，爭光溢中天。開冬眷徂物，殘悴盈化先。陽陸團精氣，陰谷曳寒煙。攢素既森

〔註130〕見陳滿銘《國文教學論叢》頁389。
〔註131〕見康丁斯基（Kandinsky）《點線面》，吳瑪俐譯，頁25。
〔註132〕見陳滿銘《章法學新裁》頁22。
〔註133〕見黃永武《中國詩學──設計篇》頁56。

藹，積翠亦蔥仟。息飧報佳歲，通急戒無年。溫渥決輿隸，
和惠屬后筵。觀風久有作，陳詩愧未妍。疲弱謝凌遽，取
累非緪牽。

其結構分析表如下：

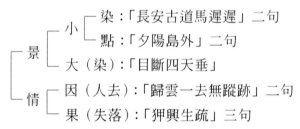

這首詩敘作者隨侍文帝於北湖觀田收應詔而作，《昭明文選譯註》
分析道：「開頭引周穆夏禹行游，為文帝北湖觀田收作比。次寫文帝
出行車駕侍衛之盛。次寫出多景色之美。次寫豐收是帶給奴隸們的皇
恩。末尾是詩人自述之詞。」〔註134〕其中第二部分寫文帝登樓遠眺，
範圍是小的；接著的第三、第四部分寫遠眺所見的自然景和人事景，
範圍是大的；所以此詩的空間結構是「由小而大」。

柳永的〈少年游〉亦是呈現了「由小而大」的空間架構：

長安古道馬遲遲，高柳亂蟬嘶。夕陽島外，秋風原上，目
斷四天垂。　　歸雲一去無蹤跡，何處是前期？狎興生疏，
酒徒蕭索，不似去年時。

其結構分析表如下：

此詞的結構是「先景後情」。在寫景的部分中，作者「點」出地

〔註134〕見陳宏天、趙福海、陳復興主編《昭明文選譯註》頁 270。

點——夕陽島外、秋風原上，並且以「先小後大」的順序，來將此地作進一層的鋪陳、渲染；最後下片的感情才據此生發出來。

　　大小空間中的「大」，大到極處是空間向四面八方作輻射式的擴散，正如楊辛、甘霖《美學原理》中所說的：「輻狀射線表現奔放。」〔註135〕因此會有擴大、奔放的效果，是平面美的極致。更何況在「由小而大」的空間中，小空間襯托大空間，顯得更大，所以也就更美了。

（3）大與小交互呈現者

　　大空間與小空間交互呈現，可營造出多變的空間，作者的巧思在此表露無遺。

　　許渾〈秋日赴闕題潼關驛樓〉呈現的是「小大小」的空間架構：

> 紅葉晚蕭蕭，長亭酒一瓢。殘雲歸太華，疏雨過中條。樹色隨關迥，河聲入海遙。帝鄉明日到，猶自夢漁樵。

其結構分析表如下：

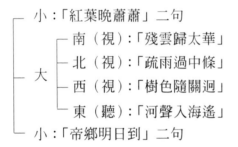

　　陳滿銘《章法學新裁》中說：「它的首聯，就小，寫長亭送別、借酒澆愁之情景；中間二聯，成輻射狀向四方拉開，就大，寫華山、中條山和潼關、大海；而尾聯則又將範圍縮小到四望風物之自己身上，發出感慨作結。敘次由小而大而小，極富變化。」〔註136〕中間二聯的空間是朝四個方位開拓出去的，這是表現「四望風景」的一種最典型的作法。

〔註135〕見楊辛、甘霖《美學原理》頁167。
〔註136〕見陳滿銘《章法學新裁》頁333。

　　李元洛《詩美學》談到「空間的大小映照」時說：「詩歌……有時需要描繪較大的空間景象以使境界開闊，氣魄雄偉，因此就要有天高海闊、力勁氣遒的意筆，以大筆寫出大的境界。……詩有時又需描繪較小的空間景象，以加強具體親切感……以細毫繪出小的境界，即詩中小景。空間意象一味求大，就會走向浮泛與空疏，空間意象一味求小，就會流於瑣屑和狹窄。……大中取小，小中見大，巨細結合，點面相映。」﹝註137﹞所以空間中「大」與「小」的映照（或說「面」與「點」的映照），都會造成大者更擴散、小者更集中的效果；而且各種變化的空間結構，都不是隨意而為的，正如孫立《詞的審美特性》中所說的：「（宋人）往往在詞作中以大小空間形式的相映、揉合，作為情調的渲染、加著。……所構成的空間跳躍也頗能反映出作者內在的細微意緒。」﹝註138﹞大小空間的變化確能達成這樣的目的。

（七）立體空間

　　物理空間是由長、寬、高三維架構起來的，而在文學作品中，最能彰顯這一點的，就是現在所要討論的「立體空間」了；光是從這一點看，立體空間就非常值得探討。

　　大小空間與高低空間的結合，就會形成「立體空間」，所造成的效果非常的好。柳宗元膾炙人口的〈江雪〉就是如此寫成的：

　　　千山鳥飛絕，萬徑人蹤滅。孤舟簑笠翁，獨釣寒江雪。

其結構分析表如下：

```
    ┌ 大 ┌ 高：「千山鳥飛絕」
    │    └ 低：「萬徑人蹤滅」
    │
    └ 小 ┌ 泛：「孤舟簑笠翁」
         └ 具：「獨釣寒江雪」
```

﹝註137﹞見李元洛《詩美學》頁414。
﹝註138﹞見孫立《詞的審美特性》頁121。

　　首二句是詠大範圍的山及原野，並用「千」及「萬」字，將空間拓得極大；而且其中配合著「高」、「低」來置景，由上往下的筆觸，更讓景色多了一分凝重的情調。末二句將空間一下子凝聚在寒江中的小小漁翁身上，並以「孤」、「獨」字加強其渺小的形象，令人留下深刻的印象。此詩短短二十字，卻有筆力萬鈞的效果，其絕佳的空間設計功不可沒。

　　張志和有名的〈漁歌子〉就是以包孕式的空間，搭配上「由高而低」的空間變化，構成一幅隱居生活的剪影，令我們嚮往至今：

　　　　西塞山前白鷺飛，桃花流水鱖魚肥。青箬笠，綠蓑衣，斜
　　　　風細雨不須歸。

其結構分析表如下：

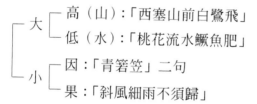

　　作者先從大的環境寫起，並且由高而低、由山而水，描繪出一幅有動有靜、色彩繽紛的優美畫面；接著便將焦點凝注在漁父身上，一個悠然垂釣的瀟灑身影就映現在讀者面前了。

　　杜甫〈登岳陽樓〉的空間架構，營造了驚人的效果：

　　　　昔聞洞庭水，今上岳陽樓。吳楚東南坼，乾坤日夜浮。親
　　　　朋無一字，老病有孤舟。戎馬關山北，憑軒涕泗流。

其結構分析表如下：

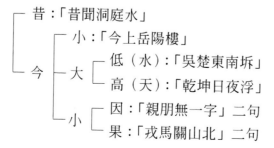

　　吳調公〈高度　遠度　深度──讀登高憑眺詩小札〉一文中說：
「『高』的內涵有其豐富性，它和空間的廣袤結合，極目的遙遠結合。」
〔註139〕以此觀點來賞析這首詩寫景的部分，是相當犀利的。登岳陽
樓遠眺，作者本身的視野就是由小而大拓開，而且在敘寫大範圍的景
色時，又巧妙地與由高而低的空間結合起來，一起營造出一個又遼闊
又雄奇的景觀，最末又將空間縮回到憑軒遠眺的一人身上。其架構空
間的魄力之大、筆力之雄，真是不愧老杜。

　　大小空間與高低空間的結合，為什麼會予人深刻的感受呢？在
探討高低空間時曾談到：高低空間是最能拓展上下距離的空間設計
法；而大小空間又是平面美的代表，所以當大小空間與高低空間結
合在一起時，就等於是立體美的完美結晶，當然會達致很好的效果。

　　而且，還有一點是值得加以強調的：那就是「臺」與「四望風景」
的結合；這點在「大小」與「高低」空間融和所造成的立體空間中，
體現得最明顯。張法《中西美學與文化精神》在談到「崇高：中西文
化超越意象的審美凝結」時，以「臺」作為建築的崇高的代表，他說：
「臺最初的崇高在於它是祭司的專用物，帶有與神與天交往的神性，
當其演變為帝王之臺，也因帝王們受命於天在萬民之上而有一種偉大
性。後來，魏晉文人名士好遊山水，在名山勝水中建造亭、臺、樓、
閣之風也獲得發展，登樓登臺成為一般人的審美習慣，登樓登臺也成
為中國人觸發宇宙人生的一種普遍方式。……中國的臺（樓、亭、閣）
作為崇高則主要是以上觀下，站在臺上，仰觀宇宙之大，俯察品類之
盛。」〔註140〕吳功正《中國文學美學》引了蘇軾〈涵虛亭〉詩：「惟
有此亭無一物，坐觀萬景得天全。」然後說：「中國詩人就是以這種
具有哲學內涵的虛空之心，吸納著蒼蒼雲樹、莽莽宇宙。」〔註141〕
而站在臺上往外眺望，臺就是「小」，看到的風景就是「大」，更何況

〔註139〕見《古典文論與審美鑑賞》頁379。
〔註140〕見張法《中西美學與文化精神》頁142。
〔註141〕見吳功正《中國文學美學》頁401。

中國人特有一種仰觀俯察的觀照方式，因此在「大」空間中，又常常會出現高、低的空間描寫；這樣的空間設計十分具有立體感，對「崇高」感的帶出，是非常有利的。

（八）視角的變換

　　曾霄容《時空論》中談道：「人類的行動空間是以自己為中心而分化作上下、左右、前後的三個主要方向。」〔註142〕黃永武《中國詩學——設計篇》也說道：「詩中空間的取景，不外以遠觀、近觀、仰視、俯視、前瞻、後顧等六種角度去攝取景物。」〔註143〕倘若創作者在作品中所採用的角度並不是固定的，而是依從需要而隨時改變，那就會形成「視角的變換」，黃永武《中國詩學——設計篇》稱之為「空間的轉向」〔註144〕，李元洛《詩美學》則稱為「複合的角度」〔註145〕。這種組織空間的方式的特色，就是將空間三維——長、寬、高，視需要作適當的組合，沒有任何的限制；因此呈現出來的空間架構，可說是多采多姿、變化莫測。

　　著名的《詩經·蒹葭》就運用了視角的變換：

　　蒹葭蒼蒼，白露為霜。所謂伊人，在水一方。溯洄從之，
　　道阻且長；溯游從之，宛在水中央。
　　蒹葭蒼蒼，白露未晞。所謂伊人，在水之湄。溯洄從之，
　　道阻且躋；溯游從之，宛在水中坻。
　　蒹葭蒼蒼，白露未已。所謂伊人，在水之涘。溯洄從之，
　　道阻且右；溯游從之，宛在水中沚。

第一章的結構分析表如下：

〔註142〕見曾霄容《時空論》頁411。
〔註143〕見黃永武《中國詩學——設計篇》頁60。
〔註144〕見黃永武《中國詩學——設計篇》：「前後遠近上下的轉向，則造成空間角度的轉換，詩人常將這種多角的視點複合在一首詩裡。」頁60。
〔註145〕見李元洛《詩美學》：「從空間角度的變換去表現空間景物。」頁420。

```
            ┌─ 此：「蒹葭蒼蒼」二句
      ┌─ 先 ┤
      │     └─ 彼：「所謂伊人」二句
      ┤
      │     ┌─ 遠：「溯洄從之」二句
      └─ 後 ┤
            └─ 近：「溯游從之」二句
```

　　此三章的結構方式都相同，因此不另繪製。從結構表中可以看到：結構表的第二層，就是依據空間來組織的；而且前半部用的是左右空間中的「左右不確定者」，而後半部則是用遠近空間中的「由遠而近」者（因為「宛在水中央」指的是已在水中，表示近而易得，其他「宛在水中坻」、「宛在水中涘」亦同〔註146〕）。因此，這首詩的視角轉換，就是由左右而遠近，也可以說，就是由「寬」的一維，轉成「長」的一維。

　　許渾的〈早秋〉則是另一首精采的作品：

　　　　遙夜泛清瑟，西風生翠蘿。殘螢棲玉露，早雁拂金河。高樹曉還密，遠山晴更多。淮南一葉下，自覺洞庭波。

其結構分析表如下：

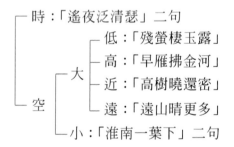

```
  ┌─ 時：「遙夜泛清瑟」二句
  │            ┌─ 低：「殘螢棲玉露」
  │            ├─ 高：「早雁拂金河」
  │      ┌─ 大 ┤
  ┤      │     ├─ 近：「高樹曉還密」
  │      │     └─ 遠：「遠山晴更多」
  └─ 空 ┤
         └─ 小：「淮南一葉下」二句
```

　　這首詩時、空分設，在敘寫空間的部分，是先寫大範圍、再寫小範圍；而視角的變換就出現在對大範圍空間的描寫時，正如喻守真《唐詩三百首詳析》所言：「頷聯上句是俯察，下句是仰觀。頸聯上句是近看，下句是遠望。」〔註147〕所以短短二十字，已包羅萬有。

　　范成大的〈碧瓦〉先就人文景來敘寫，再及於自然景，而其中就

〔註146〕參見余培林《詩經正詁》（上）頁352。
〔註147〕見喻守真《唐詩三百首詳析》頁195。

出現了視角變化的空間：

> 碧瓦樓頭繡幕遮，赤欄橋外綠溪斜。無風楊柳漫天絮，不
> 雨棠梨滿地花。

其結構分析表如下：

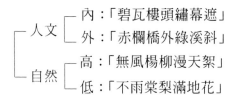

此詩的前半幅以人文景爲主，用由內而外的置景法，將繡簾低垂的高樓、綠溪旁的小橋組織起來；而後半幅以自然景爲主，此時是由高而低地寫起，將漫天飛絮、滿地落花，統統收納在詩篇中。

陳克的〈菩薩蠻〉也值得一看：

> 赤闌橋盡香街直，籠街細柳嬌無力。金碧上青空，花晴簾
> 影紅。　　黃衫飛白馬，日日青樓下。醉眼不逢人，午香
> 吹暗塵。

其結構分析表如下：

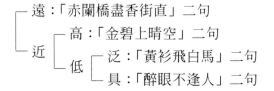

這闋詞的空間架構是先從「長」的那一維寫起，並搭配上「由高而低」的變化，因此構成了一個視角轉換的空間。

中國傳統繪畫自古以來即有不同於西方焦點透視畫法的獨特方法，我們通常稱之爲「散點透視法」、「跑馬透視法」、「移動透視法」〔註148〕，而且也留下一些珍貴的繪畫理論，給予我們很多啓示；譬如宋代畫家郭熙《林泉高致・山川訓》提出的「三遠法」，就是以俯

〔註148〕參見李元洛《詩美學》頁420。

仰往還、流動轉折的不同鏡頭去攝取山景〔註149〕，宋代沈括《夢溪筆談》也主張「以大觀小」之法，認為畫家畫山水，並非如常人站立在平地上一個固定的地點觀看，而是用心靈之眼籠罩全景，把全景組織成一幅氣韻生動的畫面〔註150〕。王秀雄《美術心理學》分析道：「中國繪畫裡的空間，不是站在一時一地去把握，而是我們移動視點，移動我們的位置，直到我們能把握住了對象之恆常性為止。」〔註151〕這「對象的恆常性」一語非常的重要，道破了移動視角的原因與其優越性，也說明了中國的畫家並不認為焦點透視法所表現出的就是物體的真性；事實上，西方傳統的焦點透視法所忠實的只是視覺像而已，因此，它的「寫實」仍是有限，未必能全部作到〔註152〕。

　　中國的繪畫是如此，文學又何嘗不是呢？而且追根究柢，這與中國自古以來「觀」的傳統有關，張法在《中西美學與文化精神》一書中說：「觀，是在先秦時就已普遍使用的認識事物的方式。……仰觀俯察，遠近遊目──成為中國審美觀照的典型方式。」「中國文化氣的宇宙是流動而空靈的，只有遊目，才能感受和表現出中國的宇宙精神，而遊目的俯仰遠近的節奏正是中國宇宙的循環節奏。」「中國人的觀照要俯仰遠近，因為在氣的宇宙中，要認識一事物，僅從該事物本身是不行的，聯繫到與之相關的事物，視線就得開始流動，最終要聯繫到宇宙之氣。……正是在仰觀俯察、遠近往還的遊目中，中國人自認為不僅把握了現在當下，而且也把握了整個宇宙。」〔註153〕中國的整體功能是──氣，整體性質的顯現是靠整體之氣灌注於各部份中的結果，因此「氣」才是最重要的〔註154〕；所以，自然地，能夠

〔註149〕參見王國瓔《中國山水詩研究》頁382。

〔註150〕參見宗白華〈中國詩畫中所表現的空間意識〉，《美學與意境》，頁86～87。

〔註151〕見王秀雄《美術心理學》頁197。

〔註152〕參見王秀雄《美術心理學》頁384。

〔註153〕分別見張法《中西美學與文化精神》頁321～322、324、325。

〔註154〕參考張法《中西美學與文化精神》頁23。

體現整體性、也就是體現氣的表現方式，當然就是最好的。

　　這樣的觀點反映在文學中，就形成了現在所探討的「視角變換」的空間結構方式。我們首先會注意到，這種視角的移動可以將不同的空間組織進文學作品中，當然也就同時收納了不同空間所包含的不同景物，正如李清筠《時空情境中的自我影像》中所說的：「採取『視點飄動』的觀景方式，以對景觀作一種連續性的把握。這種方式，是根源於景觀整體組合的基本特質。」〔註155〕這樣「包羅萬有」的景觀，造成作品中富於變化的美感。其次，這樣視角變換所形成的空間，特別具有「躍動性的空間美」〔註156〕，就像宗白華〈中國詩畫所表現的空間意識〉中所談及的：「我們的空間意識底象徵……是瀠洄委曲，綢繆往復，遙望著一個目標的行程（道）！」〔註157〕所以當我們品閱著空間呈現視角變化的作品時，所感受到的美感，眞是悠然不止的。

（九）自然與人文

　　空間中所呈現的景觀，大致上可分爲「自然」與「人文」兩類，所以陳滿銘在賞析〈輞川閒居贈裴秀才迪〉時，將景分爲「物象」與「人事」；在賞析〈題西湖〉時，則分爲「自然」與「人文」〔註158〕；而王熙元在〈詞的對比技巧初探〉中，則列了一項「人物的對比」〔註159〕，大致上，「人」指的是「人文」，「物」指的也是「自然」。因爲有這樣的事實存在，所以，創作者在進行創作時，有時就會著眼於此來發揮，這也就形成了空間結構的一種方式——自然與人文並置的置景法〔註160〕。

〔註155〕見李清筠《時空情境中的自我影像》頁264。
〔註156〕見曾祖蔭《中國古代文藝美學範疇》頁189。
〔註157〕參見《美學與意境》，頁105。
〔註158〕見陳滿銘〈高中國文古典詩詞教材探析〉，《人文及社會學科教學通訊》九卷三期，頁25、40。
〔註159〕見王熙元〈詞的對比技巧初探〉，《古典文學》第二集，頁266。
〔註160〕嚴格說來，「自然與人文」空間並非依據空間三維來架構的，因此

不過，必須先說明清楚的是：有時候自然之景和人文之景並沒有辦法劃分得一清二楚，這時就必須根據其重心之所在，來判定它是屬於哪一類的景色。

根據自然之景與人事之景出現的次序，可將此大別為「秩序的處理方式」和「變化的處理方式」兩類。

（1）秩序的處理方式

先自然、後人文，或是先人文、後自然者，都包括在秩序的處理方式中。

先自然、後人文者，有翁卷的〈鄉村四月〉：

　　綠遍山原白滿川，子規聲裡雨如煙。鄉村四月閒人少，纔
　　了蠶桑又插田。

其結構分析表如下：

```
      ┌ 自然 ┌ 視：「綠遍山原白滿川」
      │      └ 聽：「子規聲裡雨如煙」
      └ 人文 ┌ 果：「鄉村四月閒人少」
             └ 因：「纔了蠶桑又插田」
```

這首鄉村小品流麗自然。自然景的部分，是分別由視、聽兩個方面去描寫；而人文景的部分，則是由果而因地構成一個畫面。黃文吉譯著《千家詩詳析》說道：「全詩無論就景就事都寫得非常自然，好像順口誦出，給人一種純樸親切的味道。」〔註161〕

朱敦儒的〈好事近〉也是如此：

　　短橈釣船輕，江上晚煙籠碧。塞雁海鷗分路，占江天秋色。

　　錦鱗撥剌滿藍魚，取酒價相敵。風順片帆歸去，有何人留得？

其結構分析表如下：

不宜歸入「層次空間」之中；而應該與「圖底空間」、「知覺空間」……
等等合併在一起，另立一類加以收納。不過這方面的開發之功，有
俟來日。

〔註161〕見黃文吉譯著《千家詩詳析》頁61。

```
      ┌自然┌低：「短櫂釣船輕」二句
      │    └高：「塞雁海鷗分路」二句
      └人文┌先：「錦鱗撥剌滿籃魚」二句
           └後：「風順片帆歸去」二句
```

　　此詞先自然、後人文，兩兩配合，將漁村一景描繪得風致瀟灑、令人神往。

　　先人文、後自然的例子，數量並不少，像杜牧的〈江南春〉就是其中之一：

　　　　千里鶯啼綠映紅，水村山郭酒旗風。南朝四百八十寺，多
　　　　少樓臺煙雨中。

其結構分析表如下：

```
  ┌自然：「千里鶯啼綠映紅」
  └人文┌村落：「水村山郭酒旗風」
       └寺廟┌點：「南朝四百八十寺」
            └染：「多少樓台煙雨中」
```

　　江南之春，不管是自然或人文之景都大有可觀；作者憑藉其靈心慧眼，擷取具有代表性的畫面，以清麗的筆觸加以描繪，江南的盎然春意，就躍動在我們眼前了。

　　而蘇軾的〈水調歌頭〉則是另一首精采的作品：

　　　　明月幾時有，把酒問青天。不知天上宮闕，今夕是何年。
　　　　我欲乘風歸去，惟恐瓊樓玉宇，高處不勝寒。起舞弄清影，
　　　　何似在人間！　　轉朱閣，低綺户，照無眠。不應有恨，
　　　　何事長向別時圓。人有悲歡離合，月有陰晴圓缺，此事古
　　　　難全。但願人長久，千里共嬋娟。

其結構分析表如下〔註162〕：

_____

〔註162〕此表參考陳滿銘《詞林散步》頁67。

```
       ┌ 情（物外）┌ 問天：「明月」四句
       │           └ 欲歸：「我欲」三句
       │       ┌ 人文（人）：「起舞」二句
       ├ 景 ───┤
       │       └ 自然（月）：「轉朱閣」三句
       └ 情（物內）┌ 遺憾：「不應有恨」五句
                   └ 願望：「但願」二句
```

這闋詞中間的部分是寫景，可區分為人文景（人）與自然景（月）兩類；而且再仔細地分析，會發現「人」與「月」的意象灌注全詞，不僅首七句的抒情部分人與月交織成一片，甚至最末的願望都是「但願人長久，千里共嬋娟」。所以從「自然」與「人文」（即「月」與「人」）相對待的角度，可發現這闋詞情與景融為一體，極為深摯動人。

自然之景可以成為景觀，這是殆無疑義的，因為自然的物體和自然的現象，多是佔有空間的，所以多數都屬於空間美〔註163〕；但是人文可以成為景觀，有時不免令人起疑，因為人造物體雖也多是佔有空間的，但人為現象，卻是佔有時間的多，所以多是屬於時間美〔註164〕。不過，我們也都知道「詩中有畫」的說法，張高評《宋詩之傳承與開拓》在「化動為靜」中即說：「欲表現歷歷之圖景，亦可化時間為空間。」〔註165〕說得更清楚一點，只要人文的部分沒有呈現出清晰的時間歷程，那麼我們就可將它視作化動為靜，已經形成一幅人文景了。

自然與人文相對待時，是會產生美感的。陳望道《美學概論》中說：「可從自然和人文的區別上，分為自然美和人為美兩種。所謂自然美，就是自然界的事物及現象的美。……人為美是自然美的對照，是人造物體和人為現象的美。」〔註166〕大千世界的種種事

〔註163〕參見陳望道《美學概論》頁4。
〔註164〕參見陳望道《美學概論》頁3～4。
〔註165〕見張高評《宋詩之傳承與開拓》頁436。
〔註166〕見陳望道《美學概論》頁3～4。

物，不是屬於自然，就是屬於人文的，因此，若能對此細加描繪，當然會產生美感。

　　而且自然美與人文美各有其特色，陳望道《美學概論》也提到一個頗有趣的事實：「線有曲直，曲直是線條的性質。……從這面分別我們周圍的形體時，將見成於人間的，多為直線形（例如建築等）；成於自然的，多為曲線形（例如山岳丘陵等）。同是曲線，也是人間所做的多為規則的線形（例如水壺、茶碗等）；自然所成的，多為不規則的線形（例如樹木等）。總之，這曲直的一方面常比較的能夠左右我們審美的心情。」〔註167〕這樣的一種美感，也須我們將景觀區分為自然與人文時，比較能夠體察得到。

（2）變化的處理方式

　　變化多端、不拘一格地處理自然與人文的關係，常會發現有許多新鮮的意趣產生，我們將略舉數例加以欣賞。

　　先人文、後自然、再人文的例子，有晏殊的〈浣溪沙〉：

　　　一曲新詞酒一杯，去年天氣舊池臺，夕陽西下幾時迴？

　　　無可奈何花落去，似曾相識燕歸來。小園香徑獨徘徊。

其結構分析表如下〔註168〕：

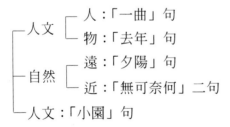

　　作者一開始就針對人與物，抒寫出懷舊之情；接著又由遠而近地描繪自然界的幾種景象，而這景象偏偏也是落寞淒涼的；因此，滿懷的愁緒排遣不開，只好在小園之中獨自徘徊了（人文景）。

〔註167〕見陳望道《美學概論》頁43～44。
〔註168〕此表參見陳滿銘《詞林散步》頁107。

「自然、人文」交迭出現者，有姜夔〈除夜自石湖歸苕溪〉十首之一：

> 細草穿沙雪半銷，吳宮煙冷水迢迢。梅花竹裡無人見，一夜吹香過石橋。

其結構分析表如下：

```
    ┌ 大 ┌ 自然：「細草穿沙雪半銷」
    │    └ 人文：「吳宮煙冷水迢迢」
    └ 小 ┌ 自然：「梅花竹裡無人見」
         └ 人文：「一夜吹香過石橋」
```

這首詩的題目已經很清楚的交代時間和地點了，而作者所選取的景色，不管是自然景或是人文景，都可以說是這樣的時、地的典型景觀，因此彼此配合，將這首詩演繹得恰到好處。

至於「人文、自然」交互呈現二次者，可以用范成大〈宿新市徐公店〉為例：

> 籬落疏疏一徑深，樹頭新綠未成陰。兒童急走追黃蝶，飛入菜花無處尋。

其結構分析表如下：

```
    ┌ 靜 ┌ 人文：「籬落疏疏一徑深」
    │    └ 自然：「樹頭新綠未成陰」
    └ 動 ┌ 人文：「兒童急走追黃蝶」
         └ 自然：「飛入菜花無處尋」
```

前二句一為人文景、一為自然景，應該是沒有疑義的；至於後二句，張高評《宋詩之傳承與開拓》曾針對此說道：「詩中呈現圖畫，亦可將情節動作之敘述，轉化為景物的描繪，此亦化動為靜之法。」〔註169〕因此由人文景輕輕鬆鬆地過渡到自然景。整首詩的景色相當協調，透露出閒適恬靜的風味。

〔註169〕見張高評《宋詩之傳承與開拓》頁437。

自然景和人文景交織、交融，特別會予人調和的美感。陳清俊《盛唐詩時空意識研究》曾提及「自然與人文的圓融」，也是將意象分為自然與人事兩大類〔註 170〕。而陳滿銘以為自然與人文雖然有別，卻彼此交流，而趨於統一，形成天（自然）、人（人文）合一的最高境界。所以，這種空間結構法會令人感受到調和、和諧，就是當然的了。

總括前面對「層次空間」的探討，可以發現：因為所選取的視角不同，所以會形成各種各樣的空間；而且根據其推移的痕跡，又可分析出空間的層次來；若更進一步，依據這層次來進行追索，我們或可更深入地探討出創作者架構空間、配置景物時的內在意念。正如翟德爾（Herbert Zettl）《映像藝術》中提及的：「角度表現風格。即使事件的前後關係、主題內涵，大大地支配角度的基本運用，我們仍然在用什麼角度與如何去用它們上，有相當廣大的範圍。這意味著我們的形象化，最後還是由我們對事件的基本美學觀念，以及我們對傳播此一事件的媒體的要求與潛能的感受性，來決定。因此我們所選擇的角度，和誘導力圈的整個結構有關係，會有助於表現風格。」〔註 171〕翟氏所言雖是針對電視、電影，但同樣的道理也可相通於文學作品對角度的掌握上。

因此，可以更加確定的是：對層次空間的探索，會使得探求作品美感時，能有所憑據，而不流於空泛或自說自話。不過關於這一部份的探討，就要留待第六章來進行了。

三、倒影空間

在實空間的設計中，還有一種空間常會與實空間形成疊映，但它本身的空間性質是介於虛實之間的，那就是鏡中、水面……的倒影。吳功正《中國文學美學》中即曾談及「倒影觀照」，他說：「詩人在觀照自然風物時，往往不是以實體為對象，而是取其倒影。」〔註 172〕

〔註 170〕參見陳清俊《盛唐詩時空意識研究》頁 379～381 頁。
〔註 171〕見翟德爾（Herbert Zettl）著，廖祥雄譯，《映像藝術》頁 307。
〔註 172〕見吳功正《中國文學美學》頁 390。

這樣的作品數量也頗多，可以將它們大致地分爲「倒影於鏡」、「倒影於水」、「倒影於地」三類，並略舉數例來分析。

（一）倒影於鏡

馮延巳的〈蝶戀花〉，就出現了攬鏡自照的鏡頭：

> 誰道閒情拋棄久？每到春來，惆悵還依舊。日日花前常病酒，不辭鏡裡朱顏瘦。　　河畔青蕪堤上柳，爲問新愁，何事年年有？獨立小橋風滿袖，平林新月人歸後。

其結構分析表如下〔註173〕：

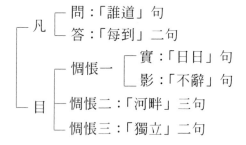

這闋詞以「先凡後目」的結構，用起三句統領著作者的春愁，後面的部分再分別地加以細密的敘述。而「倒影空間」出現在「惆悵一」的部分；也就是「日日花前常病酒」是純粹的「實空間」，「不辭鏡裡朱顏瘦」則是鏡中的倒影，而兩者配合起來，正傳神地傳達了作者的惆悵，相當貼合詞中的意境。

周邦彥〈過秦樓〉中，也出現了對鏡自憐的情景，而且很特別的是，這個情景是出現在作者的設想之中：

> 水浴清蟾，葉喧涼吹，巷陌馬聲初斷。閒依露井，笑撲流螢，惹破畫羅輕扇。人靜夜久憑欄，愁不歸眠，立殘更箭。嘆年華一瞬，人今千里，夢沉書遠。　　空見說鬢怯瓊梳，容消金鏡，漸懶趁時勻染。梅風地溽，紅雨苔滋，一架舞紅都變。誰信無聊，爲伊才減江淹，情傷荀倩。但明河影下，還看稀星數點。

〔註173〕此表參見陳滿銘《詞林散步》頁52。

其結構分析表如下：

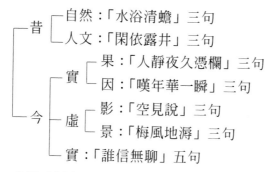

此詞爲靜夜愁立、懷人傷情之作〔註174〕。其中對「今」的敘寫中，出現了對遠方戀人的癡想（虛），作者設想她對鏡慨慨的情景，流露出無限的愛憐。因此這闋詞不僅因不同時空的切換而顯得靈動，更因對鏡取影而增添變幻不定的韻致。

（二）倒影於水

朱熹〈觀書有感〉就用到了「倒影於水」的手法：

半畝方塘一鑑開，天光雲影共徘徊。問渠那得清如許？爲有源頭活水來。

其結構分析表如下：

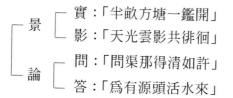

在寫景的部分中，第一句是貨眞價實的實景，第二句就是寫水中所倒映的天光雲影，再由此引申出後面的議論來，形成先景後論的結構。

朱敦儒的〈好事近〉中，也出現了「倒影於水」的虛實交錯的空間：

搖首出紅塵，醒醉更無時節。活計綠蓑青笠，慣披霜衝雪。

〔註174〕參見趙乃增《宋詞三百首譯析》頁201。

晚來風定釣絲閒，上下是新月。千里水天一色，看孤鴻明滅。

其結構分析表如下〔註175〕：

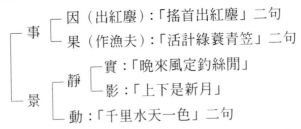

這首詞歌詠的是作者晚年充當漁父的閒適生活。在寫景的部份中，作者先以「晚來」二句，寫新月在水面上下相映的靜景；再以「千里」二句，寫孤鴻在水天一色中出現、消失的動景。就在一動一靜間，構成了一幅極爲悠閒、美麗的畫面，令人神往〔註176〕。

（三）倒影於地

楊萬里的〈夏夜玩月〉一詩大玩光與影的遊戲，前半幅寫的是「倒影於地」，後半幅寫的是「倒影於水」，相當有趣：

> 仰頭月在天，照我影在地。我行影亦行，我止影亦止。不知我與影，爲一定爲二？月能寫我影，自寫卻何似？偶然步溪旁，月卻在溪裡。上下兩輪月，若個是眞底？爲復水是天，爲復天是水？

其結構分析表如下：

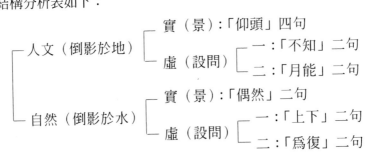

透過結構分析表，可以很清楚地看出這首詩是如何組織而成的。

〔註175〕此表參見陳滿銘《詞林散步》頁265。
〔註176〕參見陳滿銘《詞林散步》頁264～265。

此詩可大別爲「人文」與「自然」兩大部分，而且都採用了「先實後虛」的方式，「虛」的部分都應用了修辭格中的「設問」格，使得全詩顯得活潑而生動。而作者對「影」的眷愛與質疑，被渲染得相當可愛。

張先〈青門引〉則是將地上倒影引入詞中：

> 乍暖還輕冷，風雨晚來方定。亭軒寂寞近清明，殘花中酒，又是去年病。　　樓頭畫角風吹醒，入夜重門靜。那堪更被明月，隔牆送過鞦韆影。

其結構分析表如下〔註177〕：

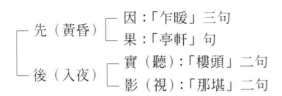

此詞寫閨恨。全首詞是用時間的順序法來結構的，依序描寫出許多落寞的情景，來襯托作者孤寂的情懷。我們要特別注意的是最末二句，陳滿銘《詞林散步》分析道：「末兩句，則訴諸『鞦韆』，寫明月送影的情景，採含蓄的手法，由虛（鞦韆影）而實（鞦韆——人）地將閨恨作最後之渲染。」〔註178〕由「影」而令人想見「實」，作者的技巧是相當高妙的。

這種倒影的運用，在文學作品中會造成什麼樣的效果呢？首先可以從美的形式法則之一——「對稱」的角度來看。對稱可分爲「上下」和「左右」兩類，但上下對稱絕少見到，我們平常所說的對稱幾乎都是左右對稱；而且對稱多見於人爲景觀中，在自然界的景色中卻不常見〔註179〕。但是「倒影觀照」卻剛好是個例外，它所形成的正是上下對稱，因此夏放《美學：苦惱的追求》中說：「水面上的物體及其在水中形成的倒影則是上下對稱（橫軸對稱）。」〔註180〕更何況，又有頗多倒影是

〔註177〕此表參見陳滿銘《詞林散步》頁104。
〔註178〕見陳滿銘《詞林散步》頁104。
〔註179〕參見陳望道《美學概論》頁65～68。
〔註180〕夏放《美學：苦惱的追求》頁107。

出現在自然景觀中的。因此在對稱形式中，倒影算是相當特別的一種。而且陳望道《美學概論》中分析道：「對稱的特色，先要算到帶有鎮定沉靜等情趣。……用以表靜，極爲適宜。……因爲對稱是安靜的，宜於表現鎮定沉靜等情趣的形式，所以它就隨在帶有莊重嚴肅的神情。」〔註181〕這對於剖析倒影所帶來的美感，當然有一定的價值。

但是倒影又有其他的性質。正如吳功正《中國文學美學》說道：「直接物像通過媒介作用，就和『水』組合成新的結構，產生出新的現象——倒影。由於『水』的特性和流動質，使倒影呈虛幻狀，因而倒影就在虛虛實實中顯示出新質態，比起直接物象更有審美誘惑力。」〔註182〕其實不只是水中倒影，任何的倒影都有一種「不定」的特質，這種特質容易帶來飄緲的感受，對醞釀作品中的氣氛而言，是相當有幫助的。

還有，倒影與實物是存在於同一空間——實空間中的，但是兩者相較起來，前者偏於「虛」、後者偏於「實」，因此這就造成了虛與實之間相映相襯的美感，也算是一種「虛實相生」。

探討到這裡，可以發現：倒影觀照既具有上下對稱的沉靜之美，又容易醞造虛幻縹緲的氣氛，甚且可以與實物映襯造成虛實相生的效果，可見得它的美感來源是多方面的，可想而知的，所帶來的美的感受當然是相當強烈的了。

貳、主觀的空間設計

林同華《審美文化學》曾說道：「在藝術創造和欣賞裡，人的時空意識與現實的時空意識不同，這是『似』與『不似』、『眞』和『假』的辨證法，是錯覺、幻覺和秩序感、節奏感、時空間的綜合心理效應過程。」〔註183〕其中「眞和假」，將留在後面「虛空間」的部分討論；

〔註181〕見陳望道《美學概論》頁 67。
〔註182〕見吳功正《中國文學美學》頁 391。
〔註183〕見林同華《審美文化學》頁 120。

在這裡所要著重的是「似與不似」和「錯覺」，因爲這就是「客觀」和「主觀」之間的關係。黃永武《中國詩學——設計篇》就對此作了說明：「詩的空間，能將現實的空間加以模仿，也能將它改造。……這個經過情感改造後的空間，是詩人心靈的空間，與現實的空間有一段距離。」〔註184〕其實對現實加以模仿的空間，也是詩人心靈的空間，不過比起經過主觀情感改造之後的空間，顯然是後者更充斥了濃烈的個人情緒和色彩，而這也就是它值得好好探究的最大因素。

　　實空間中的「形體空間」和「層次空間」都可以被主觀地改造，所以將依序地來探討。但主觀的設計手法比起客觀的來，原本就少見得多，更何況出現主觀設計者，也多半同時出現了客觀的空間設計，因此就會形成將在後面探討的「主客觀並呈的空間設計」，所以作純粹主觀的空間設計的作品就顯得相當稀少了。但是需要先說明的是：照理說來，凡是客觀空間中所出現的不同類別的空間，都可以改造成主觀的空間，都可能出現在文學作品中，因此目前沒有發現，並不表示它就不可能存在。至於「倒影空間」，則因呈主觀設計的例子實在是少之又少，非常難找到，因此只舉一首爲例。另外，全爲主觀的空間設計，比較容易在短篇幅的作品中出現，因此所舉之例多爲絕句；而詞因爲篇幅通常比較長，所以很難找到全爲主觀的例證。

一、形體空間

　　針對所選取的視點作各種變形的處理，便會形成主觀的形體空間的設計。劉勰《文心雕龍·夸飾》中即曾說道：「是以言峻則嵩高極天」，他所指的是《詩經·大雅·嵩高》中開始的兩句話：「嵩高維嶽，峻極於天。」這是誇張地形容山峰險峻，高聳到迫近雲霄，可見得這樣的處理方式由來已久，而且很早就爲人所注意。沈謙《文心雕龍與現代修辭學》談到「夸飾」格時，曾提及「空間的夸飾」，他說：「空間之夸飾，放大者亟言其高度之長、面積之廣、體積之大；縮小者亟

〔註184〕見黃永武《中國詩學——設計篇》頁64。

言其高度之短、面積之窄、體積之小。」〔註185〕說的也是這個道理。

　　呼應前面的客觀空間，主觀空間也可分做兩大類來探討：「視點不變」和「視點變換」者。

（一）視點不變者

　　視點不變的這一類中，靜態的視點和動態的視點都可作精釆的變造，其後將舉例來說明。

（1）靜態視點

　　首如王安石〈道旁大松人取為明〉詩：

　　　蚪甲龍髯不可攀，亭亭千丈蔭南山。應嗟無地逃斤斧，豈
　　　願爭明爝火間！

其結構分析表如下：

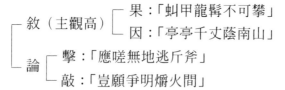

　　這首詩用先敘後論的方式寫成；在敘述的部分出現了主觀的設計手法。作者極力地誇張大松之高偉，使得其後的議論更加感慨深沉。

　　胡銓的〈潭石巖〉也是出現類似的情況：

　　　此處山皆石，他山盡不如。固非從地出，疑是補天餘。下
　　　陋一拳小，高凌千仞虛。奇章應未見，名豈下中書？

其結構分析表如下：

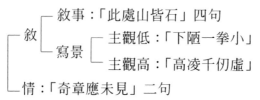

<hr />

〔註185〕見沈謙《文心雕龍與現代修辭學》頁 272。

　　寫景的部分都是運用主觀的設計手法，相當強力地凸顯出石頭小的、大的不同的形體，將石頭寫得很有奇崛之氣。

（２）動態視點

　　劉禹錫的〈浪淘沙〉是一個很好的例子：

　　　九曲黃河萬里沙，浪淘風簸自天涯。如今直上銀河去，回到牽牛織女家。

其結構分析表如下：

　　┌─主觀遠：「九曲黃河萬里沙」二句
　　└─主觀高：「如今直上銀河去」二句

　　這首詩描寫黃河浩盪奔流的動態，分別用了兩種主觀的空間設計手法；前二句先極力地誇張黃河發源之遠，後二句則又大力地強調黃河直溯而上，仿若直上雲霄般〔註186〕。全詩因詩人奇特的想像力而充滿生動的意趣。

（二）視點轉換者

　　因為這個類別中，要求每一個視點都要運用到主觀的設計手法，所以合乎要求的篇章，數量非常稀少。

　　李群玉〈漢陽太白樓〉就是一個很好的例子：

　　　江上晴樓翠靄間，滿簾春水滿眼山。青楓綠草將愁去，遠入吳雲冥不還。

其結構分析表如下：

　　┌─近（內外的縮小）：「江上晴樓翠靄間」二句
　　└─遠（遠近的加大）：「青楓綠草將愁去」二句

　　這首詩由近而遠地描寫兩個視點：由樓中眺望所見之水和山，以及稍遠處綿延遠去的青楓綠草；作者在描繪這兩處景色時，都用了主觀的手法，前者的距離縮小了，後者的距離反而加大了，既使自然與人相親相近，又讓空間向遠處拓開，愁緒也隨之綿延不盡。

──────────

〔註186〕此段分析參考沈秋雄之說法。

王之渙〈涼州詞〉也是如此：

黃河遠上白雲間，一片孤城萬仞山。羌笛何須怨楊柳，春風不度玉門關。

其結構分析表如下：

```
      ┌ 主觀高 ┌ 圖：「黃河遠上白雲間」
      │        └ 底：「一片孤城萬仞山」
      │
      └ 主觀遠 ┌ 果：「羌笛何須怨楊柳」
               └ 因：「春風不度玉門關」
```

此詩首二句誇張地描繪河與山的高度，地勢之峻峭高聳呼之欲出；後二句敘寫邊塞之荒涼，則將距離有意的加大，認為春風都吹不過玉門關。其手法是很成功的。

翟德爾（Hebert Zettl）《映像藝術》中提及：「一般而言，窄角鏡頭壓縮空間，它把東西擁擠在一起，而給予擁塞、接近、集體、堅實的感覺。廣角鏡頭增加深度感，而使畫面更具戲劇化。極度廣角鏡頭的失真現象，產生有力的心理學內涵，如超強力的情感與動作。」〔註187〕這樣的手法叫「連結 Z 軸」。而經過主觀設計的形體空間，不也是如此嗎？或壓縮、或擴張、或拉長、或縮短……，種種經過變造的空間，所傳達出的是不同的意味，達成的是不同的美學效果。

二、層次空間

因為任何一種空間都可以經由情感的作用而變造，主觀的空間設計中的層次空間，其展現出來的形態，照理說應該是可以對應客觀的空間設計；也就是說：客觀的空間設計有幾種，主觀的空間設計也就會有幾種。例如李元洛《詩美學》中提到的「空間的壓縮」和「空間的擴展」〔註188〕，就包含了「大小」和「遠近」的改造；陳清俊《盛

〔註187〕翟德爾（Hebert Zettl）著，廖祥雄譯，《映像藝術》頁 283～284。
〔註188〕見李元洛《詩美學》頁 405、407。

唐詩時空意識研究》也特別列出「置大入小」來探討〔註189〕；孫立《詞的審美特性》則同時列出「寓大於小」、「置小於大」來討論〔註190〕；趙山林《詩詞曲藝術》所討論的「大小」和「空間凝縮（整體凝縮）」〔註191〕，也就是大與小空間的變造。

　　但是搜撿實例，發現可以找到的例證並不多，而且一篇作品中有時包含了不只一種的空間改造，因此就不對這些例證加以分類，但是會在分析時說明它被改造的情形。

　　楊億〈題峰頂寺〉運用了特殊的空間設計，營造出驚人的效果：
　　　夜宿峰頂寺，舉手捫星辰。不敢高聲語，恐驚天上人。
其結構分析表如下：

```
┌ 觸（高低的縮小）：「夜宿峰頂寺」二句
└ 聽（高低的縮小）：「不敢高聲語」二句
```

　　高與低在作者驚人的想像中縮小了，天與寺好像近得可以接合在一起了，因此作者反而擔心起來，而不敢高聲言語。這樣的空間設計，一方面讓人感受到峰頂寺真是高到可以接觸天脊，另一方面又令人在不覺中產生與天地大化更貼近的感覺。

　　曾公亮〈宿甘露僧舍〉一詩中的空間設計，令人稱奇：
　　　枕中雲氣千峰近，床底松聲萬壑哀。要看銀山拍天浪，開
　　　窗放入大江來。
其結構分析表如下：

```
┌ 內（距離的縮小）：「枕中雲氣千峰近」二句
└ 外（距離的縮小）：「要看銀山拍天浪」二句
```

　　趙山林《詩詞曲藝術》曾針對此詩的空間變造作過分析：「納千峰雲氣於枕中，收萬壑松聲於床底，打開軒窗，只見銀山高聳，巨浪拍天，一齊從那小小的窗口湧了進來……這種出人意表的空間拼接，

〔註189〕見陳清俊《盛唐詩時空意識研究》頁382。
〔註190〕見孫立《詞的審美特性》頁122。
〔註191〕見趙山林《詩詞曲藝術》頁159、164。

設想不可謂不奇，氣魄不可謂不大。」〔註192〕如果不是透過主觀的設計手法，這樣的效果是不容易達成的。

　　孟郊〈贈崔純亮〉是很典型的大小空間壓縮的例子：

　　　　食薺腸亦苦，強歌聲無歡。出門即有礙，誰謂天地寬？

其結構分析表如下：

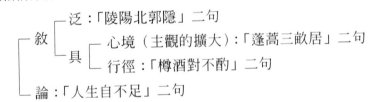

　　孟郊一生困蹇，所以發為窮苦之音。首二句寫兩件窮愁之事，後二句寫人在室外，但並未因脫離建築物的掩蓋而心胸一寬，反而更感到跼天蹐地，所以不禁運用了大小壓縮的空間設計，來表露他心中的鬱結。

　　杜牧〈贈宣州元處士〉則是空間的大小面積擴張的例子：

　　　　陵陽北郭隱，身世兩忘者。蓬蒿三畝居，寬於一天下。樽
　　　　酒對不酌，默與玄相話。人生自不足，愛嘆遭逢寡。

其結構分析表如下：

　　　　　　┌泛：「陵陽北郭隱」二句
　　┌敘┤　　　　┌心境（主觀的擴大）：「蓬蒿三畝居」二句
　　│　　└具┤
　　│　　　　└行徑：「樽酒對不酌」二句
　　└論：「人生自不足」二句

　　這首詩出現空間的部分，只有第三、四句，其中就用到了主觀設計的手法——大小的擴大。清人洪亮吉《北江詩話》（卷四）曾以孟詩與杜詩相比，說道：「孟東野『出門即有礙，誰謂天地寬』，非世路之窄，天地之窄也。即十字，而跼天蹐地之形已畢露紙上矣。杜牧之詩『蓬蒿三畝居，寬於一天下』，非天地之寬，胸次之寬也。即十字，

〔註192〕見趙山林《詩詞曲藝術》頁168。

而幕天席地之概已畢露紙上矣。一號爲詩囚，一號爲詩豪，有以哉！」
這則詩話相當生動地表達了空間大小設計的不同，會造成多麼不同的
效果！

　　蘇軾〈寒食雨二首〉（選一）特別之處在於同時出現了遠近、內
外的加大，以及內外的縮小：

> 春江欲入戶，雨勢來不已。小屋如漁舟，濛濛水雲裡。空
> 庖煮寒菜，破灶燒濕葦。那知是寒食，但見烏銜紙。君門
> 深九重，墳墓在萬里。也擬哭途窮，死灰吹不起。

其結構分析表如下：

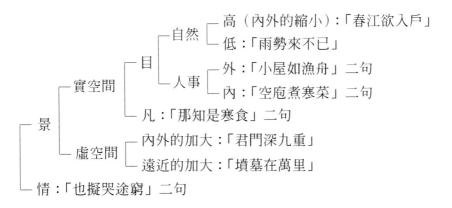

　　這首是對景抒情之作，寫景的部分佔了大部分的篇幅。在寫景的
部分，出現了內外距離的縮小（春江欲入戶），以及內外距離的加大
（君門深九重）；除此之外，還有遠近的加大（墳墓在萬里）。所以此
詩中凡是出現空間設計的部分，都是運用主觀的手法；空間被改造的
幅度如此大，從中可以感受到作者心中的情感有多濃烈了。

三、倒影空間

　　孟浩然的〈宿建德江〉中，不僅出現倒影空間，而且這個倒影空
間還是經過改造的：

> 移舟泊煙渚，日暮客愁新。野曠天低樹，江清月近人。

其結構分析表如下：

```
┌─ 事：「移舟泊煙渚」
├─ 情：「日暮客愁新」
│         ┌─ 高低的縮小：「野曠天低樹」
└─ 景 ─┤
          └─ 遠近的縮小：「江清月近人」
```

　　這首詩的結構是「事情景」，空間的改造當然是出現在「景」的部分。「野曠天低樹」一句中，天與地的距離大幅度地拉近了；而「江清月近人」一句，則更爲特別，因爲其中出現的「月」是倒影，但人則是實體，不過作者有意識地將這兩者的距離縮短了。因此此詩中出現的空間，完全是經過主觀改造的空間。

　　在討論主觀的空間設計時，必須要知道：爲什麼人們可以感受到客觀的和主觀的空間設計的不同？人們固然有空間知覺〔註 193〕，但這還不足以解釋；我們還應該知道，人們都有知覺的恆常性，體現在空間的感受上，就會有空間知覺的恆常性，正如邱明正《審美心理學》中所言：「對事物形狀知覺的恆常性。如漫畫、幽默畫大幅度誇張、變形，欣賞者憑知覺記憶經驗卻能將之正形、復原爲常態。」「在對事物外在特徵的映象上，常溶入以往的感覺經驗，產生對事物大小、遠近、方位等空間知覺的恆常性。」〔註 194〕就因爲這樣，我們能夠分辨空間原本的形態和變造過的形態的不同，也就是因爲能夠分辨，我們才能在這種比較中，得到特殊的感受，主觀的空間設計的目的也才能達到。

　　王秀雄《美術心理學》曾談及西方有一種「誇張透視法」，他說：「現代畫家，平面設計家即攝影家，爲了要表現出比實際還要強的空間感時，故意不按透視原理，把前物誇張得很大，後物縮得很小，造出了強烈的空間感。」〔註 195〕不僅繪畫如此，文學作品中也有這樣的情形，正如吳功正《中國文學美學》中說的：「空間感張力在中國

〔註 193〕參見彭聃齡《普通心理學》頁 255。
〔註 194〕見邱明正《審美心理學》頁 154。
〔註 195〕見王秀雄《美術心理學》頁 366。

詩歌裡常常通過對詩人感覺變移和幻化來實現。」〔註196〕這就會形成空間的改造；而且所有空間的改造，目的都在造成強烈的空間感，並以此空間感強調出作者個人特殊的感受和意向。

而強調出作者特殊的情感，一般說來，也容易使得讀者投入此作品的情境中。電影美學中有一種「主觀攝影」的說法：主觀攝影可以引導觀者緊密地與攝影機的視點連結在一起，當這種連結發生時，觀者也許不僅心理學地（一種認為是事件的一部份的強烈感覺），而且也肌肉運動知覺地（一種對事件的生理反映，例如喊叫、鼓掌等）參與事件之中。而最有效的引導因素似乎是：一、一種對主角與對手的強烈描述，由此觀者能容易地選擇該選的一邊。二、一種高度的不安定的情境，包括生理的不適或心理的壓力。三、一種大大可以引起觀者好奇心的情境〔註197〕。這樣的觀點也可與文學的現象作一對照，並可從中獲得一些啓示。

參、主客觀並呈的空間設計

如果說客觀的空間設計重在模仿，是「似」；主觀的空間設計重在改造，是「不似」；那麼，主客觀並呈的空間設計就統合了「似與不似」，所產生的是更為渾融、靈動的美感。

和前面客觀的、主觀的空間設計一樣，主客觀並呈的空間設計也可大別為「形體空間」、「層次空間」和「倒影空間」來探討。

一、形體空間

針對形體所佔的空間，有時用客觀、有時用主觀的眼光來欣賞描寫，在文學作品中可以發現很好的例子，我們將略舉數例來賞析。

（一）視點不變者

首如陸游〈過靈石三峰〉之一：

奇峰迎馬駭衰翁，蜀嶺吳山一洗空。拔地青蒼五千仞，勞

〔註196〕見吳功正《中國文學美學》頁392。
〔註197〕參見翟德爾（Hbert Zettl）著，廖祥雄譯，《映像藝術》頁291、295。

勞渠蟠屈小詩中。

其結構分析表如下：

```
┌─ 客觀遠近：「奇峰迎馬駭衰翁」二句
│                ┌─ 主觀大：「拔地青蒼五千仞」
└─ 主觀大小 ─┤
                 └─ 主觀小：「勞渠蟠屈小詩中」
```

前二句是描寫矗立在作者眼前的山峰是如此奇麗，以致於吳蜀兩地的奇山峻嶺都相形失色；至於後二句，李元洛《詩美學》中分析道：「絕句這種形式本來極為短小，但詩人卻讓靈石山『蟠屈』在自己的絕句『小詩』之中。如此江山所占有的巨大空間大加壓縮，出奇制勝，於是就獲得了詩所特有的靈趣。」〔註198〕後二句的特殊手法，和因此產生的特別效果，都被抉發出來了。

胡銓〈貶朱崖行臨高道中買愁村，古未有對，馬上口占〉詩，也是同樣的情形：

北往常思聞喜縣，南來怕入買愁村。區區萬里天涯路，野草荒煙正斷魂。

其結構分析表如下：

```
┌─ 客觀遠：「北往常思聞喜縣」二句
└─ 主觀遠：「區區萬里天涯路」二句
```

前二句寫的是實際的方位與距離，後二句則將此距離加以主觀的改造，變得仿若綿延萬里之遠。主客交融之下，既有寫實的意味，又有誇張的效果。

（二）視點轉換者

（1）出現兩個視點者

陸龜蒙的〈古態〉中有兩個視點：

古態日漸薄，新妝心更勞。城中皆一尺，非妾髻鬟高。

其結構分析表如下：

〔註198〕見李元洛《詩美學》頁406。

```
      ┌ 論 ┌ 因：「古態日漸薄」
      │    └ 果：「新妝心更勞」
      │    ┌ 主觀高：「城中皆一尺」
      └ 敘 └ 客觀高：「非妾髻鬟高」
```

　　敘述的部分出現了兩個視點：城中人的髻鬟，以及詩中主人翁的
髻鬟。而將前者故意作主觀的誇大，以便顯得自身的髻鬟也並沒有高
得多麼誇張，充分流露出小兒女的嬌態來。

（2）出現三個或三個以上視點者

　　像黃景仁〈癸巳除夕偶成〉就出現了三個視點：

> 千家笑語漏遲遲，憂患潛從物外知。悄立市橋人不識，一
> 星如月看多時。

其結構分析表如下：

```
┌ 賓（客觀）：「千家笑語漏遲遲」
├ 插敘：「憂患潛從物外知」
│   ┌ 因（低、客觀）：「悄立市橋人不識」
└ 主 └ 果（高、大小的擴展）：「一星如月看多時」
```

　　這首詩的主旨是第二句的「憂患」，為了表現這個主旨，此詩出
現了三個視點：「千家笑語」、「悄立市橋」、「一星如月」。前者是「賓」，
用作陪襯；後二句才是「主」。黃永武《中國詩學——設計篇》針對
後二句分析道：「他獨自悄立在陌生的市橋上，望著無月的夜空，盯
著一顆明亮的星望著……。這時一顆星，在視域中放大成一團月，冷
光熒爍，明澈而神秘，獨占了夜空的畫面。這顆星被孤立出來，給予
極大的特寫，在讀者眼前充滿了陰森森的妖氣，作者不需說出是什麼
樣憂患的預感，讀者自能切身感到一種不祥的氣氛。」〔註199〕一星
如月，此時之「星」很顯然地被放大了，而這顆大得不合理的星星，
果不其然地帶來妖魅的感受。

〔註199〕見黃永武《中國詩學——設計篇》頁 33。

李清照的〈醉花陰〉也值得一看：

薄霧濃雲愁永晝，瑞腦消金獸。佳節又重陽，玉枕紗廚，半夜涼初透。　　東籬把酒黃昏後，有暗香盈袖。莫道不銷魂！簾捲西風，人比黃花瘦。

其結構分析表如下：

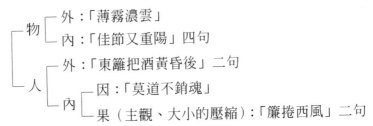

物 ┬ 外：「薄霧濃雲」
　 └ 內：「佳節又重陽」四句

人 ┬ 外：「東籬把酒黃昏後」二句
　 └ 內 ┬ 因：「莫道不銷魂」
　　　　 └ 果（主觀、大小的壓縮）：「簾捲西風」二句

　　這闋詞先寫物再寫人，總共出現了四個視點。寫「物」的部分是由外而內，都是用客觀的筆法；後面寫「人」的部分，也是由外而內，先針對人在外面的活動來敘寫，同樣也是運用客觀的手法，不過後面寫人在屋內的情況時，其中的最末二句運用了主觀的變造手法，極端地強調出人的消瘦，孫立《詞的審美特性》分析道：「『人比黃花瘦』，則更見出人物體態、神貌的枯槁、憔悴。這五字句，情感分量極重，由外觀可體會出人物愁緒至極的心靈煎熬。審美意識的逐層深入，醞釀成藝術情感的優勢興奮中心，從而更強烈地觸動人們的審美心理。」〔註200〕難怪這兩句會成為令人吟誦再三的名句。

　　辛棄疾的〈賀新郎〉中，也出現了對某一形體進行主觀變造的情形：

甚矣吾衰矣，悵平生、交游零落，只今餘幾？白髮空垂三千丈，一笑人間萬事，問何物、能令公喜？我見青山多嫵媚，料青山、見我應如是。情與貌，略相似。　　一尊搔首東窗裡，想淵明、停雲詩就，此時風味。江左沉酣求名者、豈識濁醪妙理？回首叫、雲飛風起。不恨古人吾不見，恨古人不見吾狂耳！知我者，二三子。

〔註200〕見孫立《詞的審美特性》頁158。

其結構分析表如下〔註201〕：

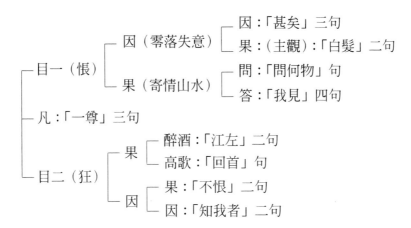

　　陳滿銘《章法學新裁》中分析此詞的結構道：「所謂的『風味』，為一篇之綱領，用以貫穿全詞。其中自篇首起至『略相似』句止，具寫『悵』之風味；而『江左』句起至篇末，則具寫『狂』之風味。在寫『悵』的部分裡，先針對『思親友』之意，以『甚矣』句起至『一笑』句止，寫零落失意，這是『因』；再以『問何物』句起至『略相似』句止，寫寄情山水，這是『果』。在寫『狂』的部分裡，先以『江左』二句寫醉酒，再以『回首叫』句寫高歌，這是『果』，然後以『不恨』句起至篇末，正面拈出『狂』字，並嘆知音少作收，這是『因』。」〔註202〕不過在這裡我們所要特別注意的是「白髮空垂三千丈」一句，因為這一句出現了對髮之形體的誇張變造，與前後的客觀敘寫對照起來，顯得分外凸出，很鮮明地傳達出作者的意念來。

二、層次空間

　　在多種多樣的層次空間中，出現主客觀並呈情形的也不少。

（一）遠與近

　　遠近距離的變化是空間中最常見的，它有時也會用到主客觀並用

〔註201〕此表參見陳滿銘《章法學新裁》頁468。
〔註202〕見陳滿銘《章法學新裁》頁467。

的設計手法：

（1）客觀的距離與縮小的距離並呈

最著名的例子，當推《詩經‧河廣》：

誰謂河廣？一葦杭之。誰謂宋遠？跂予望之。

誰謂河廣？曾不容刀。誰謂宋遠？曾不崇朝。

其結構分析表如下〔註203〕：

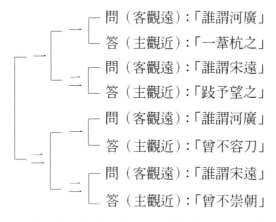

全詩四章，每章四句，形式複疊，因此它的結構分析表也是呈現相同的形態。此詩皆用問答貫串，而且「問」之中所表示的距離，都是客觀的，「答」之中所表現的距離，都是主觀的；作者用這樣誇張的筆法，來極端地表明河不廣而易渡，宋不遠而易歸，都是思極怨極的癡語〔註204〕。

王勃〈送杜少府之任蜀州〉一詩，中間兩度出現了距離縮短的情形：

城闕輔三秦，風煙望五津。與君離別意，同是宦遊人。海
內存知己，天涯若比鄰。無爲在歧路，兒女共沾巾。

其結構分析表如下：

〔註203〕此表之「主觀」、「客觀」的標示法，乃根據陳滿銘之說法。餘亦同。

〔註204〕參考余培林《詩經正詁》（上）頁183；及趙山林《詩詞曲藝術》頁
162。

```
┌─ 目（景、遠近的縮小）:「城闕輔三秦」二句
├─ 凡（情）:「與君離別意」二句
│              ┌─ 因（遠近的縮小）:「海內存知己」二句
└─ 目（事）─┤
               └─ 果（客觀）:「無為在歧路」二句
```

　　喻守真《唐詩三百首詳析》說道:「起首就離別的地點,引到之任的地點,具有縮地的手腕。」〔註205〕而「海內存知己」是向來膾炙人口的二句,也同樣是將遠近的距離大大地縮短了。只有末二句,以呈現客觀的空間作結。

　　張仲素〈燕子樓〉也是以客觀的距離與縮小的距離並呈:

樓上殘燈伴曉霜,獨眠人起合歡床。相思一夜情多少,地
角天涯未是長。

其結構分析表如下:

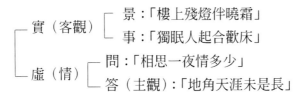

```
┌─ 實（客觀）┌─ 景:「樓上殘燈伴曉霜」
│              └─ 事:「獨眠人起合歡床」
└─ 虛（情）  ┌─ 問:「相思一夜情多少」
               └─ 答（主觀）:「地角天涯未是長」
```

　　這首詩詠的是關盼盼守節不嫁之事。為了凸顯出關盼盼心中的思念之情,作者用了主觀的設計手法,將天涯地角的距離縮短,以顯得愁緒是如此之長;同時與前幅客觀的空間比較起來,其強調的力量當然就更大了。

（2）客觀的距離與加大的距離並呈

　　這種手法的運用,我們以《詩經·東門之墠》為例來說明:

東門之墠,茹藘在阪。其室則邇,其人則遠。
東門之栗,有踐家室。豈不爾思,子不我即。

其結構分析表如下:

〔註205〕見喻守真《唐詩三百首詳析》頁141。

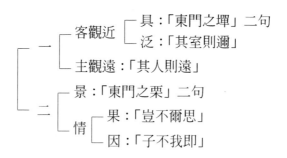

這首詩的主旨是「子不我即」〔註 206〕，爲了強調最後一句的主旨，前面第一章就出現了空間的改造，詩中說那人住的地方雖然很近，但徒然思念而不可見，所以覺得那人是很遠的，「邇」和「遠」之間形成了強烈的對比，很有「咫尺天涯」的感覺〔註 207〕。

前面講的是以客觀近襯主觀遠，但是也有用客觀遠襯主觀遠的，也有它特別之處，茲以楊萬里〈出入淮河四絕句〉（選一）爲例來說明：

> 船離洪澤岸頭沙，人到淮河意不佳。何必桑乾方是遠，中流以北即天涯。

其結構分析表如下：

```
    ┌ 敘 ┌ 先：「船離洪澤岸頭沙」
    │    └ 後：「人到淮河意不佳」
    │
    └ 情 ┌ 客觀遠：「何必桑乾方是遠」
         └ 主觀遠：「中流以北即天涯」
```

前二句是敘事，作者描述由洪澤湖入淮河之事；後二句抒感，而其感慨就由客觀遠與主觀近的對照帶出，因爲宋以前人以桑乾河爲邊防前線，因而感到遠在天涯，如今卻連腹地的淮河也成爲宋金和議規定的分界線，中流以北，即屬金，等於是天涯，更不必說是桑乾了，面對這種情況，愛國的詩人當然要感慨萬千了〔註 208〕。

〔註 206〕參見余培林《詩經正詁》（上）頁 247。
〔註 207〕參考趙山林《詩詞曲藝術》頁 163。
〔註 208〕參考金性堯選注《宋詩三百首》頁 301。

　　魚玄機〈隔漢江寄子安〉也將空間作主、客觀並呈的設計：

　　　煙裡歌聲隱隱，渡頭月色沉沉。含情咫尺千里，況聽家家
　　　遠砧。

其結構分析表如下：

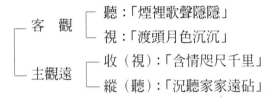

　　這首詩的首二句，是對眼前所見作如實的、客觀的描寫。而「咫尺千里」一句，則將咫尺的短距離展延到千里之遠，而且作者還點明這種空間變造的原因是「含情」；不過作者的巧思還不只於此，最後一句「況聽家家遠砧」，將思念推深推濃，而思念的更加深濃，暗示了空間也將隨之綿長不盡。

　　杜牧〈過華清宮絕句三首〉之一，在空間設計上也有精采的表現：

　　　長安回望繡成堆，山頂千門次第開。一騎紅塵妃子笑，無
　　　人知是荔枝來。

其結構分析表如下：

```
┌─ 客觀遠：「長安回望繡成堆」
├─ 主觀近：「山頂千門次第開」
└─ 客觀遠：「一騎紅塵妃子笑」二句
```

　　《唐詩新賞》（第十二輯）賞析這首詩的前兩句時，說道：「起句描寫華清宮所在地驪山的景色。詩人從長安『回望』的角度來寫，猶如電影攝影師，在觀眾面前先展現一個廣闊深遠的驪山全景……接著，鏡頭向前推進，展現出山頂上那座雄偉壯觀的行宮。平日緊閉的宮門忽然一道接著一道緩緩的打開了。」〔註209〕很明顯地，原本應該很遙遠的距離，在此時縮短到可以看清宮門的開啟。不過，第三、

〔註209〕見《唐詩新賞》（第十二輯）頁177～178。

四句又將距離回復到正常的狀況，寫貴妃遙望飛騎送來荔枝的情形。因此這首詩主客觀並呈的情況是比較複雜的。

晏幾道的〈蝶戀花〉形成的是「內外內」的空間結構，其中就有空間被改造的情形：

> 欲減羅衣寒未去。不卷珠簾，人在深深處。殘杏枝頭花幾許。啼紅正恨清明雨。　　盡日沉香煙一縷。宿酒醒遲，惱破春情緒。遠信還因歸燕誤。小屏風上西江路。

其結構分析表如下〔註210〕：

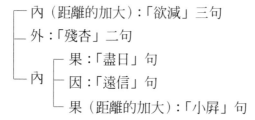

陳滿銘《詞林散步》中說：「此詞主要在寫閨怨。起三句，寫思婦深鎖空閨。……『殘杏』二句，則由屋內移到屋外……到了下片，就空間來說，又由屋外拉回屋內。」〔註211〕這闋詞的空間移轉的痕跡相當明顯，屋外春殘的景象，恰恰為思婦的怨情，起了最好的烘托作用。而且作者為了加強效果，有些空間又在主觀的情感主導下變形了；譬如「人在深深處」句，就用了疊字，將空間的縱深加長，使得這個室內空間，顯得更加幽深了；而「小屏風上西江路」句，則寫思婦將自己的無限思念，寄託在小小屏風上的小幅山水上，因此這小幅山水，就儼然像真實的、行人所經的迢遙路程一般，空間就在此時被擴大了。這樣的處理，都更讓我們感受到思婦強烈的思慕之情。

（二）內與外

造成內外之隔的空間中，當然也可能出現主客觀並呈的情形，而

〔註210〕此表參見陳滿銘《詞林散步》頁134。
〔註211〕見陳滿銘《詞林散步》頁133～134。

且出現的幾乎都是將距離縮小的例子：

杜甫〈冬日落成北謁玄元皇帝廟〉：

> 配極元都閟，憑高禁禦長。守祧嚴具禮，掌節鎮非常。碧瓦初寒外，金莖一氣旁。山河扶繡戶，日月近雕梁。仙李蟠根大，猗蘭奕葉光。世家遺舊史，道德付今王。畫手看前輩，吳生遠擅場。森羅移地軸，妙絕動宮牆。五聖聯龍袞，千官列雁行。冕旒皆秀發，旌旆盡飛揚。翠柏深留景，紅梨迥得霜。風箏吹玉柱，露井凍銀床。身退卑周室，經傳拱漢皇。谷神如不死，養拙更何鄉？

其結構分析表如下：

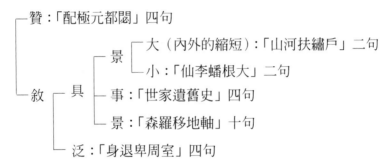

首詩寫景的詩句有兩處，即「山河扶繡戶」四句，和「森羅移地軸」十句，但出現空間主觀設計的，只有「山河扶繡戶」二句。詩人利用「窗牖取景」所容易造成的錯覺，縱其想像，創造出這一聯雄渾精警的詩句，予人留下深刻的印象。

王勃〈滕王閣詩〉也出現類似的情形：

> 滕王高閣臨江渚，佩玉鳴鑾罷歌舞。畫棟朝飛南浦雲，朱簾暮捲西山雨。閒雲潭影日悠悠，物換星移幾度秋。閣中帝子今何在？檻外長江空自流。

其結構分析表如下：

```
      ┌ 內（客觀）┌ 視：「滕王高閣臨江渚」
      │          └ 聽：「佩玉鳴鑾罷歌舞」
      ├ 中（主觀、內外的縮小）：「畫棟朝飛南浦雲」二句
      │          ┌ 景：「閒雲潭影日悠悠」
      └ 外（客觀）├ 情：「物換星移幾度秋」二句
                 └ 景：「檻外長江空自流」
```

　　這首詩的空間由內而外，其中出現的「畫棟朝飛南浦雲，朱簾暮
捲西山雨」二句，因為同時容納了內、外的景物，因此我們稱之為
「中」，而此二句就是透過窗和簾收納閣外的景物，並將它們之間的
距離大大地縮短，近得好像融而為一一般。但是其他「內」與「外」
的兩個空間，則都是保持其客觀的原貌。因此這首詩就出現了主客觀
並呈的情形。

（三）高與低

（1）客觀的距離與縮小的距離並呈

　　杜甫〈秋興〉八首之一就是一個很好的例子：

　　　玉露凋傷楓樹林，巫山巫峽氣蕭森。江間波浪兼天湧，塞
　　　上風雲接地陰。叢菊兩開他日淚，孤舟一繫故園心。寒衣
　　　處處催刀尺，白帝城高急暮砧。

其結構分析表如下：

```
      ┌ 景 ┌ 陸（客觀）：「玉露凋傷楓樹林」二句
      │    └ 水（主觀、高低的縮小）：「江間波浪兼天湧」二句
      ├ 情：「叢菊兩開他日淚」二句
      └ 景（客觀）：「寒衣處處催刀尺」二句
```

　　這首詩以「景情景」的方式寫成，在第一個「景」的部分就出現
主客觀並呈的情形。作者先就「陸」寫起，展現出來的空間景觀是客
觀的；接著兩句是就「水」來寫，其中就出現了高低距離的變造，也
就是因為這樣的變造，使得整個空間充滿了陰晦蕭森的感覺，也就很

自然地順勢帶出其後的傷情來。而末二句又將空間拓開，而濃濃的離情也就散佈在這茫茫的空間裡。

蘇軾的〈眞興寺閣〉也值得一看：

> 山川與城郭，漠漠同一形。市人與鴉鵲，浩浩同一聲。此閣幾何高？何人之所營？側身送落日，引手攀飛星。當年王中令，斫木南山巔。寫眞留閣下，鐵面眼有棱。身強八九尺，與閣兩崢嶸。古人雖暴恣，作事今世驚。登者尚呀喘，作者何以勝？曷不觀此閣？其人勇且英。

其結構分析表如下：

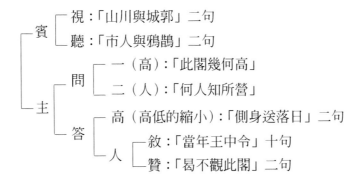

這首詩寫眞興寺閣，先用「以賓襯主」的方法，來凸顯出主題。而落到「主」之上的時候，則針對眞興寺閣的高聳與建造之人大加發揮，而空間的主觀設計，就出現在「側身送落日」兩句中，在此空間的高低距離大大地被縮短了，而眞興寺閣的高聳入雲也充分地表達出來，效果之好，令人稱賞。

（2）客觀的距離與加大的距離並呈

杜牧〈過華清宮絕句三首〉之二就用了這樣的手法，營造出很好的效果來：

> 新豐綠樹起黃埃，數騎漁陽探使回。霓裳一曲千峰上，舞破中原始下來。

其結構分析表如下：

```
┌ 客觀:「新豐綠樹起黃埃」二句
└ 主觀(高低的加大):「霓裳一曲千峰上」二句
```

　　首二句是描寫探使從漁陽經由新豐飛馬轉回長安的情景,探使身後揚起的滾滾黃埃,象徵的叛亂即將爆發的戰爭風雲。而末二句的場景則轉換到歌舞昇平的華清宮,說一曲霓裳可達「千峰」之上,而且竟能「舞破中原」,顯然這是極度的誇張,但就在這誇張之中,深深地刻畫出作者的諷喻之意〔註212〕。

　　郭璞〈游仙詩〉中,除了客觀空間的呈現之外,高低距離的加大和內外距離的縮短,都有非常精釆的表現:

　　青溪千餘仞,中有一道士。雲生梁棟間,風出窗戶裡。借問此何誰?云是鬼谷子。翹跡企潁陽,臨河思洗耳。閶闔西南來,潛波渙鱗起。靈妃顧我笑,粲然啓玉齒。蹇修時不存,邀之將誰使?

其結構分析表如下:

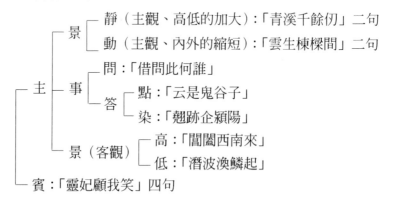

```
                  ┌ 靜(主觀、高低的加大):「青溪千餘仞」二句
            ┌ 景 ┤
            │     └ 動(主觀、內外的縮短):「雲生棟樑間」二句
            │        ┌ 問:「借問此何誰」
        ┌ 主┤    事 ┤        ┌ 點:「云是鬼谷子」
        │   │        └ 答 ┤
        │   │              └ 染:「翹跡企潁陽」
        │   │        ┌ 高:「閶闔西南來」
        │   └ 景(客觀)┤
        │            └ 低:「潛波渙鱗起」
        └ 賓:「靈妃顧我笑」四句
```

　　這首游仙詩飄飄然有仙氣,首句「青溪千餘仞」就用主觀的手法,營造出一個高遠幽深的空間;而三、四句:「雲生梁棟間,風出窗戶裡」,幾乎消弭了內外的距離,將自然與人文打併爲一,可說是這首詩中令人印象最深刻的一聯。作者擅用誇張的手法,創造出新穎的意

────────────

〔註212〕參見《唐詩新賞》(第十二輯)頁 179～180。

象，令人印象深刻。

　　歐陽修〈蝶戀花〉中主、客觀相映相照的情況非常顯然：

　　　　庭院深深深幾許？楊柳堆煙，簾幕無重數。玉勒雕鞍遊冶
　　　　處。樓高不見章臺路。　　　雨橫風狂三月暮。門掩黃昏，
　　　　無計留春住。淚眼問花花不語，亂紅飛過鞦韆去。

其結構分析表如下〔註213〕：

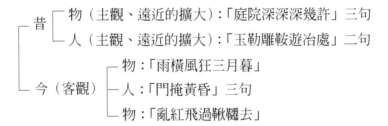

　　在這闋詞中，「昔」時間所帶出的兩個空間，都經過了改造。首
先出現的是庭院之內的空間，作者將它的範圍主觀地加以擴大，感
覺上竟像是無限的深廣；而接著出現的是登樓遠望，但路途在主觀
情感的作用下，顯得異常的遙遠，竟然望也望不到。作者藉著這樣
的設計手法，使得這深廣遙遠的空間，充滿了強烈的個人情感色彩。
而下片則以「物人物」的順序，來寫當下暮春三月的種種傷春情事，
其空間的構成都是客觀的。因此主觀與客觀之間，自然地造成相映
相襯的效果。

　　在主客觀並呈的空間中，相當值得注意、也相當常見的一類就是
「內外距離的縮小」。這樣的現象引起許多文學理論家的關注。吳功正
《中國文學美學》中談及：「以窗牖取景……還能夠因為取景方式的制
約，改變物象的自然形態。於是，產生了變形性的美感。」〔註214〕他
認為內外距離的縮小，就是因為這樣的原因。這當然是頗有道理的，
尤其是與我們日常的生活經驗作一驗證，便會發現有時確實如此。

〔註213〕參見陳滿銘《詞林散步》頁126。
〔註214〕見吳功正《中國文學美學》頁390。

　　不過，也有人從別的方面來探討。宗白華〈中國詩畫中所表現的空間意識〉中，即說這樣的寫法正是中國人飲吸無窮時空於自我，網羅山川大地於門戶的例證，並說由此可見我們有「天地為廬」的宇宙觀，而且舉了許多詩例為證〔註 215〕。李浩〈論唐詩中的時空觀念〉也說：「唐詩中多以窗、戶、簾、檐、庭、階等作為取景框，但所看到的景物，卻又不侷限於框，而是移遠就近，由近知遠，使萬物皆備於我。」〔註 216〕他同樣也舉了許多例子。陳清俊《盛唐詩時空意識研究》則又舉出一個值得注意的地方：「作者大都以擬人化的方式，使得自然物反客為主，成為能動的主體，由遠而近，由高而下，前來造訪。這種寫法，不能僅解釋為求新求變的修辭方式，其中還包含中國人對於自然的特殊觀點，亦即所謂的『萬物有生論』。宇宙在中國人看來，是精神與物質浩然同流的生命境界……世界萬有，一切現象都蘊藏著生意……（移遠就近）並不只是空間景觀的呈現，亦說明自然與人文本來並不相隔。」〔註 217〕總之，他們都說明了：這種內外距離縮短的空間改造，是中國人「天人合一」思想非常具體、鮮明的體現。

三、倒影空間

　　李白的〈秋浦歌〉就是從鏡中取影，而這個「影」有的經過了作者主觀改造，有的卻是客觀地呈現：

　　　　白髮三千丈，緣愁似箇長。不知明鏡裡，何處得秋霜。

其結構分析表如下：

　　　　┌─ 影（主觀）：「白髮三千丈」二句
　　　　├─ 實（客觀）：「不知明鏡裡」
　　　　└─ 影（客觀）：「何處得秋霜」

　　前、後各有一個「影」，因為那是從鏡中所看到的景象；前者同

〔註 215〕參考《美學與意境》，頁 93～96。
〔註 216〕見李浩〈論唐詩中的時空觀念〉，《唐代文學研究》第四輯，頁 24。
〔註 217〕見陳清俊《盛唐詩時空意識研究》頁 381。

時運用了主觀的形體空間的設計手法，將頭髮長度大幅度地加長，以傳神地表達出作者愁緒也是如許之長〔註218〕；後者則是用譬喻的手法，來寫早白的鬢絲。其中只有第三句——「不知明鏡裡」，所出現的「明鏡」是實空間。因此全首詩形成的是罕見的「影實影」的結構。

　　爲什麼會有主客觀並呈的情形呢？可以從文化的層面來探討。張法《中西美學與文化精神》中談到中國文化的和諧首先強調整體的和諧，由整體的和諧來規定個體（部分），個體（部分）應該以什麼方式、有什麼位置，都是由整體性決定的。這從繪畫上鮮明地表現出來。古人畫一幅畫，先看畫幅大小，作一整體安排，部分爲了適合這一整體和諧，往往令其變形。所以中國的人物畫，人物的大小比例往往與實際不襯，就是這個道理〔註219〕。這也可以解釋空間的模仿與變造爲什麼會在文學作品中出現，因爲要適應整體的和諧（主旨、主要情意），所以有時空間須要盡量保持原貌，有時空間就須要變形，這些都是爲了適應整體的需求，也就是要達到和諧。

　　還有一點特別值得注意：在主客觀並呈的設計中，客觀的存在往往凸顯了主觀的特異，由這特異之點，更能傳達出作者心靈的訊息；而且主客觀在此過程中互相交流、融會，使得作品既客觀、又主觀；有時是再現的、有時是表現的；既可形似、又能神似；時而冷靜理智、時而溫暖感性；還可出入無我、有我之間；經由這樣的相互交流、相互補充，文學作品更增添了許多靈動的姿態，並可臻至更大更高的美感——和諧。

第二節　虛空間的設計

　　所謂的虛空間，就是當時無法眼見的，或是不存在於實際生活的

〔註218〕參考黃永武《中國詩學——鑑賞篇》頁94。
〔註219〕參見張法《中西美學與文化精神》頁78。

空間。前者通常是憑藉記憶所帶出的，或是模仿現實空間而創造出來的空間，總之，除了虛空間無法眼見的這一特質外，它與實空間是頗為相像的。但是另一種不存在於現實生活的虛空間就不一樣了，它是作者想像力的產物，當然它也是在現實生活經驗的基礎上創造的，但並不要求與現實必須貼合，彭聃齡主編的《普通心理學》說：「形象性和新穎性是想像活動的基本特點。想像是在感知的基礎上，改造舊表象創造新形象的心理過程。」〔註220〕張紅雨《寫作美學》中即說：「這種形象常常以誇張的形態出現，甚至以無拘無束的形態出現。這種心理活動情景就是美感的騰飛反映。……美感騰飛同樣是以客觀存在為前提。也就是說，騰飛的起腳點是現實生活。」〔註221〕這樣的特色集中地表現在對仙界、冥界和夢境的描寫上。

　　因此依據所出現的虛空間的性質的不同，可將虛空間分成三個大類：「設想」、「仙冥」、「夢境」。不過，要事先說明的是：因為呈現「全虛」空間的作品少之又少，所以此節進行討論時，就無法只拿全虛的作品作分析，因為這樣會根本無法進行討論，所以這一節所出現的例證，絕大多數都是虛實結合的，但只鎖定在「虛」空間上來探討。

壹、設　想

　　劉勰《文心雕龍‧神思》說道：「悄焉動容，視通萬里。」這表示了想像力縱馳之時，是不受眼前空間限制的，所以表現在文學作品上，自然就會有設想的虛空間的出現。

　　惠洪〈次韻方夏日五首‧時渠在禹溪余乃居福巖〉（選一）是一首「全虛」的作品，值得一看：

　　　　山縣蕭條早放衙，蓮塘無主自開花。三叉路口炊煙起，白
　　　　瓦青旗一兩家。

〔註220〕見彭聃齡主編《普通心理學》頁337。
〔註221〕見張紅雨《寫作美學》頁130。

其結構分析表如下：

```
┌─ 事：「山縣蕭條早放衙」
│          ┌─ 自然：「蓮塘無主自開花」
└─ 景 ─┤          ┌─ 底：「三叉路口炊煙起」
           └─ 人文 ─┤
                      └─ 圖：「白瓦青旗一兩家」
```

　　金性堯選註《宋詩三百首》說道：「作者這時住在山中的寺院裡……是想像對方在禹溪過的那種閒散生活。」〔註222〕所以，很顯然地，這首詩全是在寫眼前所不見的情景，頗有一種瀟灑調侃的意味。

　　王維〈九月九日憶山東兄弟〉中，虛實空間的對映，帶來了極好的效果：

　　　　獨在異鄉爲異客，每逢佳節倍思親。遙知兄弟登高處，遍插茱萸少一人。

其結構分析表如下：

```
┌─ 實 ─┬─ 因：「獨在異鄉爲異客」
│          └─ 果：「每逢佳節倍思親」
└─ 虛 ─┬─ 點：「遙知兄弟登高處」
           └─ 染：「遍插茱萸少一人」
```

　　作者在前二句中渲染出「倍思親」的心情，但三、四句卻不直言自己思親，而反從兄弟處著手，設想出一個虛空間，言兄弟憶我，則我憶兄弟之情自然可見。

　　李煜的〈虞美人〉所展現的則是藉著回憶所帶出的虛空間：

　　　　春花秋月何時了，往事知多少？小樓昨夜又東風，故國不堪回首、月明中。　　雕欄玉砌應猶在，只是朱顏改。問君能有幾多愁？恰似一江春水、向東流。

其結構分析表如下〔註223〕：

〔註222〕見金性堯選註《宋詩三百首》頁197。
〔註223〕此表參見陳滿銘《詞林散步》頁77。

```
      ┌ 實 ┌ 今日:「春花」二句
      │    └ 昨夜:「小樓」二句
      │    ┌ 物是:「雕欄」句
      ┤ 虛 │
      │    └ 人非:「只是」句
      └ 實:「問君」二句
```

　　這是篇感懷故國的作品。前、後的實空間，都是眼前所面對的空間；中間的虛空間，則是透過想像，將空間由汴京移至建康，虛寫故國「物是人非」的淒涼景象。而不管是實空間或是虛空間，都瀰漫著濃濃的愁緒，令人不忍卒讀〔註224〕。

貳、仙　冥

　　神話在文學作品中的大量運用，帶出了對仙界的描寫〔註225〕；而對死亡的懼怕與執迷，使冥界成為文學中不會缺少的一個場景。但不管是仙界或冥界，都沒有人去過、看過，因此全是憑藉想像創造出的虛空間。

　　晏殊的〈中秋月〉中就出現了對仙界的描寫：

　　　一輪霜影轉庭梧，此夕羈人獨向隅。未必素娥無悵恨，玉
　　　蟾清冷桂花孤。

其結構分析表如下：

```
      ┌ 實 ┌ 底:「一輪霜影轉庭梧」
      │    └ 圖:「此夕羈人獨向隅」
      ┤
      │    ┌ 果:「未必素娥無悵恨」
      └ 虛 │
           └ 因:「玉蟾清冷桂花孤」
```

　　主人翁在院落中孤獨寡歡的情景，是實空間；而面對秋月，想像月宮冷落、嫦娥寂寞，則是屬於虛空間了。

　　秦觀的〈鵲橋仙〉全篇敘寫的是牛郎織女的故事，是屬於「全虛」

〔註224〕參考陳滿銘《詞林散步》頁76。
〔註225〕參考黃永武〈詩與神話〉，《詩與美》，頁215～216。以及李瑞騰〈唐詩中的山水〉，《古典文學》第三集，頁152～159。

一類的作品，相當罕見：

> 纖雲弄巧，飛星傳恨，銀漢迢迢暗度。金風玉露一相逢，
> 便勝卻人間無數。　　柔情似水，佳期如夢，忍顧鵲橋歸
> 路。兩情若是久長時，又豈在朝朝暮暮。

其結構分析表如下〔註226〕：

先（聚）┌先┌底：「纖雲弄巧」二句
　　　　└　└圖：「銀漢迢迢暗度」
　　　　後：「金風玉露一相逢」二句
後（離）┌縱：「柔情似水」三句
　　　　└收：「兩情若是久長時」二句

　　這首詞描繪的是牛郎織女相會的故事，因此也等於是在描寫仙
界。作者先鋪寫兩人相會時的景與事，接著運用縱收法寫分離的惆
悵與提昇，以此傳達出對這段戀情的讚頌，精緻瑰麗，歷來傳誦不
絕、膾炙人口。

　　屈原的〈國殤〉中則是出現了對死後情景的描寫：

> 操吳戈兮被犀甲，車錯轂兮短兵接。旌蔽日兮敵若雲，矢
> 交墜兮士爭先。凌余陣兮躐余行，左驂殪兮右刃傷。霾兩
> 輪兮縶四馬，援玉枹兮擊鳴鼓。天時墜兮威靈怒，嚴殺盡
> 兮棄原野。出不入兮往不反，平原忽兮路超遠。帶長劍兮
> 挾秦弓，首身離兮心不懲。誠既勇兮又以武，終剛強兮不
> 可凌。身既死兮神以靈，子魂魄兮爲鬼雄。

其結構分析表如下：

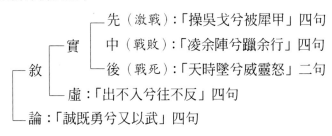

敘┌實┌先（激戰）：「操吳戈兮被犀甲」四句
　│　├中（戰敗）：「凌余陣兮躐余行」四句
　│　└後（戰死）：「天時墜兮威靈怒」二句
　└虛：「出不入兮往不反」四句
論：「誠既勇兮又以武」四句

〔註226〕此表參考陳滿銘《詞林散步》頁205。

　　這篇作品是以先敘後論的手法寫成。在敘的部分，出現了實空間和虛空間，我們所要注意的是虛空間。很明顯的，此處之虛空間，是描寫戰士激戰而死之後的情況，因此是屬於冥界的。

　　姜夔的〈踏莎行〉相當特別，其中出現了兩個「虛」，分別是對「夢境」和「幽魂」的設想；而對幽魂的設想，也可以歸入這一類中：

　　　燕燕輕盈，鶯鶯嬌軟，分明又向華胥見。夜長爭得薄情知？
　　　春初早被相思染。　　　別後書辭，別時針線，離魂暗逐郎
　　　行遠。淮南皓月冷千山，冥冥歸去無人管。

其結構分析表如下：

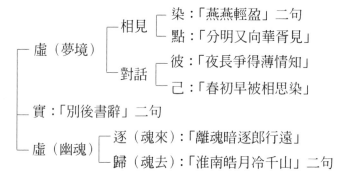

　　此詞為作者思念戀人所作。上片寫的是夢境，「燕燕」三句化用皇帝白晝夢遊華胥之國的傳說，寫作者夢見戀人；「夜長」二句乃夢中相會時的對話。下片「別後」二句回到現實；但「離魂」三句化用陳玄祐《離魂記》所敘倩女離魂之故事，設想戀人化為一縷芳魂，追逐著自己的行跡。整闋詞迷離瑰艷、情思低回，令人戀戀不止〔註227〕。

參、夢　境

　　中國自古以來對夢的本質就有許多探討，大致說來，夢是介於睡眠與覺醒之間，既不是完全無知，也不是完全知覺的一種狀態；而夢境中的內容是過去生活經驗的一種反映，所以夢是「靜中之動」；換

〔註227〕參考趙乃增《宋詞三百首詳析》頁 368～369。

言之，夢也是人的心智活動的一種表現〔註 228〕。而若從佛洛依德精神分析學派的觀點來看，夢正是窺探潛意識的一個窗口，意義是非常重大的〔註 229〕。正因爲夢在文學作品中佔了很重要的地位，所以有許多精采的作品產生，其下將略舉數例來欣賞。

李賀的〈夢天〉詩，是難得一見的「全虛」的作品：

老兔寒蟾泣天色，雲樓半開壁斜白。玉輪軋露濕團光，鸞珮相逢桂香陌。黃塵清水三山下，更變千年如走馬。遙望齊州九點煙，一泓海水杯中瀉。

其結構分析表如下：

這首詩光從題目就可以知道是描寫夢境。黃永武《中國詩學——鑑賞篇》對此曾有過精細的分析：「前四句寫夢魂奔月時，漸行漸近，月裡的景物，愈來愈清晰；由月色而見雲樓，由雲樓而見瑤車，由瑤車而見鸞珮，所描寫的事物愈見精小，而景物卻在不斷地放大，不斷地接近。……後半四句從天上遙望人世……後半首回望時則由小而至極大。」〔註 230〕從結構分析表中，我們可以很清楚地看出此詩中的空間是如何變化的；而且令人稱奇的是，在遙遠的年代中，作者光是憑藉想像，就能將當時不可能見到的景象模擬得維妙維肖。黃錦鋐《莊子及其文學》中曾引了〈逍遙遊〉中的一段話：「天之蒼蒼，其正色邪！其遠而無所至極邪？其視下也，亦若是則已矣。」並闡述道：這是說由地上看天空，和由極高空中看地面，情況是一

〔註 228〕參考《中國古代心理學思想史》第十二章「夢的心理思想」，朱永新撰，頁 307。
〔註 229〕參見李醒塵《西方美學史教程》頁 536。
〔註 230〕見黃永武《中國詩學——鑑賞篇》頁 67。

樣的；這啓示我們：文學的想像必要合乎科學的推理，才能顯出文
學的眞價值與文學的眞實感，然後才能產生文學的功能〔註231〕。所
以當文學之美與科學之理暗合之時，這份美感就顯得更美了。

龔自珍〈夢中作四截句〉也是一首「全虛」的作品：

　　一例春潮汗漫聲，月明報有大珠生。紫皇難慰花遲暮，交
　　與鴛鴦訴不平。

其結構分析表如下：

```
    ┌ 反 ┬ 因：「一例春潮汗漫聲」
    │    └ 果：「月明報有大珠生」
    │
    └ 正 ┬ 因：「紫皇難慰花遲暮」
         └ 果：「交與鴛鴦訴不平」
```

短短四句詩，卻有兩組形象，託言夢境，寫來迷離惝恍；其實作
者是要抒發一種感慨：科舉高中的人沒有眞才實學，不過是月亮在水
中的幻影，而痴人卻驚嘆爲光彩奪目的稀世明珠，末二句自嘆遲暮，
充滿了憤憤不平之意，但這種不平，也只能在親密的朋友間傾訴罷了
〔註232〕。

李煜的〈浪淘沙〉詞中，也出現了對夢境的描寫：

　　簾外雨潺潺，春意闌珊。羅衾不耐五更寒。夢裡不知身是
　　客，一晌貪歡。　　獨自莫憑闌，無限江山。別時容易見
　　時難。流水落花春去也，天上人間。

其結構分析表如下〔註233〕：

```
    ┌ 昔（敘夢）┬ 實（夢後）：「簾外雨潺潺」二句
    │          └ 虛（夢中）：「羅衾」三句
    │
    └ 今（敘望）┬ 遠：「獨自」三句
               └ 近：「流水」二句
```

〔註231〕見黃錦鋐《莊子及其文學》頁46。
〔註232〕參見趙山林《詩詞曲藝術》頁226。
〔註233〕參考陳滿銘《詞林散步》頁85。

　　陳滿銘在《詞林散步》中說：「敘『夢』（昔）的部分爲詞之上片。作者在此，用的是逆敘的手法，先敘夢後，再寫夢中。……敘『望』（今）的部分爲詞之下片。作者在此，用的是『由遠而近』的順敘手法。」〔註234〕寫夢中情景的有三句，主要是藉夢裡之歡來反襯眼前孤單之苦。

　　王昌齡〈送魏二〉則是一首虛中有虛的作品，相當的特別；

　　　醉別江樓橘柚香，江風引雨入船涼。憶君遙在瀟湘上，愁
　　　聽清猿夢裡長。

其結構分析表如下：

```
      ┌ 嗅：「醉別江南橘柚香」
   實 ┤
   │  └ 觸：「江風引雨入船涼」
   │
   │         ┌ 視：「憶君遙在瀟湘上」
   └ 虛（設想）┤
             └ 聽（虛中虛）：「愁聽清猿夢裡長」
```

　　作者先從餞別之地寫起，而且分別由嗅覺、觸覺兩種感官入手來描寫，相當特別；後二句是設想行者的行程，值得注意的是，設想本身就是虛的，但是第四句還設想到行者夢中情景，更是虛之又虛，周金聲主編的《中國古典詩藝品鑑》針對此點說道：「又想像其夢中聽猿，頗有一種幻中生幻的朦朧美。」〔註235〕使得全詩增添不少飄渺的氣氛。

第三節　虛實結合的空間設計

　　前面主觀的空間設計，曾引用劉同華《審美文化學》中的說法：「在藝術創造和欣賞裡，人的時空意識與現實的時空意識不同，這是『似』與『不似』、『眞』和『假』的辯證法，是錯覺、幻覺和秩序感、節奏感、時空間的綜合心理效應過程。」〔註236〕「似」與「不似」

〔註234〕見陳滿銘《詞林散步》頁84。
〔註235〕見周金聲主編《中國古典詩藝品鑑》頁108。
〔註236〕見林同華《審美文化學》頁120。

是客觀與主觀的關係，「眞」與「假」就是現在所要討論的實與虛之間的關係了。

在前面二節裡，對實空間和虛空間都分別作了探討，因此對它們的性質也都有所了解；所以在這一節裡，重點是放在實空間與虛空間是「如何結合、如何轉換」。也就是因爲此節所討論的重心既包含實空間，也包含虛空間，而且又討論兩者之間如何結合、如何轉換，因此，可說是將空間調度的靈活性發揮到最極致了。

實空間和虛空間的結合、轉換，可以從兩個方向來探討：即「實虛結合之一」和「實虛結合之二」。

壹、虛實結合之一

作品中的實空間與虛空間若可截然劃分，其結合在一起的痕跡就會非常明顯，因此可根據這痕跡畫出它的結構分析表。此外，這種結合不僅是一種美化篇章的設計方法，它同時還起了組織篇章的功用，可說是一舉兩得，相當的理想。所以，章法中有一種「空間的虛實法」〔註237〕，就是著眼於此而歸納出來的。

這樣虛實結合所形成的結構，至少有下列數種：「先虛後實」、「先實後虛」、「實虛實」等。

一、「先虛後實」的結構

邊貢〈嫦娥〉一詩，出現了頗爲罕見的「先虛後實」結構：

月宮秋桂冷團團，歲歲花開只自攀。共在人間說天上，不知天上憶人間。

其結構分析表如下：

```
┌ 虛：「月宮秋桂冷團團」二句
└ 實：「共在人間說天上」二句
```

周金聲主編的《中國古典詩藝品鑑》分析道：「立足人間，推擬

〔註237〕可參見拙著《篇章結構類型論》（下）頁309～319。

月宮冷寂。然後發出世人只知羨月不知月仙慕人間的感慨。」〔註238〕仙境與人間的兩兩對比，逼出了作者的深意。

吳文英的〈浣溪沙〉也是用「先虛後實」的結構來架構空間：

> 門隔花深夢舊遊，夕陽無語燕歸愁，玉纖香動小簾鉤。
>
> 落絮無聲春墮淚，行雲有影月含羞，東風臨夜冷於秋。

其結構分析表如下〔註239〕：

```
┌─ 虛（夢中）：「門隔」句
│                 ┌─ 自然：「夕陽」句
└─ 實（夢後）─── 人文：「玉纖」句
                  └─ 自然：「落絮」三句
```

陳滿銘《詞林散步》中談道：「此詞寫夢後懷舊之情，是用『先虛（夢中）後實（夢後）』的順序寫成的。」〔註240〕起句「門隔花深」，帶出了夢遊，有「室邇人遠」之意；其後的實空間中的自然景和人文景，都是用來烘托這份愁情的，所以景中含情，情意無限。

二、「先實後虛」的結構

《詩經》中有一篇感人的〈陟岵〉，就是形成「先實後虛」的結構：

> 陟彼岵兮，瞻望父兮。父曰：「嗟予子，行役夙夜無已，上
> 慎旃哉，猶來無止。」
>
> 陟彼屺兮，瞻望母兮。母曰：「嗟予季，行役夙夜無寐，上
> 慎旃哉，猶來無棄。」
>
> 陟彼岡兮，瞻望兄兮。兄曰：「嗟予弟，行役夙夜必偕，上
> 慎旃哉，猶來無死。」

其結構分析表如下：

〔註238〕見周金聲主編《中國古典詩藝品鑑》頁721。

〔註239〕此表參見陳滿銘《詞林散步》頁361。

〔註240〕見陳滿銘《詞林散步》頁360。

```
┌─ 一 ┬─ 實:「陟彼岵兮」二句
│     └─ 虛:「父曰」五句
├─ 二 ┬─ 實:「陟彼屺兮」二句
│     └─ 虛:「母曰」五句
└─ 三 ┬─ 實:「陟彼岡兮」二句
      └─ 虛:「兄曰」五句
```

余培林《詩經正詁》（上）針對此詩分析道：「此行役者思家之詩。『父曰』云云、『母曰』云云、『兄曰』云云，皆想像之詞耳，非事實也。……全詩三章，每章六句，形式複疊。『瞻望』二字為全詩之樞紐，父母兄念己之詞，全自瞻望中想像而來。……此詩明明行役者思親之作，然不言己之念親，反言親之念己，如此益顯其思親之切。」〔註241〕這首詩的作法及效果，都被剔抉出來了。

李商隱〈細雨〉也出現了類似的結構：

> 瀟灑傍迴汀，依微過短亭。氣涼先動竹，點細未開萍。稍促高高燕，微疏的的螢。故園煙草色，仍近五門青。

其結構分析表如下：

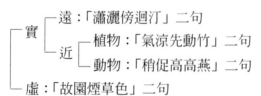

```
┌─ 實 ┬─ 遠:「瀟灑傍迴汀」二句
│     └─ 近 ┬─ 植物:「氣涼先動竹」二句
│           └─ 動物:「稍促高高燕」二句
└─ 虛:「故園煙草色」二句
```

沈秋雄《詩學十論》中，對此詩有精闢的分析：「此詩首聯寫遠景。……頷聯及腹聯是近景，分別透過動物及植物雨中情態之描寫，間接刻畫細雨。……結聯因煙草迷離，遂引發羈旅之感，想像故園草色之青連京華。」〔註242〕這首詩由實入虛、虛實交融，將「細雨」寫得傳神極了。

李煜〈浪淘沙〉中，也出現了「先實後虛」的空間結構：

〔註241〕見余培林《詩經正詁》（上）頁299。
〔註242〕見沈秋雄《詩學十論》頁123。

往事只堪哀，對景難排。秋風庭院蘚侵階。一桁珠簾閒不
捲，終日誰來。　　金劍已沉埋，壯氣蒿萊。晚涼天淨月
華開。想得玉樓瑤殿影，空照秦淮。

其結構分析表如下〔註243〕：

```
┌─ 凡：「往事」二句
│        ┌─ 目一：「秋風」三句
│        │
└─ 目 ┤─ 目二：「金劍」二句
         │        ┌─ 實：「晚涼」句
         └─ 目三 ┤
                   └─ 虛：「想得」二句
```

　　陳滿銘《詞林散步》說這是一首緬懷故國的作品。作者先在上片
起二句，拈出一個「哀」字，來貫穿全詞，這是「凡」的部分。其次
三句寫寂寞寥落的景象，這是「目一」；接著下片頭兩句，寫故國淪
亡、銷盡壯氣的痛苦，這是「目二」的部分；至於「目三」的部分，
則是先寫所處之地秋月升空的淒涼夜景，接著最後二句，則將空間由
汴京推擴至金陵，虛寫失國後宮廷內外的冷落月色。這樣以「先凡後
目」的形式來寫，真是語語慘然，使人不忍卒讀〔註244〕。

三、「實虛實」的結構

　　孟浩然有一首〈早寒有懷〉，就出現了「實虛實」的結構：

木落雁南度，北風江上寒。我家襄水曲，遙隔楚雲端。鄉
淚客中盡，孤帆天際看。迷津欲有問，平海夕漫漫。

其結構分析表如下：

```
┌─ 實：「木落雁南度」二句
│
├─ 虛：「我家襄水曲」二句
│
│        ┌─ 因：「鄉淚客中盡」二句
└─ 實 ┤
         └─ 果：「迷津欲有問」二句
```

〔註243〕此表參見陳滿銘《洞林散步》，頁88。
〔註244〕此表參見陳滿銘《詞林散步》頁87。

喻守眞《唐詩三百首詳析》說道這是一首思歸的詩，這時作者大概身在秦中，意欲南歸而不得〔註245〕。因爲作者寫詩之時人在外地，因此頷聯二句寫家鄉，就是藉由設想得來的虛空間了；至於前、後部分針對所在地來寫的，才是實空間。因此這首詩是用「實虛實」的空間架構組織起來的。

韋莊〈女冠子〉也形成了「實虛實」的結構：

> 昨夜夜半，枕上分明夢見，語多時。依舊桃花面，頻低柳葉眉。　　半羞還半喜，欲去又依依。覺來知是夢，不勝悲！

其結構分析表如下：

```
    ┌ 實：「昨夜夜半」二句
    │         ┌ 事情：「語多時」
    ├ 虛（夢）─ 面容：「依舊桃花面」二句
    │         └ 情狀：「半羞還半喜」二句
    └ 實：「覺來知是夢」二句
```

這闋詞中先從實境寫起，接著寫到夢境，而且佔了大半的篇幅、作精細的描寫，最後再回到現實世界。整首作品瀰漫著一股幽艷的氣氛。

貳、虛實結合之二

還有一種實、虛結合的空間是很值得探討的，那就是「實虛疊映」的情形了。李浩〈論唐詩中的時空觀念〉曾說道：「唐詩中還有一種把物理時空重迭倒映、切割組合的方法，回環往復，深婉曲折，構成一種突破常規的經驗，表達各種複雜的人生體驗。」〔註246〕這是將時與空合起來講。若是只針對空間的話，那就如陳植鍔《詩歌意象論》中所言：「同一時間不同空間的跳躍」〔註247〕；夏之放《文學意象論》

〔註245〕參見喻守眞《唐詩三百首詳析》頁162。
〔註246〕見《唐代文學研究》第四輯，頁29。
〔註247〕見陳植鍔《詩歌意象論》頁81。

引用古典小說理論，說得更詳細：「我國古典小說中，常常有『花開兩頭，各表一枝』的套語，意思是將同時發生於不同空間的事情先敘一頭，過一會再敘一頭。這就是將共時態關係處理成歷時態關係的方法。」〔註248〕這就是「同時分地」，而同樣的原理表現在詩歌上，就是所謂的空間的虛實疊映。

顧況〈宮詞〉的空間就是虛實疊映的：

> 玉樓天半起笙歌，風送宮嬪笑語和。月殿影開聞夜漏，水
> 精簾捲近秋河。

其結構分析表如下：

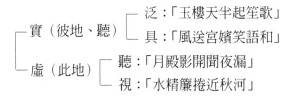

喻守眞《唐詩三百首詳析》中說道：「首次二句是寫聽別處的笙歌笑語，相形到自己這裡的寂寞。三句是夜深聽漏未寐，四句是寫獨自捲簾看秋河，用一『近』字，愈見夜深。此詩不說怨情，而怨情已顯露於言外。因爲倘是無心人，必不會在夜深時，還在聽別處的笙歌笑語這樣的清楚啊。」〔註249〕虛實疊映的效果之好，由此可見了。

柳永〈八聲甘州〉中也用了同樣的手法：

> 對瀟瀟暮雨灑江天，一番洗清秋。漸霜風淒緊，關河冷落，
> 殘照當樓。是處紅衰翠減，苒苒物華休。惟有長江水，無
> 語東流。　　不忍登高臨遠，望故鄉渺遠，歸思難收。嘆
> 年來蹤跡，何事苦淹留。想佳人、妝樓顒望，誤幾回、天
> 際識歸舟。爭知我、倚闌干處，正恁凝愁。

其結構分析表如下〔註250〕：

〔註248〕見夏之放《文學意象論》頁234。
〔註249〕見喻守眞《唐詩三百首詳析》頁302。
〔註250〕此表參考陳滿銘《詞林散步》頁148。

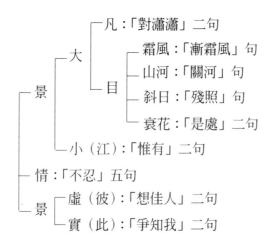

這闋詞形成「景情景」的結構。所要注意的是最末、第二個景的部分，從中可以看到：在此處，空間有了虛、實之分，不僅寫作者所在的實空間，也寫作者所無法眼見的另一個空間所發生的事，虛實相映，更增添無限的情意。

在進行論述的時候會發現，空間的虛實疊映，與前面所談的、虛空間中的「設想」一類，會有若干藕斷絲連的關係。這是因為此兩者都是靠設想來呈現出一個虛空間；但是不同的是，設想的虛空間並不強調時間的同時、事件的進行，而這兩者卻是虛實疊映最明顯的特徵，所以虛實疊映的特色可以用這兩句話來概括：「同時分地、一起進行」，而用這個標準來判別，應該就會比較清楚了。

翟德爾（Herbert Zettl）《映像藝術》中提及一種「同時性螢幕空間」，他說：「藉重疊畫面、合成畫面、或分割畫面，我們可同時呈現各種不同的角度。」〔註251〕而鄭明娳、林燿德編著的《時代之風：當代文學入門》中談到「意識流」的時候，提及電影蒙太奇手法運用在意識流小說中，會有「時間蒙太奇」的現象出現：「即時間固定，空間不斷轉換，以各種不同的角度與鏡頭透視人物內心。」〔註252〕

〔註251〕見翟德爾（Herbert Zettl）著，廖祥雄譯，《映像藝術》頁306。
〔註252〕見鄭明娳、林燿德編著《時代之風：當代文學入門》頁29。

其實這樣的情形在古典詩歌中早就出現了，那就是現在所談的空間的虛實疊映。

　　空間的虛實疊映到底會產生怎麼樣的美感呢？張紅雨《寫作美學》中說：「在同一時間內的美感情緒的空間轉換，就是要把在同一段時間內的不同地點和場合所發生的美感信息同時反映出來。這是合乎人們的審美心理要求的，也是有生活基礎的。在日常生活中此處發生了不尋常的事件和舉動，人們總願意知道或看到彼處的情況如何，這是符合人們的情感發展脈絡的。」〔註253〕更何況這個「彼處」又是大大有關係的「彼處」。因此我們知道，因為這樣的寫法合乎人們的心理狀態，並可關顧事情的發展歷程，所以是相當有效的寫作手法。更深入地來說，正如楊匡漢《詩學心裁》所言：「蒙太奇使不同元素在相應的組合上生發出疊加在各元素表面含義上的第二層含義，從而超越了『純外延』的表象而呈現意義增添的景觀。」〔註254〕所以此處與彼處並非一加一等於二、而是一加一等於多的關係，這多出來的部分，就是創作者心底深處的一脈靈意了。

〔註253〕見張紅雨《寫作美學》頁 239。
〔註254〕見楊匡漢《詩學心裁》頁 267。

第四章 古典詩詞的時間設計

　　早在後期墨家所著的《墨經》中，即曾提到「無久之不止，當牛非馬，如矢過楹。有久之不止，當馬非馬，若人過梁」，意思是指在短暫的一瞬間（無久）的運動，恰當的比喻，猶如在兩楹之間射箭，箭飛躍楹間的那一瞬的運動，就叫「無久之不止」。較長時間的運動，不恰當的比喻，好比走過橋樑。這段話論述了特定時間和特定運動的關係。屈原的《離騷》也說：「時繽紛其變異兮，又何可以淹流」，其意是時間的內容包含著各種各樣的事物變化，然而誰也沒有辦法使它停滯留止下來〔註1〕。而西方的哲人亞里士多德也提出了他的思考：時間以運動或變化爲先決條件，沒有時間，變化不能發生；反之沒有變化，時間亦不能爲人所認識〔註2〕。基於時間的這點特性，我們可以知道時間是抽象的，必須藉外在事物的變化，方能爲人所認識；故時間的測量每以事物規律的運動爲準據，反之時間又是量測運動量的標準〔註3〕。

　　所以現代心理學中有所謂「時間知覺」的說法，其意爲「客觀事物和事件的連續性和順序性在人腦中的反映，就是時間知覺」〔註4〕，

〔註1〕 參見金哲、陳燮君《時間學》頁44～45。
〔註2〕 參見陳清俊《盛唐詩時空意識研究》頁11。
〔註3〕 參見陳清俊《盛唐詩時空意識研究》頁15。
〔註4〕 見彭聃齡主編《普通心理學》頁278。

而人類形成時間知覺的依據就是「根據自然界的週期性現象」、「根據有機體各種節律性的活動」、「借助計時工具」〔註5〕；同樣的，也就是因為人類具有了這種時間知覺，所以才能進行對時間的分辨、對時間的確認、對持續時間的估量、對時間的預測等〔註6〕。這些心理學上的發現，對照於哲學上的思考，是若合符節的。

所以將時間置於空間之後來討論，就是因為時間的測量每以事物規律的運動為準據。所有事物的運動必據有一定的空間，因此就會形成一個畫面，而連續的事物運動，就等於是一個個畫面的連續；所以必須先掌握空間之後，才能談到掌握時間。因此《淮南子・齊俗訓》中說：「往古來今謂之宙，四方上下謂之宇。」而我們常「宇宙」並稱，「宇」即排在「宙」之前。曾霄容《時空論》中也說道：「時間分量的表現通常還要藉助於空間的表徵。由此生起時間表達乃至測定的空間化。空間成為表現時間的徵標或記號。以空間的記號代表時間，即是以不變的形象代現變化的事象。我們只是在空間的形式中，始能得到時間的明確的表現形態。」「至於感情等現象，如不藉助於形象，亦殆不能表出之。由此得以斷定空間形式較於時間形式更為根本。」〔註7〕這就是為什麼我們先討論空間設計，再及於時間設計的理由〔註8〕。

至於前面提到的時間和時間知覺的特性，對文學的創作是具有極大意義的。人們處在奔竄不息、稍縱即逝的時間之流中，個人的生命賴以延展；人們在時時刻刻的所見、所感、所思、所為，又對抽象而無從捉摸的時間賦予意義。而這些，都會在文學作品中反映出來。所

〔註5〕見彭聃齡主編《普通心理學》頁279。
〔註6〕參見彭聃齡主編《普通心理學》頁278。
〔註7〕見曾霄容《時空論》頁416、419。
〔註8〕蘇珊・朗格著，劉大基等譯，《情感與形式》一書中，在第二部分「符號的創造」裡，亦先討論「虛幻的空間」，再討論「時間意象」。而簡政珍《電影閱讀美學》從電影的觀點來看，亦認為：「鏡頭敘述時間的改變，所呈現給觀眾的，實際上是敘述空間的改變。」頁115。

以，對時間要素的處理，是創作者在創作時，必須要面對、而且極富
挑戰性的部分，所呈現出來的，就是我們所謂的「心理時間」，也就
是說，文學作品中的時間，是經過作家的想像對物理時間重新鍛造的
結果〔註9〕，因此塔可夫斯基（Andrey Tarkovsky）即在《雕刻時光》
一書中有感而發地說道：「當學者和批評家研究出現於文學、音樂或
繪畫中的時間，他們指的是記錄時間的方法。」〔註10〕這中間所代表
的意義是：創作者可以將時間作各種不同的處理，以適合其個人的情
志，所以觀察一個創作者在作品中對時間的把握，就等於觀察這個創
作者對某類現象、某個事件、某些情感……的認識與態度。

　　因爲創作者所面對的個別事件個個不同，而且創作者本身的特質
也是千人千面，所以時間要素在文學作品中被處理成多采多姿的樣
貌，非常值得探討。大致說來，我們可以先將文學作品中的時間大別
爲「實」與「虛」兩類，而針對「實」的時間，又有「客觀的時間設
計」和「主觀的時間設計」兩種。

　　所謂「實」時間，指的是過去和現在〔註11〕，也就是已經流逝

〔註 9〕參見錢谷融、魯樞元主編《文學心理學》頁 196。翟德爾（Herbert Zettl）
　　　　著，廖祥雄譯，《映像藝術》中亦說：「不顧原始事件是否高度能量（高
　　　　度物理或心理的能量，例如足球比賽或懸疑緊張的法庭戲）或低度能
　　　　量（等待，無趣的演講），一旦把事件記錄在影片上，其能量就變成
　　　　受能量遞減趨勢的支配。……我們必須藉銀幕事件的再度能量化，來
　　　　戰鬥這種能量遞減趨勢，由此它至少可以與原始事件的強度相近。」
　　　　頁 337～340。而這些操縱電影化事件強度的手法中，「主觀時間的愼
　　　　重控制」亦是其中重要的一種（340 頁）。簡政珍《電影閱讀美學》
　　　　中亦稱：「敘述是人以意識和思維對客體時間的調整。不論電影或小
　　　　說，敘述時間打破故事發生的順序，將各個事件的現在重組，而變成
　　　　情節。因此情節不同於故事。」（頁 110）亦可作爲參照。
〔註10〕見塔可夫斯基（Andrey Tarkovsky）著，陳麗貴、李泳泉譯，《雕刻
　　　　時光》頁 82。
〔註11〕參見陳滿銘《章法學新裁》：「凡是敘事、寫景或抒情，只限於過去
　　　　或當前的，是『實』。」頁 107～108。此外，因爲「過去」是存在
　　　　於已逝的、不可掌握的時間中，但「現在」則是正在經歷、可以掌
　　　　握的時間，所以「過去」比起「現在」，更多了一份「虛」的特質；
　　　　因此，若要更嚴格地加以區分，則「過去」可視爲「實中虛」。此說

或正在發生的、人們所實際經歷的時間。對過去的時間進行追想，在時間學上，把這種逆向時間的考察，稱之為「時間反求」，「時間反求」對個人乃至於全人類，都具有十分重要的意義，可從中得到啓示、獲得借鑑〔註12〕。而關於「現在」，中古初期的基督教思想家奧古斯丁認為，所謂過去與未來皆內在於現在之中，換言之，唯一真實存在的時間是現在的剎那，雖然它稍縱即逝，但卻是時間成立的基礎〔註13〕，因此其重要性不言而喻。

就因為過去與現在是如此的重要，因此在文學作品中大量地出現著；但是創作者在處理這個「實」時間的時候，卻有著不同的態度，我們可依據其相對的、最明顯的特性，將之區分為客觀的和主觀的這兩種。創作者盡量客觀地去處理時間，使心理時間與物理時間的距離縮小，使所傳達的事物、現象合乎一般人的感受，所以容易被理解，這是相當合理的一種處理方式，也適合於前面對「時間知覺」所下的定義；但是，不可否認的，「時間知覺」也有被影響的時候〔註14〕，而且創作者在創作時，甚至會刻意地將這被影響的時間知覺強化處理，以期更鮮明地彰顯出作者個人的意志與情感，所以吳功正在《中國文學美學》中說：「審美的意識、情感需要，完全可以打破時間的自然值。」〔註15〕即是針對此點而言。可以看到：前面一種處理時間的態度，較貼近於物理時間，所以是客觀的態度；而後面一種則背離物理時間較遠，所以是主觀的態度。這兩種態度各有特色，也都產生出許多優秀的文學作品。

至於「虛」的時間指的則是未來〔註16〕。眾所週知，時間具有

本自陳滿銘。

〔註12〕 參見金哲、陳燮君《時間學》頁140～141。

〔註13〕 參見陳清俊《盛唐詩歌時空意識研究》頁12。

〔註14〕 彭聃齡主編《普通心理學》即提出幾種影響時間知覺的因素：「1 感覺通道的性質……2 一定時間內事件發生的數量和性質……3 人的態度和興趣」頁279～280。

〔註15〕 見吳功正《中國文學美學》頁384。

〔註16〕 參見陳滿銘《章法學新裁》：「凡是敘事、寫景或抒情……透過想像，

過去、現在、未來三相，針對著「未來」，墨子即曾說過「焉在不知來」，說明運用類推法能夠預先知道未來的事情；後期墨家在《墨經》中也說道：「久，有窮、無窮」，「無窮」就是指無限的未來〔註 17〕，可見在古遠的年代，人們即對未知的時間進行思考。而「時間知覺」的四種形式中，有一種即是「對時間的預測」〔註 18〕，由此可見在關於時間的思維中，「順時預見」和「時間反求」一樣，都具有十分重要的意義〔註 19〕。所以，自然地，文學作品中必然會有「虛」時間的出現，而且大大豐富了文學作品的內涵。

　　在文學作品中，「實」時間和「虛」時間並不是絕對割裂的，事實上，它們往往是結合在一起的，因為時間原本就具有不間斷性，柏格森即說：「時間是宇宙創新不息之流，是不可分割的『綿延』」、「綿延是過去繼續的進展，侵入於將來」〔註 20〕，因此便會出現虛實結合的時空設計；此時，創作者對時間的靈活處理，往往使得文學作品中的內涵蘊蓄更深厚、美感更豐富。

　　還有一點值得注意的是：邱明正《審美心理學》中也提及人類都有時間知覺，這是人對事物運動的延續、順序、速度及其變化的知覺，而且這種時間知覺的反覆體驗、經驗化之後，便形成了時間意識或時間觀念，讓人們可以憑經驗判斷未處在運動狀態的時間流逝；就以語言文字所描繪的事物來說，因為此事物並沒有在時間中實際地運動，所以必須憑藉時間意識（觀念）、通過想像，才能把握其時間流程、變化〔註 21〕。瞭解這一層後，應當有助於我們掌握文學作品中的心理時間。

　　伸向未來的，則是『虛』。」頁 107～108。
〔註 17〕參見金哲、陳燮君《時間學》頁 43～44。
〔註 18〕見彭聃齡主編《普通心理學》頁 278。
〔註 19〕參見金哲、陳燮君《時間學》頁 140。
〔註 20〕參考陳清俊《盛唐詩時空意識研究》頁 13～14。
〔註 21〕參見邱明正《審美心理學》頁 207。

第一節　實時間的設計

在久遠的過去中，發生了無數撼動人心的事件，而正在經歷的現在，又是無可迴避、必然要面對的；因此在過去與現在之中發生的種種，牽引著創作者的心靈，譜出了動人的作品。在這種觀點下，我們實可承認：時間實即生命本身〔註22〕，所以觀察、審視創作者如何處理時間，就等於打開了一扇窗口，可以藉此諦視創作者心靈最幽深的一面。

壹、客觀的時間設計

在古典的時間觀念中，認為不論在什麼條件下，時間都均勻地流逝著，這就是「絕對時間」，按照這樣的看法，宇宙間只有一個時鐘，被稱作絕對的「太陽時」，一切事件、一切現象都是在這種「太陽時」中先後發生或同時發生。所以，盡量按照這種古典的時間觀念來處理文學作品中的時間，就是古典的時間處理模式〔註23〕；而這樣自然就會形成較為客觀的態度。

在這種客觀的態度之下，處理時間的手法大致上有兩種，即針對時間的順序：「今與昔」，和時間的量：「久與暫」來著力，而且這兩種手法也可以結合在一起，形成「順序時間與量化時間並呈」的設計。

一、順序時間：今與昔

對「今與昔」的處理，可以分別從「秩序」和「變化」兩個角度來著眼。

很有秩序地依照事件的歷時性關係來處理時間，使時間先後承續的關係成為作品中的最主要架構，就是我們常說的「順敘」法（即由昔而今）〔註25〕，這是最基本、最初始的敘述方式〔註26〕，但也是相

〔註22〕參見陳清俊《盛唐詩時空意識研究》頁15。
〔註23〕參考夏之放《文學意象論》頁233。
〔註25〕見蔡宗陽《文燈》：「由先而後，也叫做『順敘法』。」頁24。
〔註26〕參考夏之放《文學意象論》頁234。金健人《小說結構美學》亦稱：
　　「最初的小說，無論中外，全都謹遵自然，順著時針的走動，直線

當有效、很能引人共鳴的方式。

不過，人心都是好奇、尚變化的，而且往往基於創作時的需要，創作者也無法固守基本的順敘方式，因此，不同的處理手法就出現了〔註27〕。趙山林在《詩詞曲藝術》中所說的：「但在詩人筆下，這種順序可以通過藝術想像加以改變，以適應表達感情的需要。」〔註28〕就是這樣的情形；而吳功正《中國文學美學》則說道：「逆推時程。……詩人經過情感化審美改造，可以改變自然時間箭頭，以近推遠，以今推古。」〔註29〕這都說明了變化地處理今、昔時間的特點。

不管是具有秩序地來處理時間，或是富有變化地來掌控時間，都有許多優秀的文學作品流傳下來，其後將舉例加以說明。

（一）秩序的處理方式

很有秩序地來處理時間，這種手法是源遠流長的，早在《詩經·摽有梅》中即已出現：

> 摽有梅，其實七兮。求我庶士，迨其吉兮。
> 摽有梅，其實三兮。求我庶士，迨其今兮。
> 摽有梅，頃筐塈之。求我庶士，迨其謂之。

其結構分析表如下：

- 先：「摽有梅，其實七兮」四句
- 中：「摽有梅，其實三兮」四句
- 後：「摽有梅，頃筐塈之」四句

這裡所標的「先、中、後」，表示的是時間推移的順序。余培林《詩經正詁》（上）說道：「其實七、其實三、頃筐塈，時愈迫矣。」

式地向前向前。」頁17。鮑德威（David Bordwell）著，李顯立等譯，《電影敘事：劇情片中的敘述活動》中亦說：「多數影片的敘述似乎都以時間的順序來呈現故事；倒敘和前敘畢竟少見。」頁177。

〔註27〕 參考金健人《小說結構美學》：「時序從自然狀態中的解放，是小說家能動地處理現實內容的需要。」頁18。

〔註28〕 見趙山林《詩詞曲藝術》頁141。

〔註29〕 見吳功正《中國文學美學》頁384。

〔註30〕這首詩的趣味就是採用時間的順敘法帶出的。

而秦觀的〈桃源憶故人〉也是如此：

玉樓深鎖薄情種，清夜悠悠誰共？羞見枕衾鴛鳳，悶則和衣擁。　　無端畫角嚴城動，驚破一番新夢。窗外月華霜重，聽徹〈梅花弄〉。

其結構分析表如下〔註31〕：

```
┌─ 先（夢前）┬─ 因：「玉樓」二句
│           └─ 果：「羞見」二句
├─ 中（夢醒）：「無端」二句
└─ 後（醒後）┬─ 視覺：「窗外」句
            └─ 聽覺：「聽徹」句
```

陳滿銘在《詞林散步》中說：「作者依時間的先後，由夢前寫到夢後，將一位女子獨守空閨所觸生的無限怨情，描摹得頗爲生動。」〔註32〕所以儘管順敘法是一簡單的手法，但是仍能產生很好的效果。

有時候，作者甚至會用時間詞來領起全篇的時間流逝，此時順敘的性質可說是被表現得再明顯不過了，李商隱的〈無題〉就是如此：

八歲偷照鏡，長眉已能畫。十歲去踏青，芙蓉作裙衩。十二學彈箏，銀甲不曾卸。十四藏六親，懸知猶未嫁。十五泣春風，背面鞦韆下。

其結構分析表如下：

```
├─ 一：「八歲偷照鏡」二句
├─ 二：「十歲去踏青」二句
├─ 三：「十二學彈箏」二句
├─ 四：「十四藏六親」二句
└─ 五：「十五泣春風」二句
```

〔註30〕見余培林《詩經正詁》（上）頁59。
〔註31〕此表參見陳滿銘《詞林散步》頁208。
〔註32〕見陳滿銘《詞林散步》頁206。

　　沈秋雄《詩學十論》中，分析此詩道：「詩爲五言短古，八歲照鏡以畫眉，十歲芙蓉爲裙衩，其早慧可想；彈箏銀甲不卸，則見其習藝之勤；十四藏親未嫁，則知其猶未事人；結二句春風暗泣，乃直露本意，爲一篇之結穴。……此詩乃藉少女思春之情以喻寫義山個人追求仕進冀望遇合之苦悶。」〔註33〕可說將此詩之特點都披露盡致了。

　　前面所賞析的兩首作品，都是根據時間的連續性所寫成的；但是還有另外一種作法，就是所交代的事件，雖然也是依照前後的順序，但是所著重的並非它們之間的連續性，而是因此所產生的對照的效果，在這種情況下，「今」與「昔」之間，斷開成爲不同時期的情形，會比較明顯。

　　元稹的〈遣悲懷〉就是使「昔」與「今」形成對比：

　　　　謝公最小偏憐女，自嫁黔婁百事乖。顧我無衣搜盡篋，泥
　　　　他沽酒拔金釵。野蔬充膳甘長藿，落葉添薪仰古槐。今日
　　　　俸錢過十萬，與君營奠復營齋。

其結構分析表如下：

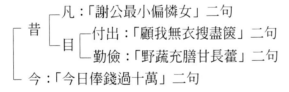

　　謝世涯在〈論詩詞的對比手法〉中說：「此詩爲悼念亡妻而作，前六句與後二句互相映比。前六句極力鋪敘其貧賤狀況，後二句寫生活環境改善後，其妻卻不能共享富貴，兩相對比，悼念之情，益見悽楚深摯。」〔註34〕這樣的分析是非常清楚的。

　　陸游著名的〈釵頭鳳〉也是如此：

　　　　紅酥手，黃縢酒，滿城春色宮牆柳。東風惡，歡情薄。一
　　　　懷愁緒，幾年離索。錯！錯！錯！　　春如舊，人空瘦，

〔註33〕見沈秋雄《詩學十論》頁150～151。
〔註34〕見《古典文學》第七集，頁733。

淚痕紅浥鮫綃透。桃花落，閒池閣。山盟雖在，錦書難託。

莫！莫！莫！

其結構分析表如下〔註35〕：

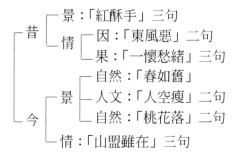

陳滿銘《詞林散步》分析道：這首詞以今與昔對照的方式，寫出了作者無比的愛戀與悔恨，十分感人〔註36〕。這個特色在結構表中可以看得非常清楚。

但是還有一種情況，是連續性與對照性兼融並存，起著非常好的作用。例如蔣捷的〈虞美人〉就是如此：

少年聽雨歌樓上，紅燭昏羅帳。壯年聽雨客舟中，江闊雲低，斷雁叫西風。　　而今聽雨僧廬下，鬢已星星也。悲歡離合總無情，一任階前點滴到天明。

其結構分析表如下：

```
        ┌─先（少年）：「少年聽雨歌樓上」二句
  ┌敘（聽）┼─中（壯年）：「壯年聽雨客舟中」三句
  │     └─後（暮年）：「而今聽雨僧廬下」二句
  └情：「悲歡離合總無情」二句
```

這首詩是先敘述、後抒情。在敘述的部分，作者寫了過去的兩件事（即標目中的「先」、「中」），以及現在的一件事（即標目中的「後」），謝世涯〈論詩詞的對比手法〉談道：「少年……這是人生的黃金時代，溫馨明媚，令人憧憬；壯年……雖是雄奇壯闊，但『斷雁叫西風』，

〔註35〕此表參見陳滿銘《詞林散步》頁275。

〔註36〕見陳滿銘《詞林散步》頁274。

已寓有淡淡的哀愁……『而今聽雨僧廬下，鬢已星星也』這是寫現在，僧廬聽雨，雙鬢已星，想見暮年之落寞淒涼。」〔註37〕由少年而壯年而暮年，縷縷道出；但是這人生三階段之間，卻又形成對照，昔盛今衰，引得作者發出篇末人生無情的感嘆。能夠同時兼得時間的連續性和對照性的優點，是這首詞成功的地方。

　　「由昔而今」的順敘方式，其連續性與對照性，都會產生不同的美感。以連續性而言，順敘方式是最符合事物本身的自然規律的，就如張紅雨《寫作美學》中所說的：「最能吻合美感情緒的發生、發展，亦即初震、再震，震動的高峰、震動的回收這一規律的，就是以時間爲序來結構文章」、「順向，是人們的美感情緒正常發展的類型。……合乎規律的東西就是美的，就是眞的。」〔註38〕而且鮑德威（David Bordwell）《電影敘事：劇情片中的敘述活動》中還提到：「若完全遵循故事的順序，觀眾的注意力會集中在未來的劇情——即是多數敘事電影所特有的懸疑效果，這將有助於形成對未來的明確假設。」〔註39〕將此說法稍加修改，即可瞭解在「由昔而今」的敘述方式中，重心往往會落在「今」。這些都是連續性地敘述所具有的優點。

　　而以對照性而言，是以「對比聯想」〔註40〕爲其心理基礎，張紅雨《寫作美學》中指出：「寫作主體面對審美對象還會出現一種逆態心理，感到激情物美得突出和鮮明，常常會想到與激情物相對立的其他型態。……所以當審美對象以它特有的姿態作用於審美主體的時候，在腦海中立刻浮現出與之對映的許多新型態來同審美對象比較、

〔註37〕見《古典文學》第七集，頁 738。
〔註38〕見張紅雨《寫作美學》頁 245～246，及頁 350。王向峰主編《文藝美學辭典》中談到「起始與承續關係」時，亦說：「這是事物按照規律運動，以及藝術按照美的規律來塑造在結構形式上的具體表現。」頁 113。
〔註39〕見鮑德威（David Bordwell）著，李顯立等譯，《電影敘事：劇情片中的敘述活動》頁 178。
〔註40〕邱明正《審美心理學》：「對比聯想是事物之間在性質、型態上的相異、相反所喚起的聯想（即『對比律』）。」頁 180。

衡量，使審美對象的特點更突出，姿態更優美……引起人們的審美衝動，產生美感。」〔註41〕

所以不管著重的是順敘法的哪一個特色，都有其特殊的效果；當然，如果能將這兩種特色冶爲一爐，其美感應該是更加強烈的。

（二）變化的處理方式

創作者用富於變化的方式來處理時間，靈活地調度「今」與「昔」，使得作品中時間結構的方式，呈現出多樣的風貌。

「由今而昔」的敘述方式，通常稱之爲「逆敘」〔註42〕，文學作品中可以出現這樣與物理時間迥異的敘述方式，因此潘其添〈咫尺之圖，千里之景——藝術時間和藝術空間〉一文中即說：「藝術時間，既是不可逆的，又是可逆的。」〔註43〕不過，這樣的寫作方法在詩詞中其實並不常見，因爲由今寫到昔之後，通常會再迴筆寫現在，形成「今昔今」的結構；反而仍將時間停留在過去，才是很少見的。不過，李白的〈憶秦娥〉就是這樣寫成的：

> 簫聲咽，秦娥夢斷秦樓月。秦樓月，年年柳色，灞陵傷別。
> 樂遊原上清秋節，咸陽古道音塵絕。音塵絕，西風殘照，
> 漢家陵闕。

其結構分析表如下〔註44〕：

```
┌─ 果（今、夜有所夢）：「簫聲咽」二句
├─ 因（傷別）：「年年」三句
│                              ┌─ 登高時地：「樂遊」句
└─ 果（昔、日有所思）┤
                               └─ 登高所見：「咸陽」四句
```

陳滿銘《詞林散步》分析道：「作者這樣先寫『夜有所夢』，再敘『日有所思』，而將主旨『傷別』置於中間，使得全詞流貫著無限的

〔註41〕 見張紅雨《寫作美學》頁128。
〔註42〕 鄭文貞《篇章修辭學》：「逆敘就是把層次間的時間先後完全倒過來敘述。」頁183。
〔註43〕 見《藝術與哲學》，頁34。
〔註44〕 此表參見陳滿銘《詞林散步》頁6。

『傷別』之情，手段是相當高明的。」〔註45〕這首詞的逆敘手法是如何形成的，經過這樣的分析，就非常清楚了。

　　晏殊〈清平樂〉也是「由今而昔」寫成的：

　　　　金風細細，葉葉梧桐墜。綠酒初嚐人易醉，一枕小窗濃睡。
　　　　紫薇朱槿花殘，斜陽卻照欄干。雙燕欲歸時節，銀屏昨夜
　　　　微寒。

其結構分析表如下：

```
      ┌─ 外：「金風」二句
   今 ├─ 內：「綠酒」二句
   │  └─ 外：「紫薇」二句
   └─ 昔（內）：「雙燕」二句
```

　　這闋詞從眼前寫起，最末二句迴筆寫過去，而且空間在內、外之間周折迴旋，收拾起種種清寂清涼的景象，逼出了濃濃的惆悵情懷。

　　「今昔今」的結構方式，應該是變化的處理方式中最常見的。《詩經・竹竿》即是如此：

　　　　籊籊竹竿，以釣于淇。豈不爾思，遠莫致之。
　　　　泉源在左，淇水在右。女子有行，遠兄弟父母。
　　　　淇水在右，泉源在左。巧笑之瑳，佩玉之儺。
　　　　淇水悠悠，檜楫松舟。駕言出遊，以寫我憂。

其結構分析表如下：

```
   ┌─ 今：「籊籊竹竿」四句
   │     ┌─ 事：「泉源在左」四句
   ├─ 昔 ┤
   │     └─ 人：「淇水在右」四句
   └─ 今：「淇水悠悠」四句
```

　　余培林《詩經正詁》（上）分析道：「一章寫臨地而思念舊好。……二章寫所思之人，已遠嫁他鄉。……三章寫所思之人之姣美，……卒

────────────────

〔註45〕見陳滿銘《詞林散步》頁5。

章寫思之不得,唯有檜楫松舟以寫憂而已。」〔註46〕很明顯地,中二章的時間是回到過去,寫記憶中的種種,與現今對照起來,徒增淒涼落寞。

晏幾道的〈臨江仙〉也是形成「今昔今」的結構:

> 夢後樓臺高鎖,酒醒簾幕低垂。去年春恨卻來時。落花人獨立,微雨燕雙飛。　　記得小蘋初見,兩重心字羅衣。琵琶弦上說相思。當時明月在,曾照彩雲歸。

其結構分析表如下〔註47〕:

```
    ┌今┌室內:「夢後」二句
    │  └室外:「去年」三句
 ──┤ 昔:「記得」三句
    └今:「當時」二句
```

此詞的上片由目前寫起,並且拈出「去年」預為下片之憶舊開路。下片緊承「去年」,寫過去與伊人(小蘋)初見、交往的情景。以「記得」三句,寫初見與相思,接著以結拍「當時」二句,將今昔縮合,化用李白〈宮中行樂詞〉的「只愁歌舞散,化作彩雲歸」,表示伊人已去,從而點出眼前與去年春恨的根由,以收束全詞〔註48〕。

除了「今昔今」的結構方式外,偶然也會出現「昔今昔」的結構。譬如晏幾道的〈更漏子〉:

> 檻花稀,池草遍。冷落吹笙庭院。人去日,燕西飛。燕歸人未歸。　　數書期,尋夢意。彈指一年春事。新悵望,舊悲涼。不堪紅日長。

其結構分析表如下〔註49〕:

〔註46〕見余培林《詩經正詁》(上)頁178。
〔註47〕此表見陳滿銘《詞林散步》頁132。
〔註48〕參見陳滿銘《詞林散步》頁131。
〔註49〕此表見陳滿銘《詞林散步》頁136。

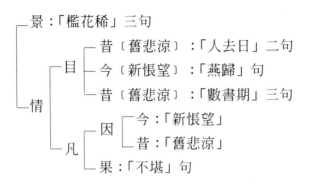

從結構表中可以看到：在抒情的部份中，是用「先目後凡」的方式來組織的，「目」的部分有三個，分別由兩個「昔」和一個「今」構成，最後由「凡」的部分總收前面的「今」與「昔」。所以在「目」的部分，就形成了「昔今昔」的結構。

此外，周邦彥的〈瑞龍吟〉則出現了「今昔今昔」的結構：

> 章臺路。還見褪粉梅梢，試花桃樹。愔愔坊陌人家，定巢燕子，歸來舊處。　　黯凝佇。因念箇人癡小，乍窺門户。侵晨淺約宮黃，障風映袖，盈盈笑語。　　前度劉郎重到，訪鄰尋里，同時歌舞，惟有舊家秋娘，聲價如故。吟箋賦筆，猶記燕臺句。知誰伴、名園露飲，東城閒步。事與孤鴻去。探春盡是，傷離意緒。官柳低金縷，歸騎晚、纖纖池塘飛雨。斷腸院落，一簾風絮。

其結構分析表如下〔註50〕：

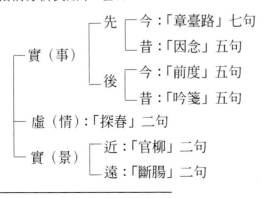

〔註50〕此表見陳滿銘《詞林散步》頁230。

　　這闋詞形成的是「實虛實」的結構，所要注意的是第一個「實（事）」的部分。這一部份敘寫的是作者探尋舊遊之地，並勾起對以往的無限思念；時間的安排曲折往復，連帶地將細膩的情思醞釀得更加綢繆。

　　姜夔的〈暗香〉形成的則是「昔今昔今」的結構：

　　　　舊時月色。算幾番照我，梅邊吹笛。喚起玉人，不管清寒與攀摘。何遜而今漸老，都忘卻、春風詞筆。但怪得、竹外疏花，香冷入瑤席。　　江國、正寂寂。嘆寄與路遙，夜雪初積。翠尊易泣，紅萼無言耿相憶。長記曾攜手處，千樹壓、西湖寒碧。又片片、吹盡也，幾時見得。

其結構分析表如下〔註51〕：

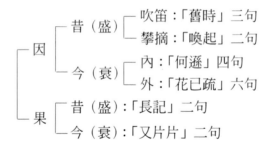

　　陳滿銘在《詞林散步》中對此有深刻的分析：「這是首詠紅梅的作品……起首五句，初就梅花之盛，寫當年梅邊吹笛、喚人攀摘的雅事。『何遜』四句，再就梅花之衰，寫如今人老花盡、無笛無詩的境況。『江國』六句，承『何遜』四句，仍就梅花之衰，反用陸凱詩意，寫路遙雪深、無從寄梅的惆悵。『長記』兩句，承篇首五句，又就梅花之盛，藉當年攜遊西湖孤山所見梅紅與水碧相映成趣的景致，以抒發無限懷舊之情。結尾兩句，末就梅花之衰，寫梅花落盡、舊歡難再的悲哀，回應『何遜』十句作結。作者這樣以一盛一衰、一昔一今作成強烈對比的方式來寫，將自己滿懷的今昔之感、懷舊之情，表達得

〔註51〕此表參見陳滿銘《詞林散步》頁346。

極為宛轉回環，有著無盡的韻味。」〔註52〕這種時間安排的好處，可說是都被抉發出來了。

　　這種不按照正常時序的敘述方式，自然是有其特殊的效果的。金健人《小說結構美學》中說：「時序的打破之處，同時也是提請讀者的注意之處。這種『倒撥』在效果上當能起到強調和設置懸念的雙重作用。」〔註53〕李浩在〈論唐詩中的時空觀念〉一文中，說得更清楚：「還有一些作品呈環狀時序。作者的思緒從現在馳向過去，再由過去折回到現在。既能站在時代的制高點上，俯視過去，對過去進行理性的批判和詩意的否定，又能觸目感懷，對現實進行反諷和嘲笑。」〔註54〕從前面的實例分析中，可以看得出來，在變化的處理方式中，「昔」與「今」多是形成映照的，這與此處所引的兩段文字，恰可形成呼應。為什麼會如此呢？一方面，這可以用在「秩序的處理方式」中所提及的「對比聯想」來解釋；一方面，這樣的「逆向」當然不是隨意而為的，正如張紅雨《寫作美學》中所稱：「逆向，是激情物曾經給寫作主體留下了不可磨滅的印象，在復呈這一激情物當初的型態時，常常把事物的結果和結局首先湧現出來。因為這種結果和結局曾經在引起美感情緒波動中，居於最激烈的階段上，是美感情緒波動最急促、最密集的部分，所以復呈時期印象最清楚，也就最先被顯現出來。」〔註55〕這個「結果和結局」就是「昔」，以此來解釋「由今而昔」的結構，是相當有說服力的；而且，這種「最激烈的美感情緒」可以不只一次地復呈，這樣就會形成其他的變化型態，當然，所引起的美感也就更綿密了〔註56〕。

〔註52〕見陳滿銘《詞林散步》頁345。

〔註53〕見金健人《小說結構美學》頁19。

〔註54〕見《唐代文學研究》第四輯，頁15。

〔註55〕見張紅雨《寫作美學》頁351。

〔註56〕不同的變化的順序時間的設計，也可能帶來不同的效果。鮑德威（David Bordwell）著，李顯立等譯，《電影敘事：劇情片中的敘述活動》中即提到：「重新打亂故事順序則可用來打破或檢驗主效果，迫使觀眾在新的資料出現後重新評估早先的劇情。……延後故事的

　　此外，還可注意到「昔」在這中間的重要性。鮑德威（David Bordwell）《電影敘事：劇情片中的敘述活動》中說：「順序的變動也可以主觀性來解釋：因為大部分的倒敘段落多少都呈現角色的回憶。」而關於「過去」（或說關於過去的回憶），塔可夫斯基在（Andrey Tarkovsky）《雕刻時光》一書中作了相當的強調：「過去比現在更加真實、更加穩定、更加富於彈性。現在有如指尖的流沙不斷滑落、消逝，唯有在回憶中才能得到其物質的份量。……時間不會不留痕跡地消失，因為它是一種主觀、精神的類屬；我們所曾生活的時間佇留於我們的靈魂，恰似安置於時間之內的一段經驗。」〔註57〕因此，如何處理順序時間，其實也就意味如何處理過去（回憶），這中間透露的消息是耐人尋味的。

　　還有，變化的順序時間中，若「今」或「昔」出現不只一次，則在更細密的區分之下，還可區別出這重複的「今」或「昔」，在時間的刻度上，也或許有些差別。譬如鮑德威（David Bordwell）《電影敘事：劇情片中的敘述活動》即將時間的順序用 1、2、3 來標示〔註58〕，因此即使同是「今昔今」的結構，也有「1-3-2」或「2-3-1」的不同。如果這點不同在個別作品的賞鑑中是具有意義的，那麼也應該加以指明。

二、量化時間：久與暫

　　「久」是指長時間，「暫」是指短時間〔註59〕。文學作品中所收納的時間有長有短，甚至可以在同一篇作品中，同時收納長時間和短

　　　　呈現則會製造好奇。」（頁 178）也可對我們鑑賞個別結構類型或個別作品結構有所啟示。

〔註57〕　見塔可夫斯基（Andrey Tarkovsky）著，陳麗貴、李泳泉譯，《雕刻時光》頁 83。

〔註58〕　參見鮑德威（David Bordwell）著，李顯立等譯，《電影敘事：劇情片中的敘述活動》頁 176～177。

〔註59〕　「久暫」一詞擇自高琦《文章一貫》中所收的《文筌》，其中列有「體物七法」，第五則是「量體」，其說法是：「量物之上下、四方、遠近、久暫、大小、長短、多寡之則而體之。」

時間，以期達成兩者相映的特殊效果。

　　金哲、陳燮君《時間學》中曾言及「『瞬時』和『長時』的辯證統一」，認為瞬時是時間長河中的一朵浪花，瞬時的不斷連續、無限持續，才形成了滔滔的時間長河〔註60〕。不過，有時創作者震懾於這時間長河的遼闊雄奇，在篇章或一句中涵蓋了千古的時間，這就是「久」的時間設計；但是，有時創作者細膩地體察到這電光石火的一瞬間，竟有無限的曲折等待傾吐，遂會形成「暫」的處理方式；當然，也有的時候，創作者運用了較為複雜的變化處理的手法，來帶出心中對時間的感喟。

　　因此，可以將「量化時間：久與暫」的處理方式，大致地分為秩序的和變化的兩種。

（一）秩序的處理方式

　　黃永武《中國詩學——設計篇》中，即曾提出「時間的漸長」的說法，他認為：「一首詩中各句代表的時間長度不一樣……由一段極有限的時間，漸趨悠長，乃至面向時間的無限性，就詩的時間內涵來說，是愈來愈拉長。」〔註61〕同樣的情形，李元洛《詩美學》稱之為「時間由短而長」〔註62〕，這樣就會形成「由暫而久」的時間設計，其作用是更強調出悠長的時間感；另外，相對的，黃永武《中國詩學——設計篇》也談道「時間的漸蹙」，他說道：「一首敘事或抒情的詩，各句中所代表的時間性，很少是平行而等長的，為求與情感的波動配合，往往採用一種變率，有時一句代表千百年，有時一句代表數秒鐘，這種時間的變率，在一首詩的直線進行中，有時由冗長而漸短……這種設計，姑且稱之為時間的漸蹙。」〔註63〕同樣的，李元洛《詩美學》則將這種情形稱之為「時間由長而短」

〔註60〕參見金哲、陳燮君《時間學》頁79。
〔註61〕見黃永武《中國詩學——設計篇》頁46。
〔註62〕見李元洛《詩美學》頁410。
〔註63〕見黃永武《中國詩學——設計篇》頁44。

〔註64〕，這會形成「由久而暫」的時間處理方式，此時，時間的瞬息性就被大幅度地加強了。

因此，可以依據其時間設計的特性，將富於秩序的「久與暫」的時間設計方式，大別為「由暫而久」和「由久而暫」兩種；這樣的分別，可以讓我們更清楚地認識到它們之間不同的性質。

（1）由暫而久

「由暫而久」的設計方式，效果是相當好的。例如白居易的〈後宮詞〉：

> 淚濕羅巾夢不成，夜深前殿按歌聲。紅顏未老恩先斷，斜倚薰籠坐到明。

其結構分析表如下：

```
    ┌暫┌果：「淚濕羅巾夢不成」
    │  └因：「夜深前殿按歌聲」
    └久┌因：「紅顏未老恩先斷」
       └果：「斜倚薰籠坐到明」
```

這首詩的前二句寫夜中的一個片刻，後二句則承「夢不成」而寫「坐到明」，時間由深夜一直延續到天明時分，而無盡的愁怨也就在不言之中了〔註65〕。很明顯地，此詩的時間設計是由暫而久的。

溫庭筠的〈夢江南〉也是用此種手法寫成：

> 梳洗罷，獨倚望江樓。過盡千帆皆不是，斜暉脈脈水悠悠。腸斷白蘋洲。

其結構分析表如下：

```
    ┌暫：「梳洗罷」二句
    └久┌因：「過盡千帆皆不是」二句
       └果：「腸斷白蘋洲」
```

起二句，寫一早起床倚樓凝望的景象；接著三句，寫主人翁一盼

〔註64〕見李元洛《詩美學》頁409。
〔註65〕參考喻守真《唐詩三百首詳析》頁305。

再盼，時光悠然流逝的況味。因為有前面的「暫」作映襯，使其後的時間（久）顯得愈發悠長了。

　　曾霄容《時空論》中說：「個人於測一短時間後，更測一長時間，則覺得此時間較於實際更為長。」〔註66〕這說明了為什麼「由暫而久」的時間設計方式，會造成著眼於「久」的效果。而且因為這種方式當然會帶出時間悠悠的感受，所以正如李醒塵《西方美學史教程》談到叔本華認為時間的悠久可以產生壯美〔註67〕；童慶炳《中國古代心理詩學與美學》中也說道：「時間距離是美的塑造者」〔註68〕；黃永武《中國詩學——設計篇》中也出現類似的說法：「就詩的時間內涵來說，是愈來愈拉長，在讀者的情緒上也便引起一種悠然不盡的遠韻，容易產生餘音裊裊。」〔註69〕不只如此，如果作品中所涵納的時間是不盡的悠遠的話，那就可以由個人的經歷上窺歷史的興亡，甚至人類全體共同的命運〔註70〕，這種時間感、歷史感的帶出，是其他手法所不容易做到的。

　　此外，簡政珍《電影閱讀美學》談到電影的鏡頭敘述時，曾介紹一種「概要」（summary）的手法；他認為小說中短短的兩句話：「那幾年，他過得很無聊。」在電影中用鏡頭處理起來卻極費力，因為鏡頭擅長具象描述，所以這樣的抽象概念需要轉譯成具象，而這就必須仰賴導演的創意了〔註71〕。從這樣的觀點來察考文學作品中關於「久」的意象的創造，也許更能彰顯出創作者的慧心巧思。

（2）由久而暫

　　久與暫的結合，可以造成「由久而暫」的構篇方式，可以用白居易〈夜箏〉為例，來作說明：

〔註66〕見曾霄容《時空論》頁417。
〔註67〕參見李醒塵《西方美學史教程》頁439。
〔註68〕見童慶炳《中國古代心理詩學與美學》頁160。
〔註69〕見黃永武《中國詩學——設計篇》頁46。
〔註70〕參見陳清俊《盛唐詩時空意識研究》頁342。
〔註71〕見簡政珍《電影閱讀美學》頁112～113。

　　　　紫袖紅弦明月中，自彈自感闇低容。弦凝指咽聲停處，別
　　有深情一萬重。

其結構分析表如下：

```
        ┌ 靜：「紫袖紅弦明月中」
    ┌ 久┤
    │   └ 動：「自彈自感闇低容」
────┤
    │   ┌ 點：「弦凝指咽聲停處」
    └ 暫┤
        └ 染：「別有深情一萬重」
```

　　這首詩前二句寫的是彈奏時的景象，作者分別由靜、動兩個角度
來描寫；末二句則是寫彈奏結束時的那一剎那，此時無聲勝有聲，似
有萬縷柔情隱隱湧動。趙山林《詩詞曲藝術》賞析這首詩時說：「『自
彈』之時，已有『自感』；彈罷之時，其情更深。……但因爲用了時
間定格，所以產生了獨特的藝術效果。」〔註72〕所謂的「時間定格」，
就是將時間鎖定在片刻之間，予以放大般的特寫，指的就是結構中的
「暫」。由此我們可以知道：這樣的構篇方式，其實目的在以前面的
「久」來凸出後面的「暫」。

　　朱敦儒〈西江月〉也是一個很好的例證：

　　　　日日深杯酒滿，朝朝小圃花開。自歌自舞自開懷，且喜無
　　拘無礙。　　青史幾番春夢，紅塵多少奇才。不須計較更
　　安排，領取而今現在。

其結構分析表如下：

```
            ┌ 一：「日日深杯酒滿」
        ┌ 目┤ 二：「朝朝小圃花開」
    ┌ 果┤   └ 三：「自歌自舞自開懷」
    │   └ 凡：「且喜無拘無礙」
────┤
    │   ┌ 久：「青史幾番春夢」二句
    └ 因┤
        └ 暫：「不須計較更安排」二句
```

　　這闋詞以「先果後因」的方式組織而成，所要注意的是「因」的

────────────────

〔註72〕見趙山林《詩詞曲藝術》頁157。

部分。在這個部份中，作者先以首二句容納如青史般悠長的時間，接著在次二句中，馬上將時間凝縮到眼下的片刻，強調出這瞬時的體悟。因此這是「著眼於暫」的設計方式。

　　曾霄容《時空論》中曾提及：「若測一長時間後，則覺得短者更為短。」〔註73〕因此可以瞭解在「由久而暫」的時間設計中，「著眼於暫」的效果是從何而來的。此外，金哲、陳燮君《時間學》中特列有「瞬時論」，並提出「描繪瞬時」、「『放大』瞬時」的看法〔註74〕，可見得「瞬時」在時間學中亦有特別的意義。而翟德爾（Herbert Zettl）《映像藝術》中亦談到：「每個瞬間，即使是最簡短的，也具有高度的複雜性。」〔註75〕並且可以留意他對電影中的「停格」的看法：「停格呈現逮到的運動，而不是沒有運動的畫面。停格具有高度的單位濃度；一個特定的凍結瞬間摘自全盤的運動，然後一次又一次地重複。」〔註76〕

　　在文學作品中也是有「停格」現象的，那就是現在所討論的「暫」。楊匡漢《詩學心裁》中提出「瞬間輝耀式」的說法〔註77〕；趙山林《詩詞曲藝術》則有「時間定格」之說，他認為：「我們所說的時間定格，指的是詩人在時間流程中，選取最能表現人的情緒或動作所包孕的『來因和去因』的一刹那，從一刹那的靜止狀態中表現出人物的思想活動。」〔註78〕所以，「暫」所描繪的時間雖然短暫，但卻包孕了豐富的思想和情感，藝術性是很高的。

（二）變化的處理方式

　　將「久」與「暫」錯雜在一起作變化的組合，能產生更多的趣味。晏幾道〈玉樓春〉就是一首這樣的作品：

〔註73〕見曾霄容《時空論》頁417。
〔註74〕見金哲、陳燮君《時間學》頁70～79。
〔註75〕見翟德爾（Herbert Zettl）著，廖祥雄譯，《映像藝術》頁340。
〔註76〕見翟德爾（Herbert Zettl）著，廖祥雄譯，《映像藝術》頁367。
〔註77〕見楊匡漢《詩學心裁》頁221。
〔註78〕見趙山林《詩詞曲藝術》頁155。

東風又作無情計，艷粉嬌紅吹滿地。碧樓簾影不遮愁，還似去年今日意。　誰知錯管春殘事，到處登臨曾費淚。此時金盞直須深，看盡落花能幾醉。

其結構分析表如下：

```
        ┌ 遠：「東風又作無情計」二句
   ┌ 空 ┤
   │    └ 近：「碧樓簾影不遮愁」二句
 ──┤    ┌ 久：「誰知錯管春殘事」二句
   │    │
   └ 時 ┼ 暫：「此時金盞直須深」
        │
        └ 久：「看近落花能幾醉」
```

此詞採取的結構是「先空後時」。上片就空間的轉變，來寫作者怨春的心情，一怨東風，二怨珠簾，實爲惜花人的癡語。下片就時間來寫惜花之情，先用一個「久」，將向來的愛憐心情通通兜轉上來；再用一個「暫」，將時間鎖定在眼前的一瞬；最後又用「久」來將今日、未來的惜花情事做一收結，把作者的悲悼、痛惜之情推向極致〔註79〕。

范成大〈橫塘〉一詩，則是以「暫久暫」的結構來組織全篇的：

南浦春來綠一川，石橋朱塔兩依然。年年送客橫塘路，細雨垂楊繫畫船。

其結構分析表如下：

```
 ┌ 暫：「南浦春來綠一川」
 │
 ┼ 久：「石橋朱塔兩依然」二句
 │
 └ 暫：「細雨垂楊繫畫船」
```

作者從眼前一景寫起，呈現一幅優美的畫面；第二、三句藉著「依然」、「年年」二語，將時間一年一年地往回逆溯，因此時間的「量」就被拉大了；最末一句又將時間凝縮在目下的一點上。作者用「暫久暫」的結構方式來鍛鑄時間，除了更強調出目前的一切外，也使得詩篇增添許多悠遠的況味。

〔註79〕參見趙乃增《宋詞三百首譯析》頁 96～97。

前面談到「著眼於久」的時間設計，會帶出時間悠悠的感受；而「著眼於暫」的方式，則會對瞬時作最深入的描繪；至於「久暫錯雜」的結構，則能吸納前面兩者的優點，因此藝術性是極高的。

三、順序時間與量化時間並呈的設計

順序時間與量化時間都是對時間的客觀處理，有時創作者會將這兩種時間設計方式冶爲一爐，展現出創作者操控時間的手段。

在崔顥號稱「唐人七律第一」的〈黃鶴樓〉一詩中，處理時間的手法可謂出神入化：

> 昔人已乘黃鶴去，此地空於黃鶴樓。黃鶴一去不復返，白雲千載空悠悠。晴川歷歷漢楊樹，芳草萋萋鸚鵡洲。日暮鄉關何處是？煙波江上使人愁。

其結構分析表如下：

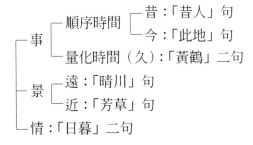

此詩前四句敘黃鶴樓的典故，因此時間是涵容千載的；而對此千載的時光，作者分別用了「順序時間」與「量化時間」來記載。首二句先用「順序時間」帶出「由昔而今」的人事變化，次二句則以「久」時間刻劃千年的時光；如此兩兩結合，黃鶴樓的今昔與時光的悠遠就緊密地嵌合在一起，大幅度地增添了黃鶴樓屹立在時間之流中的丰姿，引人神往。

順序時間與量化時間並呈的時間設計，可說是在客觀的態度下，將時間重新鎔鑄鍛鍊的最高技巧的呈現，令人不禁驚嘆創作者的匠心之巧，也對時間的可塑性有了新的體認。

貳、主觀的時間設計

　　為了審美的需要，創作者並不需要拘泥於物理時間，反而可以隨心所欲地變造時間；所以以物理時間的觀點來看，完全不合理、荒謬的情形，在審美的眼光中，卻往往正是創作者匠心獨運之處。楊匡漢在《詩學心裁》中說：「藝術時間是詩人及藝術家憑藉情感邏輯和想像邏輯，或加速、或減緩、或推進、或逆轉時間的進程，於回首或前瞻中，使時間被重新認識、重新組織的權力。」〔註80〕這段話所說的就是這樣的道理。

　　而改造時間、使時間適合審美需要的方式有數種，其後將分別地作討論。不過，在討論的過程中，會發現所選取的例證大多為絕句，這是因為全為主觀的設計方式，比較容易出現在短篇中，如果作品篇幅較長，很可能就會發展成主客觀並呈的時間設計；也是基於同一個理由，在「主觀的時間設計」中，較少看到詞的蹤跡，這是因為詞的篇幅多半也較長的緣故。

一、時值的變造

　　時值就是時間速率的快慢。從物理時間看，時值是穩定的，一小時不論對不同的時、地、人來說，都是一小時，這是客觀時值；但在心理時間中的時值，卻是一種主觀時值，所以有時度日如年，有時卻又感到歲月如梭〔註81〕。至於影響人們對時值感受的，最明顯的原因有「一定時間內事件發生的數量和性質」，在一定時間內，事件發生的數量越多，性質越複雜，人們傾向於把時間估計得較短，反之則估計得較長；但是在回憶往事時，情況則恰好相反，同樣一段時間，經歷越豐富，就覺得時間長，經歷越簡單，就覺得時間短。另外，「人的態度和興趣」也是一個非常重要的因素，人們對自己感興趣的東

〔註80〕見楊匡漢《詩學心裁》頁202。
〔註81〕參見黃永武《中國詩學——設計篇》「時間的改造」頁 50～51，錢谷融、魯樞元主編《文學心理學》「對時值的重新鍛造」頁 197～198，趙山林《詩詞曲藝術》「時值」頁 150。

西，會覺得時間過得快，反之則會覺得時間非常漫長，所以愛因斯坦曾說過一個幽默的譬喻：如果你在一個漂亮姑娘的身邊坐了一個小時，你只覺得坐了片刻，但是，如果你是坐在一個熱火爐上，片刻就像一個小時〔註82〕。而這樣對時值的主觀變造，當然會反映在文學作品中。因此李元洛《詩美學》提出「時間的壓縮」和「時間的擴張」〔註83〕的說法。

　　而且創作者在敘述時，如果重點放在動作或景象的快速轉換、或緩慢變動上（當然，這種快速或緩慢也是主觀的），那麼不僅時值被改造的情形就會更為鮮明，就好像電影中的快動作或慢動作一樣〔註84〕。基於這點事實，所以黃永武《中國詩學──設計篇》中，不僅針對時值的變造，提出「時間的改造」的說法，他還另外強調了「時間的速率」〔註85〕，指出作品的節奏感因而大為增強。這是值得特別注意的。

（一）時值快

　　形成快速的速率的，有陸龜蒙的〈子夜變歌〉，這是一首「全快」的例子：

　　　　歲月如流邁，春盡秋已至。熒熒條上花，零落何乃馳。

〔註82〕　參見彭聃齡主編《普通心理學》頁 280、錢谷融、魯樞元主編《文學心理學》頁 198，和翟德爾（Herbert Zettl）著，廖祥雄譯，《映像藝術》頁 317～318。

〔註83〕　見李元洛《詩美學》：「時間的壓縮。客觀現實比較長的時間，在動人地抒情的前提下，常常可以在詩人的主觀想像中將其縮短，這是對時間的審美錯覺。」頁 401。又說：「時間的擴張。……詩人常常將較短促的現實時間加以擴展，造成一種主觀外射的詩的時間，從而創造出不一般化的美學境界。」頁 403。

〔註84〕　參考呂清夫《造形原理》頁 87。

〔註85〕　黃永武《中國詩學──設計篇》：「本節所談的時間速率，不是指韻律節奏的快慢，也不是指主觀感受中時光的流速，而是指景物映象移動的速率，像電影中應用快速鏡頭或緩慢鏡頭那樣，抒情的效果迥然不同。」頁 48。亦可參看沈謙《文心雕龍與現代修辭學》中談到「時間的誇飾」時，說：「時間之誇飾，放大者亟言時間之快、動作之速，縮小者亟言時間之慢、動作之緩。」頁 273。

其結構分析表如下：

　　┌泛：「歲月如流邁」二句
　　└具：「熒熒條上花」二句

　　這首詩的首二句極寫時光倏忽、眨眼即逝的感覺；末二句則藉著花朵在瞬息間即已凋零的景象，對歲月如流做更具體的描寫。由春至秋，由花開至花謝，原本是緩慢的、靜態的長時間，但作者偏偏將它壓縮成電光石火般的、快速而動態的短時間，所以時間在此被改造了，由此改造而產生的匆遽之感，非常有效地傳達了作者對易逝韶光的無限感慨〔註86〕。

　　孟郊〈登科後〉更是第一首「快詩」：

　　　昔日齷齪不足誇，今朝放蕩思無涯。春風得意馬蹄疾，一
　　　日看盡長安花。

其結構分析表如下：

　　┌反：「昔日齷齪不足誇」
　　│　　┌泛：「今朝放蕩思無涯」
　　└正─┤
　　　　 └具（時值快）：「春風得意馬蹄疾」二句

　　孟郊在四十六歲那年進士及第，欣喜得意之情充塞心中，於是便化而為這首開朗明暢、歡快無比的小詩；而全詩的趣味絕大部分是來自於末二句，作者巧妙地運用主觀的時間設計的手法，將動作的速率大幅度地加快，將作者的狂喜的心境作了最適切的表達〔註87〕。

　　創作者在主觀的想像中，將時值變快，正如前面所提到的：對自己感興趣的事物，人們總會主觀地感到時間流逝的快速；因此，這樣的表述方式，最能深刻地傳達出創作者對倏忽即逝的光陰的感喟，以及對生命的眷戀和不捨，這點在陸龜蒙〈子夜變歌〉中表現得非常清楚。而且，眼前發生的事物若是較為複雜與繁多，引發人們較多的情

〔註86〕參考黃永武《中國詩學——設計篇》頁52。
〔註87〕參考《唐詩新賞》第九冊頁99～100。

緒，那麼人們也容易感到時光似乎一下子就溜走了，這樣的特色可以在孟郊〈登科後〉中看得出來。因此，「時值短」的時間設計，在傳達某些感受上，是有其獨到之處的。

　　而且快速的時間速率自有其特殊的美感。正如楊辛、甘霖《美學原理》中談到「節奏韻律」時，說：「構成節奏有兩個重要關係：一是時間關係，指運動過程；一是力的關係，指強弱的變化。」〔註88〕「時間關係」用我們現在所著力說明的「時間速率的快慢」，就可以解析得很清晰，而「力的關係」則與情感的強弱有關，這在做個別作品的分析時，也可以說明清楚，兩者配合起來，就形成了作品中的節奏感。此外，翟德爾（Herbert Zettl）《映像藝術》中提到快動作「其運動不僅比正常更快，而也更為不規律，更為跳動。」〔註89〕這種不確定的戲劇效果，也是其他手法所不易達成的。

（二）時值慢

　　一談到時間速率變慢，立刻會想到的例子就是《詩經・采葛》：

　　　彼采葛兮，一日不見，如三月兮。

　　　彼采蕭兮，一日不見，如三秋兮。

　　　彼采艾兮，一日不見，如三歲兮。

其結構分析表如下：

```
┌─ 慢：「彼采葛兮」三句
├─ 次慢：「彼采蕭兮」三句
└─ 最慢：「彼采艾兮」三句
```

　　這就是因為主觀的感受，而將時值誇大的例子，「一日」是不變量，但隨著採集活動的變化，相思情感卻成為可變量：「三月」、「三秋」、「三歲」，愈來愈長。這種藝術化的心理時間，出色地表現了作者的內心世界，予人豐富的美的感受〔註90〕。

〔註88〕見楊辛、甘霖《美學原理》頁 173。

〔註89〕見翟德爾（Herbert Zettl）著，廖祥雄譯，《映像藝術》頁 369。

〔註90〕參考黃永武《中國詩學──設計篇》頁 103～104，李元洛《詩美學》

　　至於更進一步，造成緩慢感受者，有李白的〈怨情〉，這是一首「全慢」的作品：

　　　　美人捲珠簾，深坐顰娥眉，但見淚痕濕，不知心恨誰。

其結構分析表如下：

```
    ┌ 先：「美人捲珠簾」
    ├ 中：「深坐顰娥眉」
    │      ┌ 果：「但見淚痕濕」
    └ 後 ┤
           └ 因：「不知心恨誰」
```

　　這首詩分別描寫的美人的三個連續動作，正如黃永武《中國詩學——設計篇》中所分析的：「『深坐』二字使律動緩慢下來，『顰娥眉』『淚痕濕』都用靜態的畫面，緩慢的速率，使人覺得冗長而難過。」（註91）所以怨情的帶出，就自然而深刻了。這是屬於「全慢」的時間設計。

　　李益〈宮怨〉也是如此：

　　　　露濕晴花春殿香，月明歌吹在朝陽。似將海水添宮漏，共
　　　　滴長門一夜長。

其結構分析表如下：

```
    ┌ 空 ┌ 嗅：「露濕晴花春殿香」
    │    └ 聽：「月明歌吹在朝陽」
    │
    └ 時（時值慢）┌ 因：「似將海水添宮漏」
                  └ 果：「共滴長門一夜長」
```

　　這首詩先針對空間來寫，後二句才是著眼於時間。而關於時間的部分，作者做了主觀的改造，將時間的速率大為減緩，以突顯出怨情來，《唐詩新賞》（第九冊）中談到此詩時，說道：「現實中，當然絕無以海水添宮漏的事，但這種誇張，仍有現實的基礎。『水添宮

頁376，吳功正《中國文學美學》頁381，趙山林《詩詞曲藝術》頁151。

〔註91〕見黃永武《中國詩學——設計篇》頁49。

漏』是實有其事，長門宮人愁思失眠而特覺夜長也實有其情，主客觀的統一，就造成了『似將海水添宮漏，共滴長門一夜長』的意境。虛實相成，離形得神，這裡寫的雖絕不能有其事，但實爲情至之語。」〔註92〕眞是分析得好極了。

　　時間在主觀中拉長了，反映出創作者的內心世界。時間的無止無盡，正如心中思緒的綿延不絕；因此這樣的時間設計，特別適合用來抒寫怨情。這相當符合前面所提到的，人們對事物喜好與否的態度會影響時間知覺；而且回憶過去時，若過去發生的事情多、感觸深，也會感覺上時間較長。關於這一點，簡政珍《電影閱讀美學》談到「延展」(stretch)鏡頭（即慢鏡頭）時，也說道：「慢鏡頭用於表達心靈對景象或事件深刻的印象，這些事件緩慢的通過放映機，也緩慢嵌入心坎，因此難以磨滅。」〔註93〕同樣的道理，在電影和文學中都是相通的。

　　另外，「慢」的時間設計在這裡也帶來了「弛」的節奏感，正如張紅雨《寫作美學》中所說的：「人們的情緒波動不是直線上升的。有時會波動大些，有時會波動小些。……以這種情緒波動去結構文章，便形成了文章的有張有弛的結構特色。」〔註94〕配合情緒波動的緩慢，創作者便會使用「慢」的時間設計，而且往往帶來相當特殊的效果。翟德爾（Herbert Zettl）《映像藝術》中即說：「慢動作的功能是事件濃度的功能……慢動作的物體看起來不僅動得比平常慢，而且，眞如安海姆曾經主張的，他看起來藉較濃的媒介在動，這種媒介似乎在墊壓重力效果而使運動『毛絨絨，軟綿綿地』。物體實際上藉較濃的氣氛在動……它不必再遵守我們習以爲常的重力的自然律。慢動作導引一種非現實或超現實的感覺。」〔註95〕所謂「非現實」、「超現實」的感覺，在文學作品中，正是作者以主觀的態度處理時間、將時間拉長，因此而產生的效果。

〔註92〕見《唐詩新賞》（第九冊）頁 60。
〔註93〕見簡政珍《電影閱讀美學》頁 113～114。
〔註94〕見張紅雨《寫作美學》頁 219～220。
〔註95〕見翟德爾（Herbert Zettl）著，廖祥雄譯，《映像藝術》頁 366～367。

（三）同時具備時值快和慢者

在一篇作品中，全用主觀的態度來鍛鑄時間，而且同時具備了兩種不同的時值，這樣的情況是難得一見的。呂本中〈夜雨〉是其中一個很好的例子：

　　　夢短添惆悵，更深轉寂寥。如何今夜雨，只是滴芭蕉。

其結構分析表如下：〔註102〕

```
┌─ 快：「夢短添惆悵」
│       ┌─ 泛：「更深轉寂寥」
└─ 慢 ─┤        ┌─ 點：「如何今夜雨」
        └─ 具 ─┤
                 └─ 染：「只是滴芭蕉」
```

夢醒時分，只怨夢短；夢醒之後，輾轉反側，聽得疏雨滴芭蕉之聲，點點滴滴，只覺長夜似乎更長了。這首詩巧妙地將短時值與長時值鎔鑄在同一個篇章中，兩兩對照，作者的心境之無聊無奈，就更顯深刻了。

李益〈同崔邠登鸛雀樓〉中則用到了更為複雜精緻的時間設計的技巧：

　　　鸛雀樓西百尺檣，汀洲雲樹共茫茫。漢家簫鼓空流水，魏
　　　國山河半夕陽。事去千年猶恨速，愁來一日即知長。風煙
　　　併起思歸望，遠目非春亦自傷。

其結構分析表如下：

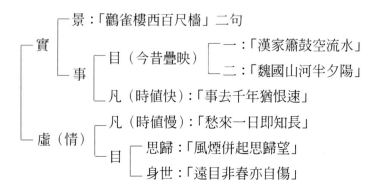

在此詩中，凡是與時間有關的詩句，全都用到了主觀的時間設計的手法，其中一種是即將在後面談到的「今昔疊映」的手法，另一種就是現在所要談的「時值的改造」。關於此詩時值的改造，黃永武《中國詩學——鑑賞篇》中分析道：「受情感的播弄，過去的事，千年甚速，眼前愁來，一日甚長。時間長短的感受完全是相對的，不是絕對的。以千年的『速』來反襯一日的『長』，這懸殊的比例，形容出主觀的感受，可以與現實有億萬倍的差距。」〔註96〕這首詩對於時間的設計之精巧，實在令人嘆爲觀止。

同時具備兩種相反的時值，到底會造成什麼樣的效果呢？沈謙《文心雕龍與現代修辭學》中，對於「夸飾」格的說法，可以給予很大的啓示：「夸飾之表達方式，可分放大與縮小兩類。往往有行文中同時兼用兩式。……如此放大與縮小之夸飾，同時在一段文字中出現，兩相對襯，更加強了文章的聳動力量。」〔註97〕由此可見快時值與慢時值並列在一起，同樣可以造成非常強烈的效果，對於主旨（情意）的凸顯，是非常有幫助的。

二、時域的壓縮

時域的壓縮是：創作者故意打破已發生之事的時序，將不同時期發生的事件，移置到同一個時期。而此名稱則是取自吳功正《中國文學美學》中提出的「壓縮時域」的說法〔註98〕。此外，《修辭通鑑》中提到一個修辭格「移時」，也可作爲參照：「移時即表達過程中，故意將發生於不同時代的事物扯在一起，以明顯的時空錯位，顯示特殊的語言情趣。」〔註99〕這和現在所談的時間設計手法是相通的。

不過，也有人將這樣的時間處理方式放在「時差的設置」中〔註

〔註96〕見黃永武《中國詩學——鑑賞篇》頁100～101。
〔註97〕見沈謙《文心雕龍與現代修辭學》頁276～277。
〔註98〕吳氏所下定義爲：「把相關的時間壓縮在同一種意象組合平面中，借以形成強烈反差。」見《中國文學美學》頁384。
〔註99〕見向宏業、唐仲揚、成偉鈞主編《修辭通鑑》頁533。
〔註100〕趙山林《詩詞曲藝術》中即稱：「詩人在作品中設計時差，是爲了

100），但這兩者畢竟是不同的，有必要加以區分：因爲「時差的設置」強調的是同一時間中有不同的計時系統，而「時域的壓縮」則是把不同時期的事擺在同一時間，所以這兩種手法是有差別的。

此外，《修辭通鑑》中將「移時」格分做兩類：「移往式移時」和「移今式移時」〔註 101〕，也可以作爲參考，因爲前者所說的其實是時域往前壓縮，後者所說的是時域往後壓縮，這在文學作品中，都可以找到例證。

（一）時域往前壓縮

杜牧著名的〈赤壁〉就是用這樣的手法寫成的：

折戟沉沙鐵未銷，自將磨洗認前朝。東風不與周郎便，銅雀春深鎖二喬。

其結構分析表如下：

$$
\left[\begin{array}{l}
\text{敘}\left[\begin{array}{l}\text{泛：「折戟沉沙鐵未銷」}\\ \text{具：「自將磨洗認前朝」}\end{array}\right.\\
\text{論}\left[\begin{array}{l}\text{因：「東風不與周郎便」}\\ \text{果：「銅雀春深鎖二喬」}\end{array}\right.
\end{array}\right.
$$

這首詩前二句用「先泛後具」的手法，敘述作者遊覽赤壁時所見的景象；其次再用末二句發抒因此而生的感嘆，就在此「論」（感嘆）的部分，出現了時域的壓縮：因爲銅雀臺築於建安十五年的冬天，是赤壁戰敗之後才建造的，銅雀臺落成，周瑜已死，二喬都成了寡婦；但作者在此故意將時間往前移，把銅雀臺、二喬與赤壁之戰牽合在一起，以表達出作者個人的歷史評價和感情意向〔註 102〕。

李商隱〈東阿王〉也是如此：

國事分明屬灌均，西陵魂斷夜來人。君王不得爲天子，半

超越時間界限，把不同時期發生的事件移置到同一時期發生。」頁149。

〔註 101〕見向宏業、唐仲揚、陳偉鈞《修辭通鑑》頁 533。

〔註 102〕參見黃永武《中國詩學──鑑賞篇》頁 106，和吳功正《中國文學美學》頁 385。

　　　　為當時賦洛神。

其結構分析表如下：

```
    ┌敘┌昔：「國事分明屬灌均」
    │  └今：「西陵魂斷夜來人」
    │
    └論┌果：「君王不得為天子」
       └因：「半為當時賦洛神」
```

　　黃永武《中國詩學──鑑賞篇》分析道：「說東阿王曹植所以只能封王而不能作天子，多半是因為當時作了一篇洛神賦。事實上洛神賦作於黃初三年，那時曹丕即位很久了，曹植做不做天子，和洛神賦又有什麼關係？義山……只是故意要把它這樣說，用以寄託自己的心境。」〔註103〕這是故意作成的時域的壓縮，以便更有效地傳達出作者的意念。

（二）時域往後壓縮

　　關於這種手法，可以用李商隱〈北齊二首〉之一作個例子：

　　一笑相傾國便亡，何勞荊棘始堪傷。小憐玉體橫陳夜，已
　　報周師入晉陽。

其結構分析表如下：

```
    ┌泛┌收：「一笑相傾國便亡」
    │  └縱：「何勞荊棘始堪傷」
    │
    └具┌宮內淫樂：「小憐玉體橫陳夜」
       └宮外喪國：「已報周師入晉陽」
```

　　這首詩採用的是「先泛論、後具敘」的結構方式。傾國笑貌導致亡國，不必等到城池化為荊棘之時，這是歷史憂患意識所產生的時間提前量。後兩句更用形象的畫面加以強調；從歷史上看，小憐進御與周師攻陷晉陽，相隔尚有諸多時日，但詩人通過「已報」二字，將小憐進御的時間往後移，使這兩個不同時期的時間點連結在一起，淫樂

〔註103〕見黃永武《中國詩學──鑑賞篇》頁105。

和喪國被置於同一個時態座標圖上。時間一經壓縮組合，便構成強烈反差，審美主體的憤斥、嘲諷之情，蘊含在這經過處理了的時間框架中〔註104〕。

王安石〈烏江亭〉詩也用了同樣的手法：

> 百戰疲勞壯士衰，中原一敗事難迴。江東子弟今雖在，肯為君王捲土來？

其結構分析表如下：

```
      ┌ 因：「百戰疲勞壯士衰」
  ┌敘─┤
  │   └ 果：「中原一敗事難迴」
 ─┤
  │   ┌ 縱：「江東子弟今雖在」
  └論─┤
      └ 收：「肯為君王捲土來」
```

黃永武《中國詩學──鑑賞篇》分析道：「荊公的詩，是就杜牧詩『江東子弟多才俊，捲土重來未可知』所寫的翻案文章。但是杜牧的詩，還可作為史評史論看，荊公的詩則絕不合乎常理，問宋時還在的江東子弟，肯不肯為漢初的項羽捲土重來？豈不是笑話！但荊公別有寄託，自寫懷抱，這今昔不分的無理問句，在詩裡反覺格外有味。」〔註105〕所謂「今昔不分」，實即「時域壓縮」。

李商隱〈代魏公私贈〉也值得一看：

> 來時西館阻佳期，去後漳河隔夢思。知有宓妃無限意，春松秋菊可同時。

其結構分析表如下：

```
      ┌ 先：「來時西館阻佳期」
  ┌敘─┤
  │   └ 後：「去後漳河隔夢思」
 ─┤
  │   ┌ 因：「知有宓妃無限意」
  └情─┤
      └ 果：「春秋松菊可同時」
```

〔註104〕參見吳功正《中國文學美學》頁 384，和趙山林《詩詞曲藝術》頁148～149。

〔註105〕見黃永武《中國詩學──鑑賞篇》頁 104。

其詩自注:「黃初三年,已隔存歿,追代其意,何必同時。」詩人追昔思今,借人喻己,本沒有時間上的隔閡,末句「春松秋菊可同時」,則是詩人從「意」出發,得其「意」則「春」、「秋」可同時。審美的意識、情感需要,完全可以打破時間的自然值,化時態爲心態〔註106〕。

章碣〈焚書坑〉也是一個佳例:

> 竹帛煙銷帝業虛,關河空鎖祖龍居。坑灰未冷山東亂,劉項原本不讀書。

其結構分析表如下:

```
      ┌ 敘 ┬ 因:「竹帛煙銷帝業虛」
      │    └ 果:「關河空鎖祖龍居」
      │
      └ 論 ┬ 果:「坑灰未冷山東亂」
           └ 因:「劉項原本不讀書」
```

首詩運用敘論法組織詩句,以表達出對暴秦焚書的憤怒與嘲諷。所以前二句先敘事,那就是焚書之後,秦始皇帝業也化爲烏有,就算有山川之險,也是徒然。後二句敘寫的是對整件事情的評論,就在這裡用到了「壓縮時域」的手法,趙山林《詩詞曲藝術》中分析道:「根據歷史記載,從秦始皇三十四年(前213)下令焚書到陳勝吳廣在大澤鄉揭竿而起,前後整整相隔四年,但詩人將『坑灰未冷』與『山東亂』這兩個時間點直接聯結起來,這就突出地強調了焚書行爲的荒謬性。」〔註107〕這也是時域往後壓縮所形成的特殊效果。

溫庭筠〈菩薩蠻〉一詞,也用到了此法:

> 小山重疊金明滅,鬢雲欲度香腮雪。懶起畫蛾眉,弄妝梳洗遲。　　照花前後鏡,花面交相映。新貼繡羅襦,雙雙金鷓鴣。

〔註106〕參見黃永武《中國詩學——鑑賞篇》頁 105,和吳功正《中國文學美學》頁 384。
〔註107〕見趙山林《詩詞曲藝術》頁 149。

其結構分析表如下〔註108〕：

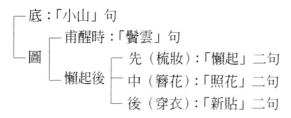

陳滿銘《詞林散步》分析此詞道：「作者在首句，即寫旭日明滅、繡屏掩映的景象……而自次句至末，則按時間的先後，寫屏內美人的各種情態與動作，首先是睡醒，再其次是梳洗、弄妝、畫眉，接著是簪花，最後是穿衣。」〔註109〕而「懶起畫蛾眉」二句，就出現了時域的壓縮，因為梳洗顯然應在弄妝、畫眉之前，但現在卻壓縮到同一時間了，因此是屬於往後壓縮的情形，相當的特別。

王林《美術型態學》一書中，曾談到一種「並置不同瞬間」的繪畫的方式，可以給我們一些啟示：「據《佩文齋書畫譜》卷十五《山谷集》記載，宋代畫家李公麟畫『李廣奪馬南馳』，回身引弓，箭羽未出，追兵人仰馬翻。李公麟有意不畫成追騎飲羽這種符合生活邏輯的場面，而要把有因果關係的前後瞬間並置於畫面，顯然更能達到繪畫藝術直接表現過程性的要求。」〔註110〕其實這種作法，放在文學中，就是現在所談的「壓縮時域」了；而且他也提到，這種作法的優點是，可以很鮮明地表達出兩個事件中的因果關係，這點從前面所引的李商隱〈北齊二首〉之一和章碣的〈焚書坑〉都可看得出來。

另外《修辭通鑑》談到「移時」格時，曾論及它的心理基礎：「當今和以往時代相同或相類的事物之間同時又存在著明顯的相承關係，而這種關係的存在，就給過去和當今相同或相類事物之間架起了

〔註108〕此表見陳滿銘《詞林散步》頁25。
〔註109〕見陳滿銘《詞林散步》頁25。
〔註110〕見王林《美術型態學》頁24。

一作相互通連的無形橋樑……因此，聯想便成為移時辭格成立的心理基礎。」〔註111〕這同樣也可以成為「時域的壓縮」的心理基礎。而且由此可以想到：創作者之所以要將這兩個事件牽合在一起，當然是有其特殊用意的；經由這種手法處理之後，這種特殊的用意就可以被強調出來。因此，正如趙山林《詩詞曲藝術》中所說的：「使這些事件之間的差異、對立或關聯得到集中的鮮明的表現，從而打破讀者的思維定勢，起到振聾發聵的作用。」〔註112〕我們可以注意他所提出的「差異、對立」，這確實也是可能達成的效果之一，例如李商隱〈北齊二首〉之一，就是因為時域的壓縮而形成了反差，造成耳目一新、發人深省的效果。

三、今昔的疊映

李元洛《詩美學》中曾談到一種時空設計的方法，那就是「時空疊映」，他說：「疊映，顧名思義就是把兩個或兩個以上的不同時空意象在一起重疊映現，有如電影中的疊映式蒙太奇或積疊式蒙太奇。」〔註113〕其實，這中間還可以再做更細密的區分，因為疊映之中，有一類是「今」與「昔」不同的意象疊合在一起映現，那就是此處所談的「今昔的疊映」。

「今昔的疊映」和「時域的壓縮」雖然都會出現兩個不同時期的意象或事件，但是兩者是不同的，最明顯的分別在於：「時域的壓縮」是將兩個時期之間的時距做了壓縮，但「今昔的疊映」則否，它只是將兩個不同時期的意象疊合在一起，時距上並沒有變化。

李商隱〈五松驛〉就是運用了「今昔疊映」的手法：

獨下長亭念過秦，五松不見見輿薪。只應既斬斯高後，尋被樵人用斧斤。

其結構分析表如下：

〔註111〕見向宏業、唐仲揚、成偉鈞《修辭通鑑》頁533。
〔註112〕見趙山林《詩詞曲藝術》頁149。
〔註113〕見李元洛《詩美學》頁428。

```
┌ 敘事:「獨下長亭念過秦」二句
└ 抒感:「只應既斬斯高後」二句
```

五松驛離望秦嶺不遠,凡從長安東還,若陸路不通時,取道襄漢水路南下,則先過五松驛,那裡是關中舊秦地,所以「念過秦」三字是雙關語,因而把當年斬殺李斯、趙高的史實,與眼前的被砍伐的五松聯想起來,使「昔」的事件,疊映在一堆破碎薪木的靜止畫面上(今),映照出暴君權臣的興亡史〔註114〕。

劉禹錫〈蜀先主廟〉也用到了這樣的手法:

> 天下英雄氣,千秋尚凜然。勢分三足鼎,業復五銖錢。得相能開國,生兒不象賢。淒涼蜀故妓,來舞魏宮前。

其結構分析表如下:

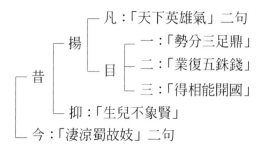

```
      ┌ 凡:「天下英雄氣」二句
   ┌ 揚 ┤     ┌ 一:「勢分三足鼎」
 ┌ │   └ 目 ┤ 二:「業復五銖錢」
 昔 │         └ 三:「得相能開國」
 │ └ 抑:「生兒不象賢」
 └ 今:「淒涼蜀故妓」二句
```

這首詩用的是先昔後今、今昔對照的手法,簡政珍《語言與文學空間》談到此詩的最末兩句,說:「詩中『魏宮』,是此時此景,詩中人看的是魏宮,想的是蜀宮,人在不同時空中錯失,人物依在,景象全非。」〔註115〕就在此時,「今」與「昔」巧妙地融合了,營造出一般順敘法所無法達成的效果。

趙令時的〈蝶戀花〉同樣地也是將今與昔疊映在一起:

> 捲絮風頭寒欲盡。墜粉飄香,日日紅成陣。新酒又添殘酒困,今春不減前春恨。　　蝶去鶯飛無處問。隔水高樓,

〔註114〕 參見黃永武《中國詩學——設計篇》頁26,和周金聲主編《中國古典詩藝品鑑》頁528。
〔註115〕 見簡政珍《語言與文學空間》頁51。

　　望斷雙魚信。惱亂橫波秋一寸，斜陽只與黃昏近。

其結構分析表如下：

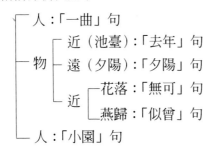

```
        ┌ 自然：「捲絮風頭寒欲盡」三句
   ┌ 果 ┼ 人文：「新酒又添殘酒困」二句
   │    └ 自然：「蝶去鶯飛無處問」
   ┼ 因 ┬ 果：「隔水高樓」二句
   │    └ 因：「惱亂橫波秋一寸」
   └ 果：「斜陽只與黃昏近」
```

　　趙乃增《宋詞三百首譯析》中提及：「此詞爲傷春懷人之作。」〔註116〕其中運用到「今昔疊映」的手法的，是「新酒又添殘酒困」二句。在這二句中，「殘酒困」和「前春恨」都逗引出對過去的記憶，和「新酒」、「今春」所帶出的眼前景象混融爲一，使得傷春懷人的惱困更加深濃。

　　晏殊的〈浣溪沙〉中，也將今昔疊映的手法運用得極爲巧妙，造出極爲精緻引人的句子：

　　一曲新詞酒一杯，去年天氣舊池臺，夕陽西下幾時回？

　　無可奈何花落去，似曾相識燕歸來。小園香徑獨徘徊。

其結構分析表如下：

```
   ┌ 人：「一曲」句
   │    ┌ 近（池臺）：「去年」句
   ┼ 物 ┼ 遠（夕陽）：「夕陽」句
   │    │    ┌ 花落：「無可」句
   │    └ 近 ┤
   │         └ 燕歸：「似曾」句
   └ 人：「小園」句
```

　　這闋詞中出現今昔疊映的有兩句：「去年天氣舊池臺」和「似曾相識燕歸來」，前者藉著「去年」、後者藉著「似曾相識」，將過去的時光

────────────

〔註116〕見趙乃增《宋詞三百首譯析》頁155。

引入篇中，與此時此刻、此情此景相爲映照，更增添了全詞的韻味，陳弘治《唐宋詞名作析評》中說：「此詞舊題『春恨』，是晏殊的名作之一，內容在抒寫他對流光之易逝而不可追尋的愁悶心情。」〔註117〕今昔疊映手法的運用，對這種愁悶心情的加強，起了很大的推深作用。

王昌齡〈出塞〉也是一個特別的例子，我們會針對它的特別之處作較爲細密的分析：

> 秦時明月漢時關，萬里長征人未還。但使龍城飛將在，不教胡馬度陰山。

其結構分析表如下：

```
┌ 實：「秦時明月漢時關」二句
└ 虛：「但使龍城飛將在」二句
```

這首詩的前半是實寫，後半則是表達作者的願望，是「虛」。所要注意的是第一句，陳植鍔《詩歌意象論》一書中說：「所謂交叉，是指同一組合中的兩個意象互相包含對方，因而詩歌就可以較少的字句表現較多的內容。本句交叉的例子如王昌齡的名句『秦時明月漢時關』（〈出塞〉）『月』和『關』的意象在字面上雖然分屬秦、漢，但在內涵上是合指的，即『秦時明月秦時關，漢時明月漢時關』。」〔註118〕他所謂的「交叉」，實即我們所說的「疊映」，而且不僅秦、漢疊映，「今」雖然在字面上未出現，但整首詩的背景時間就是作者所處的唐代，所以「今」實際上是存在的。因此這一句特別之處就是秦、漢、唐三個朝代疊映在一起，這是它不同於前面幾首詩的地方。

王秀雄《美術心理學》中提到一種繪畫中的「互透法」，相當有意思：「我們觀看百貨公司或商店的櫥窗時，在玻璃上會映出我們的臉，同時亦能透過玻璃看到欲購的商品。這種互相穿過且又似重疊的

〔註117〕見陳弘治《唐宋詞名作析評》頁94。
〔註118〕見陳植鍔《詩歌意象論》頁84。

影像，過去人類的視覺經驗裡，是從未遭受過的。在繪畫上，欲表現一個人之面貌，同時亦想表現出此人的思想與過去經歷，便使用這種互透法，透過面貌同時描繪出此人所思想的種種事物。」〔註 119〕今日的電影和攝影，也常運用到這樣的手法。同樣的原理，在意識流小說中，就表現為鄭明娳、林燿德編著的《時代之風：當代文學入門》中所提到的「空間蒙太奇」〔註 120〕；而在古典詩歌中，就是時間設計法中的「今昔疊映」了！為什麼各類藝術不約而同地會有這樣的現象產生呢？那是因為人們都具有「模糊聯想」的能力，所謂的模糊聯想，依據邱明正《審美心理學》中的說法，那是「事物引起的含混朦朧的、經常是自己也未明確意識到的聯想。這種聯想所想到的形象具有片斷性、蕪雜性、模糊性、短暫性，所展開的聯想思維常具有蒙太奇式的跳躍性……卻合乎心理邏輯、情感邏輯。」〔註 121〕因此可以瞭解：創作者自覺或不自覺地將有某種關聯的兩個意象疊映在一起，藉此傳達出某種意味，相當含蓄而又深刻。而且這樣的作品數量甚夥，很可能是因為這種作法相當經濟，花費字數不多，但又能帶出以往的時間，以及與往時相聯繫的許多記憶積澱，所以是一種相當有效的作法。

　　人們之所以可以感受到主觀的時間設計手法的特殊之處，那是因為人們都具有時間知覺的恆常性，所以從時間暗示中可知時間的延續、倒錯；這種恆常性都是以往感覺、知覺經驗積累和新舊信息相互溶合的結果，因此主體能調動心理積澱進行回憶、聯想、想像，體現了審美知覺的能動性〔註 122〕。因為具有時間知覺的恆常性，所以人們可以感到時間被作特殊處理時的變異性，這正是種種不同的時間設

〔註 119〕見王秀雄《美術心理學》頁 370。

〔註 120〕鄭明娳、林燿德編著《時代之風：當代文學入門》：「『空間蒙太奇』，即空間不變，形象隨時間的轉變而迅速推移，人物的意識在不同時間中不停地流動。」頁 29。

〔註 121〕見邱明正《審美心理學》頁 185。

〔註 122〕參見邱明正《審美心理學》頁 154。

計手法的美感來源之所在。

參、主客觀並呈的時間設計

　　比起純粹主觀的時間設計，主客觀並呈的時間設計，在數量上顯然要多一些，而且在美感上也頗有值得探究之處。本論文將此分成兩類來探討：「時值的並置」和「時差的設置」，各有其特殊的效果。

一、時值的並置

　　時值就是時間速率的快慢。在前面「主觀的時間設計」中，曾經討論過「時值的變造」，個人主觀的感受、動作或景象的快速轉換或緩慢變動，都可能形成快或慢的速率。

　　但是在「主客觀並呈的時間設計」中，客觀時值和主觀時值是一起出現在同一篇作品中。李元洛《詩美學》中曾提出「時間由慢而快」、「時間由快而慢」的說法〔註123〕，但是仔細探討之後，會發現：「時間由慢而快」一類中，重點是在後面的「快」，這個「快」就是主觀時值，那麼所謂的「慢」也並非慢，只是與「快」對照上顯得比較慢，也就是說它其實是客觀時值；因此嚴格說來，這應該是主觀時值與客觀時值並呈。「時間由快而慢」一類也是如此。因此，可以分作兩大類來進行探討：

（一）客觀時值與主觀時值快並置

　　王維的〈西施詠〉之中，就出現了客觀與主觀的時值並置的情形：

　　　　艷色天下重，西施寧久微？朝爲越溪女，暮作吳宮妃。賤日豈殊眾？貴來方悟希。邀人傅香粉，不自著羅衣。君寵益驕態，君憐無是非。當時浣紗伴，莫得同車歸。持謝鄰家子，效顰安可希？

其結構分析表如下：

〔註123〕見李元洛《詩美學》頁411～413。

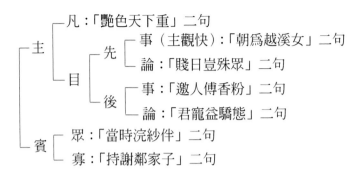

這首詩運用的是「以賓托主」的手法。描寫「主」（西施）的部分，佔了大部分的篇幅，而我們要注意的是「朝爲越溪女，暮作吳宮妃」二句，就將幾月幾年的時間，濃縮在短短的一天中，所以時值被縮短了。但是此詩其他的詩句，都是採用客觀描寫的方法，因此呈現出主客觀並呈的情形。

陳與義〈臨江仙〉（夜登小閣憶洛中舊游）中，也用到了類似的手法：

> 憶昔午橋橋上飲，坐中多是豪英。長溝流月去無聲，杏花疏影裡，吹笛到天明。　　二十餘年如一夢，此身雖在堪驚。閒登小樓看新晴，古今多少事，漁唱起三更。

其結構分析表如下：

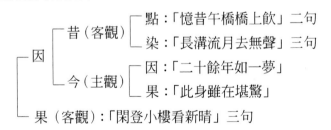

這闋詞從時序的觀點來看，是「由昔而今」的順敘法；若從主、客觀不同的寫作態度來看，則呈現了「客主客」的構篇方式。將兩者結合起來，可以發現：作者剛開始是對過去的美好時光有著無限的緬懷，採用的是客觀的態度；但隨後時間即轉到二十年後的現在，作者忍不住對時光的流逝發出了感嘆，於是用主觀的時間設計來傳

達自己的感受；最後作者登上小樓，心情轉為恬淡曠達，而客觀的敘述剛好符合此時的況味。可見得作者對主、客觀態度的運用，是經過匠心安排的。

晏殊〈木蘭花〉也是一個佳例：

燕紅過後鶯歸去，細算浮生千萬緒。長於春夢幾多時，散似秋雲無覓處。　　聞琴解佩神仙侶，挽斷羅衣留不住。勸君莫作獨醒人，爛醉花間應有數。

其結構分析表如下：

```
┌─ 事（客觀）：「燕紅過後鶯歸去」
├─ 情：「細算浮生千萬緒」
│         ┌─ 主觀：「長於春夢幾多時」二句
├─ 事 ─┤
│         └─ 客觀：「聞琴解佩神仙侶」二句
└─ 情：「勸君莫作獨醒人」二句
```

這闋詞以敘事、抒情間雜的方式寫成，趙乃增《宋詞三百首譯析》說道：「從『神仙侶』的期願和『挽斷羅衣』的絕望來看，可以斷定此詞抒寫了喪失愛侶的悲痛與自解。……上片寫浮生如夢，夢破雲散之悲。……下片寫愛侶亡逝，曠達自解。」〔註124〕所以可以很清楚地看出：採用主觀時值的兩個詩句，乃是以「春夢」、「秋雲」來譬擬短暫的人生，很深刻地傳達出作者的慨嘆；與客觀敘事的部分配合起來，令人對作者的無奈與深情，寄予無限的同情。

（二）客觀時值與主觀時值慢並置

白居易〈燕子樓〉就作了這樣的設計：

滿簾明月滿簾霜，被冷燈殘拂臥床。燕子樓中霜月夜，秋來只為一人長。

其結構分析表如下：

〔註124〕見趙乃增《宋詞三百首譯析》頁27。

```
     ┌ 客觀 ┌ 靜：「滿簾明月滿簾霜」
     │      └ 動：「被冷燈殘拂臥床」
     └ 主觀（慢）┌ 泛：「燕子樓中霜月夜」
               └ 具：「秋來只為一人長」
```

前二句對主人翁居室、動作的描寫，是根據客觀時值；後二句寫夜的寂寥漫長，就採用了主觀時值。在客觀時值的相映相襯之下，主觀時值顯得更凸出了。

李商隱〈謁山〉亦是如此：

　　從來繫日乏長繩，水去雲回恨不勝。欲就麻姑買滄海，一杯春露冷如冰。

其結構分析表如下：

```
  ┌ 客觀：「從來繫日乏長繩」二句
  ├ 主觀：「欲就麻姑買滄海」
  └ 客觀：「一杯春露冷如冰」
```

這首詩的前後部分，都是感嘆現實中時光的流逝無從改變；只有第三句，作者縱其想像，希望向麻姑買下滄海，以扭轉時間的流向。黃永武《中國詩學——鑑賞篇》中說道：「作者在這首詩裡，一會幻想自己有無邊的能力與願望，一會又被冰冷的現實給擠斷了脊骨。原來『現在』都掌握不住，能對『未來』寄以很高的熱望嗎？」〔註125〕作者心中澎湃的感情，藉著主、客觀的對照，很鮮明地傳達了出來。

溫庭筠的〈更漏子〉也是如此：

　　玉爐香，紅蠟淚，偏照畫堂秋思。眉翠薄，鬢雲殘，夜長衾枕寒。　　梧桐樹，三更雨，不道離情正苦。一葉葉，一聲聲，空階滴到明。

其結構分析表如下〔註126〕：

〔註125〕見黃永武《中國詩學——鑑賞篇》頁102。
〔註126〕此表參見陳滿銘《詞林散步》頁27。

```
        ┌ 內 ┌ 物（客觀）：「玉爐香」二句
        │    └ 人（主觀）：「偏照」四句
   ┌────┤
   │    │    ┌ 景：「梧桐樹」二句
        └ 外（客觀）┼ 情：「不道」句
             │    └ 景：「一葉葉」三句
```

　　陳滿銘在《詞林散步》中說：「這樣由室內寫到室外，使離情化
抽象為具體，不但散入雨聲、爐香、蠟淚與寒衾、寒枕裡，更爬滿薄
眉、殘鬢之上，致全詞處處含情，有著無盡的感染力。」〔註127〕趙
山林《詩詞曲藝術》則針對時值的變化來分析：「譚獻評此詞下片：『似
直下語，正從「夜長」逗出。』愁人不寐，倍覺夜長，故而梧桐夜雨
之聲方能聲聲入耳。」〔註128〕所以「夜長」所屬的那一部份，所展
現的是主觀的時值。

（三）客觀時值和主觀時值快、慢並置

　　賀鑄的〈小梅花〉即是如此：

> 縛虎手，懸河口，車如雞棲馬如狗。白綸巾，撲黃塵，不
> 知我輩可是蓬蒿人。衰蘭送客咸陽道，天若有情天亦老。
> 作雷顛，不論錢，誰問旗亭美酒斗十千。　　酌大斗，更
> 為壽，青鬢長青古無有。笑嫣然，舞翩然，當壚秦女十五
> 語如絃。遺音能記秋風曲，事去千年猶恨速。攬流光，繫
> 扶桑，爭奈愁來一日卻為長。

其結構分析表如下：

─────────────────

〔註127〕見陳滿銘《詞林散步》頁27。
〔註128〕見趙山林《詩詞曲藝術》頁152。

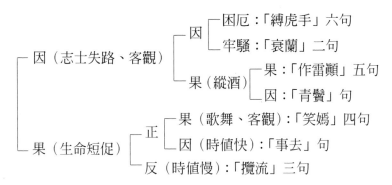

這闋詞以「先因後果」的方式來構篇，而「因」的部分都是用客觀的態度來敘事，「果」的部分則出現了快、慢時值並置的情形。而且這快與慢的時值是被安排作正、反的對照，意欲凸顯出作者對生命短促的嘆惋，所造成的效果當然是很好的。

正常的時值和經過改造的時值，共同出現在同一篇作品中時，經過改造的時值通常會引起較多的注意，而且其經過誇張變造的姿態，也容易暗示作者的主觀情感趨向；不過，更要注意的是客觀時值與主觀時值的並列比較，因為這樣更可以凸顯出作者真正的意圖，這也是創作者為何要做這樣安排的最大理由。

二、時差的設置

地球的自轉和繞太陽公轉所引起的自然界的變化，給人類帶來了時間觀念，而正因為人們運用統一的計時系統，才不會出現時間觀念上的混亂。但是，有些文學作品中，作家設置了時差，我們好似同時擁有兩隻時鐘、兩個計時系統，在這個藝術世界的上空，彷彿有兩個太陽在不同的軌道上運行〔註129〕。這樣的情形，雖然也有一定的現實基礎和科學依據〔註130〕，但是畢竟不合於我們的日常生活經驗，因此，這就是主觀的時間設計的方式之一，稱之為「時差的設置」〔註131〕。

〔註129〕參見錢谷融、魯樞元主編《文學心理學》頁197。
〔註130〕關於此點，可參看金健人《小說結構美學》頁27～28。
〔註131〕趙山林《詩詞曲藝術》提到「時差」頁145～150，李浩〈論唐詩中

時差的設置表現在文學作品中，最常出現的場景是「仙境」和「夢境」。在描寫仙境的例子中，首如李白〈古風〉十九，其中就設置了不同的時差：

> 西上蓮花山，迢迢見明星。素手把芙蓉，虛步躡太清。霓裳曳廣帶，漂拂升天行。邀我登雲台，高揖衛叔卿。恍惚與之去，駕鴻凌紫冥。俯視洛陽川，茫茫走胡兵。流血涂野草，豺狼盡冠纓。

其結構分析表如下：

```
            ┌ 先：「西上蓮花山」二句
仙界（主觀）─┼ 中：「素手把芙蓉」四句
        │   └ 後：「邀我登雲台」四句
        └ 人間（客觀）：「俯視洛陽川」四句
```

這首詩先描寫作者想像自己登上蓮花峰，與仙人一同交往、遨遊，相當的悠然；但是經由一個俯視的動作，作者望見了生靈塗炭的人間。兩個世界並列在一起，作者在不言之間，又彷彿說了千言萬語，這就是時差的設置的妙用〔註132〕。

李賀的〈天上謠〉也是一個很好的例子：

> 天河夜轉飄回星，銀浦流雲學水聲。玉宮桂樹花未落，仙妾采香垂珮瓔。秦妃捲簾北窗小，窗前植桐青鳳小。王子吹笙鵝管長，呼龍耕煙種瑤草。粉霞紅綬藕絲裙，青洲步拾蘭苕春。東指羲和能走馬，海塵新生石山下。

其結構分析表如下：

的時空觀念〉，《唐代文學研究》第四輯，談到「時差的設置」頁17～19，金健人《小說結構美學》中亦提及「時差」頁25～28，均可與此作一參照。

〔註132〕參見趙山林《詩詞曲藝術》頁237。

```
        ┌ 仙界（主觀）┐       ┌ 大：「天河夜轉飄回星」二句
        │              │  ┌ 小 ┤ 宮內：「玉宮桂樹花未落」六句
        │              └──┘    └ 宮外：「粉霞紅綬藕絲裙」二句
        └ 地球（客觀）：「東指羲和能走馬」二句
```

　　李浩〈論唐詩中的時空觀念〉分析道：「詩先寫天國樂園的優雅環境……這裡不是無限的時間的持續流逝，而是一種無時間性，一種超時間、超感知的存在。但如果寫到此就擱筆，仍屬一個時間系統，作者末兩句通過拾翠仙女的偶然觀望，發現羲和御日奔馳，時間過得飛快。……在這裡天國與人間互爲參照系。」〔註133〕在互爲參照之下，令人悠然升起淡淡的惆悵之感。

　　至於因爲夢境，而造成時差的設置者，有岑參的〈春夢〉：
　　　　洞房昨夜春風起，故人尚隔湘江水。枕上片時春夢中，行
　　　　盡江南數千里。

其結構分析表如下：

```
        ┌ 先（客觀）：「洞房昨夜春風起」二句
        └ 後（主觀）：「枕上片時春夢中」二句
```

　　這首詩的特別之處在後二句出現了不同的計時系，李元洛《詩美學》說道：「『江南數千里』之遙而要『行盡』，在古代的交通條件下是要累月經年的，但岑參卻將其壓縮在『枕上片時春夢』之中，詩的美感也就由此油然而生了。」〔註134〕這種美感是藉著「時差的設置」來達成的。

　　晏幾道的〈蝶戀花〉則是化用岑參詩意，發而爲詞：
　　　　夢入江南煙水路，行盡江南，不與離人遇。睡裡銷魂無説
　　　　處，覺來惆悵銷魂誤。　　欲盡此情書尺素，浮雁沉魚，
　　　　終了無憑據。卻倚緩弦歌別緒，斷腸移破琴箏柱。

其結構分析表如下：

〔註133〕見《唐代文學研究》第四輯，頁18。
〔註134〕見李元洛《詩美學》頁402。

```
┌─ 目一（主觀）：「夢入江南煙水路」三句
├─ 凡：「睡裡銷魂無說處」二句
│                         ┌─ 先：「欲盡此情書尺素」三句
└─ 目二（客觀）           └─ 後：「卻倚緩弦歌別緒」二句
```

前面以夢境帶出一個與常不同的計時系來；接著用二句的篇幅表出一篇的主旨——惆悵；最後則是回到客觀的現實世界，敘寫作者欲消惆悵而生的種種作為。主觀與客觀、候忽與悠長，在此形成對照，引人感嘆。

王秀雄的《美術心理學》中曾提到一個頗堪玩味的事實：通常西洋繪畫常用的中心透視畫法，畫面上只會有一個消失點；但是複合透視畫法卻常會有兩個以上的消失點〔註135〕，這樣常可營造出奇詭、神秘的氣氛。這點令我們不禁聯想到：在一篇文學作品中安排兩個不同的時差作為對照，是不是也能產生類似的效果？同樣地，錢谷融、魯樞元主編的《文學心理學》也分析道：「時差的設置，是作家超越時空的大膽幻想。……可以從一個特異的角度觀察習以為常的事物，讓人在大吃一驚之中引起思索。」〔註136〕這種效果，正是創作者所要極力營造達成的。

主觀與客觀的態度並置在一起，是會造成很好的效果的。當然主觀設計的部分，通常會得到較多的關注，也容易透露較多的訊息，但是主、客觀的交流更是值得注意。在「時空設計的心理基礎」章中，即曾談及主、客觀的態度不僅可以形成對照，還可進而交流，此時文學作品是既客觀、又主觀；有時是再現的、有時是表現的；既可形似、又能神似；時而冷靜理智、時而溫暖感性；還可出入無我、有我之間；經由這樣的相互交流、相互補充，文學作品更增添了許多靈動的姿態，並可臻至更大更高的美感——和諧。

〔註135〕參見王秀雄《美術心理學》頁400。
〔註136〕見錢谷融、魯樞元主編《文學心理學》頁197。

第二節　虛時間的設計

　　虛時間就是指未來。人類的時間知覺形式中，有一種就是「對時間的預測」〔註137〕。對未來有所期盼和籌畫，是人類心靈的特徵，但是不管人類累積了多少經驗、多少智慧，未來仍是渺茫而不可預知的，正如羅曼・英加登（Roman Ingarden）在《對文學的藝術作品的認識》一書中所說的：「當我們期待某些即將來臨的事件時，我們只是模糊地指出的時間階段性質的形式中想像它們。」〔註138〕因此，尚未來臨、但必然來臨的未來，使得人們憧憬、期盼，但又不禁隱隱地感到恐懼；抓住人們心理的這一面，創作者展開了美妙的描寫。

　　李元洛《詩美學》中列有「時空的倒轉和超越」一項，所謂「倒轉」，是使時空從現在倒轉到過去，而所謂「超越」，就是現在所要談的，時空超越現在，直接表現未來的時空世界〔註139〕。在文學作品中，對未來加以著墨的部分可謂不少，但全由虛處著眼的作品就相當罕見了；因為時間是一維的，具有不間斷性、不可逆性，所以必然是由過去、現在，然後往未來延伸，因此較常出現的情況是「虛實結合」，「全虛」的作品難得一見；所以，在討論「虛時間的設計」時，就無法僅就「全虛」的作品來探討，而是將「虛實結合」的作品納入，但是僅針對「虛」的部分作討論。

　　因此，可以歸納出人們面對未來時，最常見的三種態度：那就是「預見」、「願望」和「幻想」三類。而且，因為「預見」是針對可計劃、可預測的事件，所以通常所涵納的時間是較短的；而「願望」比較起來，就虛渺一點，時間通常也會向未來延伸得較多；但是，時間可以向未來無限綿延的，是「幻想」一類，此類與現實結合的程度也最輕微。

〔註137〕參見彭聃齡主編《普通心理學》頁278。
〔註138〕見羅曼・英加登（Roman Ingarden）著，陳燕谷、曉未譯，《對文學的藝術作品的認識》頁109。
〔註139〕參見李元洛《詩美學》頁413。

壹、預　見

　　彭聃齡主編的《普通心理學》談到「人類心理的自覺能動性」時，曾舉出一個「預見性」，他說：「人們可以總結過去的經驗和教訓，也可以計劃未來的活動，預料事物變化發展的可能性。……有預見性是人的心理的特徵。動物既不懂得累積、總結過去的經驗，更不可能計劃和預見未來的活動。」〔註 140〕而這樣的預見性，當然會在文學作品中表現出來。因此邱明正《審美心理學》談「審美想像」時，就提到其中一種是：「根據事物發展的現實條件和內在邏輯，在想像中演繹它們的發展趨向或預測未來的情境」〔註 141〕。其下就針對這樣的情形來作探討。

　　曹植的〈雜詩〉之四，就是這樣寫成的：

　　南國有佳人，榮華若桃李。朝遊江北岸，日夕宿湘沚。時俗薄朱顏，誰為發皓齒？俯仰歲將暮，榮耀難久恃。

其結構分析表如下：

```
      ┌─ 泛：「南國有佳人」二句
   ┌實 ┤   ┌ 果：「朝遊江北岸」二句
   │   └具 ┤
   │       └ 因：「時俗薄朱顏」二句
   └─ 虛：「俯仰歲將暮」二句
```

　　此詩先就「實」來敘寫，運用的是「先泛後具」的結構方式，先泛寫「南國有佳人」，再以「先因後果」的方式，來具寫佳人之行止。最後兩句的時間是「虛」的，作者預見到不久的將來，佳人的容顏即將老去，因而產生無限的惆悵。

　　張先的〈天仙子〉則是一個更典型的例子：

　　〈水調〉數聲持酒聽，午醉醒來愁未醒。送春春去幾時回，臨晚鏡，傷流景，往事後期空記省。　　沙上並禽池上暝，雲破月來花弄影。重重簾幕密遮燈，風不定，人初靜，明

〔註 140〕見彭聃齡主編《普通心理學》頁 105。
〔註 141〕見邱明正《審美心理學》頁 198。

日落紅應滿徑。

其結構分析表如下〔註142〕：

```
      ┌ 內：「水調數聲持酒聽」六句
   ┌ 實 ┬ 外：「沙上並禽池上暝」二句
   │    └ 內：「重重簾幕密遮燈」三句
   └ 虛：「明日落紅應滿徑」
```

陳滿銘在《詞林散步》一書中，分析道：「這是一首暮春傷懷的作品。……以結句，由實轉虛，透過想像，寫明朝落花滿徑的淒涼景象，歸結到春愁的本意上作收。作者這樣由午而至晚，由晚而夜，由夜而至明日，層層寫來，實有著不盡的傷春之意。」〔註143〕而明日落花滿徑的情景是可以預期得到的，所以這首詞是屬於「預見」類。

貳、願　望

漢樂府中有一首非常動人的情歌──〈上邪〉，全部是願望的抒發，是罕見的「全虛」的情形：

上邪！我欲與君相知，長命無絕衰！山無陵，江水為竭，
冬雷震震夏雨雪，天地和，乃敢與君絕。

其結構分析表如下：

```
   ┌ 泛：「上邪」三句
   └ 具 ┬ 因：「山無陵」四句
        └ 果：「乃敢與君絕」
```

這首詩其實要說的只有一句話「我欲與君相知」，但作者用了許多驚人的意象，有力地傳達出熱烈噴湧的情感來。全首都在虛處盤旋，作者盡情揮灑想像力，將虛時間不受限制的特點，發揮得淋漓盡致。

北朝民歌《梁鼓角橫吹曲・慕容垂歌辭》也是表達願望的：

慕容愁憤憤，燒香作佛會。願做牆裡燕，高飛出牆外。

〔註142〕此表參見陳滿銘《詞林散步》頁102。
〔註143〕見陳滿銘《詞林散步》頁101。

其結構分析表如下：

```
      ┌─ 實 ┌─ 因：「慕容愁憤憤」
      │     └─ 果：「燒香作佛會」
      │
      └─ 虛 ┌─ 因：「願做牆裡燕」
            └─ 果：「高飛出牆外」
```

譚潤生在《北朝民歌》中說：「第二首寫被圍的慕容垂求佛化災。」〔註144〕所以此處之「虛」是願望，應該是沒有問題的。

韋莊〈思帝鄉〉也是一首抒寫願望的作品：

　　春日游，杏花吹滿頭，陌上誰家少年，足風流。妾擬將身嫁與，一生休。縱被無情棄，不能羞。

其結構分析表如下：

```
      ┌─ 實 ┌─ 自然景：「春日游」二句
      │     └─ 人事景：「陌上誰家少年」二句
      │
      └─ 虛 ┌─ 收：「妾擬將身嫁與」二句
            └─ 縱：「縱被無情棄」二句
```

周金聲主編的《中國古典詩藝品鑑》中說：「這首詞一反戀情詞多用比興、婉約含蓄的風格，借一個懷春少女之口，直抒其大膽熱烈的愛情，有一種不顧一切的勁頭。」〔註145〕而其熱烈奔放的感情，在「虛」（願望）的部分，可以最鮮明地傳達出來，所以陳弘治《唐宋詞名作析評》中說：「『妾擬』以下，把伊人心事，和盤托出，似有不吐不快之感。」〔註146〕

參、幻　想

張紅雨《寫作美學》中談到寫作主體有一種「美感的騰飛反映」的美感心理形式，其中提到：「美感騰飛的起飛點是客觀世界和現實

〔註144〕見譚潤生《北朝民歌》頁125。
〔註145〕見周金聲主編《中國古典詩藝品鑑》頁239。
〔註146〕見陳弘治《唐宋詞名作析評》頁36。

生活。但自控制的美感騰飛卻不安於現狀，也不在現實的生活中尋找自慰的內容，而是讓美感從自己的審美理想的基石上彈跳起來，飛翔起來，去追求和開拓『生活應該是個什麼樣子』，『未來世界應該是個什麼樣子』！」〔註147〕邱明正《審美心理學》也說：「由於想像具有最大的自由，並有幻想的參與，所以這種由審美想像、藝術想像所促成的超前意識⋯⋯是充分發揮想像、幻想的自由，超越傳統、超越現實、超越時空，甚至超越科學的定律，既創造現實生活中可能有而尚未有的美好境界，又通過超越現實的幻想方式、神話式執著地追求和創造更美好的理想世界。」〔註148〕創作者騁其奔放之神思，縱情地在文學作品中創造出變幻無方的異想世界，令人讚嘆、稱奇。

　　王令〈暑旱苦熱〉中，就出現了奇特的幻想：

　　清風無力屠得熱，落日著翅飛上山。人固已懼江海竭，天豈不惜河漢乾。崑崙之高有積雪，蓬萊之遠長遺寒。不能手提天下往，何忍身去游其間？

其結構分析表如下：

```
        ┌─ 景：「清風無力屠得熱」二句
   ┌ 正 ┤
   │    └─ 情：「人固已懼江海竭」二句
───┤
   │    ┌─ 景：「崑崙之高有積雪」二句
   └ 反 ┤
        └─ 情：「不能手提天下往」二句
```

　　這首詩寫的是「暑旱苦熱」，作者採用「先正後反」的方式來敘寫。作者先從正面落筆，寫苦熱之極的情景；其中第一句「清風無力屠得熱」的「屠」字就下得奇，接著「落日著翅飛上山」更是一幅異想天開的景象，隨後二句寫江海河漢枯竭的擔憂，也是現實生活中不可能發生的情景。接著，此詩的後半幅從反面來寫，以更凸顯出夏季

〔註147〕見張紅雨《寫作美學》頁136～137。
〔註148〕見邱明正《審美心理學》頁213～214。

的酷熱；作者先用二句的篇幅引進崑崙、蓬萊積雪凝寒的景象，這也是純粹想像出來的，最後二句由此生發，引出感嘆，而其中「手提天下往」又是一個驚人的想像。因此縱觀全篇，作者的想像力恣意揮灑、毫無拘束，也是全詩最吸引人的地方。

辛棄疾〈木蘭花慢〉（中秋飲酒將旦；客謂前人詩有賦待月無送月者，因用天問體賦）一首幻想奇特、酣恣淋漓，非常值得一看：

可憐今夕月，向何處，去悠悠？是別有人間，那邊纔見，光景東頭？是天外、空汗漫，但長風、浩浩送中秋？飛鏡無根誰繫，姮娥不嫁誰留？　謂經海底問無由，恍惚使人愁。怕萬里長鯨，從橫觸破，玉殿瓊樓。蛤蟆故堪浴水，問云何、玉兔解沉浮？若道都齊無恙，云何漸漸如鉤？

其結構分析表如下：

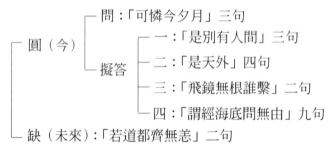

這首詩想像奇特、酣暢縱恣，由眼前的中秋明月發想，一直設想到未來月缺的情景，其中化用了自古以來流傳的神話、傳說，加上自己的奇思，於是造成這篇奇特的作品。王國維《人間詞話》中評價此詞道：「稼軒中秋飲酒達旦，用『天問』體，作木蘭花慢以送月曰：『可憐今夕月，向何處、去悠悠？是別有人間，那邊才見，光景東頭。』詞人想像，直悟月輪遶地之理，與科學家密合，可謂神悟！」這段話說得允當極了。

陳望道《美學概論》中說：「就是未來的想像或空想，也一樣地可以做美的內容。」〔註149〕就是因為時間是「虛」的，是伸向未來

〔註149〕見陳望道《美學概論》頁88。

的，是未發生且不可捉摸的，因此比起「實」時間來，所受到的限制要少得多，這正是「虛」時間的最大優勢。張紅雨《寫作美學》中說：「當審美對象即激情物直接以引人注目的姿態作用於寫作主體的時候，大腦主管審美的區域就開始活躍起來。……美的感受也隨之開始了能動的膨脹和升騰」、「想像、幻想、理想、假想等，都是思維活動的放縱形態，也就是騰飛反映的表現。」〔註150〕透過想像力的飛馳，就好像坐上時光機一般，在未來的世界中自由穿梭、毫無阻滯。

第三節　虛實結合的時間設計

　　時間具有過去、現在和未來三相，錢谷融、魯樞元主編的《文學心理學》也說：「藝術創作的材料，來自三種時間：當時的印象，早年的回憶，未來的憧憬。」〔註151〕準乎此，虛實結合的時間設計，可說是將這三種時間掌握得最好的設計方法了。關於實時間和虛時間的特性，在前面都已做過討論，所以，在這裡，所著重的是實時間和虛時間是「如何結合」在一起，以及「如何轉換」的。

　　實時間和虛時間的結合與轉換，可以從兩個方向來探討：首先，有些虛實結合的時間設計是會形成時空結構的，實與虛如何結合，從結構表上可以看得非常清楚；但是，也有一些是不能形成時空結構的，它是以「疊映」的方式出現。在這兩種情況之下，實時間與虛時間都結合起來了，其下將會一一舉例說明。

壹、可形成時空結構者

　　作品中的實時間與虛時間可截然劃分，其結合在一起的痕跡就會非常明顯，我們就可根據這痕跡，來畫出作品的結構分析表；而且，這種結合不僅可以關顧虛、實時間，它還可以組織篇章，可說是一舉兩得，相當的理想。所以，章法中有一種「時間的虛實法」〔註152〕，

〔註150〕見張紅雨《寫作美學》頁129～131。
〔註151〕見錢谷融、魯樞元主編《文學心理學》頁123。
〔註152〕見拙著《篇章結構類型論》「『時間的虛實』結構」頁297～308。

就是著眼於此而被歸納出來的。

這樣虛實結合所形成的結構至少有下列兩種：「先實後虛」、「實虛實」。

一、「先實後虛」的結構

因為時間是綿延不絕、前後相續的連續體，而且具有不可逆性，所以，很自然地，虛實結合時，會形成「先實後虛」的結構；不管是在詩或詞之中，這樣的結構都是最常見的。

《詩經》當中就有形成「先實後虛」結構者，如〈丰〉：

> 子之丰兮，俟我乎巷兮；悔予不送兮。
> 子之昌兮，俟我乎堂兮；悔予不將兮。
> 衣錦褧衣，裳錦褧裳。叔兮伯兮，駕予與行。
> 裳錦褧裳，衣錦褧衣。叔兮伯兮，駕予與歸。

其結構分析表如下：

```
┌ 實：「子之丰兮」六句
└ 虛：「衣錦褧衣」八句
```

余培林《詩經正詁》分析此詩時說道：「此女子初不欲嫁其人，既而悔之，又望其復來迎娶而從之，乃作是詩。……前二章悔其不從，後二章望男子復來迎娶。」〔註153〕所以形成了先實寫、後虛描的結構。

王沂孫〈眉嫵〉「新月」也形成了同樣的結構：

> 漸新痕懸柳，澹彩穿花，依約破初暝。便有團圓意，深深拜，相逢誰在香徑？畫眉未穩，料素娥猶帶離恨。最堪愛、一曲銀鉤小，寶簾掛秋冷。　　千古盈虧休問！嘆慢磨玉斧，難補金鏡。太液池猶在，淒涼處、何人重賦清景？故山夜永，試待他窺戶端正。看雲外山河，還老桂花舊影。

其結構分析表如下〔註154〕：

〔註153〕見余培林《詩經正詁》頁245～246。
〔註154〕此表參見陳滿銘《詞林散步》頁373。

```
    ┌ 實 ┌ 景：「漸新痕懸柳」十句
    │    └ 情：「千古盈虧休問」五句
    └ 虛：「故山夜永」四句
```

陳滿銘在《詞林散步》中說：「此詞藉詠新月以寓亡國之痛、故國之思，是用『先實（如今）後虛（未來）』的結構寫成的。……而『虛』（未來）的部分……表達了自己已衰老，將無法目睹祖國重光的哀痛。」〔註155〕這個特點在結構表中可以看得非常清楚。

二、「實虛實」的結構

有時候，也會形成「實虛實」的結構，如周邦彥〈蘭陵王〉（柳）：

柳陰直，煙裡絲絲弄碧。隋堤上，曾見幾番，拂水飄綿送行色。登臨望故國，誰識，京華倦客。長亭路，年去歲來，應折柔條過千尺。　閒尋舊蹤跡。又酒趁哀絃，燈照離席。梨花榆火催寒食。愁一箭風快，半篙波暖，回頭迢遞便數驛，望人在天北。　悽惻，恨堆積。漸別浦縈迴，津堠岑寂。斜陽冉冉春無極。念月榭攜手，露橋聞笛。沉思前事，似夢裡，淚暗滴。

其結構分析表如下〔註156〕：

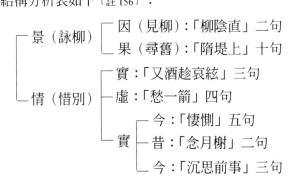

此詞題為「詠柳」，而實際上是託柳起興，以詠別情。在「情」的部分，出現了「實虛實」的結構，也就是前、後都是實寫，但中間

〔註155〕見陳滿銘《詞林散步》頁371。
〔註156〕此表參見陳滿銘《詞林散步》頁233。

用一「愁」字領起四句，代行者設想，虛寫船行之速。這樣實虛交融，使得這首詞眞如周濟所說的「不辨是情是景，但覺煙靄蒼茫」（《宋四家詞選》），有著無盡的韻味〔註157〕。而這闋詞構篇巧妙，黃文吉《北宋十大詞家》中評介周邦彥時說：「在章法結構方面，鋪敘縝密，變化多方。」〔註158〕這樣的評價是相當恰當的。

白居易的〈長相思〉也形成了同樣的結構：

> 汴水流，泗水流，流到瓜州古渡頭。吳山點點愁。　思悠悠，恨悠悠，恨到歸時方始休。月明人倚樓。

其結構分析表如下：

```
┌ 實：「汴水流」四句
├ 虛：「思悠悠」三句
└ 實：「月明人倚樓」
```

作者在上片，寫的是自己置身於瓜州古渡所見到的景物；其次「思悠悠」三句將時間往未來拓開；最後「月明人倚樓」一句，又將時間拉回現在作收。整首詞的時間在現在與未來間擺盪，顯得婉轉而多情。

貳、不可形成時空結構者

在此類中，虛、實時間的結合是以實虛疊映的方式呈現。所謂的「實虛疊映」，就是實時間與虛時間疊映在一起，過去、現在與未來交融成一片，常常會造成迷離恍惚的特別效果。

像李商隱的〈夜雨寄北〉就是最明顯的例子：

> 君問歸期未有期，巴山夜雨漲秋池。何當共翦西窗燭，卻話巴山夜雨時。

其結構分析表如下：

〔註157〕參見陳滿銘《詞林散步》頁 232～233。
〔註158〕見黃文吉《北宋十大詞家研究》頁 332。

```
      ┌ 實 ┬ 事：「君問歸期未有期」
      │    └ 景：「巴山夜雨漲秋池」
      └ 虛 ┬ 縱：「何當共翦西窗燭」
           └ 收：「卻話巴山夜雨時」
```

這首詩前二句是實寫眼前事、景，第三句以下就是虛摹了，但在虛摹中又出現了昔日的影子，這就形成了虛實疊映。李浩〈論唐詩中的時空觀念〉即說：「第三句是想像中虛景，時間跳躍至未來。……第四句再次出現的『巴山夜雨』與第二句的『巴山夜雨』遙相呼應，構成了一個語義上的回環，說明詩人在想像中又回到此時此地，那秋雨綿綿的夜裡。」〔註159〕所以對未來的設想中，交織著現在的情景，打併成一片，纏綿曲折。

張籍的〈感春〉也是類似的情形：

> 遠客悠悠任病身，謝家池上又逢春。明年各自東西去，此
> 地看花是別人。

其結構分析表如下：

```
      ┌ 實 ┬ 人：「遠客悠悠任病身」
      │    └ 事：「謝家池上又逢春」
      └ 虛 ┬ 因：「明年各自東西去」
           └ 果：「此地看花是別人」
```

這首詩形成的是「先實後虛」的結構，在「虛」的部份中又出現了「虛實疊映」。前二句是實寫此時看花的情景，後二句將時間拉向未來，但在對未來的描寫中，又出現了「看花」的字眼，自然而然地帶出今日的情景，不過也因此而更增添了一番感嘆，因為物是人非，明年自己不知在何處，看花的也不知是何人了。詩思纏綿環繞、婉轉低回。

歐陽修〈浪淘沙〉不僅用到了「實虛疊映」的手法，而且還出現

〔註159〕見《唐代文學研究》第四輯，頁31。

了「今昔疊映」的情形，頗為特殊：

把酒祝東風，且共從容。垂楊紫陌洛城東，總是當時攜手
處，游遍芳蹤。　　聚散苦匆匆，此恨無窮。今年花勝去
年紅，可惜明年花更好，知與誰同？

其結構分析表如下：

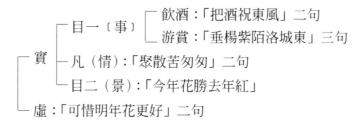

這闋詞的內容是歌詠洛城賞花，感傷朋友聚散無常。其中出現
「今昔疊映」手法者有兩處，一是「總是當時攜手處」二句，一是
「今年花勝去年紅」句，過去與現在綰合得緊密無間；而出現「實
虛疊映」的，則是最後「可惜明年花更好」二句，此時時間已伸向
未來了，但又藉由「花」引逗出對於過去的記憶，形成過去與未來
疊合的情形。趙乃增《宋詞三百首譯析》讚美道：「全詞巧妙地將『當
時』、『今年』、『明年』的花叢景象與人生聚散聯繫起來，于游芳中
融聚難散易的別苦，回環層遞，構思新巧，抒情深婉。」〔註160〕確
是知言。

王林《美術形態學》談到繪畫的不同構圖技巧時，指出有一種是
「構成變化關係」，他說：「十八世紀法國畫家華托的油畫〈西苔島的
巡禮〉，八對情侶的動作，構成了『熱戀—起身—伴行—離開』的連
續性。十九世紀奧地利畫家克里木特的作品〈三代婦女〉把嬰孩、母
親和老婦組織在一起，表現出女人一生從幼到老的經歷和變化。在不
同繪畫對象中引入歷時性的相關性，暗含變化過程，是在瞬間畫面上
造成時間感受的有效手段。」〔註161〕而在電視美學中，也有對於「複

〔註160〕見趙乃增《宋詞三百首譯析》頁50。
〔註161〕見王林《美術形態學》頁24。

雜度」〔註162〕應如何表現的探討，翟德爾（Herbert Zettl）《映像藝術》談到其中有一種做法即是：「理想地說，組成『現在』複雜度的同時性事件，應該在電視上以單純的瞬間而非繼續地反映出來。所幸我們可相當容易地藉重疊、分割、或合成來呈現多情況瞬間，以滿足這種要求。這樣的瞬間複雜度處理，只要事件能容許這種複雜而低鮮明度的印象派映像，就做得很好。」〔註163〕

　　實虛疊映的手法也是如此，實與虛的融合，在瞬時間把時間歷時性所會形成的變化關係，巧妙的帶了出來；而且所謂的「低鮮明度」，有時反而是具有朦朧美的特殊效果，也是這種手法吸引人的地方。

〔註162〕見翟德爾（Herbert Zettl）著，廖祥雄譯，《映像藝術》：「每個瞬間，即使是最簡短的，也具有高度的複雜性。當你在讀這個的時候，你注意到在體周圍的很多東西。你也有意識地或下意識地注意到過去與未來的事件。……你對這些因素的注意的強度與複雜度，會影響『現在』的有經驗持續。」頁340。
〔註163〕見翟德爾（Herbert Zettl）著，廖祥雄譯，《映像藝術》頁345。

第五章　古典詩詞時空結合的設計

　　對於時間與空間的思索，古代哲人很早就提出了它們的看法，《莊子・庚桑楚》中有言：「有實而無乎處者，宇也；有長而無本剽者，宙也。」〔註1〕《淮南子・齊俗訓》也說：「往古來今之謂宙，四方上下之謂宇。」〔註2〕漢代的張衡說：「宇之表無極，宙之端無窮。」明代的方以智《物理小識》中強調「推移之宙」和「規矩之宇」〔註3〕。我們可以看到，他們都是將時間與空間兩兩並提的，這也顯示出，他們早就體認到時間與空間的不可分割性。正如李浩〈論唐詩中的時空觀念〉中所言：「時空統一體的所有內涵，從『宇宙』這個古漢語並列式合成詞的構成方式中就體現了出來。」〔註4〕

　　現實的物質運動總是同時間與空間相聯繫的，世界上一切事物的存在和發展，都要以時空作為自己運動的存在形式，也就是說，都必須經歷一定的時間同時也佔有一定的空間。愛因斯坦《相對論》中提出「四維時空結合體」，證明了在時空連續區裡，單一的時間與單一的空間是不存在的，時間是空間的內在型態，空間是時間的外在表現〔註5〕。在

〔註 1〕　見黃錦鋐註譯《新譯莊子讀本》頁 271。
〔註 2〕　見《淮南鴻烈解・齊俗訓》卷十一，頁 17。
〔註 3〕　參考金哲、陳燮君《時間學》頁 45、57。
〔註 4〕　見《唐代文學研究》第四輯，頁 11。
〔註 5〕　參考李元洛《詩美學》頁 363～364。

這樣的四維時空中，自然會產生「時空思維」，金哲、陳燮君《時間學》中提到：「整體思維有連續性原則、立體性原則和系統性原則等等。連續性原則體現了時間性，反映了對於認識對象的持續相連、不斷深入的認識規律；立體性原則和系統性原則體現了空間性，反映了對於認識對象的立體思考、從整體內部的各個要素所固有的聯繫來考察和分析事物的認識規律。整體思維的實質可以說是『時空思維』。」〔註6〕

而文學作品就在這四維時空中被醞釀、被創造，因此，它當然也反映著這四維時空，體現著時空思維。所以楊匡漢《詩學心裁》說道：「藝術來自物質世界在精神上的反映，藝術品也總要物化成形。……因之，作為物質存在狀態的天然呈現，在藝術中，其交替序列（時間）和並存序列（空間），其不平衡環節（時間）和平衡環節（空間），其綿延（時間）和廣度（空間），總是互為前提、相互交滲和連接、不可分割地聯繫在一起的。」〔註7〕所以文學作品體現四維時空的情形，就很值得探討了。

文學作品體現四維時空，大致上會以兩種型態呈現：一種是「時空交錯」，一種是「時空溶合」。而在這兩種型態之下，又都可以區別出「實的時空」和「虛的時空」。並且在「實的時空」之中，也同樣可以發現客觀的設計方式，和主觀的設計方式的不同，當然，同樣地也會有主客觀並呈的設計方式出現。我們將在後面針對這些情形進行討論。

第一節　時空交錯的設計

金哲、陳燮君《時間學》中提出「時空交叉」的說法〔註8〕，這是針對物理時空來說的。而文學作品中所呈現的心理時空，同樣地也會有時空交錯的情形。早在魏晉南北朝時期，陸機〈文賦〉就說：「觀古今於須臾，撫四海於一瞬」，稍後的劉勰《文心雕龍》也說：「寂然

〔註 6〕 見金哲、陳燮君《時間學》頁 157。
〔註 7〕 見楊匡漢《詩學心裁》頁 204。
〔註 8〕 參見金哲、陳燮君《時間學》頁 158。

凝慮，思接千載；悄焉動容，視通萬里」，這都說明爲文運思之時，同時關顧時間與空間的情形。現代文論中當然也注意到這種情形，黃永武《中國詩學——設計篇》就列有「時空的分設」一法〔註9〕；李元洛《詩美學》也談到「時空分設」〔註10〕，與黃永武的看法是相同的。向宏業、唐仲揚、成偉均等主編的《修辭通鑑》則有「縱橫交錯式結構」的說法，此種結構方式「既注意了時間的連貫性，又照顧了空間的平列性。」〔註11〕張會恩、曾祥芹主編的《文章學教程》也認爲：「以時空交錯爲序安排層次，形成縱橫交錯式結構。」〔註12〕顏進雄《唐代遊仙詩研究》也提到「時空之交縱變化」〔註13〕。他們都注意到了文學作品中，以時空並呈、對映的方式，來組織篇章的情形。

　　不過，要辨明的一點是：形成「時空交錯」的作品中，其描繪時間與空間，都以至少一句的篇幅來鋪陳，並形成交錯出現的情況，所以可以從結構表中看出其時空交錯的情形；也就是說，可以形成時空結構表。針對這種情形，將在後面作較詳細的討論。

壹、實的時空交錯的設計

一、客觀的時空交錯的設計

　　實的時間包括過去和現在，實的空間指的是眼之所見、身之所歷的空間，這兩者交錯起來在文學作品中呈現的情形，就是現在所要探討的「實的時空交錯的設計」。

　　以至少一個句子爲單位來交代時間或空間，並形成交織〔註14〕，

〔註9〕　參見黃永武《中國詩學——設計篇》頁72。
〔註10〕　參見李元洛《詩美學》頁424。
〔註11〕　見向宏業、唐仲揚、成偉鈞主編《修辭通鑑》頁697。
〔註12〕　見張會恩、曾祥芹主編《文章學教程》頁318。
〔註13〕　顏進雄《唐代遊仙詩研究》頁485。
〔註14〕　陳清俊《盛唐詩時空意識研究》：「我們亦發現唐詩中時空分設的詩句相當普遍，尤其是律詩之中，上句寫時間，下句寫空間，這種時空對幾乎是最典型的對仗方式。」頁408-409。張曉風亦有一篇〈中國詩中時間與空間並峙的現象〉，《古典文學》第十一集，頁67～110。

這樣的情形必然可以用時空結構表來表達，而且會出現許多不同的組合型態：

形成「先時後空」結構者，有《詩經・東方之日》：

> 東方之日兮，彼姝者子，在我室兮；在我室兮，履我即兮。
> 東方之月兮，彼姝者子，在我闥兮；在我闥兮，履我發兮。

第一章結構分析表如下：

```
┌ 時：「東方之日兮」
│      ┌ 泛：「彼姝者子」二句
└ 空 ┤
       └ 具：「在我室兮」二句
```

此詩一、二章之結構表完全相同，故不贅敘。我們可以看到：第一句先交代時間，其後四句則交代所處之地，並以先泛後具的方式，寫出其中的活動。

王安石〈桂枝香〉中也出現了「先時後空」的結構：

> 登臨送目，正故國晚秋，天氣初肅。千里澄江似練，翠峰如簇。歸帆去櫂斜陽裡，背西風，酒旗斜矗。采舟雲淡，星河鷺起，畫圖難足。　念往昔、繁華競逐，嘆門外樓頭，悲恨相續。千古憑高，對此漫嗟榮辱。六朝舊事如流水。但寒煙、衰草凝綠。至今商女，時時猶唱，〈後庭〉遺曲。

其結構分析表如下：

```
       ┌ 凡：「登臨送目」
┌ 今 ┤      ┌ 時：「正故國晚秋」二句
│      └ 目 ┤
│             └ 空：「千里澄江似練」八句
│      ┌ 果：「念往昔」四句
├ 昔 ┤
│      └ 因：「千古憑高」三句
│      ┌ 自然：「但寒煙」句
└ 今 ┤
       └ 人文：「至今商女」三句
```

這闋詞是用「今昔今」的結構來架構全篇的，而「先時後空」結構出現在第一個「今」之中。在這一部份裡，作者寫登臨所見，正如

陳弘治《唐宋詞名作析評》中所言：「起筆『登臨送目，正故國晚秋，天氣初肅』三句，先點明登臨的時節與天氣，而境界之開闊、故國之可念，亦盡在不言中。這是全詞的提舉，以下便展開了風景的描繪：『千里澄江似練，翠峰如簇』，寫河山的秀麗；『征帆去棹殘陽裡，背西風，酒旗斜矗』，反映社會經濟的繁榮；『綵舟雲淡，星河鷺起』，反映人民生活的閑逸。」〔註15〕時間、空間的安排得極有條理，敘述井然有致。

　　《詩經‧東門之楊》中所形成的，是「先空後時」的架構：

　　　　東門之楊，其葉牂牂。昏以爲期，明星煌煌。
　　　　東門之楊，其葉肺肺。昏以爲期，明星晢晢。

第一章結構分析表如下：

```
 ┌ 空：「東門之楊」二句
 └ 時：「昏以爲期」二句
```

　　全詩二章，結構表是一樣的，因此不再贅述。余培林《詩經正詁》（上）說道：「『東門之楊』，寫期會之地；『昏以爲期』，寫期會之時。」〔註16〕很明顯地可以看出：空間與時間是交錯敘述的。

　　吳文英〈點絳唇〉（試燈夜初晴）也是運用同樣的結構來組織全篇：

　　　　捲盡愁雲，素娥臨夜新梳洗。暗塵不起，酥潤凌波地。　　輦路重來，彷彿燈前事。情如水。小樓薰被，春夢笙歌裡。

其結構分析表如下〔註17〕：

```
    ┌ 空 ┌ 高（天）：「捲盡」二句
    │    └ 低（地）：「暗塵」二句
    └ 時 ┌ 昔：「輦路」二句
         └ 今：「情如水」三句
```

〔註15〕見陳弘治《唐宋詞名作析評》頁 145〜146。
〔註16〕見余培林《詩經正詁》（上）頁 381。
〔註17〕此表參見陳滿銘《詞林散步》頁 359。

　　上片寫試燈夜初晴景色，分別就天空和地面來描述；下片就從時間入手，撫今追昔，流露出無限傷感〔註18〕。因為他採用時、空交錯的形式來敘寫，因此時、空這兩個要素都照顧到了、沒有遺漏。

　　有時也會形成「時空時」的結構，例如李之儀〈謝池春〉：

　　　殘寒消盡，疏雨過、清明後。花徑斂餘紅，風沼縈新皺。乳燕穿庭戶，飛絮沾襟袖。正佳時，仍晚晝。著人滋味，眞個濃如酒。　　頻移帶眼，空只憑、厭厭瘦。不見又思量，見了還依舊。為問頻相見，何似長相守。天不老，人未偶，且將此恨，分付庭前柳。

其結構分析表如下：

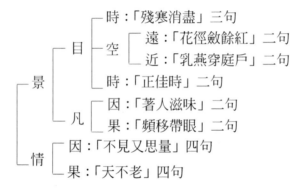

　　趙乃增《宋詞三百首譯析》說道：「此詞為抒寫傷春相思之作。」〔註19〕而開始的數句，便是敘寫所傷之春景，是用了「時空時」的方式來架構的，將清明後、黃昏時的春景，由遠而近地依序寫來，相當地清晰。

　　韋莊〈臺城〉中呈現的是「空時空」的結構：

　　　江雨霏霏江草齊，六朝如夢鳥空啼。無情最是臺城柳，依舊煙籠十里堤。

其結構分析表如下：

〔註18〕參見陳滿銘《詞林散步》頁358。
〔註19〕見趙乃增《宋詞三百首譯析》頁180。

```
 ┌─ 空：「江雨霏霏江草齊」
 ├─ 時：「六朝如夢鳥空啼」
 └─ 空 ┌─ 泛：「無情最是臺城柳」
        └─ 具：「依舊煙籠十里堤」
```

此詩一起筆就是著眼於空間來敘寫；第二句是著眼於時間；第三、四句又是針對空間。吳功正《中國文學美學》分析後面三句道：「『六朝』和『臺城』的時空交叉，『如夢』的巨變（時間）、『依舊』的不變（空間），形成了時空結構內在的裂變和失衡，包含著沉鬱緒密的歷史傷感和當時晚唐的憂患意識。」〔註20〕可見得時與空的迴環交錯與激盪，會產生很好的效果。

杜牧〈念昔遊〉出現的是較為繁複的形式：

李白題詩水西寺，古木回巖樓閣風。半醒半醉遊三日，紅白花開煙雨中。

其結構分析表如下：

```
 ┌─ 昔（人文） ┌─ 時：「李白題詩水西寺」
 │             └─ 空：「古木回巖樓閣風」
 └─ 今（自然） ┌─ 時：「半醒半醉遊三日」
               └─ 空：「紅白花開煙雨中」
```

這首詩採取的是時空夾寫的方式，第一句寫時間，第二句寫空間，第三句再寫時間，第四句再寫空間，時空對映而交融，分明而錯綜。〔註21〕因此若依據時間，我們可將此詩的結構劃分為「先昔後今」，若依據的是空間，則可將結構表述為「先人文後自然」；當然，最好的方式是將它們融合在同一個結構表中，這樣更能充分地展示出此詩的時、空間的架構。

李煜〈破陣子〉中呈現的時空交錯的形式，是相當巧妙的：

四十年來家國，三千里地山河。鳳閣龍樓連霄漢，瓊枝玉

〔註20〕見吳功正《中國文學美學》頁397。
〔註21〕參見李元洛《詩美學》頁366。

樹作煙蘿，幾曾識干戈。　一旦歸爲臣虜，沈腰潘鬢消磨。
最是倉皇辭廟日，教坊猶奏別離歌，揮淚對宮娥。

其結構分析表如下：

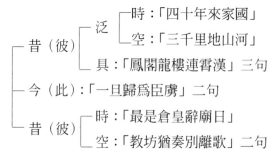

這闋詞的起二句從「昔」時間開始寫起，陳弘治《唐宋詞名作析評》中說道：「起首『四十年來家國，三千里地山河』二句，以時間空間相對並起，『四十年』與『三千里』對舉，包含了悠長的時間和廣大的空間，筆調蒼勁，氣魄沉雄。」〔註22〕中間二句的時間拉回到現在，寫眼前的痛苦；而最後三句「最是倉皇辭廟日，教坊猶奏離別歌，揮淚對宮娥」，又向過去逆溯，空間也轉變了，雖然同樣以時間、空間對起，但卻是針對一地、一時來寫，有時間定格、焦點集中的作用，使得悲痛的情感得到最大的強調。我們在結構表中，以「昔、今」來指稱時間的變化，而以「此、彼」來指出空間的轉換；這樣的表述方式，可以讓我們清楚地認識到這闋詞的時空結構。

人們都有時間知覺和空間知覺〔註23〕，所以，理所當然地會體現在文學作品中，此時所形成的美，就是陳望道《美學概論》中所說的空間時間的混合美〔註24〕，陳清俊《盛唐詩時空意識研究》中也說：「時空分設在形式上雖然貌似二者的對立，但其內在則趨向於統一。何況時、空相隨出現，不正反映出時空不可須臾分離的潛在觀念？」〔註25〕

〔註22〕見陳弘治《唐宋詞名作析評》頁80。
〔註23〕參見彭聃齡《普通心理學》頁278、255。
〔註24〕參見陳望道《美學概論》頁4。
〔註25〕見陳清俊《盛唐詩時空意識研究》頁409。

這種時、空混合的美感，又特別容易出現在某一類文章中，劉雨《寫作心理學》說：「形象性類型文章的結構順序一般是在內儲的表象記憶基礎上進行的，這是一種時空交錯的順序，主體運思中離不開表象的組合，這種組合過程更多地是在思維內部進行。」〔註 26〕證諸前面所引諸例，這種說法應該是可信的。

　　時、空交錯之美，美在同時掌握時間與空間，較能體現宇宙之真實——時間的流動與空間的廣延；並因而更凸顯出人處在宇宙的一點中，種種作為、感受的意義，因為「存在，我們畢竟存在」，因此所營造出的是專屬於作者個人的「小宇宙」。

二、主觀的時空交錯的設計

　　前面所呈現的都是客觀的時空交錯的設計，但是主觀的設計也是有的，只是相當少見。

　　唐溫如〈題龍陽縣青草湖〉中的時間與空間都經過變造，造成相當強烈的效果：

　　　　西風吹老洞庭波，一夜湘君白髮多。醉後不知天在水，滿
　　　　船清夢壓星河。

其結構分析表如下：

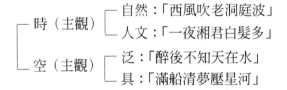

　　前二句就時間來寫，將時值作主觀的處理，所以時間好像變長了；後二句就空間來寫，也是作主觀的變形，吳功正《中國文學美學》對此有過分析：「本來星河在上，壓住湖中船隻，但詩人反上為下，將空間關係錯位，這是心靈感受的幻化，不合物理，卻更深切地表現

〔註26〕見劉雨《寫作心理學》頁 24。

出詩人的奇趣、心理。」（註27）因此出現的是高低的錯置，這種錯置當然是有意的。整首詩關顧了時間與空間，而且從主觀出發處理了時間與空間，展現出的是一個充滿作者個人風格的「小宇宙」。

白居易〈偶作二首〉之一中，也出現了時空分設、時空變造的情形：

> 擾擾貪生人，幾何不夭閼。遑遑愛名人，幾何能貴達。伊余信多幸，拖紫垂白髮。身爲三品官，年已五十八。筋骸雖早衰，尚未苦羸憊。資產雖不豐，亦不甚貧竭。登山力猶在，遇酒興時發。無事日月長，不羈天地闊。安身有處所，適意無時節。解帶松下風，抱琴池上月。人間所重者，相印將軍鉞。謀慮繫安危，威權主生殺。焦心一身苦，炙手旁人熱。未必方寸間，得如吾快活。

其結構分析表如下：

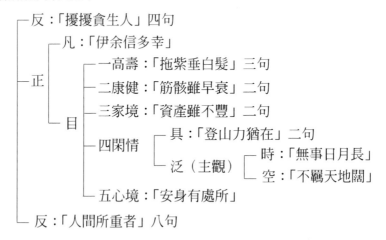

這首詩以「反正反」的方式來構篇，中間寫「正」的部分佔了絕大多數的篇幅；這部分先以「伊余信多幸」一句作個總括，以下分條分目地來敘寫自身幸運之事，而其中出現時、空分設現象的，只有「無事日月長，不羈天地闊」二句，而且都用了主觀的設計手

〔註27〕見吳功正《中國文學美學》頁400。

法，前者是實值的拉長、後者是面積的擴大，兩兩配合起來，予人非常深刻的印象。

三、主客觀並呈的時空交錯的設計

杜甫〈春日江村五首〉之一就是呈現這樣的情形：

　　農務村村急，春流岸岸深。乾坤萬里眼，時序百年心。茅屋還堪賦，桃源自可尋。艱難昧生理，漂泊到如今。

其結構分析表如下：

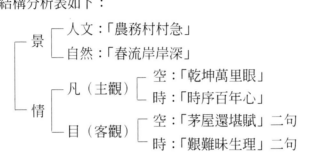

這首詩形成「先景後情」的結構，其中作者寫「情」的部分特別引人注意。「情」的部分是用「先凡後目」的方式來統括的，屬於「凡」的二句：「乾坤萬里眼，時序百年心」傳誦千古，當然是有原因的；從時空的角度來分析，前一句是就空間來寫，並且將萬里乾坤收納在隻眼中，後一句就時間來寫，用心靈包容百年之久的時序。這中間都出現了時、空的變形，作者以他驚人的魄力創造出這麼一個主觀的世界，將時、空間開拓得無限大，又收縮得無限小，真是筆力萬鈞。而「目」則是就客觀的時、空來敘寫，作較為細密的鋪陳。因此形成的是主客觀並呈的世界。

吳文英〈唐多令〉也出現了時空交錯、主客觀並呈的情形：

　　何處合成愁？離人心上秋。縱芭蕉、不雨也颼颼。都道晚涼天氣好，有明月，怕登樓。　　年事夢中休，花空煙水流。燕辭歸、客尚淹留。垂柳不縈裙帶住，漫長是，繫行舟。

其結構分析表如下：

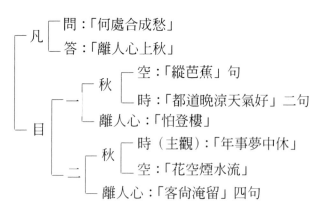

陳文華《海絹翁夢窗詞說銓評》中，針對此詞說道：「就結構言，俞平伯曰：『離人心上秋，爲本篇的主句。』此言甚切，然猶有說焉。蓋此節主要意象，皆從離人心事、眼前秋色敷陳而出。」〔註28〕而作者到底是如何敷陳此詞的呢？我們可以從結構表中看出：這闋詞先用一問一答的方式，帶出總括（凡）的部分：「何處合成愁」二句；其後的篇幅都是條分地來說明「秋」與「離人心」的關係。而條分部分（目一和目二），都分別出現了「先空後時」、「先時後空」的結構，而且「年事夢中休」一句又是主觀地將時間縮短，其他的句子則是作客觀的敘寫，造成了難得一見的「時空交錯」兼「主客觀並呈」的情形，相當特殊。

貳、虛的時空交錯的設計

所謂的虛時空，代表的是時間要伸向未來，空間要藉設想而得。王力堅《六朝唯美詩學》即提到憑藉想像，可以獲得超時空的意象〔註29〕。不過，時與空皆是虛的，這種情況是難得一見的。

杜甫的〈月夜〉就是一首罕見的時空「全虛」的作品：

今夜鄜州月，閨中只獨看。遙憐小兒女，未解憶長安。香霧雲鬟濕，清輝玉臂寒。何時倚虛幌，雙照淚痕乾。

〔註28〕 見陳文華《海絹翁夢窗詞說銓評》頁64。
〔註29〕 參見王力堅《六朝唯美詩學》頁63。

其結構分析表如下：

```
     ┌ 空（虛）┬ 主（妻）：「今夜鄜州月」二句
     │        ├ 賓（子女）：「遙憐小兒女」二句
     │        └ 主（妻）：「香霧雲鬟濕」二句
     └ 時（虛）：「何時倚虛幌」二句
```

　　喻守眞《唐詩三百首詳析》對此詩有很精闢的分析：「此詩章法，有一特別之處，是不從自己長安這裡說，卻偏從鄜州那邊妻子說。首聯不說自己見月憶妻，單說妻子見月憶己，頷聯不說自己看月憶兒女，偏說兒女隨母看月不解憶己。……頸聯是想像妻子看月憶己時的光景。……末聯以『雙照』應『獨看』，是寫希望相思得償，能夠聚首相倚一同看月。」「（本詩）是一首憶內的詩，從反面抒寫離情。」〔註30〕所謂反面，就是指詩人憑想像所創造的虛空間，再配合對未來的設想（虛時間）。這首詩的寫法眞是妙不可言，但又不炫奇露巧，眞是不愧老杜。

　　白居易〈花非花〉則更是奇詭幽微、難以捉摸：

　　花非花，霧非霧，夜半來，天明去。來如春夢幾多時，去
　　似朝雲無覓處。

其結構分析表如下：

```
     ┌ 空：「花非花」二句
     │       ┌ 點：「夜半來」二句
     └ 時 ─┤
             └ 染：「來如春夢」二句
```

　　《唐詩新賞》（第十一輯）中說道：這首詩取前三字爲題，近乎「無題」；若單看「夜半來，天明去」，頗使讀者疑心是在說夢，但是從下句「來如春夢」四字，可知又不然了。不過，此詩詩意並非隱諱到無可捉摸，因爲它被作者編在集中「感傷」之部，同部中情調接近的作品：〈眞娘墓〉和〈簡簡吟〉，都是悼亡之作，大約〈花非花〉也

―――――――――――――――

〔註30〕見喻守眞《唐詩三百首詳析》頁175。

與此二詩是同一目的而作〔註31〕。那麼，或可斷定此詩詠的是淒艷的幽魂；果真如此，則此詩就是「全虛」的作品了，而且還是以「時空交錯」的方式來組織全篇的。

蘇軾〈清平樂〉也是全用「設想」寫成：

> 清淮濁汴。更在江西岸。紅旆到時黃葉亂。霜入梁王故苑。秋原何處攜壺。停驂訪古踟躕。雙廟遺風尚在，漆園傲吏應無。

其結構分析表如下：

```
┌ 空：「清淮濁汴」二句
├ 時：「紅旆到時」句
│     ┌ 目一：「霜入梁王」句
└ 空 ├ 凡：「秋原何處」二句
      └ 目二：「雙廟遺風」二句
```

此詞題作「送述古赴南都」，可見作者當時人不在南都，全詞都是憑藉想像而完成的。作者以「空時空」的方式來組織全篇，不僅點明季節，而且利用對空間的大幅描寫，嵌入兔園、雙廟、漆園等古蹟，以寓「野無遺賢」的意思，表達對陳襄深切的期許。

參、虛實結合的時空交錯的設計

一篇之中，既要關顧時間與空間，又要結合虛與實，甚至還可能有客觀、主觀不同的處理態度，真是不容易面面俱到；但是，也因為作品中可能包含這許多變項，因此就會出現多采多姿的組合方式。其下將盡量地呈現出這多變的風貌。

李白〈將進酒〉中出現的結構是「先虛後實」：

> 君不見黃河之水天上來，奔流到海不復回。君不見高堂明鏡悲白髮，朝如青絲暮成雪。人生得意須盡歡，莫使金樽空對月！天生我才必有用，千金散盡還復來。烹羊宰牛且為樂，會須一飲三百杯。岑夫子，丹邱生，將進酒，杯莫停！與君

〔註31〕參見《唐詩新賞》（第十一輯）頁 37～38。

歌一曲，請君為我傾耳聽！鐘鼓饌玉不足貴，但願長醉不願醒。古來聖賢皆寂寞，唯有飲者留其名。陳王昔時宴平樂，斗酒十千恣歡謔。主人何為言少錢，徑須沽取對君酌！五花馬，千金裘，忽兒將出換美酒，與爾同銷萬古愁！

其結構分析表如下：

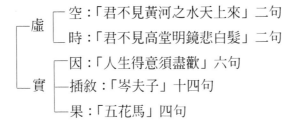

一開始就是「虛」，此處之「虛」包括了空間和時間。首二句作者設想黃河由發源到入海的景象，將這虛空間寫得如在眼前。次二句作者總結人類的經驗，預想出未來的發展，所以寫的是「虛」的時間。「實」的部分則是形成因果關係：因為人生須盡歡，所以不須吝惜花費，一醉解千愁才是最重要的；而在中間插入一段對岑參和元丹邱所唱的歌詞，既使詩篇多一番曲折變化，也痛快剖析了太白的心境。我們從這首作品中可以看得出來，「虛」的空間和時間使得作品的內容更豐富，更增添了一種多變的姿態，而且對「實」的部分也起了加強的作用。

周邦彥〈關河令〉是用「先實後虛」的架構來組織全篇，在「實」的部分出現了時、空迭現的情形：

秋陰時晴漸向暝。變一庭淒冷。佇聽寒聲，雲深無雁影。
更深人去寂靜，但照壁、孤燈相映。酒已都醒，如何消夜永？

其結構分析表如下：

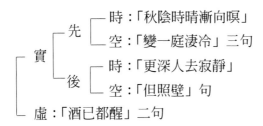

　　這闋詞先敘寫眼前事物，最後二句將時間拉向未來。而在前面實寫的部分，作者是採用空間、時間間雜的方式來敘述，結構相當嚴密。

　　柳宗元〈別舍弟宗一〉形成的雖是常見的「先實後虛」結構，但在「虛」的部分，出現了「時空交錯」的情形，卻是比較特別的：

　　　零落殘魂倍黯然，雙垂別淚越江邊。欲知此後相思夢，長
　　　在荊門郢樹煙。

其結構分析表如下：

```
      ┌ 泛：「零落殘魂倍黯然」
  ┌ 實 ┤
  │   └ 具：「雙垂別淚越江邊」
  ┤
  │   ┌ 時：「欲知此後相思夢」
  └ 虛 ┤
      └ 空：「長在荊門郢樹煙」
```

　　前面二句是就眼前寫別離之景，後面二句的時、空都向虛處延展，周金聲主編的《中國古典詩藝品鑑》針對後二句分析道：「不直說眼下如何難捨難別，而擬想『此後』情況，從虛處著墨。不直說此後懷念，卻寄之以『相思夢』，甚至進而刻劃別後夢見舍弟前往之地的煙樹景。真是虛中造形，虛之又虛。」〔註32〕

　　韋應物〈寄全椒山中道士〉同樣也是呈現「先實後虛」的結構，但卻有它非常獨特的地方：

　　　今朝郡齋冷，忽念山中客。澗底束荊薪，歸來煮白石。欲
　　　持一瓢酒，遠慰風雨夕。落葉滿空山，何處尋行跡？

其結構分析表如下：

```
  ┌ 實空間：「今朝郡齋冷」二句
  ┤
  │        ┌ 現在：「澗底束荊薪」二句
  └ 虛空間 ┤
           │        ┌ 時：「欲持一瓢酒」二句
           └ 未來 ┤
                    └ 空：「落葉滿空山」二句
```

〔註32〕見周金聲主編《唐代古典詩藝品鑑》頁80。

　　喻守眞《唐詩三百首詳析》中有言：「（此詩）一二兩句是憶念道士。三四兩句，是懸想道士在山中的情形。五六句是寫欲走訪之意。……末二句是寫恐其不遇。」〔註33〕黃文吉《千家詩詳析》也說：「這是一首寄人寫懷念的詩。全詩的重點都在第一句的『懷君』兩字。……全詩的特點是以自己的情況來推想朋友，處處在爲朋友設想，眞摯的情誼也就由此自然流露出來。」〔註34〕所以可以看得出來，只有一二句是就自己所處的時空來作描述；但最堪玩味的是虛的部分可以分作兩層：第一層只針對當時所不能眼見的虛空間來寫，可是第二層不僅時間是伸向未來的，所以出現了虛時間，而且在同時又帶出了一個存在於未來的虛空間。這種對虛、實時空的操控自如，眞是令人嘆爲觀止。

　　蘇軾〈南鄉子〉（和楊元素，時移守密州）則是用「虛實虛」的方式來構篇的：

> 東武望餘杭，雲海天涯兩渺茫。何日功成名遂了，還鄉，醉笑陪公三萬場。　　不用訴離觴，痛飲從來別有腸。今夜送歸鐙火冷，河塘，墮淚羊公卻姓楊。

其結構分析表如下：

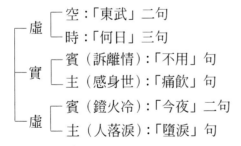

此詞作於杭州西湖，因此我們知道上片的部分，是透過設想，將空間移至「密州」、將時間推至未來，虛寫別後之相思與重會，並因此形成了「時空交錯」的結構。下片的首二句的時間是當下、地點是

〔註33〕見喻守眞《唐詩三百首詳析》頁23。
〔註34〕見黃文吉《千家詩詳析》頁34。

當地，因此是「實」的；但是末三句則又將時間移後，虛寫「送歸」時鐙火之冷與主人之淚，以推深送別之情，爲後一個「虛」。

陳子昂〈登幽州台歌〉裡的空間和時間也是虛實交錯的：

前不見古人，後不見來者。念天地之悠悠，獨愴然而淚下。

其結構分析表如下：

```
        ┌ 時 ┌ 實：「前不見古人」
  ┌ 敘 ┤    └ 虛：「後不見來者」
  │    └ 空：「念天地之悠悠」
  └ 情：「獨愴然而淚下」
```

作者在前二句中，將時間往無盡的過去與未來延展，第三句又把空間極力地向上下拓開，強力地營造出渾浩蒼茫的宇宙感；因此最後一句的愴然淚下，就顯得感人至深了。

沈佺期〈雜詩〉中，空間與時間的處理十分巧妙：

聞道黃龍戌，頻年不解兵。可憐閨裡月，長在漢家營！少婦今春意，良人昨夜情。誰能將旗鼓，一爲取龍城？

其結構分析表如下：

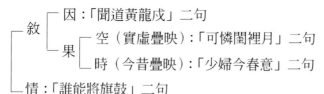

```
        ┌ 因：「聞道黃龍戌」二句
  ┌ 敘 ┤    ┌ 空（實虛疊映）：「可憐閨裡月」二句
  │    └ 果 ┤
  │         └ 時（今昔疊映）：「少婦今春意」二句
  └ 情：「誰能將旗鼓」二句
```

在敘事的部分裡所出現的空間，是「實虛疊映」的空間，即「閨裡月」和「漢家營」疊映；時間則是「今昔疊映」的時間，即「今春」和「昨夜」疊映。在這種情形下，虛、實、今、昔交融在一起，作者驅遣時、空間的手法靈動之極，效果非常的好。

劉禹錫〈和令狐相公別牡丹〉則不僅時間上有虛、有實，甚至空間上還出現主、客並呈的情形：

平章宅裡一欄花，臨到開時不在家。莫道兩京非遠別，春

　　　明門外即天涯！

其結構分析表如下：

```
┌ 時 ┬ 實：「平章宅裡一欄花」
│    └ 虛：「臨到開時不在家」
└ 空 ┬ 客觀遠：「莫道兩京非遠別」
     └ 主觀遠：「春明門外即天涯」
```

　　這首詩前二句寫時間的部分，出現了實時間（現在）與虛時間（未來）對映的情形；後二句寫空間的部分，則出現了客觀與主觀並呈的情況。這樣的對照交融，釀造出不同的詩趣來。

第二節　時空溶合的設計

　　時空溶合與時空交錯是不同的。因為時空交錯雖然也是同時關顧到時間與空間，但是可以區分得出來，哪一個句子屬於空間、哪一個句子屬於時間；但是時空溶合則是時、空間交融無間、無法區分。

　　黃永武《中國詩學——設計篇》中提及的「時空的交感」，就是時空溶合，他說：「在時空交叉的處理上極靈活，詩句就分不出是屬於時間亦或空間，這種時空混融的手法，往往能造成情思綿邈，錯綜幻化的意趣。」〔註35〕李元洛《詩美學》也有類似的說法〔註36〕。陳清俊《盛唐詩時空意識研究》亦說：「時間可以表現空間，空間亦可以描繪時間，時間中可以融入空間，空間裡亦可以包納時間；時空原非彼此對立，而是相互開放、相互圓成的系統。」〔註37〕他們都注意到了文學作品中時空溶合的現象。

　　不過，時空溶合也可能有偏時間或偏空間的情形。李浩〈論唐詩中的時空觀念〉，其中分為「時間的空間化」和「空間的時間化」〔註

〔註35〕見黃永武《中國詩學——設計篇》頁74。
〔註36〕見李元洛《詩美學》頁425。
〔註37〕見陳清俊《盛唐詩時空意識研究》頁408。
〔註38〕李浩〈論唐詩中的時空觀念〉，《唐代文學研究》第四輯：「時空合一

38）；趙山林《詩詞曲藝術》則稱之爲「化時間爲空間」、「化空間爲時間」〔註39〕；其他理論家亦曾提及這種現象〔註40〕。因此，在討論「時空溶合」時，必須也對此有所體認才會周全。

所以，「時空溶合」的現象可分爲三類：時間的空間化、空間的時間化、時空完全溶合者。

壹、時間的空間化

對於「時間的空間化」，諸家的解釋都很值得參考〔註41〕。我們認爲這種情形主要是呈現空間意象，但在勾連空間意象的過程中，透露出時間流逝的訊息。因此表面上是在寫空間，但時間的流動已涵蘊在其中。

的另一類現象，就是時間的空間化與空間的時間化。」頁29。

〔註39〕見趙山林《詩詞曲藝術》頁168、172。

〔註40〕陳清俊《盛唐詩時空意識研究》提及「時間的空間化傾向」、「空間的時間化傾向」頁392、399。李元洛《詩美學》提及「時空轉位」，其中分爲「空間的時間化」和「時間的空間化」，頁426。此外，亦可與建築理論作一參照。余東升《中西建築美學比較研究》即談到：「古代和諧美藝術的時空觀要求把時間和空間統一起來，即要麼把空間的變化體現在時間的系列上，也就是說，在有限的時間範圍內，盡可能地表現出更多的空間內容；要麼把時間的變化表現在靜態的空間形式上，使靜態空間也顯示出動態的時間性的變化運動，從而使靜態的空間形式也顯得富有朝氣」，頁57。

〔註41〕例如李清筠《時空情境中的自我影像》對「時間空間化」的解釋是：「在詩句的創作過程中，將一個個『空間性單元』『依次』呈現在我們眼前，而我們對他們全面的美感印象，需要等到他們全部投射在我們覺識的幕上始可完成。在這裡，時間的進行，是通過一個個空間形象的接續來完成。」頁265。李元洛《詩美學》：「在有的詩作中，因爲所描繪的時間意象的變換，是在空間之內進行，所以雖然就文字還看似乎是在寫時間，實際上也顯示了空間景象的變化，這可以稱之爲時間的空間化。」頁426。簡政珍《電影閱讀美學》談到電影中「時間空間化」，認爲是「時間的消逝要經由場景的變化才能顯現。任何過去的事件都以『現在式』展現於畫面，而所謂現在式就是目前出現於畫面的映象。……並時性正類似時間的空間化，在短暫的瞬間裡擠發不同的空間。」頁118。亦可與此參看。

最明顯的例子，當推《詩經・綢繆》：

綢繆束薪，三星在天。今夕何夕？見此良人。子兮子兮，
如此良人何？

綢繆束芻，三星在隅。今夕何夕？見此邂逅。子兮子兮，
如此邂逅何？

綢繆束楚，三星在戶。今夕何夕？見此粲者。子兮子兮，
如此粲者何？

其結構分析表如下：

```
          ┌ 景：「綢繆束薪」二句
    ┌ 天 ─┤
    │     └ 情：「今夕何夕」四句
    │     ┌ 景：「綢繆束芻」二句
 ───┼ 隅 ─┤
    │     └ 情：「今夕何夕」四句
    │     ┌ 景：「綢繆束楚」二句
    └ 戶 ─┤
          └ 情：「今夕何夕」四句
```

詩寫一對相愛的男女在夜間相會的情景。三星（古代亦稱參星）
始而在天，繼而在隅（天邊），終而在戶（門上），這種星象位置的空
間變化，正暗示了時光的流逝。這就是時間的空間化，趙山林《詩詞
曲藝術》則稱之為「化時間為空間」〔註42〕。

時彥〈青門飲〉（寄寵人）也出現了「時間空間化」的現象：

胡馬嘶風，漢旗翻雪，彤雲又吐，一竿殘照。古木連空，
亂山無數，行盡暮沙衰草。星斗橫幽館，夜無眠、燈花空
老。霧濃香鴨，冰凝淚燭，霜天難曉。　　長記小妝才了，
一杯未盡，離杯多少。醉裡秋波，夢中朝雨，都是醒時煩
惱。料有牽情處，忍思量、耳邊曾道：甚時歸來，認得迎
門輕笑。

其結構分析表如下：

〔註42〕參見趙山林《詩詞曲藝術》頁 169。

```
    ┌ 今 ┬ 雲日：「胡馬嘶風」四句
    │    ├ 草木：「古木連空」三句
    │    └ 花霧：「星斗橫幽館」六句
    └ 昔 ┬ 別筵：「長記小妝才了」六句
         └ 叮嚀：「料有牽情處」五句
```

這闋詞採用的敘述次序是「先今後昔」，是比較罕見的；不過，更特別的是，在「今」的部分（即上片）出現了「時間空間化」的情形。表面上看起來，上片只是寫景而已，但是若仔細推敲，會發現所敘述的景色表現出時間由黃昏至日暮至夜深的推移痕跡，因此時光的流轉其實已涵括在其中。這種一方面敘寫不同景觀，一方面表出時間流逝的方式，真是非常高妙的。

時間為什麼可以空間化？彭聃齡《普通心理學》說：「時間知覺與空間知覺又有密切的聯繫。人們對空間的知覺有時受到時間知覺的影響。」〔註43〕這是時間空間化的心理基礎。潘其添〈咫尺之圖，千里之景——藝術時間和藝術空間〉一文中，提到「四維空間」的說法，即空間的三維性（長、寬、高）加上時間的一維性（時間的永恆流逝）。他並舉例說：美國超現實主義畫家馬賽爾・迪尚的〈下樓梯的裸體者〉，畫出了五、六個相互重疊的人形，展現了下樓梯人的連續動作，就是「四維空間」的表現〔註44〕。

落實到文學現象上，陳清俊《盛唐詩時空意識研究》提出他的解釋：「放眼所見，呈現在眼中的空間景物，無不同時具有時間性，是故或濃或淡都染有時間的色彩。詩人為能準確地描繪外在世界的情貌，對於空間景觀的刻劃便不能不加入時間的考量。」〔註45〕鄭毓瑜《六朝情境美學綜論》中也說：「春秋代序，冬夏交迭，『節變』連帶『物化』，直接刺激人的空間感知，於是透過『觀』、『睹』、『瞻』、『臨』

〔註43〕 見彭聃齡《普通心理學》頁 278。
〔註44〕 參見《藝術與哲學》，頁 34～35。
〔註45〕 見陳清俊《盛唐詩時空意識研究》頁 399。

的親身參與，大自然的形象物色也就同時布建了置身其中的『人』之生存場域；……因此由春至夏，自秋及冬，景觀上陰陽慘舒的分明立判，就引帶出對四季年月這時間格度及其流移推展的清楚認識；然而這並不代表『時間』是被『空間化』而得以暫停流動，有所貞定，相反的，『空間』幾已浸沒入『時間』洪流中，與時驅馳。」〔註46〕他們都說明了因為時間與空間的不可分離，所以空間意象會帶出時間的流轉，是很自然的。

而且因為空間的相鄰並列關係〔註47〕，在結構表中可以表現得十分清楚，因此可以假設這一個個的空間結構單位，就像一幅幅的畫面，空間的延展就像一幅卷軸的展開般，若其中嵌入了人、事、物的轉變，則空間轉換的當時，時間的流逝也已在不言之中。這就是時間為什麼可以空間化的原因。

貳、空間的時間化

關於「空間的時間化」，也有不一樣的說法〔註48〕。我們認為作品中出現的空間意象，要靠時間為線索勾連起來；等於在時間的流逝之下，帶出空間的轉變，這就是空間的時間化。

〔註46〕見鄭毓瑜《六朝情境美學綜論》頁69。

〔註47〕參見李元洛《詩美學》頁372。

〔註48〕例如王建元〈中國山水詩的空間經驗時間化〉，《當代台灣文學評論大系・文學理論卷》：「(空間經驗時間化) 這是說詩人將其空間經驗視為一個『情況』(situation)，其基本結構深植於時間之中。這種將重心從空間轉移到時間，在詩作中大致有兩種現象：其一是具體時間意象的直接呈現，其二是時間意象退隱為詩中一種內在的時間性，是一種蘊藏在詩人的『意旨』(intentionality) 甚至身體行動 (bodily motility) 的綜合時間性。」154頁。李元洛《詩美學》認為：「在有的詩作中，由於所描繪的空間場在時間之流中變換，所以雖然就文字來看似乎是在寫空間，實際上也表現了時間的流動，這可以稱之為空間的時間化。」頁426。簡政珍《電影閱讀美學》則提到電影「空間時間化」：「電影的空間在時間裡『書寫』。映象裡的場景是空間時間化的結果。『流動』、『連續』的本質本來就具時間性。……電影裡頭，空間一定要經由時間轉介，放映影片是時間的流動，從亞洲到非洲因而是時間的接續，雖然其中的距離只有一秒鐘。」頁117～118。亦此與此參看。

　　張繼的〈楓橋夜泊〉膾炙人口，它所呈現的時空溶合的型態就是「空間的時間化」：

　　　月落烏啼霜滿天，江楓漁火對愁眠。姑蘇城外寒山寺，夜半鐘聲到客船。

其結構分析表如下：

```
     ┌ 先 ┌ 高：「月落烏啼霜滿天」
     │    └ 低：「江楓漁火對愁眠」
─────┤
     │    ┌ 遠：「姑蘇城外寒山寺」
     └ 後 └ 近：「夜半鐘聲到客船」
```

　　這首詩以「先、後」的時間關係，統領起「高、低、遠、近」的空間變化，既關顧了時間的流逝，也顧及了空間的轉換，而且時間與空間的結合不著痕跡，難怪此詩會如此成功了。

　　秦觀〈滿庭芳〉也是一首相當迷人的作品：

　　　山抹微雲，天黏衰草，畫角聲斷譙門。暫停征棹，聊共引離尊。多少蓬萊舊事，空回首、煙靄紛紛。斜陽外，寒鴉數點，流水繞孤村。　　銷魂。當此際，香囊暗解，羅帶輕分。謾贏得青樓，薄倖名存。此去何時見也，襟袖上、空惹啼痕。傷情處，高城望斷，燈火已黃昏。

其結構分析表如下〔註49〕：

```
     ┌ 今 ┌ 遠：「山抹微雲」三句
     │    ├ 插敘：「暫停征棹」四句
     │    └ 近：「斜陽外」三句
     │
─────┤ 昔 ┌ 情：「銷魂」
     │    │      ┌ 因：「當此際」三句
     │    └ 事 ┴ 果：「謾贏得」二句
     │
     └ 今 ┌ 近：「此去」二句
          └ 遠：「傷情處」三句
```

──────────────
〔註49〕此表參見陳滿銘《詞林散步》，頁202。

　　在這闋詞的結構分析表中，可以很清晰地看出這篇作品是用「今昔今」的結構組織起來的；而且還可以發現：在前後兩個「今」之下，都出現了空間的轉換（一「由遠而近」、一「由近而遠」）。所以，這闋詞在表出空間的移轉時，實已暗寓了時間的流逝，這便是「空間時間化」的具體體現。

　　在「空間設計——視角轉換」中，探討過中國傳統的「散點透視」的方法。但是文學中的「散點透視」其實可分做兩類：一類是只針對空間，形成空間的視角轉換；一類是同時關顧時間與空間，以時間領起空間的視角轉換。前一類已經討論過了，現在所要探討的是第二類。

　　王建元〈中國山水詩的空間經驗時間化〉中提及梅露彭迪說道「一個畫家的軀體，因為其本身是視野與行動的混合」，故會為了「一個飽和的視野」的目標而「不停止地移動來適應它對事物的透視」。這個說法，使我們自然而然地想到中國山水畫家必須「飽遊飫看」才能以「一筆之管擬太虛之體」。這也是葉維廉所指出的中國畫家以其「視覺角度的移動」來「將空間的各單位時間化」，而畫家的目的，在於「企圖與山的『整體』和水的『整體』同居同處。」〔註50〕王秀雄《美術心理學》探討中國人移動視點的畫法時，也說道：「中國人之空間觀乃是繼時之空間觀，也就是空間的時間化。……這種客體與自我之不可分性，使得中國人發見不出『透視畫法』的原理。」〔註51〕他們都點出了「時間」要素在中國繪畫中的重要性。

　　不僅是繪畫，中國的園林建築也是如此。余東升《中西建築美學比較研究》中說道：「中國建築延時間序列展開空間節奏的變化；觀賞中國建築，遊人沿中心線索運動前進，也就是視點的不斷移動、變更，也就是移步換景；這一切都是在運動中進行的。」「實際上，中國建築沿中心線索加以展開，就是透過時間的綿延來體驗空間的

〔註50〕此表參見陳滿銘《詞林散步》頁202。
〔註51〕參見王建元〈中國山水詩的空間經驗時間化〉，《當代台灣文學評論大系·文學理論卷》頁173。

無限變化的。在這裡，時間消融在空間的變化之中，而空間的變化表示著時間的綿延不斷，透過人的心理體驗，時間和空間得以統一。」〔註52〕因此也具有時間化的濃厚傾向。

甚至，中國電影的空間也是一個遼闊開敞的，帶有時間因素的、活動的空間。林年同《中國電影美學》中說：「在中國電影的空間意識創造中……追求的就是一種流動的空間意識。……是一個可留可步的，轉得過來又透得過去的往復吐納的空間」、「中國電影一種新的美學——『游的美學』。」〔註53〕時間的訊息在此無所不在。

在文學上，其實也是一樣的。宗白華〈中國詩畫中所表現的空間意識〉說道：「時間的節奏（一歲十二月二十四節）率領著空間方位（東南西北等）以構成我們的宇宙。所以我們的空間感覺隨著我們的時間感覺而節奏化了！音樂化了！畫家在畫面所欲表現的不只是一個建築意味的空間『宇』而須同時具有音樂意味的時間節奏『宙』。一個充滿音樂情趣的宇宙（時空合一體）是中國畫家詩人的藝術境界。」〔註54〕韓林德《境生象外：華夏審美與藝術特徵考察》溯源至中國傳統的「陰陽五行說」，並與文學結合起來，說：「陰陽五行說認為，宇宙作為一個整體，乃是一個有統一運動節奏的大系統。時間節奏與天地萬物的生命活動之間存在著統一性。……時序更迭支配著物候變遷，時序與物候之間具有內在的對應關係：一定的時序便有一定的物候呈現，而一定的物候有表徵一定時序的到來。」〔註55〕他認為魏晉以降的詩人在有關的作品中，一再表達他們對這一時空運轉的領悟。所以，在「空間時間化」中所舉之例證，它們的結構表都是呈現出時間統領空間的情況；而時間所特具的連續性〔註56〕，將整個作品所呈現出的內在世界，聯繫得更具節奏與韻律。

〔註52〕見王秀雄《美術心理學》頁196。
〔註53〕見余東升《中西建築美學比較研究》頁166、155。
〔註54〕見林年同《中國電影美學》頁97～98、102。
〔註55〕見《美學與意境》頁98。
〔註56〕見金哲、陳燮君《時間學》：「連續性原則體現了時間性。」頁157。

參、時空完全溶合者

時間與空間完全打併交融成一片，時間流轉的同時，空間也跟著轉移；空間轉換之時，時間也流逝了，根本無法區別開來，這就是「時空完全溶合者」。文學作品若能呈現這樣的狀態，可說是已經達致時空處理的極致了。

不過，若要作更為細密的區別，則時空溶合中的一種情況是：一個句子之中，會同時出現時間意象和空間意象，形成非常明顯的並呈的情形；另一種情況是：無法在字面上明顯地區分何者屬於時間？何者屬於空間？也就是說，兩者交融的情況更為緊密、貼合。這兩種情形在文學作品中都是存在的，所以都應該做一探討；而且，有時候還會出現兩者並存的狀況，當然也應將它呈現出來，如此一來，對「時空溶合」的探討，才會比較完整、周密。

一、一句之中時間意象與空間意象並呈者

此處所要討論的，是時間意象與空間意象在一個句子中交互出現，呈現出十分明顯的並呈的現象，這是古典詩詞中常見的情況 [註57]，因此值得提出來探討。

潘閬〈九華山〉中有一句是非常典型的例子：

將齊華嶽猶多六，若並巫山又欠三。好是雨餘江上望，白
雲堆裡潑濃藍。

其結構分析表如下：

```
┬ 遠（泛）：「將齊華嶽猶多六」二句
├ 近（時空並呈）：「好是雨餘江上望」
└ 遠（具）：「白雲堆裡潑濃藍」
```

從結構表中可以看出第三句出現「時空並呈」的情形，金性堯選注《宋詩三百首》分析道：「第三句寫看山的最理想時間和角度。」

[註57] 李浩〈論唐詩中的時空觀念〉，《唐代文學研究》第四輯：「特別是在律詩中，因平仄對仗的緣故，時間意象與空間意象往往相伴隨，或並置迭加，或分出獨立，或換位重組。」頁27。

〔註 58〕這樣才能引出第四句對九華山的具體描述。

　　歐陽炯〈南鄉子〉也有一句是形成時、空意象的並置：

　　　路入南中，桄榔葉暗蓼花紅。兩岸人家微雨後，收紅豆，
　　　樹底纖纖抬素手。

其結構分析表如下：

```
┌ 自然：「路入南中」二句
│        ┌ 大（晴）（時空並呈）：「兩岸人家微雨後」
└ 人文 ──┤       ┌ 因：「收紅豆」
         └ 小 ──┤
                 └ 果：「樹底纖纖抬素手」
```

　　此詩「兩岸人家微雨後」一句中，「兩岸人家」是空間意象，「微雨後」是時間意象，因此可以據此定出「大（晴）」的結構單元。

　　蘇軾〈飲湖上初晴後雨〉一詩中，時、空意象並呈的範圍擴大至二句、也就是全篇的一半：

　　　水光瀲艷晴方好，山色空濛雨亦奇。欲把西湖比西子，淡
　　　妝濃抹總相宜。

其結構分析表如下：

```
┌ 敘（時空並呈）┌ 低（晴）：「水光瀲艷晴方好」
│              └ 高（雨）：「山色空濛雨亦奇」
│      ┌ 果：「欲把西湖比西子」
└ 論 ──┤
        └ 因：「淡妝濃抹總相宜」
```

　　此詩的前二句都分別出現了空間意象和時間意象：「水光瀲艷」和「山色空濛」是針對空間來描寫，「晴方好」和「雨亦奇」是針對時間來描寫；因此可以分別根據時間和空間，而定出「由低而高」、「由晴而雨」的結構來。黃文吉《千家詩詳析》也說道：「前兩句以對比的手法將西湖晴和雨兩種不同的景象寫出來，晴時形容『水光』，雨時稱讚『山色』，如此西湖山水的好和奇自然濃縮在其中。」

〔註 58〕見金性堯選注《宋詩三百首》頁 27。

〔註59〕後面的「論」也就是據此而產生的，顯得順理而成章。

晏殊的〈憶庭秋〉的上片也是很值得觀察的：

> 別來音信千里，恨此情難寄。碧紗秋月，梧桐夜雨，幾回
> 無寐。　　樓高目斷，天遙雲黯，只堪憔悴。念蘭堂紅燭，
> 心長焰短，向人垂淚。

其結構分析表如下：

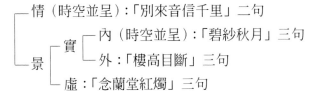

此詞主題是寫別情。首句「別來」二字是時間，「千里」二字是空間，由於音信相隔，遂引出下句「此情難寄」的別恨。接著的三句主要寫室內的空間，但是又有表示時間意象的字眼：「秋」、「夜」、「幾回」等。下片的空間轉到室外，而且在末三句藉著「念」字造出一個虛空間，使虛實兩個空間形成對照〔註60〕。從中可以看出：上片的時、空意象在句中是交織在一起的，下片則是針對空間的轉換與對照來描寫，因此只有上片算是「時空溶合」的情形。

王安石〈示王鐸主簿〉不僅出現了時、空的意象，還出現了時間的改造：

> 君正忙時我正閒，如何同得到鍾山。夷門二十年前事，回
> 首黃塵一夢間。

其結構分析表如下：

```
       ┌ 今（客觀）┬ 因：「君正忙時我正閒」
       │           └ 果：「如何同得到鍾山」
       ├ 昔（客觀）：「夷門二十年前事」
       └ 今（主觀）：「回首黃塵一夢間」
```

〔註59〕見黃文吉《千家詩詳析》頁287～288。
〔註60〕參考王熙元〈詞的對比技巧初探〉，《古典文學》第二集，頁245。

　　作者從現在寫起，用「先因後果」的方式交代相約之事。接著第三句回到過去，其中的「夷門」是空間意象、「二十年前」則是時間意象；而第四句的「回首黃塵」呼應「夷門」、「一夢間」則呼應「二十年前」，不僅照應嚴密，而且作了主觀的改造，將這長長的時間壓縮在短短的一夢中。

二、時空意象完全溶合者

　　在這一類中，時、空的痕跡與界線幾乎泯滅了，時空溶合、渾浩流蕩，相當的吸引人。不過，有時時間的流逝是靠「動作」來推動，因此儘管並未出現明顯的時間意象，但仍可感受到詩的時間因素，這是在判讀時必須注意的。

　　以下所舉諸例，有針對實的時空來寫的，也有描寫虛時空的，當然也少不了虛實結合的時空，這些將會在說明時一一指出。

　　李白著名的〈玉階怨〉將時與空處理得融成一片，毫無痕跡：

　　　玉階生白露，夜久侵羅襪。卻下水晶簾，玲瓏望秋月。

其結構分析表如下：

```
       ┌ 先（外）┬ 因：「玉階生白露」
       │         └ 果：「夜久侵羅襪」
       │
       └ 後（內）┬ 因：「卻下水晶簾」
                 └ 果：「玲瓏望秋月」
```

　　首二句的空間是在室外，而且由於作者的描述，我們可以感受到時光的流逝；後二句的空間轉進到室內，隨著主人翁的動作，當然也帶出時間的移轉。因此此詩的描寫同時關顧著時間和空間，但是又無法拆開分析，所以它是屬於「時空溶合」的作品。

　　李煜的〈菩薩蠻〉也是一首時空溶合的作品：

　　　花明月暗籠輕霧，今宵好向郎邊去。刬襪步香階，手提金縷鞋。　　畫堂南畔見，一晌偎人顫。奴為出來難，教郎恣意憐。

其結構分析表如下：

```
┌─ 先（居處）：「花明月暗籠輕霧」二句
├─ 中（香階）：「衩襪步香階」二句
└─ 後（畫堂）：「畫堂南畔見」四句
```

此闋寫一女子（當係小周后）偷偷與情郎（即作者）幽會的情事。整首作品看來，因為動作而帶出時間的流轉，而同時空間也隨著作者的腳步而移動著，時與空分拆不開、交融為一，是一首很成功的作品。

蘇軾〈洞仙歌〉中的時與空也融合得渾然無跡：

> 冰肌玉骨，自清涼無汗。水殿風來暗香滿。繡簾開、一點明月窺人，人未寢、欹枕釵橫鬢亂。　起來攜素手，庭戶無聲，時見疏星度河漢。試問夜如何？夜已三更，金波淡、玉繩低轉。但屈指、西風幾時來，又不道、流年暗中偷換。

其結構分析表如下：

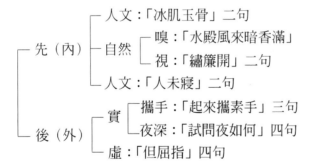

這闋詞的空間在洞內與洞外之間移轉著，而時間的流逝則藉著月色的變化而帶出（由上片的「一點明月」，至下片的「金波淡、玉繩低轉」）。在坡仙的妙手下，空間與時間是這麼輕靈地合而為一了，讓人留下難忘的、低回不盡的餘味。

杜甫〈絕句四首〉之三則出現主觀的處理手法與時空交融並存的情形：

> 兩個黃鸝鳴翠柳，一行白鷺上青天。窗含西嶺千秋雪，門泊東吳萬里船。

其結構分析表如下：

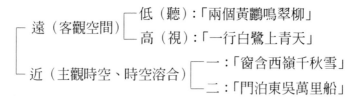

後二句「窗含西嶺千秋雪，門泊東吳萬里船」，向來爲大家所注意、討論。李元洛《詩美學》認爲此二句：「壓縮了『窗』與『西嶺千秋雪』之間、『門』與『東吳萬里船』之間的空間距離，才成爲富於美感的名句。」〔註61〕因此作者是主觀地來處理空間。而陳清俊《盛唐詩時空意識研究》則從另一個角度來思考：「基本上這亦是時空對仗的形式，其中千秋是時間，萬里是空間。然而萬里所意謂的並非空間的遼闊，而是旅程的漫長……再者，以千秋形容西嶺之雪……由於它四時不融，可以預見未來仍將保持如斯的面貌……抽象的時間宛如被凍結，而以千秋之雪的型態具體展現。這則是時間的空間化。」〔註62〕所以這同時也是時空溶合的情形。分析到這裡，我們也可以了解爲什麼這兩句詩會傳誦千古；因爲對時空的精密處理，讓詩句包容了非常豐富的意蘊、散發強烈的美感。

杜甫劃時代的名篇〈望嶽〉，其時空的處理讓人嘆爲觀止：

　　岱宗夫如何？齊魯青未了。造化鍾神秀，陰陽割昏曉。蕩胸生層雲，決眥入歸鳥。會當凌絕頂，一覽眾山小。

其結構分析表如下：

```
      ┌─ 一（遠）：「岱宗夫如何」二句
  ┌ 實├─ 二（近）：「造化鍾神秀」二句
  │   └─ 三（仰）：「蕩胸生層雲」二句
  └ 虛（俯）：「會當凌絕頂」二句
```

〔註61〕見李元洛《詩美學》頁405。
〔註62〕見陳清俊《盛唐詩時空意識研究》頁409～410。

　　若將此詩的空間和時間拆開來分析，會發現此詩首二句為遠望，次二句是為近望，第三聯是仰望，末聯為想像中的俯望。空間結構的部分是典型的「三遠法」的體現〔註63〕。至於時間方面，從「會當」二字，我們可以清楚地區分之前是實際經歷的時間，而最後二句是延伸向未來的虛時間，因此時間的流逝之感就從中帶出了。兩者結合起來，就是〈望嶽〉一詩的「時空溶合」的結構。

　　王昌齡〈盧溪主人〉一詩中，出現了「全虛」的時空溶合的型態，難得一見：

　　　武陵溪口駐扁舟，溪水隨君向北流。行到荊門上三峽，莫
　　　將孤月對猿愁。

其結構分析表如下：

┌ 日（起點）：「武陵溪口駐扁舟」二句
└ 夜（終點）：「行到荊門上三峽」二句

　　周金聲主編的《中國古典詩藝品鑑》引用沈祖棻評點之語，說道：「全詩四句都屬想像之詞。」〔註64〕作者在想像中，彷彿看到友人白天時從武陵出發，順著溪水往下行，到了晚上終於抵達三峽。因此整首詩所描繪的時空是溶合的，卻也是純屬想像、子虛烏有。

　　王國瓔《中國山水詩研究》提及一種「整體畫面」，他說：「把不同的視點（如高、低、遠、近）以及不同的瞬間（如朝、夕）的自然景象並置、共存於空間，正是中國山水詩化構圖的特徵。它們表現的，不是美感經驗的片面，而是美感經驗的全部；揭露的不是從固定位置，依據單向透視法來經營安排的山水構圖，而是和中國傳統山水畫家那樣，以多重或迴旋的視點，來把握大自然的全境。」〔註65〕在這樣的情況下，時空意象就會完全融合無間，得到一種渾融的美感。

〔註63〕參見吳功正《中國文學美學》頁399。
〔註64〕見周金聲主編的《中國古典詩藝品鑑》頁109。
〔註65〕見王國瓔《中國山水詩研究》頁378。

　　而且在討論的過程中，發現有一種情況常常會形成「時空溶合」，那就是依據遊蹤所至來記述，也就是大家所熟知的「移步換形」法〔註 66〕；因為在這種情形下，空間一定會轉換，但空間的轉換是藉由動作帶出的，而動作一定是在時間的連續性下進行的，因此時間與空間就會緊密接合、無法分離；關於這點，可參見余東升《中西建築美學比較研究》中所提及的：「中國哲學在論證實空統一性時，總是以運動為中介把兩者統一起來的。」「所謂運動是包括空間的位移又包括時間的延續。」〔註 67〕。前面所賞析的李白〈玉階怨〉、李煜〈菩薩蠻〉和王昌齡的〈盧溪主人〉，都是屬於這種情況。而且這也可以用簡政珍《電影閱讀美學》中提及的「現場描述」（scene）來解釋，他說：「現場描述時，鏡頭不再縮減或延長事件的過程，敘述時間和故事時間大略相等。……鏡頭的現場描述是導演對時間的『中立』傾向。……這時，不論對話或動作大都頗具關鍵性，因此在放映時間中能保持原有的樣貌。」〔註 68〕當然，在文學作品中是無法對「敘述時間」進行測量的，因此也就無法從時間的長度上來看是否大略相等；但是從創作者敘述的態度上，仍可分辨得出創作者是否盡量「如實」地描述現場，而若是果真如此，那麼，電影敘事所具有的特點，應該也是相通於文學作品的。

三、兩種情況並存者

　　前面討論的兩種情形，即「一句中時空意象並呈」和「完全溶合」者，都在同一篇作品中同時存在著，這種情況也是有的。譬如杜甫〈登高〉中，對時空的處理便精采極了，非常值得一看：

〔註66〕　見周明《中國古代散文藝術》頁 196。金健人《小說結構美學》則稱之為「點動景移」，他說：「敘述者立腳點的移動帶來觀測對象的變換，特別能顯示小說這一文體畫面組接的流動特點。所以，那些區域廣大又必須讓人看清每一細部的作品，就常採用這種動景移法。」頁 201。

〔註67〕　見余東升《中西建築美學比較研究》頁 153、148。

〔註68〕　見簡政珍《電影閱讀美學》頁 113。

風急天高猿嘯哀，渚清沙白鳥飛回。無邊落木蕭蕭下，不盡長江滾滾來。萬里悲秋常作客，百年多病獨登台。艱難苦恨繁霜鬢，潦倒新停濁酒杯。

其結構分析表如下：

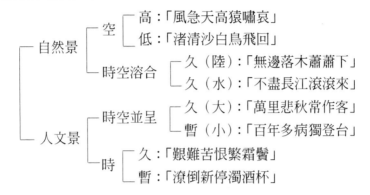

這首詩相當有名，其中時空交錯、溶合的的繁複與精密，是其美感的主要來源，其下嘗試著作一分析。首二句主要是就空間來說，而且一就高處的天際、一就低處的水面來寫。其次二句則是時間意象與空間意象融合不分，形成「時空溶合」的情形，趙山林《詩詞曲藝術》中說：「『無邊』句描繪空間景象，但落木蕭蕭，必在深秋，因此空間景象中又具備時間的特徵；『不盡』句亦是描繪空間景象，但長江滾滾，正是象徵著時光之流，因此本句實際上是化時間意象為空間意象。」〔註69〕時、空間混融而不分，因此屬於「時空溶合」。第三、四句則出現了時間意象和空間意象並置的情形，因為第三句中的「萬里」、「作客」屬空間，「秋」、「常」則屬時間，第四句中的「獨登台」屬空間，「百年」則屬時間，羅大經《鶴林玉露》中針對此二句有評云：「蓋萬里，地之遠也；秋，時之淒慘也；作客，羈旅也；常作客，久旅也。百年，齒暮也；多病，衰疾也；臺，高迥處也；獨登台，無親朋也。十四字之間含八意，而對偶又精確。」〔註70〕而這「八意」

〔註69〕見趙山林《詩詞曲藝術》174～175頁。
〔註70〕見羅大經《鶴林玉露》乙編卷五。

主要是從時空的對照、並呈中抽繹出來的。末聯主要就空間來敘寫，前一句寫長久的時間，後一句寫目前的頃刻，因此形成「久」與「暫」的對照。而且首、末二聯的重心一在空、一在時，形成「時空交錯」。經過這樣的分析，我們可以看到，短短八句、五十六字，不僅「時空交錯」的出現了，「時空溶合」的兩種情況也都涵融在內，杜甫對時間和空間的鎔鑄鍛鍊之工，眞是獨步千古。

　　文學中之所以呈現時空溶合現象，其根源是來自於宇宙「四維時空」的事實；而中國傳統的對大化自然的解釋，更加強人們對此的感受，韓林德《境生象外：華夏審美與藝術特徵考察》中說：「在陰陽五行說建構的物質運動與時空一體化宇宙圖式中，天地萬物的生命活動與時空運轉之間存在著內在聯繫。……在文藝創作（或文藝演出）中，文學藝術家的生命節律『牢籠萬物』，能夠表現與時空一體的天地萬物生命活動節律。」〔註71〕這種「生生不息」的美感，眞是太吸引人了。

　　時空溶合的美感是相當強烈卻渾融的。因爲只要其中出現的時間架構和空間架構本身所具有的美感，它都可以吸納進來；而且前面討論過的「時空交錯」的美感，「時空溶合」都可以擁有，並且更爲不著痕跡，也就是接近「化境」，當然也更引人低回了。

第三節　時空交錯與時空溶合並呈的設計

　　一篇之中，有些句子可區分出重心在時、或重心在空；也有些句子則時空交融不分，這就是時空交錯與溶合並存的設計。

　　白居易的〈暮江吟〉呈現的就是「時空交錯」與「時空溶合」並存的狀態：

　　　　一道殘陽鋪水中，半江瑟瑟半江紅。可憐九月初三夜，露似珍珠月似弓。

其結構分析表如下：

〔註71〕見韓林德《境生象外：華夏審美與藝術特徵考察》頁 234～235。

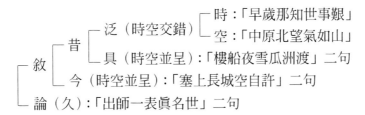

前二句寫景，時空交融無間；後二句也是寫景，但是第三句從時間入手、第四句從空間入手的交錯的情況，就非常明顯了。因此它所呈現的是溶合與交錯並置的情形。

陸游〈書憤〉中，「時空交錯」與「時空溶合」都出現了：

> 早歲那知世事艱，中原北望氣如山。樓船夜雪瓜洲渡，鐵馬秋風大散關。塞上長城空自許，鏡中衰鬢已先斑。出師一表眞名世，千載誰堪伯仲間。

其結構分析表如下：

```
         ┌ 泛（時空交錯）┬ 時：「早歲那知世事艱」
     ┌ 昔┤              └ 空：「中原北望氣如山」
  ┌ 敘┤  └ 具（時空並呈）：「樓船夜雪瓜洲渡」二句
  ┤  └ 今（時空並呈）：「塞上長城空自許」二句
  └ 論（久）：「出師一表眞名世」二句
```

此詩的首聯，可以分析出每一句的時空各有側重之點，但中間兩聯就不行了。「瓜洲渡」與「大散關」是空間，而「夜雪」與「秋風」是指時間；此外，「塞上長城」與「鏡中衰鬢」是空間，而「空自許」與「已先斑」則是指時間〔註72〕。至於「論」的二句，則是藉著帶出一段悠久的千載時光，來抒發議論。因此整首詩可說都與時空脫離不了關係。

余東升《中西建築美學比較研究》中提及：「中國古代哲人似乎傾向於把時間與空間聯繫起來加以考察。」「在客觀對象與主體對象的心理體驗之間，中國藝術更側重表現的是後者，是某種精神性的內容，也就是中國古典美學中常說的『神』或『意』，外在對象祇不過是觸發這種心理體驗的契機而已。中國藝術的時空統一、四度空間觀

〔註72〕參考李元洛《詩美學》頁 425〜426。

念的基礎是心理學，而不是非歐幾何學或現代物理學。這種心理體驗的核心就是『化』，也就是透過主體的體驗和感悟，使得對象與人、人文與自然、時間與空間和合為一體。」〔註73〕從這個角度來探察文學作品中時空結合的設計，當是更能得其神髓的。

而且，時空交錯與時空溶合的寫作手法，雖然稍有不同，但其目的則是一樣的，那就是企圖呈現四維時空之事實，並進而展現出人處在四維時空而產生的思維活動；也就是因為其目的一樣，因此兩種手法融匯在同一篇作品中，當然是極富表現力，而且極具感人力量的了。

〔註73〕 見余東升《中西建築美學比較研究》頁 145、155。

第六章　古典詩詞時空設計的美感效果

　　在前面數章中，詳細地討論了空間、時間、時空結合的設計，試圖將文學作品中呈現出來的時空現象，作一有系統的整理與歸納；但若是只停留在現象解析的層面，還是不夠的。因為文學作品是通過文字來重新鎔鑄鍛鍊空間與時間，此時的空間與時間是經過創作者的心靈所改造，是一種內在的、表現創作者生命的空間與時間，因此由現象的呈露所透發出來的情意、美感，才是我們所亟欲掌握的。

　　而創作者在進行創作時的心理過程，正如陳滿銘《章法學新裁》所言：「文章構成的型態，雖然不免隨著作者設計經營手段的不同，而呈現多樣的變化……不過，每個作家在謀篇布局之際，無疑地都會不知不覺地受到人類共通理則的支配，以致寫成的作品，在各式各樣的枝葉底下，都無可例外地藏著有一些基本的、共通的幹身。」〔註1〕讀者在欣賞時，基於「人同此心，心同此理」，當然也會對此有所感受，《美學百題》一書中即說道：「人們感受外物刺激和形成主觀反映的生理器官、機制是基本相同的，從而人們的心理結構和心理活動的規律，也就會有或多或少的共同之處。……作為特殊而又複雜的心理現象的美感，在正常的、不同的審美主體身上，也就會體現出某些共同性。這一點，尤其突出地反映在對形式美的欣賞

――――――――――――――――――――

〔註1〕　見陳滿銘《章法學新裁》頁27。

方面。」〔註2〕就是因為如此，鑑賞者才可以透過文本而掌握到創作者所欲傳達的情意與美感。因此還必須嘗試理清楚這些現象背後所埋藏的「理」，掌握這個「理」之後，對這些設計技巧所產生的美感效果，才能有所認識，文學作品的價值，也才能夠確立。因此，這部分所從事的工作，是相當重要的。

而且，針對著文學作品中的空間與時間來探討，最終想要獲致的成果、或說終極的美感，是藉著空間與時間現象所表現出來的「力」。王秀雄《美術心理學》中曾討論過「從物理的力量能體認出動勢」，他說：「自然界所常看到的視覺動勢，乃是物理的力量所作運動、膨脹、收縮，或者動植物在營其生長過程中，所遺留下來的痕跡。因此從它們的型態中，可追尋其過去之運動。海洋每遇到狂風暴雨時，所造成之怒濤，其力動性之曲線，乃是狂風與地球引力互相作用之結果。海灘上富有節奏感之沙波，亦是海波來回反覆地拂掃所造成之外貌。……從過去自然歷史之痕跡裡，我們不但能獲得其演變及生長之知識，最重要者，其成長過程及物理運動（生命力及動勢），會栩栩如生地感動我們。」〔註3〕他也提及：「古代的藝術大師總認為『動感』就是創造出美來的最重要的因素。」〔註4〕這些話真是說得太好了。由動勢所表達出的生命力，是最原始、最勃發、最令人感動的；我們若能檢索出藉由空間、時間現象所傳達的「力」，則文學作品之所以感人的原因，可說是呼之欲出了。

另外要提到的是，在這一章中所用來說明的例證，都是第三、四、

〔註2〕見《美學百題》頁100。

〔註3〕見王秀雄《美術心理學》頁315。

〔註4〕見王秀雄《美術心理學》頁255。亦可參見劉思量《藝術心理學》介紹保羅克利的說法道：「動是所有成長的根本，是造形之創生（motion is at the root of all growth,genesis of form）運動是改變其原生狀態的首要條件（There was just one thing-mobility,theprerequisite for change from this primordial state）然後即產生改變、發展、固定、度量、決定等等相對概念（change, development, fixation, measurement, determination）。」

五章實例分析中所曾賞析過的例子，期望能因此收到前後印證、呼應
圓密的效果。

第一節　時空現象的延展與截斷

　　王長俊《詩歌釋意學》中引用列寧之語道：「運動是時間和空間
的本質。表達這個本質的基本概念有兩個：（無限的）不間斷性和『點
截性』（不間斷性的否定，即間斷性）。運動是（時間和空間的）不間
斷性與（時間與空間的）間斷性的統一。」〔註5〕這個道理體現在文
學現象上，那就是空間和時間都可以連續成一個無限的整體，也可以
被切割成不連續的片斷；因此空間可以有非常壯闊雄奇的、時間可以
有非常悠遠綿長的，這與其連續性（即不間斷性）絕對有關；同樣的，
精緻細小的空間、瞬息即逝的時間也是存在的，這就是不連續性（即
間斷性）的展現。這都是一種文學現象，也都具有一定的意義和美感。

壹、時空現象的延展

　　空間是三維的、時間是一維的；空間的連續性可以向三個維度發
展，時間的連續性則是從順序時間和量化時間中都可以看得出來。空
間原本就有廣延性、時間也具有不間斷性，因此時、空會呈現連續、
延展的狀態，是相當自然的。

　　不過，由於文學作品必然受到篇幅的限制，因此不可能將連續的
空間和時間中的點點滴滴都羅列俱存，通常只能挑選連續空間和時間
中的某些「點」來加以記述〔註6〕；但畢竟因爲作者想要創造的是連
續體，因此他會留下線索，讓讀者將這些「點」連綴起來，續成「線」、

〔註5〕　見王長俊《詩歌釋意學》頁73。
〔註6〕　克洛德・拉爾著，鄭樂平、胡建平譯，〈中國人思維中的時間經驗知
　　　　覺和歷史觀〉，《文化與時間》，即說：「四季中的時間及其定性質所
　　　　顯示的能量積聚將人們的注意力引向了綿延，即時間的分割和瞬間
　　　　的重複，這是綿延的一個層面。」（頁30）這點出了時間中點滴匯
　　　　聚爲長時的現象。時間如此，空間亦復如是。

組成「面」……，還原爲本來的連續狀態。這是我們在判讀連續的時空時，所必須要知道的。

一、從空間來看

　　空間可大別爲「形體空間」和「層次空間」。形體空間是針對一個物體來描寫，若要對此物體作較好的掌握，轉換角度、捕捉不同情態……等都是必要的，但也因此造成形體空間幾乎不可能連續的情況，因此，在延展空間的這一部份，對形體空間就略而不談。但在截斷空間中，形體空間的可探討處就多了。

　　至於談到層次空間的延展，不免想到「全遠」、「全大」……等空間，表面上看起來，文學作品中是可能出現這種空間的，但仔細一思量，就會發現未必如此。因爲所謂的「遠、近」、「大、小」……等等，都是比較出來的，因此要說如何的空間才是遠、是大……，都可能較難令人信服；更重要的是，文學作品中的空間幾乎都會出現彼此映襯的情形，不管結構分析表中是不是能表現得出來。譬如王維〈使至塞上〉中的一聯名句：「大漠孤煙直，長河落日圓。」看起來空間應該夠壯闊了，但是其中難道沒有描寫到小的空間嗎？有的，那就是「孤煙」和「落日」；而且「孤煙」和「落日」之所以會顯得小，那是因爲有「大漠」和「長河」作背景的緣故，但反過來說，「大漠」和「長河」之所以顯得大，難道不是「孤煙」和「落日」襯托出來的嗎？因此可以瞭解，談論文學作品中的「全遠」、「全大」……的空間，是不太有意義的。

　　所以眞正應該考慮的是這個空間是如何構成的問題。例如基於空間的連續性，從寬來認定，會有「由近而遠」、「由內而外」、「由低而高」、「由小而大」……的空間，而這些空間的視線是向外放散的，因此到了最後，所描繪的景物已在非常遙遠的距離之外，因此必須形體夠大才看得到，而且會顯得模糊。相反的，如果是「由遠而近」、「由外而內」、「由高而低」、「由大而小」……的空間，其視線越到後來越

集中在近距離的景物上，則就算精細的景物也會盡入眼簾，而且十分清晰。這種現象可以與繪畫中的「空氣遠近法」作一印證，這種繪畫方法的成立是基於我們視覺的事實，那就是遠物不但看起來微小，而且因為空氣中含有微塵及水蒸氣等，所以愈到遠方，其明度及彩度就漸層性地發生變化了，但是近景當然就不是如此了；中國及日本的山水畫裡，把遠景畫淡、近景畫清楚且濃，就是符合空氣遠近法的表現方法〔註7〕。文學作品中的心理空間也自然而然地會體現這種事實，因此在鑑賞時，也必須注意這一點。

　　關於前面的情形，可以舉例來說明。李璟的〈攤破浣溪沙〉所架構出的空間就是連續性的：

　　　　手捲珍珠上玉鉤，依前春恨鎖重樓。風裡落花誰是主？思
　　　　悠悠。　　　青鳥不傳雲外信，丁香空結雨中愁。回首綠波
　　　　三楚暮，接天流。

其結構分析表如下〔註8〕：

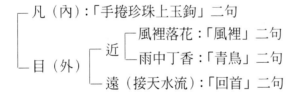

　　從「目」的部分、由近推到遠的空間結構中，可以得知：作者描寫近處景物時，所選取的是較為細小的落花和丁香，而且針對它們的情態，作了細緻的敘寫；但面對遠處之景，細小的景物顯然是看不到了，因此自然就會將壯闊的水流引入詩篇，作整體的、渾然的描寫。所以因為距離的不同，看到的景物就有精細、疏略之別，而且理所當然地在作品中體現出來。

　　在立體空間中，也可看出這種情形。例如柳宗元的〈江雪〉即是如此：

〔註7〕參見王秀雄《美術心理學》頁364。
〔註8〕此表參見陳滿銘《詞林散步》頁65。

　　　　千山鳥飛絕，萬徑人蹤滅。孤舟簑笠翁，獨釣寒江雪。

其結構分析表如下：

```
       ┌ 大 ┌ 高：「千山鳥飛絕」
       │    └ 低：「萬徑人蹤滅」
    ┌──┤
       │    ┌ 點：「孤舟簑笠翁」
       └ 小 └ 染：「獨釣寒江雪」
```

　　第一層的空間是「由大而小」。作者先寫大環境，並且分別就高、低來置景，使得我們眼前恍然出現一幅冰天雪地、人獸絕跡的景象；接著，作者以戲劇化的手法，將空間一下子凝聚在小小的、披著簑衣的漁翁身上，而且還描寫出他獨釣寒江的神態，筆觸顯然細膩多了。這顯然也是因為距離長短影響，使得所看到的景物精粗有別。

　　延展的空間一方面是物理空間的反映，一方面也可藉由技巧的設計來幫助傳情達意，因此在文學作品中不斷地出現著。

二、從時間來看

　　此外，時間的連續性會形成較為悠久的時間，譬如「順序時間」中的「由今而昔」和「由昔而今」就會形成一個延展的時間。如果是「由昔而今」的情況，則時間順敘到現在，此時此刻會得到最大的加強與關注；如果是「由今而昔」的情況，則時間會逆溯向過去作無限的延伸，重心是落在過去的，所以往往會帶來較明顯的時間流逝的感受，如果時間再拉長些，甚至會有悠遠的歷史感產生〔註9〕。因此雖然同是延展的時間，其效果卻是完全不同的。

　　而「量化時間」中的「由暫而久」，同樣地也會使讀者的注意力停駐在一段悠遠的時間上，此時，時間的「量」將會在讀者心中留下深刻的印象。

　　「由昔而今」的情況，可以舉秦觀〈桃源憶故人〉為例：

〔註9〕 參考李元洛《詩美學》：「詩的時空美學作用，還在於它可以使作品獲得鮮明的時代感，深遠的歷史感與遼闊的宇宙感。」頁387。

玉樓深鎖薄情種，清夜悠悠誰共？羞見枕衾鴛鳳，悶則和
衣擁。　　　無端畫角嚴城動，驚破一番新夢。窗外月華霜
重，聽徹〈梅花弄〉。

其結構分析表如下〔註10〕：

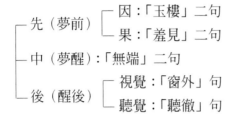

作者將三個不同的時間依照次序寫來，時間的流逝在醒來之時戛
然停止，讀者的注意力也自然地停留在此刻，此刻之情景等於得到了
最多的關注。這是「由昔而今」的敘述方式所能造成的特殊效果。

「由今而昔」的作品不多，李白的〈憶秦娥〉是其中的一首：

簫聲咽，秦娥夢斷秦樓月。秦樓月，年年柳色，灞陵傷別。
樂遊原上清秋節，咸陽古道音塵絕。音塵絕，西風殘照，
漢家陵闕。

其結構分析表如下〔註11〕：

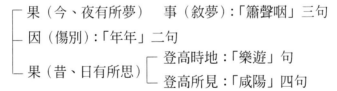

這闋詞先從「夜有所夢」寫起，夢中情事，淒迷惝恍。下片就將
時間拉回至白晝，並藉著「漢家陵闕」四字，帶出更為悠遠的時間。
時間的連續性在此得到非常充分的發揮。

在「量化時間」中，「由暫而久」的架構是相當能表現時間連續
的悠遠感受的。譬如白居易〈後宮詞〉：

〔註10〕此表參見陳滿銘《詞林散步》頁208。
〔註11〕此表參見陳滿銘《詞林散步》頁6。

　　　　淚濕羅巾夢不成，夜深前殿按歌聲。紅顏未老恩先斷，斜
　　　倚薰籠坐到明。

其結構分析表如下：

```
        ┌ 果：「淚濕羅巾夢不成」
    ┌ 暫 ┤
    │   └ 因：「夜深前殿按歌聲」
    ┤
    │   ┌ 因：「紅顏未老恩先斷」
    └ 久 ┤
        └ 果：「斜倚薰籠坐到明」
```

　　此詩的前二句寫夜中的一個片刻，是「暫」；後二句寫不能成眠
的漫漫長夜，是「久」。因為前面有「暫」作陪襯，使得其後的「久」
顯得更加漫長；作者採用這樣的結構來傳達愁思，是相當高明的。

　　關於「延展時間」在文學作品中的作用，可以用繪畫中的「旋轉
盤」原理來加以認識。即畫在旋轉盤上的運動姿勢是連續的，其位置、
大小、形色與機能大體相同，其中只有一項或兩項的造形有漸層性的
變化；當旋轉盤旋轉之時，這些各個獨立的運動姿勢，在觀者眼中就
連續成實際的動作了。因此運用在繪畫上，可以將不同的連續姿勢置
於同一畫面來同時刺激觀者，也可收到力動的效果〔註12〕。文學作品
中也有這種旋轉盤效果，那就是用連續性的時間所帶出的，而力的運
動，當然也涵蘊在其間了。

三、從時空結合來看

　　作品中的時空是結合的，而且要表現出延展的狀態，這意味著這
篇作品中的時與空都必須合乎這個條件。

　　李煜的〈菩薩蠻〉一首，時、空就是打併成一片，融合無跡：
　　　花明月暗飛輕霧，今宵好向郎邊去。衩襪步香階，手提金
　　　縷鞋。　　畫堂南畔見，一晌偎人顫。奴為出來難，教郎
　　　恣意憐。

其結構分析表如下：

〔註12〕參見王秀雄《美術心理學》頁 294。

> ┬ 先（居處）：「花明月暗籠輕霧」二句
> ├ 中（香階）：「衩襪步香階」二句
> └ 後（畫堂）：「畫堂南畔見」四句

　　從結構表中可以看出：這闋詞中的時間是呈順敘的情形，空間則是隨著腳步的移動而轉換，因此都是呈現出連續的狀況。所以時與空在此是緊密地結合在一起的。

　　文學作品中呈現的心理時空，其中的時與空若同時呈現連續的特性，其實說起來也是相當自然的；因為物理時空原本就是四維的，時與空不可須臾或離，因此文學作品理所當然地會將這種現象如實反映。而且因為這種作品同時顧及空間和時間，所以空間和時間的連續性所帶來的效果和美感，當然就會融匯在這篇作品中，使得作品更是耐人咀嚼。

貳、時空現象的截斷

　　就空間來講，要造成截斷的空間，就必須先有明顯被截斷的情形，這就表示在一篇作品中，如果出現截斷的空間，則此種空間必然不只一個，但此處並不打算討論兩個或多個空間要如何連綴起來，而只是討論這些不連續的空間所共同具有的特性。

　　空間是如此，時間與時空結合的部分也是一樣的。所以在進行論述時，所採取的方式是類似的。

一、從空間來看

　　假設整個空間像拼圖拼成，或積木堆成，那麼不連續的空間就是其中抽出的一片拼圖或一塊積木；這樣看起來好像打破了空間的廣延性，但也可以說它正反映了人對空間的知覺原本就是有限的這個事實。而且這些空間雖然通常會較為細小，但是因為它們是被精心挑選出的，所以通常是較具代表性的，因而往往也會具有比較大的凝聚力。

　　「形體空間」中，對一個形體必須作多方面、多角度的描寫，才容易將這個形體的情態掌握得較好，因此很容易就出現不連續的空間。蘇軾的〈卜算子〉就是針對「孤鴻」，作了多方面的描寫：

　　　　缺月掛疏桐，漏斷人初靜。誰見幽人獨往來，縹緲孤鴻影。

　　　　驚起卻回頭，有恨無人省。揀盡寒枝不肯棲，寂寞沙洲冷。

其結構分析表如下〔註13〕：

```
┌─ 時：「缺月」二句
│        ┌─ 鴻之孤影：「誰見」二句
└─ 空 ┤─ 鴻之驚恨：「驚起」二句
         └─ 鴻之寂寞：「揀盡」二句
```

　　這闋詞用時空交錯的手法，先將時、空個別交代清楚。而在空間的部分中，作者抓住三個極具意義的角度來描寫孤鴻：鴻之孤影、鴻之驚恨、鴻之寂寞，也因此帶出了三個不連續的空間。不過，我們稍微細心一點，當然會發現這三個空間並不是隨意湊合的，其中自有深意流貫，這是在解讀不連續空間時，所必須要掌握的原則。

　　在「自然、人文」類的層次空間中，就是分別挑選出一些具有代表性的空間，形成畫面，以傳達出作者的情意。譬如晏殊的〈浣溪沙〉就是如此寫成的：

　　　　一曲新詞酒一杯，去年天氣舊池臺，夕陽西下幾時迴？

　　　　無可奈何花落去，似曾相識燕歸來。小園香徑獨徘徊。

其結構分析表如下〔註14〕：

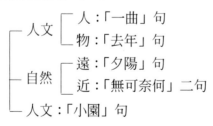

```
┌─ 人文 ┬─ 人：「一曲」句
│          └─ 物：「去年」句
│
├─ 自然 ┬─ 遠：「夕陽」句
│          └─ 近：「無可奈何」二句
│
└─ 人文：「小園」句
```

〔註13〕此表參見陳滿銘《詞林散步》頁184。

〔註14〕此表參見陳滿銘《詞林散步》頁107。

　　第一層的結構，就將空間分成「人文—自然—人文」三段。若再往下細分，則會發現至少可從第一個「人文」景中，再分出兩個不同的空間——寫「人」與寫「物」的。而「自然景」的部分，則是由遠而近地構成一個連續空間。因此若作較嚴格的區分，則這闋詞是由四個不同的空間構成的，每個空間彷彿都是一幅寂寞蕭索的圖畫，懷舊之情就在其間醞釀著、發散著。

　　在前面所討論的是實的空間，事實上虛的空間與實空間並列在一起時，必然須要藉由設想讓空間在虛、實之間移轉，因此就會造成空間的不連續；不過憑藉著這種手法，可以自由地將心中所想到的景物引入詩篇，因此特別多了一份飄渺不定的況味，是相當富有藝術性的。

　　李煜〈浪淘沙〉的空間結構就是由實而入虛的：

　　　往事只堪哀，對景難排。秋風庭院蘚侵階。一桁珠簾閒不
　　　捲，終日誰來。　　金劍已沉埋，壯氣蒿萊。晚涼天淨月
　　　華開。想得玉樓瑤殿影，空照秦淮。

其結構分析表如下〔註15〕：

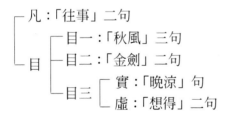

　　「目三」的部分共有三句，構成了一個實虛結合的空間。「晚涼天淨月華開」是寫自己所在地汴京的景象，「想得玉樓瑤殿影」二句則是憑藉想像將空間拓展至金陵；而秋夜月華灑在實空間中，也灑在虛空間中，兩個空間就是如此而有一脈貫串，隱隱相連，令這首詞充滿了令人低回的韻味。

　　王力堅《六朝唯美詩學》談到「意象的空間切斷」時，說：「在瞬間生成的『心中之象』更是排除了任何時間的意義，而純然以『幻

〔註15〕此表參見陳滿銘《詞林散步》頁88。

覺空間』（illusionary space）的型態呈現。」「意象的空間切斷，是爲了淡化時間一維序次性的因素，而強化、突出意象的瞬間空間型態，並且使詩中的各組意象在淡化了時間一維序次因素的條件下，形成互立並存的多維空間關係。……從讀者的角度看，意象的空間切斷，能使讀者大大減少語言文字上的時間序次糾纏，直接進入對詩中意象氛圍的視覺感受，並且能迅速通過想像幻覺將詩中互立並存的各組意象還原統合爲『瞬間呈示的視覺整體』。」〔註16〕揆諸前面所舉的例證，這樣的說法應該是很有道理的。

二、從時間來看

時間就像一條浩浩長流，在這長流之中汲取一點一滴，就會形成截斷的時間。乍看之下，這彷彿違反了時間的連續性，但是卻又與時間的瞬逝性隱隱暗合。

在第四章分析時間的設計手法時，曾討論將「順序時間」中的「今」與「昔」穿插綴合成整體的時間架構，實則從局部來看，這些都是一個個的片段時間。而「量化時間」中，「由久而暫」的構篇方式，很能夠凸顯那個「暫」，也就是瞬時。這些都是截斷時間的具體表現。

《詩經·竹竿》中出現了「今昔今」的構篇方式，就是由片段的時間組合而成的：

> 籊籊竹竿，以釣于淇。豈不爾思，遠莫致之。
> 泉源在左，淇水在右。女子有行，遠兄弟父母。
> 淇水在右，泉源在左。巧笑之瑳，佩玉之儺。
> 淇水悠悠，檜楫松舟。駕言出遊，以寫我憂。

其結構分析表如下：

```
┌─ 今：「籊籊竹竿」四句
│       ┌─ 事：「泉源在左」四句
├─ 昔 ─┤
│       └─ 人：「淇水在右」四句
└─ 今：「淇水悠悠」四句
```

〔註16〕見王力堅《六朝唯美詩學》頁86、87。

作者在第一章的部分，先由現在的時間寫起；第二、三章則折回過去寫回憶；第四章的時間又拉回到現在作結。時間在此被切割了、再技巧地重新組合，這樣做的目的在於希望能更適切地凸顯出作者的心中的意念。

白居易〈夜箏〉以「由久而暫」的方式寫成，時間最後是凝注在「暫」的一點上：

> 紫袖紅弦明月中，自彈自感闇低容。弦凝指咽聲停處，別
> 有深情一萬重。

其結構分析表如下：

```
 ┌ 久 ┌ 靜：「紫袖紅弦明月中」
 │    └ 動：「自彈自感闇低容」
 │    ┌ 點：「弦凝指咽聲停處」
 └ 暫 └ 染：「別有深情一萬重」
```

前二句描寫彈奏時的景象，帶出的是一段時間；後二句則是寫彈奏結束時的那一刹那，時間顯然是極短的。在前面的「久」的陪襯下，後面的「暫」就更顯得短促了，時間的瞬逝性在此被掌握得很好。

虛時間因為是透過設想所得來的，所以中間等於要經過一層轉折，因此我們基於這一點，就將虛實結合的時間看作是不連續的。北朝民歌《梁鼓角橫吹曲‧慕容垂歌辭》就是如此：

> 慕容愁憤憤，燒香作佛會。願做牆裡燕，高飛出牆外。

其結構分析表如下：

```
 ┌ 實 ┌ 因：「慕容愁憤憤」
 │    └ 果：「燒香作佛會」
 │    ┌ 因：「願做牆裡燕」
 └ 虛 └ 果：「高飛出牆外」
```

前二句寫祈願，後二句透過想像，模擬願望實現的情形。因此形成實、虛兩個不連續的空間。

張前、王次炤著的《音樂美學基礎》中說：「我們通常說時間一

去不復返，它實際上只道出了物理時間特徵的某一方面，時間還有另一種含義，即時間間隔，也就是通過時間記量來測定某一個起點和終點的時間過程。」﹝註17﹞「截斷」的時間就是一種間隔的時間，這種間隔的時間經過巧妙的設計、組合，是可以在文學作品中發揮很好的效果的。

三、從時空結合來看

　　杜甫的〈望嶽〉因為出現了虛時空，所以全篇所呈現的是不連續的時空：

> 岱宗夫如何？齊魯青未了。造化鍾神秀，陰陽割昏曉。蕩
> 胸生層雲，決眥入歸鳥。會當凌絕頂，一覽眾山小。

其結構分析表如下：

```
      ┌─ 一（遠）：「岱宗夫如何」二句
      │
  ┌ 實 ├─ 二（近）：「造化鍾神秀」二句
  │   │
  │   └─ 三（仰）：「蕩胸生層雲」二句
  │
  └ 虛（俯）：「會當凌絕頂」二句
```

　　從「會當」二字，我們可以得知最末二句所帶出的是虛時空，和前面的實時空是不同的，因此各自形成一個不連續的時空。

　　在討論截斷的時、空時，可以發現：所謂的不連續只是表面上的，從時、空的特性上來區分的；但是它們之所以會出現在同一篇作品當中，當然不是隨意湊合出來的，其中必然會有一線貫串，使它們連綴為一個整體，因此它們表面上是不連續，但是事實上從整篇作品來看，還是渾融的一個整體。所以在欣賞這類作品時，就必須要自覺或不自覺地從字面所透露的訊息中，去尋繹出其中深蘊的線索，也因為如此，就可以自自然然地進入作品的深層；而且這樣的作法又能使作品特別富有含蓄的美感，這些都是這類作品可最可貴的優點。

　　總結前面所論述的時空的延展和截斷，會發現一個頗堪玩味的事

﹝註17﹞ 見張前、王次炤著的《音樂美學基礎》頁55。

實：那就是時空的連續事實上是由不連續的「點」所組成，而不連續的時空在經過仔細玩索之後，會發現它們都是隱隱相續的；因此嚴格說來，所有文學作品中的時空，都是連續與不連續性並存的，也就是從現象（外在）分，會有不連續的情形，但是從情意（內在）分，則都是連續的。回想此節一開始所引的列寧之語：「運動是（時間和空間的）不間斷性與（時間與空間的）間斷性的統一。」不禁驚奇地發現，文學作品將表象的時空現象和深層的情意邏輯混融為一，共同體現了這一點；而這樣的做法，顯然是更能彰顯人類與萬物，在宇宙大化之中遊處運動的精義。

　　而且，張前、王次炤《音樂美學基礎》中提及：人們並不習慣於在音樂的開始或結束之間尋找或發現其長度或間隔，而卻習慣於通過自己對於音樂形式中所形成的張力的體驗，去感覺音響在延續和進行。並且引用蘇珊・朗格的說法，認為時間的形式是指張力的產生和消除的具體的計量，它通過「長度」和「間隔」反映出來〔註18〕。這點對我們來說，毋寧是更具啟發性的。我們不禁想到：文學作品中的時空的延展和截斷，是否也應作如是觀？也就是說，延展時空和截斷時空，各有其特殊的張力；若能準確掌握時空現象，就容易感受其中的張力，也就是容易感受到美。

第二節　時空現象的秩序與變化

　　自然界中，常可發現漸層的現象，譬如上昇的太陽漸漸增加光度，到了傍晚又慢慢地轉弱，這是以漸層構成秩序〔註19〕。整個四維時空之中，這種漸層的例子太多了，因此所形成的秩序現象可說是無所不在。而秩序經過提煉之後，就會形成規律，張紅雨《寫作美學》中說：「合乎規律的東西就是美的。」〔註20〕這句話概括了秩序所會

〔註18〕參見張前、王次炤《音樂美學基礎》頁57。
〔註19〕參考黃慶萱《修辭學》對「層遞格」心理因素的探討，頁481～482。
〔註20〕見張紅雨《寫作美學》頁350。

產生的美感。

但是萬事萬物若是過於整齊，則不免有呆板之弊，此時便須有所變化以為補救。陳望道《美學概論》針對這點說道：「人類心理卻都愛好富於變化的刺激，大抵喚起意識須變化，保持意識的覺醒狀態也是需要變化的。若刺激過於齊一無變化，意識對它便將有了滯鈍，停息的傾向。」（註21）因此文學作品中的時空現象，也常常以變化的姿態出現，便是這種心理的自然反映。

壹、時空現象的秩序

空間具有由此到彼的廣延性，時間具有由昔而今的不間斷性，因此若是依據此種特性來安排空間和時間，那麼很自然地就會形成有秩序的時空現象。

一、從空間來看

虞君質《藝術概論》中說：「在這漸次的增加或漸次的減少的表現裡面，就有漸層的美。」（註22）這就給予我們一個啟示：空間的秩序是可以從相反的兩個方向來進行的。就以「高」的那一維來說，「由低而高」是一種秩序，「由高而低」又何嘗不是呢？

黃景仁〈新安灘〉的空間是由低而高架構而成的：

　　一灘復一灘，一灘高十丈。三百六十灘，新安在天上。

其結構分析表如下：

```
        ┌ 低：「一灘復一灘」
    ┌ 因 ┼ 接榫：「一灘高十丈」
    │   └ 高：「三百六十灘」
    └ 果：「新安在天上」
```

這首詩描繪的是由新安灘往上溯，一路險灘棋布的景象。這樣一層又一層地往上推，相當能體現「層遞」的美感，而秩序感當然就不

〔註21〕見陳望道《美學概論》頁63～64。
〔註22〕見虞君質《藝術概論》頁59。

在話下了。

二、從時間來看

因為時間是一維的、不可逆的，因此與空間不同的地方在於：時間的秩序只有一種，即是順向的順序時間。

《詩經・摽有梅》就是一首順敘的詩：

　摽有梅，其實七兮。求我庶士，迨其吉兮。
　摽有梅，其實三兮。求我庶士，迨其今兮。
　摽有梅，頃筐墍之。求我庶士，迨其謂之。

其結構分析表如下：

```
┌─ 先：「摽有梅，其實七兮」四句
├─ 中：「摽有梅，其實三兮」四句
└─ 後：「摽有梅，頃筐墍之」四句
```

這裡所標的「先、中、後」是時間推移的順序。女子待嫁之心隨著時間的流逝愈形迫切，這首詩的趣味就是採用時間的順敘方式才帶出的。

三、從時空結合來看

時、空結合而合乎秩序原則者，可以用李白的〈玉階怨〉為例：

　玉階生白露，夜久侵羅襪。卻下水晶簾，玲瓏望秋月。

其結構分析表如下：

```
┌─ 先（外）┌─ 因：「玉階生白露」
│          └─ 果：「夜久侵羅襪」
└─ 後（內）┌─ 因：「卻下水晶簾」
           └─ 果：「玲瓏望秋月」
```

從結構表中可以看出：此詩時間的流逝是採用順敘的方式，而同時也帶出了空間由外而內的移轉。因此這首詩的時間和空間同時轉變，而且均合乎秩序原則。

王秀雄《美術心理學》中介紹過一種叫做「Gam-ma 運動」的實

驗，這個實驗證明了視覺型態本身就含蘊著「定向了的張力」，是一種視覺中樞的生理現象，影響到我們的視覺現象〔註23〕。其後又談到「楔形能造成動勢」，並引用羅瑪佐（Lamozzo）之語道：「沒有一種型態比火焰的型態，更能適切地表現出動感。根據亞里斯多德以及其他哲學家的看法，火乃四大元素中，屬於最活潑的元素。它用其圓錐或尖端把空氣分割，上昇到屬於自己的世界上。故，具有此種動勢造型的人物，乃是最美的最有生命之造形。」王秀雄認為這現象乃是楔形的運動方向，不像正方形那樣的曖昧，其運動總喜歡往尖端方向進行，而且其寬端剛好能做為此形的基底，因此能產生如箭頭般的動感效果來〔註24〕。

這讓我們不禁聯想到：時空的秩序型態，不也是造成明確的方向嗎？這是否也會形成一種「定向的張力」呢？而張力能造成動勢、帶來美感，那就難怪有秩序的時空會在文學作品中屢見不鮮了。

貳、時空現象的變化

將空間的廣延性和時間的不間斷性打破，就會形成變化的時空現象。而且，若是透過設想帶出虛的空間和時間，那麼因為由實轉虛或由虛轉實，都出現轉變的情形，因此這也是一種變化。

一、從空間來看

形體空間原本就需要對一個物體作多角度、多方面的描繪，因此出現多變的描寫幾乎是必然的。至於層次空間形成變化的可能性更高，呈現出的不同型態，更是十分豐富。

潘閬〈落葉〉一詩，形成的是動、靜結合的形體空間，因為它是針對落葉不同的型態來描寫，其中就有變化：

片片落復落，園林漸向空。幾番經夜雨，一半是秋風。靜擁莎階下，閒堆蘚徑中。古松與巖檜，寧共此時同？

〔註23〕 參見王秀雄《美術心理學》頁262～264。
〔註24〕 參見王秀雄《美術心理學》頁273～274。

其結構分析表如下：

```
        ┌ 動 ┌ 果：「片片落復落」二句
     ┌ 敘┤    └ 因：「幾番經風雨」二句
     │   └ 靜：「靜擁莎階下」二句
     └ 論：「古松與巖檜」二句
```

　　這首詩的結構是「先敘後論」，「敘」的部分的重心當然就落在「落葉」上。作者先寫落葉在風中飄墜的動景，其次轉換觀察的方向，改而描寫落葉滿階的靜景。最後的「論」是將落葉與古松、巖檜作一比較，從中生發出議論來。

　　在層次空間中，「遠與近」一類所可能產生的變化組合，可說是相當豐富的，至少有「近遠近」、「遠近遠」、「近遠近遠」、「遠近遠近」等不同的空間結構。可以舉李白〈菩薩蠻〉為例，這首作品形成了「遠近遠」的空間：

　　　平林漠漠煙如織，寒山一帶傷心碧。暝色入高樓，有人樓
　　　上愁。　　玉階空佇立，宿鳥歸飛急。何處是歸程，長亭
　　　連短亭。

其結構分析表如下：

```
  ┌ 遠：「平林」二句
  │   ┌ 接樺：「暝色」句
  ├ 近┤ 泛寫：「有人」句
  │   └ 具寫：「玉階」句
  └ 遠┌ 次遠：「宿鳥」句
      └ 最遠：「何處」二句
```

　　遠、近、遠的三個層次，帶出了四個視點：平林寒山、人立高樓、宿鳥歸飛、亭亭相連。中間的「近」寫人佇立樓上遠望的情景，拈出「愁」字，喚醒全篇，所以是重心所在；至於其他的三個視點，則都在遠方渲染出一片淒迷景象。因此在賞鑑這首詞時，彷彿可以看到背景是一片寂寥的平林寒山、疾飛的歸鳥、望不斷的歸程，這些都使得

主人翁佇立樓頭的身影顯得更加孤寂、更加飄零。

　　至於李煜〈虞美人〉，中間出現了虛的空間：

　　　　春花秋月何時了，往事知多少？小樓昨夜又東風，故國不
　　　　堪回首、月明中。　　　雕欄玉砌應猶在，只是朱顏改。問
　　　　君能有幾多愁？恰似一江春水向東流。

其結構分析表如下〔註25〕：

```
      ┌ 今日：「春花」二句
   ┌實┤
   │  └ 昨夜：「小樓」二句
   │
   │  ┌ 物是：「雕欄」句
   ┤虛┤
   │  └ 人非：「只是」句
   │
   └實：「問君」二句
```

　　從結構表中，可以清晰地看出這闋詞的空間結構是「實虛實」，
這樣的組合方式本身就是富於變化的；更何況中間「雕欄玉砌」二句
所帶出的虛空間，使得空間的組合更加的靈動了。

二、從時間來看

　　在「順序時間」中，凡是順敘以外的敘述方式，都是變化地處理
時間；而「量化時間」，也可能出現多變的組合；至於虛時間，一樣
會爲時間的處理帶來變化。

　　關於「順序時間」的變化情形，可以用周邦彥的〈瑞龍吟〉作一
個例子，它所形成的是「今昔今昔」的變化：

　　　　章臺路。還見褪粉梅梢，試花桃樹。愔愔坊陌人家，定巢
　　　　燕子，歸來舊處。　　　黯凝佇。因念箇人癡小，乍窺門戶。
　　　　侵晨淺約宮黃，障風映袖，盈盈笑語。　　　前度劉郎重到，
　　　　訪鄰尋里，同時歌舞，惟有舊家秋娘，聲價如故。吟箋賦
　　　　筆，猶記燕臺句。知誰伴、明園露飲，東城閒步。事與孤
　　　　鴻去。探春盡是，傷離意緒。官柳低金縷，歸騎晚、纖纖
　　　　池塘飛雨。斷腸院落，一簾風絮。

〔註25〕此表參見陳滿銘《詞林散步》頁77。

其結構分析表如下：

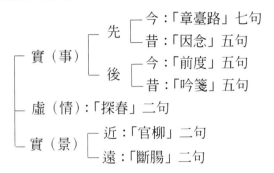

     這闋詞揉雜了敘事、抒情與寫景，而敘事（也就是「實（事）」）的部分，出現了「今昔今昔」的敘述方式。作者將「今」與「昔」的時間加以巧妙地重組，完全打破了自然的時序；但這種曲折往復的時間安排，卻能將作者細膩的情思醞釀得更加深稠，眞令人不禁佩服作者的巧思了。

     而「量化時間」中，至少有「久暫久」和「暫久暫」的變化組合。范成大〈橫塘〉即構成了「暫久暫」的謀篇方式：

> 南浦春來綠一川，石橋朱塔兩依然。年年送客橫塘路，細
> 雨垂楊繫畫船。

其結構分析表如下：

```
┌ 暫：「南浦春來綠一川」
├ 久：「石橋朱塔兩依然」二句
└ 暫：「細雨垂楊繫畫船」
```

     作者從眼前一景寫起，勾畫出一幅優美的畫面；其次，就藉著「依然」、「年年」二語，將時間往回逆溯、拉長，成爲一個「長」時間；最末二句就將時間凝縮在眼下的一點上。作者用「暫久暫」的方式，將時間作多變的鍛造，這種作法所給予讀者的，是新鮮獨特的感受。

     張先的〈天仙子〉中，出現的是「由實而虛」的結構：

> 〈水調〉數聲持酒聽，午醉醒來愁未醒。送春春去幾時回，
> 臨晚鏡，傷流景，往事後期空記省。　　沙上並禽池上暝，

雲破月來花弄影。重重簾幕密遮燈，風不定，人初靜，明
日落紅應滿徑。

其結構分析表如下〔註26〕：

```
    ┌ 室內：「水調數聲持酒聽」六句
  ┌ 實 ┬ 室外：「沙上並禽池上暝」二句
  │   └ 室內：「重重簾幕密遮燈」三句
  └ 虛：「明日落紅應滿徑」
```

　　這闋詞絕大部分的篇幅都花在對實時間的敘寫上，時間流轉著，
景物也跟著變化；最後一句才將時間轉而延伸向未來，是「虛」的。
因此這闋詞是「由實而虛」，呈現的時間現象是變化的。

三、從時空結合來看

　　時空結合也可能出現變化處理的情形，例如韋莊的〈臺城〉就是
如此：

江雨霏霏江草齊，六朝如夢鳥空啼。無情最是臺城柳，依
舊煙籠十里堤。

其結構分析表如下：

```
  ┌ 空：「江雨霏霏江草齊」
  ├ 時：「六朝如夢鳥空啼」
  │   ┌ 泛：「無情最是臺城柳」
  └ 空 ┴ 具：「依舊煙籠十里堤」
```

　　可以看得出來：此詩中所出現的兩次針對空間的描寫，都是在敘
寫「物是」，而時間所帶出的，卻是「人非」的感嘆；因此由空間轉
到時間時，讀者經歷了一次「物是人非」的感傷經驗，而當時間再一
次轉到空間時，「物是」又再一次加強了「人非」的傷懷。兩兩配合
之下，本詩的意旨得到很大的強調與凸顯。

　　王秀雄《美術心理學》曾談及「定向之轉換易造出動感」，而且

〔註26〕此表參見陳滿銘《詞林散步》頁102。

認為比起單純的造型來，動感顯然地增加許多〔註27〕。而這種變化造成動感的情況，應該不只是限於繪畫，時空現象也可做如是觀。因為轉變本身就需要力，所以會造成動感，更會因而引發出美感。所以將時空作富於技巧的變化處理，是相當能增加作品的藝術性的。

第三節　時空現象的對比與調和

　　就空間來說：層次空間建立起空間框架，並且用視點（形體空間）加以充實，這就形成文學作品中的心理空間。層次空間本身多變的組合固然吸引人，但是還須將其中所包孕的視點考慮進去，這樣對作品中的心理空間的掌握才會比較周全。而且，經過這樣的處理之後，會發現形體空間與層次空間的搭配組合雖然千變萬化，但是所謂「萬變不離其宗」，其中的變化仍是有脈絡可循的；也就是說，所呈現出來的心理空間，還是可以大致地作一分類，以凸顯出不同的空間型態，也方便討論它們所具有的、不同的美感，而這不同的空間型態便是「對比」與「調和」兩種。

　　依據層次空間所組織起來的形體空間的彼此之間的關係，可以歸納出兩種不同的空間型態：對比空間和調和空間。亦即此形體空間與彼形體空間，兩兩的關係若是對比的，那就是對比空間；另一方面，如果它們之間的關係是造成調和，那就是調和空間。另外，需要交代一下的是：形體空間是就一個形體來加以描述，形體本身是無法自己與自己形成對比或調和的，因此在這一節中，形體空間不列入討論。

　　時間也和空間一樣，會有對比與調和的不同型態。因為物理時空是四維的，時間的流逝必然帶出空間的變化，因此反映在文學作品中，以時間為依據來敘述的作品，自然會包蘊許多空間畫面，以充實時間架構的內容。這點和音樂藝術有異曲同工之妙，音樂被公認為時

〔註27〕參見王秀雄《美術心理學》頁 279。

間的藝術，但音樂難道和空間一點關係都沒有嗎？當然不是的，張前、王次炤《音樂美學基礎》中即討論到音樂也可以帶出空間，而且因爲音樂的形式既然是在時間過程中才能存在，那麼，音樂的空間也必然伴隨著時間過程而存在，甚至可以這樣說，音樂空間隨著音樂進行的時間過程在不斷地變換著它的結構；再次，因爲音樂的空間必須依賴於時間的過程，所以它實際上只是音樂時間的一種屬性〔註28〕。所以要判定對比時間和調和時間時，其判斷的憑據就在於作品中所帶出來的空間畫面，其間的關係是對比抑或調和；這也是將時間置於空間之後來探討的最大因素，因爲唯有精確地掌握住空間，才有可能精確地掌握住時間。

　　時間的對比與調和，一樣地會有不同的美感產生，至於產生的美感爲何？則將在下文舉例說明。不過，在舉例說明之前，先要瞭解：如何分辨空間和時間的設計是屬於對比或調和的型態呢？先針對空間來探討：

　　首先要知道何謂「焦點空間」？何謂「背景空間」？在空間的兩種型態——對比和調和中，對比型態都可以區分出「焦點空間」和「背景空間」，但是調和型態則是大都有、少部分沒有（詳細的情形會在調和型態中討論）。至於「焦點空間」、「背景空間」各有什麼特徵呢？關於這一點，我們可以援引繪畫的理論來加以說明。劉思量《藝術心理學》說道：「空間與視野中的參考架構有關。……這正如在繪畫中邊框被視爲靜止之架構，而形象則被視爲運動的。因此『形象』（figure）是被看作是運動，而『背景』（back ground）則被視爲靜止。」〔註29〕王秀雄《美術心理學》則說：「我們能認別出『物』之存在者，背景之作用很大，背景使得前景之物浮現出來，而使我們之視覺有所知覺。」〔註30〕關於「背景」與「形象（物）」之間的關係，可以用「地」

〔註28〕參見張前、王次炤《音樂美學基礎》頁 62～63。
〔註29〕見劉思量《藝術心理學》頁 160。
〔註30〕見王秀雄《美術心理學》頁 122。

與「圖」來指稱〔註31〕，而高楠《藝術心理學》中說到的「圖—底關係」〔註32〕，也是同樣的概念；他並且引用格式塔心理學家的說法，來說明其背後的心理因素：「我們之所以會知覺到事物的整體性及其他形狀、顏色等等，乃是由於上述的組織作用包含有兩種矛盾而又統一的具體作用：一種是把彼此相屬的成分結合爲一個整體或單元的結合作用，另一種是把一個整體或單元從它的周圍環境中分離出來的分離作用。」〔註33〕經由這種結合作用和分離作用，便有了「圖—底」關係（或說「圖—地」關係）。

　　而在層次空間的設計中，有時會出現這樣的情形：空間的層次至少有兩層，當然也可能多層，但是只有一層是重心所在，其他層次的空間都只是當作映襯之用而已；所以重心所在的那一層，就會凸現出來成爲「圖」，其他用作映襯的空間都退後而成爲「底」。在繪畫中，「圖」從「底」中分離出來，是造成空間深度的一種重要手段〔註34〕；在文學的空間設計中，「底」襯托「圖」，使「圖」彰顯出來，自然會形成焦點，而且「圖」與「底」之間還會因爲質性相差極大或極小，而產生對比或調和的美感。

　　談到這裡，必須釐清一個問題：如何確定多層的層次空間中，何者是焦點所在？何者是映襯的身分？要解決這個問題，可以從中國自古以來就相當關注的「情景」範疇中尋找答案。謝榛《四溟詩話》中

〔註31〕　王秀雄《美術心理學》：「在視覺心理學上，把視覺對象從其背景浮現出來，而讓我們識認得得到的物叫做『圖』（Figure），……其周圍之背景叫做『地』（Ground）。」頁 126。

〔註32〕　高楠《藝術心理學》：「所謂『圖—底』關係，簡單地說，就是某一知覺對象，它的某些部分被突出出來而格外引人注目，另一些部分則淡化，模糊不清，爲知覺所忽略。」頁 96。

〔註33〕　見高楠《藝術心理學》頁 97。

〔註34〕　參見劉思量《藝術心理學》頁 176～177。王秀雄《美術心理學》亦言：「『圖』具有明確之形，密度高，易引起我們注意，最重要者它具有前進性；而『地』，其密度低，形是漠然不明確，易被我們忽略，並且有從『圖』的位置往後縮退之感覺。因此『圖』與『地』間，在二次元之畫面上就造成空間感。」頁 139。

說：「作詩本乎情景，孤不自成，兩不相背。……景乃詩之媒，情乃詩之胚，合而爲詩。」所以「情」與「景」的關係是相輔相成、不可須臾或離的；更進一步來說，誠如傅庚生《中國文學欣賞舉隅》所言：「文學境界中，既必終始有我焉，自必以我之情爲主，而以物之景爲從。」〔註35〕所以「景」的安排，須視「情」的需要而確定。同樣的道理，當然也可以適用於空間的設計（「景」的一部份）。因此可以說：既然空間的種種設計，都是爲了要烘托出情意（或說情意的核心：主旨），那麼與情意（主旨）的關係最緊密的那一層空間，就是重心所在，我們稱爲「焦點空間」，其他層的空間相較之下，是較爲外圍的材料，所以成爲「背景空間」。

而且，王秀雄《美術心理學》中，還談了許多「圖與地」的原則，有一些也可作爲文學作品的參考，譬如「小面積者成爲圖，大面積者成爲地」「愈單純之形，就愈成爲『圖』。又日常看慣了的形，亦易成爲『圖』。」「有動感、旋轉感之形，易成爲『圖』，靜止之形易成爲『地』。」〔註36〕創作者在配置畫面時，受到人類共通理則的支配，在文學作品中，或可顯現出類似的現象。

在這樣的論述之下，或許會產生一個錯覺，即焦點空間是最重要的，背景空間用作襯托，重要性大爲不如。事實上並非如此。就以繪畫來說，繪畫中決不偏廢「底」，因爲要將「圖」從「底」中分離出來，是很容易作到的，但是一方面要將所描寫的物從它的背景中引拉出來，造成空間感，另一方面從背景處還要有一股牽制的力量，使物固定在它適當的位置，使這樣兩種力量調節到剛剛好的工作，才是很難做到、又必須做到的。一般人只能注意到「分離」，至於「牽制」就無能爲力，因此這兩種力量是否能夠調節，正是識別繪畫水準的關鍵〔註37〕。在繪畫中，「圖」與「底」的重要性可說是等量齊觀，在

〔註35〕見傅庚生《中國文學欣賞舉隅》頁49。
〔註36〕見王秀雄《美術心理學》頁131、136、138。
〔註37〕參見王秀雄《美術心理學》頁142。

文學的空間設計中，「焦點空間」和「背景空間」的關係也是如此。因為焦點空間固然容易凸顯主旨，但是若沒有背景空間的映襯，力量也發揮不出來、或者是大打折扣。關於這一點，向宏業、唐仲揚、成偉鈞主編的《修辭通鑑》談到映襯時的說法很值得參考：「映襯則是通過兩種相關、相對或相反事物的並敘，表現一種事物的同向、同一的意義。」〔註38〕其中所說的「同向、同一的意義」，這意義應該是指向情意（主旨）的；因此用作映襯的兩方都是非常重要的，這也提醒我們：對比與調和空間中，作為焦點和背景的兩方，其關係又何嘗不是如此呢？

前面只針對空間來論述，但其實時間也是如此的。不管是哪一種時間型態，也都有焦點和背景的區分，正是根據焦點和背景之間形成了何種對待關係，才能定出對比和調和時間。

壹、時空現象的對比型態

所謂的對比，就是兩個極不相同的東西並列在一處，其間相去很遠，形成很大的反差〔註39〕。對比原理體現在許多文學現象中，也體現在空間、時間的設計裡。

因為呈現的是對比的狀態，所以必然是有正有反，但是，在對比的空間、時間中，要如何確定何者是「正面」的焦點？何者又是「反面」的背景呢？這同樣也是要根據情意（或情意的核心：主旨）來斷定；合於情意（主旨）的層次空間就是「正面」的焦點空間（時間），從對面託出情意（主旨）的，就是「反面」的背景空間（時間）。姚一葦《藝術的奧秘》中為「對比」所下的定義是：「係指把兩種不同事物安排在一起，以強調顯露它們彼此之間的差異」〔註40〕，此與一般所言的對比尚無不同，但姚一葦隨即強調：「文字表現的藝術

〔註38〕見向宏業、唐仲揚、成偉鈞《修辭通鑑》頁 409。
〔註39〕參見陳望道《美學概論》頁 70。
〔註40〕見姚一葦《藝術的奧秘》頁 189。

品則全然不能用形式來限制，它的對比絕非僅止於一種文字的對列，更非僅止於一種對列的感覺。我們可以肯定的指出：凡文字表現的藝術品中的對比必然具有一個感覺以外的意義。」〔註41〕所謂「感覺以外的意義」，這意義應該是指向情意（主旨）的。因此，正反面的焦點、背景的判定，關鍵在於與情意（主旨）的關係如何；也就是說，正、反面的空間（時間）相輔相成，一為焦點、一為背景，共同構組成文學作品中的對比空間（時間），以烘托出作品的情意（主旨）。

其下將就空間、時間、時空結合的對比型態，作較詳細的討論。

一、從空間來看

會造成對比的層次空間不拘一格，任何一種空間結構都有可能，端視其中的形體空間彼此相應的關係如何來斷定。

劉禹錫的〈題壽安甘棠館〉，其中出現的內、外空間，就形成了對照的關係：

> 門前洛陽道，門裡桃花路。塵土與煙霞，其間十餘步。

其結構分析表如下：

```
    ┌─ 敘 ┬ 外：「門前洛陽道」
    │     └ 內：「門裡桃花路」
    └─ 論 ┬ 點：「塵土與煙霞」
          └ 染：「其間十餘步」
```

此詩敘述的部分出現了兩個空間——館外和館內，館外車水馬龍、煙塵滾滾，館內桃花滿園、清幽絕俗；前者是背景空間、後者是焦點空間。作者用對比的方式，先描寫一個熙來攘往的外空間作為背景，隨後出現的才是真正的焦點——優雅的甘棠館；此時外空間退下去，成為「底」，焦點空間浮現出來，成為凝聚注意的「圖」，作者所欲強調的主旨，自然而然地得到最大的加強。

〔註41〕見姚一葦《藝術的奧秘》頁 190～191。

　　《詩經‧河廣》中出現了主客觀並呈的空間處理態度，而主觀與客觀之間就是形成了對照：

　　　　誰謂河廣？一葦杭之。誰謂宋遠？跂予望之。

　　　　誰謂河廣？曾不容刀。誰謂宋遠？曾不崇朝。

其結構分析表如下：

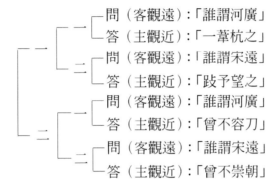

問（客觀遠）：「誰謂河廣」
答（主觀近）：「一葦杭之」
問（客觀遠）：「誰謂宋遠」
答（主觀近）：「跂予望之」
問（客觀遠）：「誰謂河廣」
答（主觀近）：「曾不容刀」
問（客觀遠）：「誰謂宋遠」
答（主觀近）：「曾不崇朝」

　　客觀的遠，在作者主觀的期盼下，距離大大地拉近，成為主觀的近；因此客觀與主觀在此形成對比，非常有力地強調出作者心中渴盼之熱切。很明顯地，「主觀近」是焦點空間，而「客觀遠」則是用作烘托的背景空間。

　　此外，虛的空間也可能和實的空間形成對照，譬如王昌齡〈春宮曲〉就是一例：

　　　　昨夜風開露井桃，未央前殿月輪高。平陽歌舞新承寵，簾
　　　　外春寒賜錦袍。

其結構分析表如下：

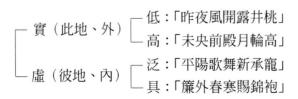

實（此地、外）　低：「昨夜風開露井桃」
　　　　　　　　高：「未央前殿月輪高」
虛（彼地、內）　泛：「平陽歌舞新承寵」
　　　　　　　　具：「簾外春寒賜錦袍」

　　前二句是寫主人翁所在的實空間，由詩中描寫的景色看來，地點應是在宮外；後二句則是描寫同一時間中、某個宮殿內所發生的事

情。此詩的主旨是發抒幽怨，因此實空間是焦點空間；為了要讓焦點空間能發揮更大的力量，作者安排了一個作為背景的虛空間來形成對比。所以一實一虛、一焦點一背景，兩兩對照，背景襯得焦點之景益發深刻入眼，真是「不言怨而怨獨深」了。

二、從時間來看

物理時間雖是一維、不可逆的，但是在創作者的匠心下，變幻出多種的面貌。創作者將物理時間鎔鑄為作品中的心理時間時，為了表情達意的需要，有時會將時間的型態以對比的方式來處理，並獲得很好的效果、達致豐富的美感。

而且時間與空間一樣地會有「焦點」與「背景」之分。但是，在時間設計的諸多方式中，如何區別「焦點」和「背景」卻是有不只一種的辨別方式；大部分是從所含蘊的材料（或說構成的畫面）之間的關係來著眼，但也有一些從結構上就可以判斷，關於這種不同，將在底下加以說明。

在實時間的客觀設計中，順序時間（今與昔）的各種不同的時間結構裡，就有形成對比型態者。譬如時間的順序是「由昔而今」，但「昔」與「今」之間形成對比的，有元稹的〈遣悲懷〉：

> 謝公最小偏憐女，自嫁黔婁百事乖。顧我無衣搜盡篋，泥他沽酒拔金釵。野蔬充膳甘長藿，落葉添薪仰古槐。今日俸錢過十萬，與君營奠復營齋。

其結構分析表如下：

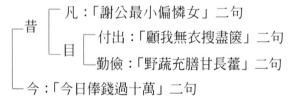

作者用了六句的篇幅，先描寫昔時貧賤相依的景況，是「背景」；最後二句則將時間拉回了現在，敘寫今日雖然富貴、卻是孤獨一人，

思念之情油然而生，這才是「焦點」。雖然在「焦點」浮現之後，「背景」就後退、轉淡，但是若沒有「背景」先爲蘊蓄，「焦點」帶出的畫面就不可能感人至深。這就是對比時間所會造成的良好效果。

　　而實時間的主觀設計包了有「時值的變造」、「時域的壓縮」、「今昔的疊映」，其中當然也有形成對比型態者。譬如李商隱〈北齊二首〉之一運用的是「時域往後壓縮」的手法：

　　　　一笑相傾國便亡，何勞荊棘始堪傷。小憐玉體橫陳夜，已
　　報周師入晉陽。

其結構分析表如下：

```
      ┌ 泛 ┌ 收：「一笑相傾國便亡」
      │    └ 縱：「何勞荊棘始堪傷」
──────┤
      │    ┌ 宮內淫樂：「小憐玉體橫陳夜」
      └ 具 └ 宮外喪國：「已報周師入晉陽」
```

　　時域的壓縮是出現在後二句中。因爲此詩的主旨在於警戒君王勿因沉迷女色而導致亡國，因此小憐進御才是焦點、周師攻入是背景。事實上，小憐進御與周師攻陷晉陽，相隔尙有諸多時日，但詩人故意將小憐進御之時往後移，使這兩個不同時期的事件連結在一起，構成十分強烈的反差，而作者的用意就在不言之間彰顯無遺。

　　主客觀並呈的時間設計有兩類：「時值的並置」和「時差的設置」。後者在結構上就必然造成對比，這種情形稍後再討論；至於前者，則須從含蘊的材料上來判斷，但也是形成對比的情形多。譬如陳與義〈臨江仙〉（夜登小閣憶洛中舊遊），就是一個時值並置、形成對比的例子：

　　　　憶昔午橋橋上飲，坐中多是豪英。長溝流月去無聲，杏花
　　疏影裡，吹笛到天明。　　二十餘年如一夢，此身雖在堪
　　驚。閑登小樓看新晴，古今多少事，漁唱起三更。

其結構分析表如下：

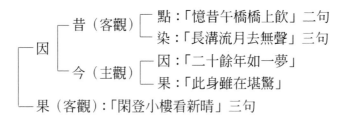

這闋詞是用「先因後果」的方式來寫成的。在「因」的部分，形成了客觀時值與主觀時值的並置，而且前者是「背景」、後者才是「焦點」，前者的悠然正好與後者的驚心造成對比；就是因為如此，後面才會經過一個轉折，而出現「閑登小樓看新晴」三句所描寫的曠達自適。

「虛」的時間可不可能與「實」的時間形成對比呢？當然是可以的。例如張籍的〈感春〉就是如此：

> 遠客悠悠任病身，謝家池上又逢春。明年各自東西去，此地看花是別人。

其結構分析表如下：

```
 ┌ 實 ┬ 人：「遠客悠悠任病身」
 │    └ 事：「謝家池上又逢春」
 └ 虛 ┬ 因：「明年各自東西去」
      └ 果：「此地看花是別人」
```

這首詩形成的是「先實後虛」的結構，「實」的部分寫現在在謝家池上賞春，「虛」的部分寫明年自己已不知身在何處；前者是焦點、後者是背景，因為有後者身世飄零的敘述，使得前者的感觸更加深刻。但是這首詩的妙處還不只此，後二句中又形成了「虛實疊映」的效果，「虛」自然指的是明年，「實」的部分是藉由「看花」二字所帶出的今日情景，這又形成了一重對比。因此整首詩重重對比下來，詩味自然更加濃厚。

前面所討論的例證，都是根據含蘊的材料（或說形成的畫面）來判斷的；現在要探討的，則是從結構上就可以斷定為對比型態者。譬

如「時差的設置」就是如此，因為這種設計方式的原理，就是需要兩種不同的計時系統並列在一起，形成對照，以引起讀者的比較與感喟，因此它也必然會成為對比時間。

關於「時差的設置」者，可以用李賀〈天上謠〉為例來說明：

> 天河夜轉飄回星，銀浦流雲學水聲。玉宮桂樹花未落，仙妾采香垂珮瓔。秦妃捲簾北窗小，窗前植桐青鳳小。王子吹笙鵝管長，呼龍耕煙種瑤草。粉霞紅綬藕絲裙，青洲步拾蘭苕春。東指羲和能走馬，海塵新生石山下。

其結構分析表如下：

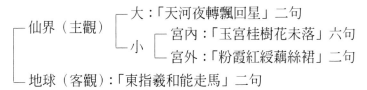

前面絕大多數的篇幅，都在描寫仙界超時間、超感知的存在；最末二句才通過一個拾翠仙女的偶然觀望，發現羲和御日奔馳、地球的時間過得飛快。作者故意將這兩個差異殊絕的世界並置在一起，前者是「背景」、後者是「焦點」，在「背景」烘托之下，「焦點」的時光流逝之速就更被凸顯，而作者的用意就在不言之中流露出來了。

三、從時空結合來看

時空緊密結合，而又形成對比形態者，有杜甫的〈月夜〉：

> 今夜鄜州月，閨中只獨看。遙憐小兒女，未解憶長安。香霧雲鬟濕，清輝玉臂寒。何時倚虛幌，雙照淚痕乾。

其結構分析表如下：

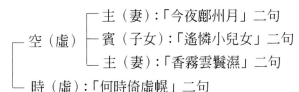

這首詩抒寫離愁，全在虛處盤旋而成。前面所敘寫的是想像中

的虛空間，藉著對妻兒舉止心情的設想，帶出濃濃的思念；後面所敘寫的是伸向未來的虛時間，雖然也是虛構，但卻是虛擬見面時的歡悅。因此此詩的前幅與後幅，情調是相異的；但前者的情調與主旨相合，顯然是焦點所在，而後者所描寫的想像中的歡樂，只是用作反襯，以增加效果而已，所以是背景。而這兩者配合起來，感人的力量就大爲增強了。

在藝術學中有一種非常有名的說法，即萊辛在《拉奧孔》中所提出的「最富於孕育性之頃刻」，此一頃刻乃指動作發展至頂點的前一瞬間，此一頃刻既包含過去、亦暗示未來，是以能令觀賞者有最大想像之空間；所以繪畫及雕塑都宜選擇此種頃刻，而不宜選取「情節發展中之頂點」〔註42〕。但是王秀雄《美術心理學》中則介紹另一種說法：要表現瞬間運動姿勢時，應採取最大運動量之姿勢〔註43〕。不管如何，這可以給我們很大的啓發：如何尋找文學的時空設計中的「最富孕育性或最大情意量的畫面」呢？我們又會想到中國古代文藝理論中「一與萬」的概念，所謂「一」，即指藝術形象的個別性；所謂「萬」就是多，即指藝術形象的代表性。因此成功的藝術形象應統合個別性與代表性，創造出「最富孕育性」的形象來〔註44〕。落實到時空設計中來講，在此所談的調和型態中的「焦點空（時）間」，本身具有個別性，但是因爲與情意（主旨）的關係最緊密，因此自然地含有最多的暗示，蘊義豐富、很有「代表性」，所以就會形成有「最大情意量的畫面」，但這畫面不見得就是描繪「動作發展至頂點的前一瞬間」，而是有更多的可能，如何設計、運用，就端看作者的巧思了。

不過，仍須強調一點：雖然焦點空（時）間蘊蓄最豐富的情意，但這豐富的情意如果不是經由背景空間的陪襯，是無法發揮最佳效果

〔註42〕 參見《西方美學名著引論》頁94。
〔註43〕 參見王秀雄《美術心理學》頁289。
〔註44〕 參考張少康《中國古代文學創作論》頁213～214。

的，所以文論家常說的「正反相生」（或「反正相生」）〔註45〕，是很
有道理的。

　　而且因爲在對比型態中，焦點與背景空間是以極大的反差形成
對照，這是造成美感的一種很重要的手法。張前、王次炤《音樂美
學基礎》中討論到「音樂中的文學性因素」時，說道：「衝突在音樂
中也同樣存在，它突出地體現在奏鳴曲式的結構原則上。」其後又
說：「音樂中的衝突主要依靠音響中所包含的感情力量之間的對比而
造成。」〔註46〕各種不同的藝術形式間的匯通，眞令人不禁微笑。
邱明正《審美心理學》中所提及的對立原則與審美求異心理的關係，
可以說明爲什麼不同的藝術形式而有相似的結構安排；他認爲審美
求異性探究所具有的功能有：「求異性探究可以強化刺激，煥發精
神，使生活多色調。」「弱化、轉換刺激，消除生理、心理的疲憊。」
「調節情緒，創造良好的心境。」「適應審美求新、求奇、求變、求
知的需要。」「在求異性探究中提高創造力，達到自我發現，自我實
現。」〔註47〕這說明了時空對比型態的美感的來源。陳望道《美學
概論》也說道：「有時甚至有反對、背馳、矛盾、衝突、糾紛、互爭
等要素參雜在內，反而更能增進我們的快感。」〔註48〕但是這種「快
感」的特色是什麼呢？陳望道又說了：「這種對比的方式，因爲變化
極明顯，每每帶有華美、鮮活、健強及闊達等情趣。」〔註49〕邱燮
友等所著的《中國美學》中也說：「這種形式美通常使人感到鮮明、
振奮。」〔註50〕這是非常耀眼、非常吸引人、極具生命力的一種美
感。

〔註45〕宋文蔚《評注文法津梁》有「反正相生」則，頁88。及曾宗華《作
　　　　文津梁》（中冊）有「正反相生」，頁88。
〔註46〕見張前、王次炤《音樂美學基礎》頁105、116。
〔註47〕見邱明正《審美心理學》頁104～107。
〔註48〕見陳望道《美學概論》頁80。
〔註49〕見陳望道《美學概論》頁72。
〔註50〕見邱燮友等著《中國美學》頁198。

　　不過，「對比」只是手段，「和諧」才是目的。楊匡漢《詩學心裁》認爲詩的「張力結構」中，有一種就是「相克型」的：「由兩種抗力構成詩情聯結，由相異元素組合爲和諧秩序；在相反的張力中，尋求同中見異；在矛盾對抗的情境中，尋求穿透意蘊。」〔註51〕他在此提及的「同中見異」，呼應了前面所引用的邱明正的說法，另外他還提到很重要的一點，那就是最終要達到「和諧」，這才是眞正的目的、極致的美感。

貳、時空現象的調和型態

　　什麼叫做「調和」呢？陳望道《美學概論》說道：「兩個極相接近的東西並列在一處，其間相差很微，便多成爲調和（Harmony）的形式。」〔註52〕在文學作品的空間、時間設計中，也有可以造成「調和」意味的，而且爲數相當的多。

　　有的「調和空間（時間）」和「對比空間（時間）」一樣，可以區分出「焦點空間（時間）」和「背景空間（時間）」，因爲此時作品的情意（主旨）出現在篇內，並且有某個空間（時間）是直接表現情意（主旨）的；但是有些則並非如此，而是所有的空間（時間）的地位都相等，這是因爲此時情意（主旨）出現在篇外，所有的空間（時間）共同合作，來烘托情意（主旨），彼此之間的份量是相等的。

　　調和型態的特色在於：若不可區分出焦點和背景，則所有的組成部分間呈現的是極爲相近的情形，因而形成十分調和的美感。但若是可區分出焦點與背景，則不僅因爲相近而產生調和的美感，而且「圖」從「底」中凸顯出來，還可彰顯重心所在的焦點。

一、從空間來看

　　層次空間的結構型態有多種多樣，因此無法將屬於調和空間者一一列舉出來，只能針對調和空間的特性，挑出較富代表性者作一

〔註51〕見楊匡漢《詩學心裁》頁 255。
〔註52〕見陳望道《美學概論》頁 70。

介紹。例如在「遠與近」的空間中，有「由近而遠」和「由遠而近」、「遠與近交互呈現」三類，但是在這三類中，哪些空間結構是屬於調和空間，則沒有一定，須視個別作品而定。

在「由遠而近」一類，如辛棄疾〈西江月〉下半闋：

> 明月別枝驚鵲，清風半夜鳴蟬。稻花香裡說豐年，聽取蛙聲一片。　　七八個星天外，兩三點雨山前。舊時茆店社林邊，路轉溪橋忽見。

其結構分析表如下：

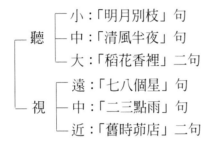

下片出現三個視點：天外之星、山前之雨、溪橋茆店，由遠而近依次展現；由於作者所要訴說的主要是夜行遇雨時，看見舊時茆店的喜悅心情，以烘托出自身的閒適之情〔註53〕，因此最後一個景自然地成為了焦點，而天外之星、山前之雨都退後去，成為背景。就是因為有前兩個清新之景作為襯托，所以最後出現的焦點，才能更加吸引人。

前面所舉之是在客觀的空間設計的範圍之內，但是作品中若是出現主觀的設計，也同樣可能形成調和空間。楊萬里〈出入淮河四絕句〉（選一）即是如此：

> 船離洪澤岸頭沙，人到淮河意不佳。何必桑乾方是遠，中流以北即天涯。

其結構分析表如下：

〔註53〕參考陳滿銘《文章結構分析》頁93，及《詞林散步》頁327。

$$
\begin{array}{l}
\text{敘} \left[\begin{array}{l} \text{先：「船離洪澤岸頭沙」} \\ \text{後：「人到淮河意不佳」} \end{array}\right. \\
\text{情} \left[\begin{array}{l} \text{客觀遠：「何必桑乾方是遠」} \\ \text{主觀遠：「中流以北即天涯」} \end{array}\right.
\end{array}
$$

此詩出現空間設計的是後半部。前一句是敘寫客觀的距離，後一句所寫的距離遙遠則是主觀的感受；雖然有處理態度的不同，但卻是以遠襯遠，即客觀遠是背景、主觀遠是焦點，有了客觀距離的映襯，主觀的遙遠就顯得更遙遠了。

另外，虛實結合的空間設計，也可能形成「調和空間」；而且值得注意的是：正如陳滿銘所言，虛的空間總是為了要襯出實的空間而存在的，而且比起「以實襯實」，「以虛襯實」更有一種飄渺、靈動的感覺。像吳文英的〈浣溪沙〉就是出現了虛實結合的調和空間：

門隔花深夢舊遊，夕陽無語燕歸愁，玉纖香動小簾鉤。

落絮無聲春墮淚，行雲有影月含羞，東風臨夜冷於秋。

其結構分析表如下〔註54〕：

$$
\left[\begin{array}{l}
\text{虛（夢中）：「門隔」句} \\
\text{實（夢後）} \left[\begin{array}{l} \text{自然：「夕陽」句} \\ \text{人文：「玉纖」句} \\ \text{自然：「落絮」三句} \end{array}\right.
\end{array}\right.
$$

此詞寫夢後懷舊之情，起句「門隔花深」帶出縹緲的夢遊之景，接著的五句回到夢後的實空間，分別拈出三組自然景和人文景，烘托出無限愁情。陳文華《海綃翁夢窗詞說銓評》中對此有精闢的分析：「則海綃以臨夜為夢覺時，夕陽為睡夢時矣。而夕陽乃一景兩見也，於實景言，是其午夢之時；虛景言，夢中亦見夕陽之無語也。及其夢醒，時既臨夜，夕陽已沉，則夢亦如夕陽之消逝，所謂『變遷』也。此其有無可奈何之痛矣，蓋夢本如畫餅，原無以充飢，況即此亦無以

〔註54〕此表參見陳滿銘《詞林散步》頁 361。

永久耶？」〔註55〕所以不管是實是虛、是自然是人文，全都蕩漾在一片愁緒中，而沒有焦點、背景之分，調和到了極處。

二、從時間來看

當時間結構所帶出的各個畫面，彼此之間的差異甚微，就會造成調和的美感，那就是調和時間。以客觀態度來處理實時間的作品中，呈現調和時間者，例如晏幾道的〈更漏子〉：

> 檻花稀，池草遍。冷落吹笙庭院。人去日，燕西飛。燕歸
> 人未歸。　　數書期，尋夢意。彈指一年春事。新悵望，
> 舊悲涼。不堪紅日長。

其結構分析表如下〔註56〕：

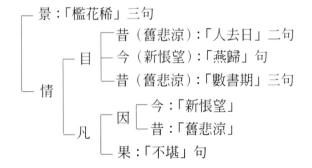

從結構分析表中可以看到：昔時間主要表達的是「舊悲涼」，今時間表達的則是「新悵望」，前者是背景，作用是更加地烘托出現今的惆悵，因此現今（即焦點時間）的落寞，就在這樣的情況下，顯得更加的深濃了。

實時間中主觀設計中有三類：「時值的變造」、「時域的壓縮」和「今昔的疊映」，都有形成調和時間的可能。茲以形成「時值變造」的呂本中〈夜雨〉作個例子：

> 夢短添惆悵，更深轉寂寥。如何今夜雨，只是滴芭蕉。

其結構分析表如下：

〔註55〕見陳文華《海綃翁夢窗詞說詮評》頁130。
〔註56〕此表見陳滿銘《詞林散步》頁136。

```
   ┌ 短：「夢短添惆悵」
   │    ┌ 泛：「更深轉寂寥」
   └ 長 ┤
        └ 具：「如何今夜雨」二句
```

夢醒時分，只怨夢短；夢醒之後，輾轉反側，聽得疏雨滴芭蕉之
聲，點點滴滴，只覺長夜似乎更長了。這首詩巧妙地將短、長時值鎔
鑄在一首詩中，兩兩相映，流露的都是無聊惆悵的意緒，造成了相當
調和的時間設計形態。

如果作品中有主客觀並呈的設計，也是可能形成調和時間的。例
如「時值的並置」一項，將主觀時值與客觀時值並呈，往往就是以類
似的情態，重重醞釀出作者所欲強調的感受；在這種情況下，重心往
往是擺在主觀時值的部分。我們就以溫庭筠的〈更漏子〉為例來作一
分析：

> 玉爐香，紅蠟淚，偏照畫堂秋思。眉翠薄，鬢雲殘，夜長
> 衾枕寒。　　　梧桐樹，三更雨，不道離情正苦。一葉葉，
> 一聲聲，空階滴到明。

其結構分析表如下〔註57〕：

```
   ┌ 內 ┌ 物（客觀時值）：「玉爐香」二句
   │    └ 人（主觀時值）：「偏照」四句
   │         ┌ 景：「梧桐樹」二句
   └ 外（客觀時值）┤ 情：「不道」句
                   └ 景：「一葉葉」三句
```

將此詞鎖定在「時值」上來探討，會發現它呈現的是「客觀—主
觀—客觀」的情形。「主觀」的部分是作者依其情感的趨向，將時間
拉長了，是焦點時間；其他的兩個客觀時值的部分，乃是就客觀的情
況來寫主人翁的惆悵，就是背景時間。在背景時間的襯托下，焦點時
間的漫長才容易凸顯得出來，作者心中的哀愁之深之濃，也就適切地
傳達出來了。

〔註57〕此結構表參見陳滿銘《詞林散步》頁 27。

虛實結合的時間是否也會形成調和的型態呢？答案是肯定的。可以舉曹植〈雜詩〉之四為例：

> 南國有佳人，榮華若桃李。朝遊江北岸，日夕宿湘沚。時俗薄朱顏，誰為發皓齒？俯仰歲將暮，榮耀難久恃。

其結構分析表如下：

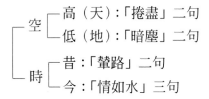

作者在實時間中交代的是容華絕世、見賞無人的無奈；虛時間是指向不久的將來，自己的容顏即將老去，更是無所憑恃。因此虛時間中透出的恐慌，更加強了實時間所帶出的傷感，所以虛時間是背景時間，作用在襯托，實時間是焦點時間，是真正的重心所在。

三、從時空結合來看

在這一類作品中，我們可以用吳文英〈點絳唇〉（試燈夜初晴）為例，它形成的是「先空後時」的結構：

> 捲盡愁雲，素娥臨夜新梳洗。暗塵不起，酥潤凌波地。　　輦路重來，彷彿燈前事。情如水。小樓薰被，春夢笙歌裡。

其結構分析表如下〔註58〕：

```
   ┌─ 空 ┌─ 高（天）：「捲盡」二句
   │     └─ 低（地）：「暗塵」二句
───┤
   │     ┌─ 昔：「輦路」二句
   └─ 時 └─ 今：「情如水」三句
```

這闋詞採用「先空後時」的結構，而不論是空間或時間、甚至空間與時間，都呈現出調和的型態。空間的部分，高空間是直接寫月色，低空間則是寫月色浸潤下的大地，二者的氣氛十分協調。而時間的部

───────────

〔註58〕此表參見陳滿銘《詞林散步》頁359。

分分作「昔」與「今」，也同樣都流露出傷感的情調。而且空間的部分，等於提供了一個渺茫清涼的氛圍，讓時間的部分所帶出的落寞，醞釀得無限低迴。因此這闋詞並沒有焦點、背景之分，而是各部分都同等重要地、一起烘托出詞中的情境。

調和的時空設計中的「焦點」，同樣也是富有最大情意量的，不過，這也需要背景的配合，方能畢其全功；若是沒有焦點、背景之分的情形，則所有的部分份量均等，都一樣重要。而且因為空（時）間和空（時）間之中，是以極類似的特性來形成映襯，最終指向同一意義，因此彼此之間必然會有交流，就會造成「調和」的美感。陳望道《美學概論》中說：「凡是調和的兩件東西，總是互相類似的，並無什麼觸目的變化。所以我們接觸到它時，也就每每覺得它有融洽、優美、鎮靜、深沉等情緒。」「優美……是極自然地，極和柔地，卻又極莊嚴地，彷彿明月浸入一般地有一種適情順性的情趣。」〔註59〕這樣的情調，不是非常吸引人嗎？

參、時空現象對比與調和並呈的型態

如果在一篇作品當中，能同時兼具對比與調和兩種型態，就等於是同時兼有兩種美感，當然藝術性是非常強的。

李商隱〈吳宮〉就是如此：

龍檻沉沉水殿清，禁門深掩斷人聲。吳王宴罷滿宮醉，日暮水漂花出城。

其結構分析表如下：

```
┌─外（人文）：「龍檻沉沉水殿清」二句
├─內（人文）：「吳王宴罷滿宮醉」
└─外（自然）：「日暮水漂花出城」
```

這首詩形成的是「外內外」的空間；而且依據人文、自然的分類，又可以分作「先人文後自然」。在「人文景」的部份中，出現了

〔註59〕見陳望道《美學概論》頁71、120。

對比空間，亦即「龍檻沉沉水殿清」二句，帶出的是莊嚴肅穆的吳宮宮殿，但「吳王宴罷滿宮醉」一句，卻描述出宮中糜爛的生活；前者（背景）和後者（焦點）形成對比，目的在更凸顯出吳王君臣的荒淫。而「自然景」的部分，卻又以飄搖的落花，暗示人事的飄搖，與第三句「吳王宴罷滿宮醉」的情境是非常類似的，因此兩者之間形成的是調和空間。所以在短短的二十八字中，對比與調和交融，手法十分高妙。

　　蔣捷的〈虞美人〉一詞中，對比與調和的交融，也產生了很好的效果：

> 少年聽雨歌樓上，紅燭昏羅帳。壯年聽雨客舟中，江闊雲低，斷雁叫西風。　　而今聽雨僧廬下，鬢已星星也。悲歡離合總無情，一任階前點滴到天明。

其結構分析表如下：

```
        ┌先（少年）：「少年聽雨歌樓上」二句
    ┌敘─┼中（壯年）：「壯年聽雨客舟中」三句
    │   └後（暮年）：「而今聽雨僧廬下」二句
    └情：「悲歡離合總無情」二句
```

　　這闋詞的謀篇方式是先由少至壯至老地娓娓道來，最後再引出感嘆。《唐宋詞新賞》（第十四輯）對此有相當精闢的分析：「（作者）從自己漫長的一生和曲折的經歷中，截取了三幅富有暗示性和象徵性的畫面，通過它們，形象地概括了從少到老在環境、生活、心情各方面所發生的巨大變化。作者首先選擇了一幅歌樓上聽雨的畫面。……它是對後面的畫面起反襯作用的。……這後面緊接著出現的是一個客舟中聽雨的畫面。……這還不是作者要展示的主要畫面，也只是起陪襯作用的。……詞中居主要地位的應當是今我，而非舊我。因此，繼以上兩幅一起反襯作用，一起陪襯作用的畫面後，詞人接著又讓讀者看到一幅顯示他的當前處境的自我畫像。」〔註60〕

〔註60〕見《唐宋詞新賞》（第十四輯）頁247～248。

可見得暮年之景是「焦點時間」；而「背景時間」有兩個，一個是少
年之景、用作對比，一個是壯年之景、形成調和。經過這樣的對照
與映襯後，「悲歡離合總無情，一任階前點滴到天明」這樣兩句無可
奈何、深蘊痛苦的話，彷彿由肺腑中流出，再真切也不過了。

　　夏放《美學：苦惱的追求》談到總體組合關係時說：「從構成形
式美的物質材料的總體關係來說，最基本的規律是多樣的統一。平時
所謂的和諧美，意即是多樣而統一。……多樣的統一包括兩種基本類
型：一種是多種非對立因素相互聯繫的統一，形成一種不太顯著的變
化，謂之調和式統一，一種是各種對立因素之間的相反相成，對立造
成和諧，形成對立式統一。」〔註61〕蔡運桂《藝術情感學》中談到「藝
術情感的和諧性」時，也分「對立中的和諧」和「統一中的和諧」來
論述〔註62〕。這些話正好呼應了我們前面對對比與調和型態的討論；
其實類似的觀點早在春秋戰國時期就已經提出了，陳望衡《中國古典
美學史》中，曾引用一段《左傳》中晏子與齊侯論「和」與「同」之
差異的文字，然後加以闡述道：「『同』是同一事物量的增加，而『和』
是多樣統一，因不同事物融合而造成新質出現。……『和』的構成規
律是『相成』和『相濟』。『相成』是不同質的滲入；『相濟』是相反
質的組合，前者使『和』的內涵更豐富；後者則經常產生奇特的效果。
它不僅使質的對立更鮮明，更強烈，更具活力，而且是新質得以產生
的根本原因或者說動力。」〔註63〕在那麼遙遠的時代，就已經有這麼
深刻的思想產生，令人嘆服。而且我們也不禁聯想到：當一篇作品在

〔註61〕見夏放《美學：苦惱的追求》頁 108。關於和諧，可以參見邱明正
　　　　《審美心理學》：「和諧原則就是在矛盾中求得協調一致、和諧統一
　　　　的原則。」頁 112。「無論中國還是外國，從公元前起就都不約而同
　　　　地開始探討和諧，這絕不是偶然的巧合，而是反映了人類共同的心
　　　　態和認識的共同規律。和諧是人類共同追求的目標，是人類最高的
　　　　理想境界。同樣，和諧也是審美中最佳的心理狀態，最高的審美境
　　　　界，世人創造美的最大動力和最終目的。」頁 111～112。
〔註62〕見蔡運桂《藝術情感學》頁 73～80。
〔註63〕見陳望衡《中國古典美學》頁 199。

這兩種基本類型上再作變化，是更能見出創作者的匠心的。

　　而且總結前面針對對比與調和的討論，可以得到一個很深刻的印象，在談這個印象之前，可以先看一段羅曼・英加登（Roman Ingarden）《對文學的藝術作品的認識》中的話：「只有在過程結束，我們在積極記憶或記憶行為中回顧它的典型特徵時，我們才注意到在它們的動態特性貯存在一種特殊的穩定形式中就好像它們被固定了似的。在我們生動地理解一個過程時，和過程本身一同產生的過程的動力就展開了。」〔註64〕其中所要注意的是「固定的動態特性」的觀念，這可以用來解釋創作者為何會創作出「對比」和「調和」，以及「對比」與「調和」並呈的不同型態，而且鑑賞者藉著文本，就可以感受到這種「動態特性」，以及因此而傳達出的「動力」。這對鑑賞而言，是相當有價值的。

第四節　時空現象所傳達的張力

　　在前面第三、四、五章中，將時空現象盡可能地作一分析，然後用結構表呈現，並加以統整、歸類；這是嘗試著系統化、科學化地來處理時空現象。為什麼要作這樣的努力呢？這是因為我們倘若對時空現象能作大致的、整體的掌握，那麼鑑賞一個文學作品時，不僅能將它的時空現象很快地分析出來，而且可以掌握住它的特性，也就是說可以將此時空現象「簡潔化」，這對美感的探究來說，是十分重要的。

　　格式塔心理學的一個基本原則，可以說明簡潔化的必要。格式塔心理學認為每一種心理範疇都是趨於最單純、最均衡、最有秩序之組織的可能性，因此藝術作品之完成乃是各種力量之均衡、秩序與統一〔註65〕。王秀雄《美術心理學》中引用阿恩海姆的說法道：「藝術作

〔註64〕見羅曼・英加登（Roman Ingarden）《對文學的藝術作品的認識》頁116。
〔註65〕參見劉思量《藝術心理學》頁165。

品的所謂簡潔，是全體構成中部分之機能或位置有明確之規定，並且有豐富之意義或形式隱藏在藝術品中，才能稱爲簡潔的藝術作品。」〔註66〕而對時空現象所作的探究，就有助於將作品的形式處理清楚，以使它的簡潔性呈露出來。

　　但是只清理出簡潔的結構是不夠的，還必須探討出這種結構背後所蘊藏的本質性的東西。因爲正如王秀雄《美術心理學》中所談到的：「整個構圖之所以能造出力動性，乃是各細部的動是很合理地配合全體的動勢。這樣的藝術作品，是以主要的力動性主題爲中心，加以組織，然後其運動必須貫徹到全領域裡。」〔註67〕他談的雖然是繪畫，但是道理很可相通於文學。文學作品中所呈現的各種現象，都爲了表現某一個主題（這主題我們通常稱之爲情意或是主旨）〔註68〕，並因而產生出「張力」。楊匡漢《詩學心裁》乾脆就將此表現張力之結構，稱作「張力結構」，他解釋道：「『張力』結構在詩中的呈現，是詩人審美心理結構的對象化型態。詩人內在情緒力的豐繁，也就往往要求詩的張力的豐繁與強大。」〔註69〕劉思量《藝術心理學》曾介紹過一個圖表，相當有意義〔註70〕，我們也可以將這個圖表作如此的表達：內容主題/形式→意義→完形（動力的均衡）→存

〔註66〕見王秀雄《美術心理學》頁 172。並可參見同書所介紹卡爾・巴特（Kurt Badt）對藝術之簡潔所下的定義：「洞察本質性之東西，把其餘不重要之東西服從於它，這就是最賢明、最有秩序化，也就是藝術應走的簡潔化的方法。」頁174。王希杰〈從《周易》說修辭學〉，《王希杰修辭學論集》中曾提及「最簡單性原則」，並說明道：「簡單性原則之所以重要，是因爲正如《繫辭上傳》所說：「易則易知，簡則易從。」宋人朱熹說：『人之所爲，如乾之易，則其心明白而人易知；如坤之簡，則其事要約而易從。』」（頁100～101）亦可與此參看。

〔註67〕見王秀雄《美術心理學》頁 321。

〔註68〕鍾子翱、梁仲華、童慶炳《文學概論》：「形象思維以感情作爲思維運動的推動力。」頁398。

〔註69〕見楊匡漢《詩學心裁》頁 255。

〔註70〕見劉思量《藝術心理學》頁 45。

在之本質（眞實）。因此我們就可理清楚這中間的脈絡了：爲了表達出情意（即「內容主題」）的力量，因此創作者會運用各種技巧，所以會呈現出各種文學現象（即「形式」），並形成張力結構（即「動力的均衡」），以傳達出「存在之本質」；所以文學作品中的張力，歸根究底來說，是源自於情意的〔註71〕。

　　但是創作者創作出的張力結構，如何讓鑑賞者體會得到呢？關於此點，可援引格式塔心理學派的說法來加以解釋。此學派認爲審美體驗就是對象的表現性及其力的結構（外在世界），與人的神經系統中相同的力的結構（內在世界）的同型契合；這就是「異質同構」〔註72〕。李澤厚〈審美與形式感〉一文中說：「不僅是物質材料（聲、色、形等等）與視聽感官的聯繫，而更重要的是它們與人的運動感官的聯繫。對象（客）與感受（主），物質世界和心靈世界實際都處在不斷的運動過程中，即使看來是靜的東西，其實也有動的因素……其中就有一種形式結構上巧妙的對應關係和感染作用……格式塔心理學家則把這種現象歸結爲外在世界的力（物理）與內在世界的力（心理）在形式結構上的『同形同構』，或者說是『異質同構』，就是說質料雖異而形式結構相同，它們在大腦中所激起的電脈衝相

〔註71〕 邱燮友等著的《中國美學》中也說：「任何文學作品都離不開思想與情感……然而文學畢竟有別於其他也兼具思想與情感的學科（如哲學、科學），它必須通過藝術的形式，呈現出某種意境和趣味，因而文學中的思想與情感，往往也就能產生審美效應。」（頁222）也可與此參看。

〔註72〕 並可參見邱明正《審美心理學》談到格式塔心理學時，所說的：「他們還提出了一條心理組織、結構的基本規律：『完形趨向律』，即在一定條件下，心理結構經過神經系統的組織作用，總是盡可能趨向完善化、整體化。如果事物各部分之間具有相似性、接近性、連續性、閉合性這些特徵，就容易組成一個整體性的單元，構成一個完形，並使人產生整體性、系統性的反應，形成完形的心理結構；如果對象整體中有缺口，觀察者的完形心理結構就會根據『完形趨向律』對缺口加以彌合，完善對象圖形，既使人發生頓悟，把握對象的整體系統，又使心理結構整體化、系統化、完形化。」頁29。

同，所以才主客協調，物我同一，外在對象與內在情感合拍一致，從而在相映對的對稱、均衡、節奏、韻律、秩序、和諧……中，產生美感愉快。」〔註73〕有趣的是，在古代中國就已經有這樣的思想產生了，例如孔子在《論語‧雍也》篇中說：「知者樂水，仁者樂山。知者動，仁者靜。」水與知者、山與仁者的對應，這不就是「異質同構」嗎？自古以來也有「春山淡冶而如笑，夏山蒼翠而如滴，秋山明淨而如妝，冬山慘澹而如睡」的說法，這也是一種「異質同構」〔註74〕。人的心理世界與物理世界既有如此的對應關係，那麼對文學作品中所展現的「張力結構」，更不會無所感觸。

說得更清楚一點，之所以對「異質」，能產生「同構」的感應，是因為對它的「表現性」有感應。蘇珊‧朗格在《情感與形式》一書中即說：「要把一幅圖案、一支旋律、一首詩歌或任何藝術符號的情感內容傳達給觀眾，其唯一的方法就是把有表現力的形式表現得非常抽象、非常有力。」〔註75〕世界上所有的事物都具有兩種屬性，一種是物理性（非表現性），一種是表現性；若針對「表現性」來說，其實就是一種力的展現的型態，所謂的「林奈分類法」就是只以「表現性」作為對各種存在物進行分類的標準，這樣就可以把極不相同的卻具有同樣表現性的事物分在同一類，例如暴風雨和革命，就因為表現性和力的結構相同，就分在同一類，這就是一種「異質同構」〔註76〕。

而中國雖未明言這種分類法，卻早已經進行這種表現性的分類了；最具代表性的，就是「陽剛」與「陰柔」的分法〔註77〕，陳望

〔註73〕見《李澤厚哲學美學文選》頁503-504。
〔註74〕參見童慶炳《中國古代心理詩學與美學》頁168～171。
〔註75〕見蘇珊‧朗格著，劉大基等譯，《情感與形式》頁440。
〔註76〕參見童慶炳《中國古代心理詩學與美學》頁172。
〔註77〕陳望衡《中國古典美學史》在「《周易》與中國美學」中，談到「剛與柔」時，說道：「陰陽在《周易》（主要是《易傳》）中，經常與剛柔相連屬。在《易傳》作者看來，剛柔是陰陽的重要屬性。……而在藝術領域內，剛柔概念的運用，則遠比陰陽概念的運用普遍。可以說，剛柔是中國美學的一對重要範疇。」頁183。

衡《中國古典美學史》中說道：「剛柔在藝術領域中的最重要的意義在於它成爲兩大美學風格的代名詞。這就是陽剛之美與陰柔之美。」〔註78〕早在《易傳》中即包含了以陽剛陰柔的思想來認識社會現象與自然現象的思考，例如「乾剛坤柔」、「剛柔有體」、「動靜有節，剛柔斷矣」、「剛柔相推而生變化」、「柔上而剛下，二氣感應以相與」，最重要的是卷九《說卦》中的一段話：「昔者聖人之作易也，將以順性命之理。是以立天之道，曰陰與陽；立地之道，曰柔與剛；立人之道，曰仁與義。兼三才而兩之。」「天、地、人」三才，是「異質」；而「陰陽、柔剛、仁義」是「同構」，這段論述眞是精彩極了，對我國陽剛陰柔美學範疇的確立，具有深遠的影響。

　　這樣的思想在後來一直在延續著〔註79〕，直到清代的姚鼐又得到一次高峰性的發展，他在〈覆魯絜非書〉中有段非常著名的描寫：「鼐聞天地之道，陰陽剛柔而已。文者，天地之精英，而陰陽剛柔之發也。……其得於陽與剛之美者，則其文如霆，如電，如常風之出谷，如崇山峻崖，如決大川，如奔騏驥；其光也，如杲日，如火，如金鏐鐵；其於人也，如馮高視遠，如君而朝萬眾，如鼓萬勇士而戰之。其得於陰與柔之美者，則其文如升初日，如清風，如雲，如霞，如煙，

〔註78〕 見陳望衡《中國古典美學史》頁 184。另外亦可參看金丹元《撿拾藝術的記憶──中國古典美學漫談》中說：「中國人講的『陽剛美』與西方人所說的『崇高』，既有相同點，又有相異處。雖說兩者都與雄偉、壯大、力量、氣勢有關，但中國人所言之壯美，往往並不一定包含悲劇色彩，而是多與『大』、與『剛』相連。西方人講的崇高中常常伴隨著恐懼和痛苦感，往往表現爲人受到外來力量的壓迫，從而產生出某種強大的反作用力。……因此，中國人所推崇的陽剛美……而是在肯定外在力量和氣勢所表現出來的無限之美的同時，又借這種力量、氣勢等來顯示人文之美、人格之美，從而達到心靈追求的遠大境界。」（頁 99～100）、「即便是陰柔美，中國人的眼光也不同於西方人所講的優美。陰柔美中既含有優美，又可能包括著某種『崇高』在。這就使得中國藝術往往具有陽剛與陰柔並列或交又出現的情況。」（頁 102）

〔註79〕 發展的過程可參看李元洛《詩美學》頁 439～444。

如幽林曲澗，如淪，如漾，如珠玉之輝，如鴻鵠之鳴而入廖廓；其於
人也，漻乎其如嘆，邈乎其如有思，煖乎其如喜，愀乎其如悲。觀其
文，諷其音，則為文者之性情形狀舉以殊焉。」姚鼐在這裡將文章的
「表現性」大別為「陽剛」和「陰柔」兩類，是相當有見地的；而且
用了許多形象化的譬喻，也很有助於掌握「陽剛」與「陰柔」的特質。

因此就可以回應本章前面所作的種種探討：「時空現象的延展與截
斷」、「時空現象的秩序與變化」、「時空現象的對比與調和」；我們可以
發現，這些時空現象都以不同的標準大別為兩類，而這相對性的兩個
類別，恰恰可認定他們各自傾向於某種表現性。譬如在「延展」與「截
斷」的比較中，「延展」呈現出較為平緩、持續的關係，因此是較傾向
於「陰柔」的；而「截斷」則有間隔、波折的感覺，所以是傾向於「陽
剛」的。而「秩序」與「變化」作個比較，則「秩序」以漸層為基礎，
有穩定、平和之感，因此是偏於「陰柔」的；而「變化」追求的是不
同的刺激，有醒目、新奇、振奮的感覺，所以易偏於「陽剛」。不過，
造成最明顯、最大美感的，還是「對比」與「調和」兩種型態，因為
「對比」會形成極大的反差，因此有強健、闊達、華美之感，所以趨
向於「陽剛」；而「調和」則因質性之相近，產生優美、融洽、鎮靜、
深沉等情緒，因此自然趨向於「陰柔」。經過這樣的分析，可以發現：
只要能分辨出時空現象的型態，就可以大致地掌握住它的美感類型了。

不過，前面所說的「陽剛」、「陰柔」的分法，只是從章法（結構）
的觀點出發，來作一個大略的分類，並不是說某種作品在章法（結構）
上呈現某種型態，就是「純陽剛」或是「純陰柔」；因為這還牽涉到
各種型態的相互搭配，以及形式與內容的相互適應等等問題。黎運漢
《漢語風格探索》中即說：「文章風格是文章的思想內容和表現形式
上各種特點的綜合表現，是作者的思想、性格、興趣、愛好以及語言
修辭等在文章中的凝聚反映。」〔註80〕楊小青《藝術構造論》中也說

〔註80〕見黎運漢《漢語風格探索》頁7。

道：「風格問題在藝術中是如此重要，這就決定它作爲一個理論範疇可以從創作論、作品論、鑑賞論、批評論、發展論等不同角度進行研究。」〔註81〕可見得風格問題是極爲複雜的，須從各個角度切入，並且彼此配合來分析，才可能得出較爲圓滿的結果。

　　不過，本論文即鎖定在「章法（結構）」的角度，來嘗試探索風格的生成；而且，即從章法（結構）角度而言，因爲一篇作品中往往用到多種章法、形成複雜的結構，所以其風格也就揉雜了多種因素，因而呈現出多變的風貌。因此就正如姚鼐〈覆魯絜非書〉中所言：「且夫陰陽剛柔，其本二端，造物者揉而氣有多寡，進絀，則品次億萬，以至於不可窮，萬物生焉。故曰：一陰一陽之爲道。夫文之多變，亦若是矣。揉而偏勝可也，偏勝之極，一有一絕無，與夫剛不足爲剛，柔不足爲柔者，皆不可以言文。」確是有得之言。陳望衡《中國古典美學史》闡述《周易》中的陰陽關係時，說道：「陰陽的關係是變化無窮的，這種無窮難測的變化，《易傳》稱之爲『神』，《內經》稱之爲『神明』。這種理論對藝術創作的直接啓示是：要想使藝術作品達到『神』的境界，就必須熟練、巧妙、富有創造性地處理藝術創作中所有對立的關係。……《周易》中的陰陽理論強調的不是相反事物的對立，而是相反事物的相交、相合。……因此，陰陽的相合不是量的增加，而是新質的產生，是創造。」〔註82〕並進而引申到「剛柔」的

〔註81〕見楊小青《藝術構造論》頁201。
〔註82〕見陳望衡《中國古典美學史》頁 182。另外劉思量《藝術心理學》介紹保羅克利的藝術理論時，說到他認爲無垠的大自然歷史，是一種生命的力量，是從兩極之對立。因此任何一個概念，如果沒有相對性是無法可想，無法掌握的。嚴格說來，概念本身是不存在的，而是以一對概念並存，處理兩極性就是處理整體和統合，比如左、右；前、後；靜止和非靜止，運動和相對運動。因此藝術創作即是在處理統合的問題，處理統合就要同時處理兩端，這就是藝術家在創作時的程序。動是所有成長的根本，是造型之創生，運動是改變其原生狀態的首要條件，然後即產生改變、發展、固定、度量、決定等等相對概念。（參見頁99～100）也可作爲參考。

領域中,也是如此;陳望衡說:「《周易》強調的不是陰陽、剛柔之分,而是陰陽、剛柔之合。……中國美學向來視剛柔相濟的和諧爲最高理想。……中國的藝術家們也都自覺地去追求剛柔的統一,並不一味地去追求純剛或純柔,而總是柔中寓剛或剛中寓柔。」﹝註83﹞這是從文化的根源上來釐清剛柔相濟的問題。

若要對此點瞭解得更清楚,可以再次援引前面提過的「圖」與「底」的觀念,並稍加轉換。在判別一個作品的張力結構所呈現出的表現性時,可以先大致斷定這個作品是趨於陽剛或陰柔,而這就是「底」,換種說法來說,就是這個作品的基調;然後再根據其他的種種特點,添加上其他的質性,這就是「圖」;「圖」與「底」混合起來,就形成這個作品的「風格」(或說「氣」、「神」、「韻」、「境」、「味」),實際上也就是格式塔心理學所一再指稱的「整體大於部分之和」的「格式塔質」。前者是中國傳統美意識的概括,後者是西方格式塔心理學的基本觀念,它們的共通點在於其超越性,即對詩和藝術中具體物象、景象、情象等實境的超越,它們在藝術中都不是作爲一個元素而存在,而是作爲整體質而存在﹝註84﹞。

因此,從章法的角度出發,來探討文學作品中的時空現象時,只要能掌握住分析的要領,就能將它「簡潔化」、「單純化」,並且就能掌握住它「延展或截斷」、「秩序或變化」、「對比或調和」的特性,其基本的張力結構就呼之欲出了,也因此,其基本的風格也就可以披露出來了。

﹝註83﹞ 見陳望衡《中國古典美學史》頁 186～187。傅武光《呂氏春秋與諸子之關係》一書中,談到「呂氏春秋與道家之關係」中的「周與反」時,說道:「蓋呂氏春秋深受陰陽家影響,其論天道之圓,實不外陰陽消息之義。」(頁 268) 也可看得出來陰陽、剛柔的思想在後代的發展與影響,而且所謂的「天道之圓」,就是「陰陽相濟」,在文學上來說,就是「和諧」。

﹝註84﹞ 參見童慶炳《中國古代心理詩學與美學》頁 19～20。

第七章　結　論

　　人處在物理時空中，終其一生與天地萬物相摩相接，因此必然會感受到種種時空現象、體會到種種時空思維，而這些也都自然而然地會經過創作者的匠心處理，「形象化」地反映在文學作品中。

　　物理時空原本是四維時空，是不可分割的、是純客觀的。但是在創作者的心中筆下，卻可以分別著重空間或時間來探討，當然也可能將空間與時間結合起來處理；此外，還可針對空間或時間，突破其物理時空的規律，朝多個向度發展；而且創作者不僅可以用相對起來較為客觀的態度，盡量如實地反映時空現象，他還可以用主觀的態度來創造出符合其個人情感的小小宇宙；不僅如此，創作者在眼之所見、身之所歷的「實」時空之外，還可騁其神思，幻化出不曾實際存在的「虛」時空。凡此種種，都使得古典詩詞中的時空設計，有著極為繁複精緻的面貌，並造成極豐富多變的美感。

一

　　首先呈現「實」的時空設計，在文學作品中所展現出的面貌。

　　以「實空間的設計」而言，「實空間」可以分為三類：基於審美知覺的選擇性，因而挑選某一形體或某些形體（即「視點」）來描繪的，是「形體空間」；而空間本身依據空間三維所形成的變化，會造成「層次空間」；此外，雖屬於實空間、卻具有虛空間飄渺特質的，

是「倒影空間」。這三種空間都可作種種的變化處理。

「形體空間」有「視點不變」和「視點轉換」的差別，前者是針對某一視點作極爲精細的描寫，這樣可使空間簡淨澄明，使這唯一的視點凝聚了最大的注意力，而所要傳達的情感意念，便附著在這「視點」上，得到極佳的表現。不過大千世界、萬物紛繁，能引起人們美感的事物太多了，況且如果只接受單調不變的刺激，很容易使人厭煩，因此根據美感情緒的波動，視點隨之轉換，便是理所當然的了，這就會形成「視點轉換」的空間。

而「層次空間」的變化性就更大了，可說是多采多姿，令人目不暇給。因爲「視角」的不同，所以依據空間三維，可將層次空間的變化區分成如下數種：「長」的一維的變化會在作品中形成遠近、內外、前後的不同。在「遠近空間」中，除了可依遠、近距離配置景物外，「著眼於遠」的空間使空間的深度加深，容易造成近於崇高的美感；而「著眼於近」的空間則會將景物拉近，因而突出一個凝聚注意力的焦點來；「遠近迭現」的空間從生理、心理層面來說是造成變化、不易厭倦，從文化層面來說，則是最能體現傳統「遠近往還」的觀照方式。其次在「內外空間」中，因爲有「隔」才會造成內外的不同，因而空間是呈現「漸層」的情形，因此也就容易造成深靜、幽謐的效果；如果是「內外對照」的狀況，對比的效果也是相當驚人的；而空間若是設計成在內與外之間不斷流動的話，又特別容易產生自然與人文交融的美感。而「前後空間」則是能體現我們日常的生活經驗，表出「遠近空間」、「內外空間」所不能標示出的空間特性。

其次「寬」的一維的變化，則會造成空間向左、右移動；不過有時空間中的兩點雖可連成一線，卻無法區分出遠近、內外，那麼，雖然不見得呈現明顯的水平橫向的變化，也應該歸入這一類中。在前面的那一種情形中，左右空間是確定的，這樣的空間設計很容易形成均衡，並帶來鎮定沉靜的感覺；而且對形成空間的遼闊感來說，是最有利的；此外，它還有一個優點，那就是很容易凸顯出在左、右造成均

衡的物（或人）。而在後一種情形中，左與右是不確定的，因而它雖然也多少具備前者的優點，但卻淡薄得多；不過也因爲它的線條特性是比較模糊的，因而也是最有可塑性的，其特性可由作者來賦予，這也未嘗不是其優勢所在。

至於「高」的一維的變化，則會形成高低不同的空間。在「由低而高」的空間中，除了可因空間的轉變羅列不同的景物外，而且因爲其線條的方向是往上的，所以是自由的、輕鬆的，因此也是相當自然的一種延展空間的方式；倘若其所延伸出來空間是大範圍的，那就容易造成崇高的美感。而「由高而低」的空間中，其線條方向是往下的，因爲要對抗上升的力，所以它的力量必須相當強大，這也是此種空間最有特色的一點，對情意的推深非常有幫助；此外，因爲這樣的空間常用俯視的角度帶出，因此也常與思慕的情懷牽繫在一起。而在「高低交互呈現」的空間中，作者可靈活地調度空間，因此可以上上下下地收納高處低處的景物，以烘托作者所欲表達的情思。

此外，空間三維中「長」與「寬」兩維配合起來會構成「面」，而「面」放大、縮小（「面」縮小到極處會形成一個「點」）等變化，就會形成「由大而小」、「由小而大」、「大與小交互呈現者」三種不同的空間設計。在「由大而小」空間中，空間最後會凝聚成一個「點」，而「點」的集中的張力是最強大的；而「由小而大」空間展現的則是擴大、奔放的平面美；至於「大小交互呈現式」的空間，則會造成大小相映，大者更擴散、小者更集中的效果。

而「長、寬、高」的空間三維一起架構起來的，是「立體空間」。這種空間最貼近物理空間，是立體美的完美結晶，又特別能展現自古以來，站在臺上四望風景的傳統觀照方式。

還有空間三維相互之間的搭配、轉換，會造成「視角轉換」的空間。這種視角的移動從繪畫的觀點來看，是「散點透視法」；這種作法可以將不同的空間組織進文學作品中，當然也就同時收納了不同空間所包含的不同景物，這樣「包羅萬有」的景觀，造成作品中富於變

化的美感；而且空間不斷地轉換，特別具有「躍動性的空間美」，也就是最能體現整體性、最能體現「氣」的表現方式。

最後，因為空間中所呈現的自然景觀，大致上可分為「自然」與「人文」兩種，創作者若著眼於此來發揮，就會形成一種構造空間的方式——自然與人文並置的置景法。自然美與人文美原本各有其特色，當其並置在一起時，自然會同時吸納這兩種特色，成為這種空間設計法的優點，而且彼此之間交流、融合，會趨於「天（自然）、人（人文）合一」的最高境界。

與「形體空間」、「層次空間」比較起來，「倒影空間」介於虛實之間，相當特殊。首先，倒影形成的是很少見的上下對稱的空間，而上下對稱基本上具有鎮定沉靜的情趣；但是倒影又有一個十分鮮明的特質——不定，因而又容易帶來飄渺虛幻的感受；而且倒影必然與「實物」相依存，這就形成了另一種「虛實相生」。由此可見「倒影空間」的美感來源是多方面的，因而也是相當強烈而耐人尋味的。

至於以「實時間的設計」而言，首先我們要知道「實時間」包括「過去」和「現在」；其次針對時間的順序：「今與昔」，和時間的量：「久與暫」，都可進行不同的巧妙設計。

在「順序時間：今與昔」中，可以從「秩序」和「變化」兩個角度來著眼。秩序的處理方式，就是基於時間的連續性，發展成大家所熟知的「順敘」法（即「由昔而今」），這是最基本、最初始的敘述方式，同時也是相當有效、很能引人共鳴的方式；不過，有時創作者也會基於時間的對照性，設計出「今昔對照」的結構，也能營造出類似對比的強烈美感。至於談到變化的時間設計，首先應提及「由今而昔」（即「逆敘」）的敘述法，這是與物理時間迥異的敘述方式；其次「昔」與「今」也可以多變地組合成「今昔今」、「昔今昔」、「今昔今昔」、「昔今昔今」等不同的時間架構。這種不按照正常時序的敘述方式，自然是有其特殊效果的，因為時序的打破之處，也就是提請讀者注意之時，通常也是美感情緒波動得最激烈的階段；而且時間在「今」與「昔」

之間擺盪，對過去的緬懷、對現今的感嘆，綿綿密密地交織成一個整體，是相當引人回味的。

而「量化時間：久與暫」，分別代表的是「瞬時」和「長時」。當時間設計呈現出「由暫而久」的型態時，那就是著眼於「久」，而時間的悠遠本身就是一種美，更何況還可由個人的經歷上窺歷史的興亡，甚至全人類共同的命運，這種時間感、歷史感的帶出，是其他手法所不容易達成的。而「由久而暫」的時間設計，則強調出「瞬時」，而這「瞬時」是經過挑選的，包孕了豐富的思想和情感，藝術性是很高的。有時「久」與「暫」還可搭配起來作多變的組合，在這種情形下，「瞬時」與「長時」各自的美感交融爲一，起了相加相乘的效果。

此外，還可將順序時間與量化時間結合起來，形成更多變的設計。

最後，以「實的時空結合的設計」而言，通常會呈現兩種情況：「時空交錯」和「時空溶合」。所謂「時空交錯」，是指作品中既描繪空間，也描繪時間，而且都以至少一句的篇幅來鋪陳；因此它可能呈現出「先時後空」、「先空後時」、「空時空」、「時空時空」……等不同的結構。此時時、空相隨出現，正反映出時空不可須臾分離的事實，而且所帶出的是空間、時間的混和美；並且因爲同時掌握時間的流動與空間的廣延，因而更能凸顯出人處在宇宙一點中的位置，並營造出專屬於作者個人的「小宇宙」。

另一種「時空溶合」則更消弭了空與時之間的界線，並且還可細分成三類：「時間的空間化」、「空間的時間化」和「時空完全溶合」者。所謂「時間的空間化」是指勾連空間意象的過程中，透露出時間流逝的訊息；這是一種「四維空間」，即空間的三維性（長、寬、高），再加上時間的一維性（時間的永恆流逝），它特別能展示出一種事實：空間轉換的當時，時間的流逝也已在不言之中。

而「空間的時間化」則是作品中出現的空間意象，要靠時間爲線

索聯繫起來。它所強調的是「時間」在四維時空中的重要性；因爲如此，時間統領起空間，將作品所呈現出的內在世界，聯繫得更具節奏與韻律。

至於「時空完全溶合」者，則又有兩種型態：「一句之中時間意象與空間意象並呈」者，和「時空意象完全溶合」者。不管是哪一種，都是與物理時空最爲符合的，時與空在此時是交融得更爲無跡了；而且只要空間架構和時間架構各自具有的美感，都可以吸納近來，因此它的美感是相當強烈且渾融的。

二

在前面對「實」的時空所進行的探討中，還可大別爲兩種態度：「客觀」的和「主觀」的。此處所謂「客觀」和「主觀」，是相對而言的，這兩種態度貫穿在對空間設計、對時間設計和對時空結合的設計的探索上。「客觀」的態度是指在處理時空現象時，會使它盡量符合物理世界的原貌；而「主觀」的態度則不然，盡可以在情感的驅使下，對時空現象進行改造、變形。而且因爲任何一種空間、時間和時空結合的設計，都可以進行主觀的變造，所以照理說來，客觀的空間設計、時間設計、時空結合的設計有幾種，主觀的設計也就會有幾種；但是因爲在創作時，創作者還是較常以相對客觀的態度來面對大千世界的種種，所以呈現客觀面貌的作品比起經過主觀改造的作品，數量上要多得多，因此也就造成了有些類別中，不易找到主觀設計作品的情形。但是還有另一種情況是：有些特別的設計只能以主觀的態度爲之，客觀的態度則力有未逮，此種情形尤以時間的設計爲然，這點我們會在稍後作較爲詳細的說明。

以主觀的空間設計而言，仍然是分成「形體空間」、「層次空間」、「倒影空間」來分別進行討論；我們發現主觀的空間設計對空間的變造，不外乎使用兩種方式，即距離的縮小或距離的放大，這樣的作法使時空現象出現前所未有的風貌，確實能造成很好的效果。

　　以主觀的時間設計而言，可以有三種方式，即「時值的變造」、「時域的壓縮」、「今昔的疊映」。所謂「時值的變造」，就是改變時間速率的快慢，作者基於主觀的情感，可以造成快速的速率；當然也可以造成緩慢的速率。前者能夠非常深刻地傳達出作者對時光流逝之速的感喟，而且快速的時間速率，也容易造成作品中「張」的節奏感；而後者將短時間拉長到近乎無止無盡，宛若思緒的不絕如縷，因此特別適合用來抒寫怨情，並且也形成了作品中「弛」的節奏感。不僅如此，有時快時值和慢時值會鎔鑄在同一篇作品中，因而時值有快有慢、節奏有弛有張，情思更為複雜、美感更加強烈。

　　此外，「時域的壓縮」是指創作者故意打破已發生之事的時序，將不同時期發生的事，移置到同一個時期；基於事件往前移、往後移的不同，「時域的壓縮」又可分為「時域往前壓縮」和「時域往後壓縮」。不過，不管是哪一種壓縮，都是作者基於「聯想」而將某兩件事牽合在一起，而這兩件事之間必然會有某種關聯，牽合在一起之後會凸顯出某種用意，這是此種手法含蓄而深刻的地方。

　　而「今昔的疊映」就是將出現在「今」與「昔」中的不同的意象，疊合在一起映現。呈現「今昔疊映」的作品相當多，因為這種作法花費字數不多，相當經濟；而且又能帶出以往的時間，以及與往時相聯繫的許多記憶積澱，是相當有效的一種作法。

　　以主觀的時空結合的設計而言，因例證實在不多，所以沒有進行分類，但個別作品的表現仍是相當精采的。

　　將「客觀」與「主觀」的態度作一比較，會發現客觀的態度傾向於「再現」客觀現實，主觀的態度則傾向於「表現」作者個人的心靈；因此客觀的態度下所反映的事物，就會有「形似」的特徵，而主觀的態度下所呈現的事物，就著重其「神似」的表現；也因為個人色彩的淺淡、濃烈的不同，所以客觀的態度是冷靜、理智、知性，主觀的態度則是熱烈、感情、感性；因此也可以這麼說：客觀的態度中出現的是靜觀的「暗我」，主觀的態度中則是投入的「明我」。因為有這種種

的不同，也就造成了客觀、主觀處理態度下，文學作品各有其殊異的
美感。

三

　　前面所談的是客觀、主觀態度的差別，但是在同一篇作品中，可
能同時鎔鑄了這兩種不同的態度，這就是「主客觀並呈的設計」，而
且這種並呈的情況，比起純主觀的來，數量上是多得多的。

　　就以空間設計而言，仍是以「形體空間」、「層次空間」、「倒影空
間」三類來進行探討；而這三類之下較細的分類，大致上也可以對應
客觀的空間設計。從文化的層面來看，中國文化的和諧首先強調整體
的和諧，由整體來規定個體應有什麼位置、表現什麼方式；這也就可
以解釋爲了適應整體的和諧（即作品中的主旨、主要情意），所以有
些空間應保持原貌，有些空間就應該變形；因此就產生了主、客觀並
呈的空間設計。

　　其次以時間設計而言，呈現出兩種情形：「時值的並置」和「時
差的設置」。前者以太陽時和經過改造的時值並呈在同一篇作品中，
改造的時值自然會被凸顯，得到較多的注意，而這通常也暗示了作者
的情感趨向；同時客觀與主觀的比較，更能透露出某種意味來。而後
者——時差的設置，則是在同一篇作品中設置了兩種計時系統，這樣
通常可以營造出奇詭、神秘的氣氛，令人在吃驚之餘，引起深刻的思
索。

　　最後以時空結合的設計而言，同樣也是在「時空交錯」、「時空溶
合」之下，都有出現主、客觀並呈情形的可能。主觀的部分也一樣可
以吸引較多的注意，但讀者仍應從整篇作品的角度來審視作者如此安
排的用心。

　　當主、客觀的處理態度同時出現在同一篇作品中時，不僅可以
形成對照，還可進而交流。此時文學作品是既客觀、又主觀；有時
是再現的、有時是表現的；既可形似、又能神似；時而冷靜理智、

時而溫暖感性；還可出入無我、有我之間；經由這樣的交流、補充，文學作品更增添了許多靈動的姿態，並可臻至更高更大的美感——和諧。

四

前面所談的，都是針對「實」的時空所進行的設計；但在文學的天地裡，創作者卻可以「無中生有」地造出「虛」的時空，使文學作品展現更加多采多姿的姿態。

以虛空間而言，其共同的特色是此空間是當時所無法眼見的，而依據其性質的不同，可以分成三類：「設想」、「仙冥」、「夢境」。「設想」是憑藉記憶帶出，或模仿現實空間所創造出來的空間；「仙冥」則指仙界和冥界；「夢境」則是指對夢的描寫。

以虛時間而言，基於人類心理的預見性，因而時間除了過去與現在之外，還可向未來延伸，所謂的虛時間就是指「未來」。其中還可分作三種不同的情形：若是針對可計劃的、可預測的事件，而且通常涵納的時間較短，是屬於「預見」類；若是向未來延伸得較多，而且內容較為虛渺，則是屬於「願望」類；至於向未來無限綿延，而且與現實的結合度也很輕微的，那是屬於「幻想」類。

以虛的時空結合而言，則規定空間須不在眼前、時間須伸向未來，如此虛上加虛，真是迷離惝恍，無法端倪。

虛的時空不為現實所限，因而發揮的空間非常的大，完全能展現作者的創意；不過其發揮的方向並非漫無節制，而是可以說是人類心理的投射。因此虛時空的價值就在「虛構」上，這種「虛構」從某個角度來講，是更高、更美的真實。

五

探討過「虛」的時空後，接著要處理的當然是「虛實結合」的時空。

　　以虛實結合的空間而言,可以從兩個方向來討論:即「虛實結合之一」和「虛實結合之二」。關於前者,可以從結構表上看出,至少有下列數種結合的型態:「先虛後實」、「先實後虛」、「實虛實」等。至於後者,指的是「同時分地、一起進行」的情況,這樣就會形成空間的「虛實疊映」,等於同時展示給讀者此地和彼地的狀況,而且這兩個處所之間又會形成微妙的對照,因此創作者深蘊的情意可以藉此含蓄地表達出來。

　　以虛實結合的時間而言,也是出現兩種情況:一種是可以形成時空結構的,一種是不能形成時空結構的。前者可能形成的結構,至少有「先實後虛」、「實虛實」兩種;後者則是「實虛疊映」,此時過去、現在、未來交織成一片,不僅在瞬時間把時間歷時性所會形成的變化關係,巧妙地帶了出來,而且常會造成迷離恍惚的特別效果。

　　以虛實結合的時空設計而言,則因在同一篇作品中既關顧了空間與時間,還結合了虛與實,因此這四者的交錯變化,會使得作品呈現出極為多變的風貌,因而造成多樣的美感。

　　在虛實結合的情況中,虛和實二者相互聯繫、相互滲透、相互轉化,造成局部性的交流;而且交流到了極致,會造成十分的調和,這就是整體的和諧美。而這就是所謂的「虛實相生」,是相當靈動,且充滿生命力,極富美感的設計方式。

　　以上所談的是個別的設計方法,但是將這些成果加以總結之後,我們可以找出它們一些共同的規律,而這些共同的規律會導出共同的美感。

　　首先引起注意的是「時空現象的延展與截斷」、「時空現象的秩序與變化」和「時空現象的對比與調和」;而再深入地探索,則會發現這些時空現象所傳達的張力,都可辨識出是分別趨於「陽剛」或「陰柔」。在「延展」與「截斷」的比較中,「延展」呈現出較為平緩、持續的關係,因此是較傾向於「陰柔」的;而「截斷」則有間隔、波折的感覺,所以是傾向於「陽剛」的。而「秩序」與「變化」作個比較,

則「秩序」以漸層爲基礎，有穩定、平和之感，因此是偏於「陰柔」
的；而「變化」追求的是不同的刺激，有醒目、新奇、振奮的感覺，
所以亦偏於「陽剛」。不過，造成最明顯、最大美感的，還是「對比」
與「調和」兩種型態，因爲「對比」會形成極大的反差，因此有強健、
闊達、華美之感，所以趨向於「陽剛」；而「調和」則因質性之相近，
產生優美、融洽、鎮靜、深沉等情緒，因此自然趨向於「陰柔」。經
過這樣的分析，我們發現：只要能分辨出時空現象的型態，就可以大
致地掌握住它的美感類型了。

參考書目

壹、專 著

一、時空設計

1. 《時空論》，曾霄容（青文出版社，民國 61 年 3 月第一版）。

2. 《中國詩學——設計篇》，黃永武（巨流圖書公司，民國 75 年 6 月初版，85 年 5 月第十一刷）。

3. 《詩美學》，李元洛（東大圖書公司，民國 79 年 2 月初版）。

4. 《中國文學美學》，吳功正（江蘇教育出版社，1990 年 8 月第一版第一刷）。

5. 《現代中國文學的時間觀與空間觀》，黎活仁（業強出版社，1993 年 2 月初版）。

6. 《時間學》，金哲、陳燮君（弘智文化事業有限公司，1995 年 4 月初版一刷）。

7. 《詩詞曲藝術》，趙山林（浙江教育出版社，1998 年 6 月第一版第一刷）。

8. 《時空情境中的自我影像》，李清筠（文津出版社有限公司，民國 89 年 10 月初版）。

二、文章學與篇章結構

1. 《文章一貫》，高琦（台大圖書館）。

2. 《藝概》，劉熙載（廣文書局，民國 58 年 4 月再版）。

3. 《散文結構》，方祖燊、邱燮友（蘭臺書局，民國 59 年 6 月初版）。

4.《評注文法津梁》，宋文蔚（復文圖書出版社，民國 82 年 2 月修定二版）。

5.《篇章修辭學》，鄭文貞（廈門大學出版社，1991 年 6 月第一刷）。

6.《國文教學論叢》，陳滿銘（萬卷樓圖書有限公司，民國 80 年 7 月初版，民國 87 年 4 月初版四刷）。

7.《作文津梁（中）論說文篇》，曾忠華（學人文教出版社，民國 80 年 10 月 1 日新版）。

8.《中國古代散文藝術》，周明（江蘇教育出版社，1994 年 12 月一刷）。

9.《文章學教程》，張會恩、曾祥芹（上海教育出版社，1995 年第一版第一刷）。

10.《國文教學論叢續編》，陳滿銘（萬卷樓圖書有限公司，民國 87 年 3 月初版）。

11.《文章章法論》，仇小屏（萬卷樓圖書有限公司，民國 87 年 11 月初版）。

12.《文章結構分析》，陳滿銘（萬卷樓圖書有限公司，民國 88 年 5 月初版）。

13.《詞林散步——唐宋詞結構分析》，陳滿銘（萬卷樓圖書有限公司，民國 89 年 1 月初版）。

14.《篇章結構類型論》，仇小屏（萬卷樓圖書有限公司，民國 89 年 2 月初版）。

15.《章法學新裁》，陳滿銘（萬卷樓圖書有限公司，民國 90 年 1 月初版）。

三、修辭學

1.《修辭學》，曹冕。

2.《修辭學》，黃慶萱（三民書局股份有限公司，民國 64 年 1 月初版，民國 83 年 10 月增訂七版）。

3.《文心雕龍與現代修辭學》，沈謙（益智書局，民國 79 年 6 月出版）。

4.《修辭通鑑》，向宏業、唐仲揚、成偉鈞（中國青年出版社，1991 年 6 月第一版，1998 年 5 月第二刷）。

5.《陳騤《文則》新論》，蔡宗陽（文史哲出版社，民國 82 年 3 月初版）。

6.《王希杰修辭學論集》，王希杰（廣東高等教育出版社，2000 年 9 月第一版第一刷）。

四、心理學、美學

1. 《詩的原理》，萩原朔太郎著，徐復觀譯（台灣學生書局，民國 45 年 4 月初版，民國 78 年 1 月修定三版）。

2. 《藝術與視覺心理學》，安海姆（R.Arnheim），李長俊譯（雄獅圖書有限公司，1976 年 9 月初版，1982 年 9 月再版修訂）。

3. 《藝術的奧秘》，姚一葦（台灣開明書局，民國 67 年 9 月七版）。

4. 《美學》，黑格爾著，朱光潛譯（商務印書管，1979～1981 年出版）。

5. 《藝術概論》，虞君質（黎明文化事業公司，民國 69 年 11 月四版）。

6. 《文藝心理學》，朱光潛（漢京文化事業有限公司，民國 73 年 3 月）。

7. 《美學概論》，陳望道（文鏡文化事業有限公司，民國 73 年 12 月重排初版）。

8. 《文學概論》，鍾子翱、梁仲華、童慶炳（北京師範大學出版社，1984 年 12 月第一版，1986 年 3 月第二刷）。

9. 《文學通論》，侯健（北京大學出版社，1986 年 5 月第一版第一刷）。

10. 《文藝學專題研究》，文藝學專題研究編寫組（華中工學院出版社，1986 年 8 月第一版第一刷）。

11. 《美學百題》（丹青圖書出版公司，民國 75 年出版）。

12. 《美學基本原理》（谷風出版社，民國 75 年 9 月）。

13. 《新編美學辭典》，張錫坤（吉林人民出版社，1987 年 6 月第一版第一刷）。

14. 《系統美學》，楊春時（中國文聯出版公司，1987 年 3 月第一版第一刷）。

15. 《李澤厚哲學美學文選》，李澤厚（谷風出版社，1987 年 5 月出版）。

16. 《文藝創作美學綱要》，杜書瀛（遼寧大學出版社，1987 年 8 月第二版）。

17. 《中國古代文藝美學範疇》，曾祖蔭（文津出版社，民國 76 年 8 月初版

18. 《文藝美學辭典》，王向峰（遼寧大學出版社，1987 年 12 月第一版第一刷）。

19. 《藝術心理學》，高楠（遼寧人民出版社，1988 年 1 月第一版第一刷）。

20. 《中國古典美學叢編》，胡經之（中華書局，1988 年 1 月第一版第一刷）。

21. 《西方心理學史》，李漢松（北京師範大學出版社，1988 年 2 月第一版，1988 年 8 月第二刷）。

22. 《藝術形式不僅僅是形式》，殷國明（浙江文藝出版社，1988 年 3 月

第一版第一刷）。

23.《文學心理學概論》，王先霈（華中師範大學出版社，1988 年 5 月第一版第一刷）。

24.《美學：苦惱的追求》，夏放（海峽文藝出版社，1988 年 5 月第一版第一刷）。

25.《文藝學導論》，吳中杰（江蘇文藝出版社，1988 年 6 月第一版，1993 年 3 月第三刷）。

26.《西方美學名著引論》（木鐸出版社，民國 77 年 9 月初版）。

27.《小說結構美學》，金健人（木鐸出版社，民國 77 年 9 月初版）。

28.《普通心理學》，彭聃齡（北京師範大學出版社，1988 年 10 月第一版，1990 年 10 月第三次印刷）。

29.《美學：審美理論》，戚廷貴（東北師範大學出版社，1989 年 3 月第一版第一刷）。

30.《美學與意境》，宗白華（淑馨出版社，民國 78 年 4 月出版）。

31.《藝術概論》，孫美蘭（高等教育出版社，1989 年 7 月第一版，1990 年 4 月第四刷）。

32.《藝術情感學》，蔡運桂（三環出版社，1989 年 12 月第一版第一刷）。

33.《詩美學》，李元洛（三民書局股份有限公司，民國 79 年 2 月初版）。

34.《漢語風格探索》，黎運漢（北京商務印書館，1990 年 6 月初版）。

35.《詩歌意象論》，陳植鍔（中國社會科學出版社，1990 年 8 月第一版第一刷）。

36.《文學心理學》，錢谷融、魯樞元（新學識文教出版中心，1990 年 9 月台初版）。

37.《美學百科全書》，李澤厚、汝信（1990 年 12 月第一版第一刷）。

38.《美學原理》，楊辛、甘霖（曉園出版社，1991 年 5 月一版一刷）。

39.《情感與形式》，蘇珊‧朗格（Susanne.K.Langer）、劉大基譯（商鼎文化出版社，台灣初版 1991 年 10 月）。

40.《中國美學》，邱燮友等（國立空中大學，民國 81 年 2 月初版）。

41.《撿拾藝術的記憶——中國古典美學漫談》，金丹元（業強出版社，1992 年 6 月初版）。

42.《藝術構造論》，楊小青（廣西師範大學出版社，1992 年 9 月第一版第一刷）。

43.《藝術語言學》，駱小所（雲南人民出版社，1992 年 9 月第一版，1996 年 5 月第二版第二刷）。

44.《審美文化學》，林同華（東方出版社，1992 年 10 月第一版第一刷）。

45.《美學引論》，楊恩寰（遼寧大學出版社，1992 年 12 月第一版第一刷）。

46.《審美心理學》，邱明正（復旦大學出版社，1993 年 4 月第一版）。

47.《生命的沉醉》，馬大康（南京出版社，1993 年 11 月第一版第一刷）。

48.《審美心理學》，楊恩寰（五南圖書出版有限公司，民國 82 年 11 月初版一刷）。

49.《文學意象論》，夏之放（汕頭大學出版社，1993 年 12 月第一版第一刷）。

50.《文學境界》，吳東權（躍昇文化事業有限公司，民國 83 年 2 月初版）。

51.《詩歌釋義學》，王長俊（河海大學出版社，1994 年 2 月第一版第一刷）。

52.《藝術文化導論》，王熙梅、張惠辛（學林出版社，1994 年 3 月第一版第一刷）。

53.《中國古代心理詩學與美學》，童慶炳（萬卷樓圖書有限公司，民國 83 年 3 月初版）。

54.《藝術心理學新論》，魯‧阿恩海姆（R.Arnheim）、郭小平、翟燦譯（商務印書館，1994 年 5 月第一版，1996 年 3 月第二刷）。

55.《美學基礎》，金學智（蘇州大學出版社，1994 年 5 月第一版第一刷）。

56.《宋詞流派的美學研究》，陳振濂（江蘇教育出版社，1994 年 11 月第一版第一刷）。

57.《寫作心理學》，劉雨（麗文文化，1995 年 3 月初版）。

58.《境生象外：華夏審美與藝術特徵考察》，韓林德（生活‧讀書‧新之三聯書店，1995 年 4 月第一版，1996 年 3 月第二刷）。

59.《心理學概論》，DARLEY GLUCK KINCHLA 著、楊語芸譯（桂冠圖書股份有限公司，1995 年 7 月初版一刷）。

60.《詩學心裁》，楊匡漢（陝西人民教育出版社，1995 年 7 月第一版第一刷）。

61.《六朝情境美學綜論》，鄭毓瑜（台灣學生書局，民國 85 年 3 月初版）。

62.《美學原理》，戚廷貴（東北師範大學出版社，1996 年 5 月第一版，1996 年 10 月第一刷）。

63.《先秦審美觀念研究》，彭亞非（北京語文出版社，1996 年 6 月第一版第一刷）。

64.《西方美學史教程》，李醒塵（淑馨出版社，民國 85 年 10 月初版一刷）。

65.《寫作美學》，張紅雨（麗文文化，1996 年 10 月初版）。

66.《六朝唯美詩學》，王力堅（文津出版社，民國 86 年 7 月一刷）。

67.《中西美學與文化精神，張法，淑馨出版社》，民國 87 年 10 月初版一刷）。

68.《中國古典美學史》，陳望衡（湖南教育出版社，1998 年 8 月第一版第一刷）。

69.《中國古代心理學思想史》，燕國材等著（遠流出版社，民國 88 年出版）。

五、繪畫、音樂、建築、電視、電影

1.《樂學通論》，康謳（正中書局，民國 41 年 6 月台初版）。

2.《西洋音樂研究》，許常惠（臺灣商務印書館股份有限公司，民國 56 年 1 月初版，民國 76 年 6 月五版）。

3.《美術心理學》，王秀雄（三信出版社，民國 64 年 8 月初版）。

4.《造型原理》，呂清夫（雄獅圖書股份有限公司，民國 73 年 3 月初版，民國 80 年 7 月八版二刷）。

5.《藝術的精神性》，康丁斯基（Kandinsky）、吳瑪俐譯（藝術家出版社，民國 74 年初版，民國 87 年 9 月再版）。

6.《點線面》，康丁斯基（Kandinsky）、吳瑪俐譯（藝術家出版社，民國 74 年 9 月初版，民國 85 年 11 月再版）。

7.《藝術感通之研究》，許天治（台灣省立博物館，民國 76 年 6 月）。

8.《中國電影美學》，林年同（允晨文化實業股份有限公司，民國 80 年 10 月初版）。

9.《電影閱讀美學》，簡政珍（書林出版有限公司，民國 82 年 5 月一版，民國 83 年 12 月二刷）。

10.《美術型態學》，王林（亞太圖書出版社，1993 年 10 月初版）。

11.《繪畫美學》，徐書城（原出版者：人民出版社、台灣出版者：五南圖書出版有限公司，民國 82 年 11 月初版）。

12.《雕刻時光》，Andrey Tarkovsky 著、陳麗貴、李泳泉譯（萬象圖書股份有限公司，1993 年 12 月初版）。

13.《映象藝術》，翟德爾（Herbert Zettl ）著、廖祥雄譯（志文出版社，1994 年 6 月第一版，1994 年 7 月第二刷）。

14.《音樂美學基礎》，張前、王次炤（人民音樂出版社，1992 年 5 月第一版第一刷）。

15. 《視覺藝術設計》，J.J 德魯西奧・邁耶、李瑋、周水濤譯（地景企業股份有限公司，民國 82 年 9 月初版）。

16. 《中西建築美學比較研究》，余東升（洪葉出版社，1995 年 12 月初版一刷，1997 年 4 月初版二刷）。

17. 《電影理論與實踐》，Noel Burch 著、李天鐸、劉現成譯（遠流出版公司，1997 年初版）。

18. 《音樂美學新論》，王次炤（萬象圖書股份有限公司，1997 年 3 月初版，1999 年 2 月一版二刷）。

19. 《藝術心理學》，劉思量（藝術家出版社，民國 87 年 6 月三版）。

20. 《電影敘事：劇情片中的敘述活動》，David Bordwell 著、李顯立等譯（遠流出版公司，1999 年初版）。

21. 《建築創作中的藝術》，沐小虎（洪葉文化事業有限公司，民國 88 年 6 月初版）。

六、詩詞類

1. 《唐詩三百首詳析》，喻守真（台灣中華書局，民國 62 年 3 月台十三版）。

2. 《新譯唐詩三百首》，邱燮友（三民書局股份有限公司，民國 62 年 5 月初版，民國 70 年 11 月修訂再版）。

3. 《中國詩學——鑑賞篇》，黃永武（巨流圖書公司，民國 62 年初版，民國 85 年第十二版）。

4. 《唐宋詞名作析評》，陳弘治（文津出版社，民國 66 年 10 月修訂再版，民國 84 年 10 月修訂再版七刷）。

5. 《古典詩詞藝術探幽》，艾治平（學海出版社，民國 73 年 10 月初版）。

6. 《詩與美》，黃永武（洪範書店有限公司，民國 73 年 12 月初版，民國 86 年 12 月六印）。

7. 《千家詩詳析》，黃文吉（頂淵文化事業有限公司，民國 74 年 6 月初版，民國 77 年 1 月再版）。

8. 《中國山水詩研究》，王國瓔（聯經出版事業有限公司，民國 75 年 10 月出版）。

9. 《中國古典文學世界（詩歌）》，沈謙等（幼獅文化事業有限公司，民國 76 年 6 月初版）。

10. 《宋詩三百首》，金性堯（文津出版社，民國 76 年 9 月出版）。

11. 《學詩百法》，劉坡公（天山出版社，民國 77 年 10 月初版）。

12. 《唐詩新賞》（地球出版社，民國 78 年 4 月發行）。

13.《唐宋詞選註》，張夢機、張子良（華正書局有限公司，民國 78 年 9 月修訂十版）。

14.《詩文鑑賞方法二十講》，周振甫等著（國文天地雜誌社，民國 78 年 11 月初版）。

15.《詩詞曲賞析（上冊）》，蔡信發、沈謙（國立空中大學，民國 79 年 2 月初版，民國 79 年 8 月再版）。

16.《宋詩之傳承與開拓》，張高評（文史哲出版社，民國 79 年 3 月初版）。

17.《中國文學欣賞舉隅》，傅庚生（國文天地雜誌社，民國 79 年 4 月初版）。

18.《唐宋詞新賞》（地球出版社，民國 79 年 6 月再版）。

19.《歌鼓湘靈》，李元洛（東大圖書公司，民國 79 年 7 月）。

20.《詞學今論》，陳弘治（文津出版社，民國 80 年 7 月增訂二版）。

21.《昭明文選譯註》，陳宏天、趙福海、陳復興（吉林文史出版社，1992 年 7 月第一版，1994 年 9 月第二刷）。

22.《詩學十論》，沈秋雄（文史哲出版社，民國 82 年 3 月初版）。

23.《中國詩歌原理》，松浦友久著、孫昌武、鄭天剛譯（洪葉文化有限公司，1993 年 5 月第一版第一刷）。

24.《詩經正詁（上）》，余培林（三民書局，民國 82 年 10 月出版）。

25.《中國古典詩藝品鑑》，周金聲（湖北教育出版社，1994 年 9 月第一版，1996 年 8 月第二刷）。

26.《詞的審美特性》，孫立（文津出版社，民國 84 年 2 月初版）。

27.《詩的存在：現代詩評論集》，岩上（派色文化，民國 85 年初版）。

28.《唐代遊仙詩研究》，顏進雄（文津出版社，民國 85 年出版）。

29.《海綃翁夢窗詞說銓評》，陳文華（里仁書局，民國 85 年 2 月初版）。

30.《北宋十大詞家研究》，黃文吉（文史哲出版社，民國 85 年 3 月初版）。

31.《宋詞三百首譯析》，趙乃增（吉林文史出版社，1997 年 1 月第一版，1999 年 11 月第三刷）。

32.《北朝民歌》，譚潤生（東大圖書股份有限公司，民國 86 年 2 月初版）。

33.《增修詩詞新論》，陳滿銘（萬卷樓圖書有限公司，民國 88 年 8 月再版）。

七、其　他

1.《新譯莊子讀本》，黃錦鋐註譯（三民書局股份有限公司，民國 63 年 1 月初版，民國 80 年 3 月十版）。

2.《淮南鴻烈解》，劉文典（河洛圖書出版社，民國 65 年 3 月出版）。

3.《莊子及其文學》，黃錦鋐（東大圖書有限公司，民國 66 年 7 月初版）。

4.《文燈》，蔡宗陽（國語日報社，民國 66 年 11 月初版，民國 81 年 11 月第十一版）。

5.《莊子之文學》，蔡宗陽（文史哲出版社，民國 72 年 9 月初版）。

6.《文學概論》，張健（五南圖書出版有限公司，民國 72 年 11 月初版一刷，民國 87 年 1 月初版十二刷）。

7.《中國古代文學創作論》，張少康（北京大學出版社，1983 年 12 月出版）。

8.《文學理論資料匯編》，華諾文學編譯組（華諾文化事業有限公司，民國 74 年 10 月台一版）。

9.《中國古代神話》，陳天水（原上海古籍出版社、國文天地雜誌社，原 1988 年 12 月第一版，民國 79 年 3 月初版）。

10.《語言與文學空間》，簡政珍（漢光文化事業股份有限公司，民國 78 年 2 月初版，民國 80 年 6 月二版）。

11.《主體論文藝學》，九歌著，暢廣元審訂（1989 年 10 月第一版第一刷）。

12.《對文學的藝術作品的認識》，羅曼・英加登（Roman Ingarden）、陳燕谷、曉未譯（商鼎文化出版社，民國 80 年出版）。

13.《金枝——巫術與宗教之研究》，弗雷澤（J.G.Frazer）著，汪培基譯（九大桂冠聯合出版，1991 年 2 月初版一刷）。

14.《時代之風：當代文學入門》，鄭明娳、林燿德（幼獅文化事業公司，民國 80 年 7 月初版）。

15.《中國古代寫作學》，王凱符、張會恩（中國人民大學出版社，1992 年 9 月出版）。

16.《呂氏春秋與諸子之關係》，傅武光（私立東吳大學中國學術著作獎助委員會，民國 82 年 2 月初版）。

17.《文學批評術語》，Frank Lentrichia&Thomas McLaughlin 著，張京媛等譯（牛津大學出版社，1994 年出版）。

18.《寫作，劉錫慶、齊大衛》（北京師範大學出版社，1994 年 3 月第四刷）。

19.《中國古代散文藝術》，周明（江蘇教育出版社，1994 年 12 月初版一刷）。

20.《意識的限度》，恩斯特・波佩爾（ERNST POPPEL）著，李百涵、韓力譯（淑馨出版社，民國 86 年 2 月初版）。

貳、期刊論文

一、論　文

1. 〈唐代閨怨詩研究〉，許翠雲（台灣師大國文研究所碩士論文，民國78年5月）。

2. 〈古典小說虛實論研究——以《三國演義》為例〉，廖文麗（台灣師大國文研究所碩士論文，民國84年7月）。

3. 〈盛唐詩歌時空意識研究〉，陳清俊（台灣師範大學國文研究所博士論文，民國85年6月）。

4. 〈中國辭章章法析論〉，仇小屏（台灣師大國文研究所碩士論文，民國86年8月）。

5. 〈時空情境中的自我影像——以阮籍、陸機、陶淵明詩為例〉，李清筠（台灣師大國文研究所博士論文，民國88年5月）。

二、期　刊

1. 〈詞的對比技巧初探〉，王熙元（《古典文學》第二集，台灣：學生書局，民國69年12月初版）。

2. 〈唐詩中的山水〉，李瑞騰（《古典文學》第三集，台灣：學生書局，民國70年2月初版）。

3. 〈中國古代形象思維理論的萌生和形成〉，吳穎（《古代文學理論研究叢刊第三輯，1981年2月第一版一刷》）。

4. 〈論詩詞的對比手法〉，謝世涯（《古典文學》第七集，台灣：學生書局，民國74年8月初版）。

5. 〈高度 遠度 深度——讀登高憑眺小札〉，吳調公（《古典文論與審美鑑賞》，齊魯書舍，1985年12月第一版，1987年7月第二刷）。

6. 〈空間型式、作品詮釋與當代文評〉，陳長房（《文學批評研討會論文集》，台灣：大學外國語文學系，民國75年6月初版）。

7. 〈古典園林藝術形式美初探〉，劉天華（《美學與藝術評論》第三集，復旦大學出版社，1986年12月第一版第一刷）。

8. 〈用心理學的眼光看文學〉，魯樞元（《我的文學觀》，上海社會科學院出版社，1987年12月第一版，1988年1月第一刷）。

9. 〈七絕章法結構新論〉，簡錦松（《古典文學》第十集，台灣：學生書局，民國77年12月初版）。

10. 〈咫尺之圖，千里之景——藝術時間和空間〉，潘其添（《藝術與哲學》，上海：文藝出版社，1989年4月第一版第一刷）。

11. 〈眞相與眞魂〉，臧克家（《詩文鑑賞方法二十講》，國文天地雜誌社，民國 78 年十一月初版）。

12. 〈試論形式情緒〉，申家仁（《文藝心理探勝》，三環出版社，1989 年 12 月第一版第一刷）。

13. 〈中國詩中時間與空間並峙的現象〉，張曉風（《古典文學》第十一集，台灣：學生書局，民國 79 年 12 月初版）。

14. 〈中國古代文藝理論中的文藝心理學〉，殷國明（《古代文學理論研究叢刊》第十五輯，1991 年 10 月第一版第一刷）。

15. 〈李、杜、蘇詩中的時間觀念及其思想淵源〉，蔣寅（《學人》第一輯，江蘇：文藝出版社，1991 年 11 月第一版第一刷）。

16. 〈中國人思維中的時間經驗知覺和歷史觀〉，克洛德・拉爾著，鄭樂平、胡建平譯（《文化與時間》，淑馨出版社，民國 81 年元月初版）。

17. 〈關於「形似」與「神似」〉，黃廣華（《古代文學理論研究叢刊》第十六輯，1992 年 12 月第一版第一刷）。

18. 〈「不似似之」與藝術美的創造〉，陳德禮（《古代文學理論研究叢刊第十六輯，1992 年 12 月第一版第一刷》）。

19. 〈中國山水詩的空間經驗時間化〉，王建元（《當代台灣文學評論大系・文學理論卷》，正中書局，民國 82 年初版）。

20. 〈論唐詩中的時空觀念〉，李浩（《唐代文學研究》第四輯，廣西師範大學出版社，1993 年 11 月第一版第一刷）。

21. 〈試論王維山水詩「詩中有聲」〉，魏玉俠（《中國首屆唐宋詩詞國際學術討論會論文集》，1994 年 8 月第一版第一刷）。

22. 〈時空變遷中的神話〉，李亦園（《神話的智慧》，立續文化事業有限公司，民國 85 年 12 月初版，民國 86 年 1 月二刷）。

23. 〈高中國文古典詩詞教材探析〉，陳滿銘（《人文及社會學科教學通訊》，民國 87 年 10 月）。

24. 〈如何進行課文結構分析〉，陳滿銘（《國文科教學研究專輯》（五），台灣：省教育廳，民國 88 年 6 月）。

25. 〈談古典詩歌中時空的虛實設計〉，仇小屛（《思辨集》第三集，國立台灣師範大學國文研究所，民國 88 年 12 月）。

26. 〈論虛實章法的內涵〉，陳佳君（《第二屆中國修辭學學術研討會論文集》，國立高雄師範大學國文系，中國修辭學會，民國 89 年 6 月）。

27. 〈文章主旨或綱領安置於篇腹的結構類型——以蘇辛詞爲例〉，陳滿銘（《人文及社會學科通訊》，民國 89 年 10 月）。